裏切りの峡谷

メグ・ガーディナー

杉田七重 訳

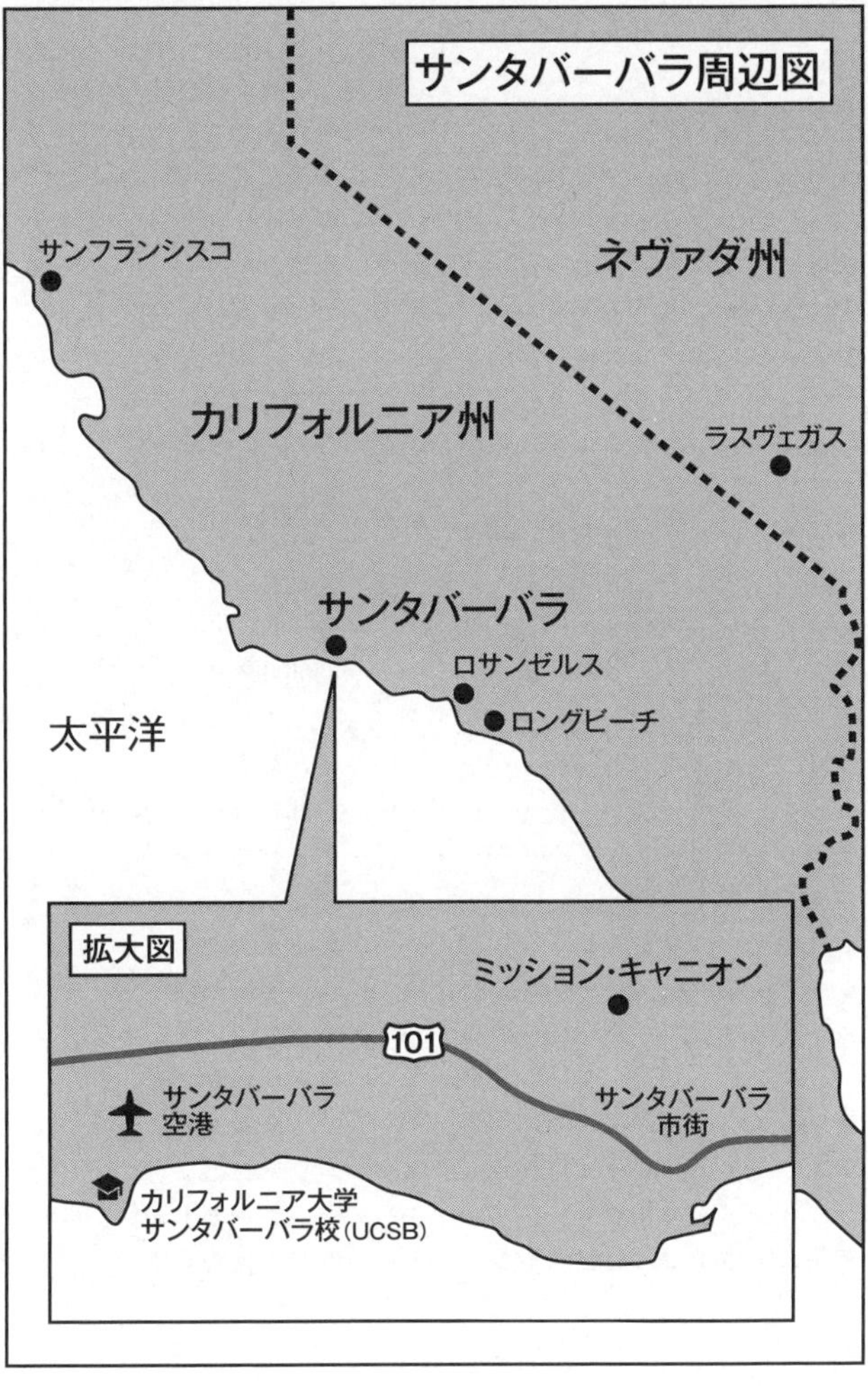

サンタバーバラ周辺図
サンフランシスコ
ネヴァダ州
カリフォルニア州
ラスヴェガス
サンタバーバラ
ロサンゼルス
ロングビーチ
太平洋
拡大図
ミッション・キャニオン
101
サンタバーバラ
空港
サンタバーバラ
市街
カリフォルニア大学
サンタバーバラ校（UCSB）

主な登場人物

エヴァン(エヴ)・ディレイニー…………弁護士資格を持つ作家
ジェシー・ブラックバーン………………弁護士。エヴァンの婚約者
アイザック・サンドヴァル………………事故死したジェシーの友人
アダム・サンドヴァル……………………アイザックの兄
ジョージ・ルデンスキー…………………「マコ・テクノロジー」のCEO
ケニー・ルデンスキー……………………「マコ・テクノロジー」の重役。ジョージの息子
フランクリン・ブランド…………………「マコ・テクノロジー」の元部長
ハーリー・ドーソン………………………「マコ・テクノロジー」の顧問弁護士
カル・ダイアモンド………………………ソフトウェア会社社長
マリ・ダイアモンド………………………カルの妻
ミッキー・ヤーゴ…………………………犯罪社会に身を置く男
チェリー・ロペス…………………………ヤーゴの手下
ウィン・アトリー…………………………同
ニッキィ・ヴィンセント…………………エヴァンの隣人
シーア………………………………………ニッキィの娘
ジャカルタ(ジャックス)・リヴェラ……エヴァンに執筆を依頼する謎めいた女
ティム・ノース……………………………ジャカルタの夫
テイラー・ディレイニー・ボッグズ……エヴァンのいとこ
ラヴォンヌ・マルクス……………………ジェシーの上司
デール・ヴァン・ヒューゼン……………ＦＢＩ捜査官

裏切りの峡谷

タニ・グッドマンに捧げる

この小説に力を貸してくれたポール・シュリーブ、セアラ・ガーディナー医師、ビル・ガーディナー、シュザンヌ・ダビドバックに、また責務以上の働きをしてくれたメアリー・アルバネーゼ、エイドリアン・ダインズ、ナンシー・フレーザーに感謝を捧げる。

一

人はわたしに訊《き》く。誰のせいなのか？　誰が事故を招いたのか？　原因は運転手の不注意？　目をくらませる強烈な陽射し？　道の急カーブ？　口ではそう訊きながら、みなその裏にもっと深い疑念を隠している。事故を招いたのはジェシーだったんじゃないか？　彼が不注意だったのでは？　マウンテンバイクで道のどまんなかへ出ていったのかもしれない。彼が神に悪態をついたのかもしれない。だからジェシーは神の前で結婚を誓おうとは思わないだろうと、暗にそこまで言いたいのかもしれない。

つまり訊く側は、わたしにこう言わせたい。あの事故は運命だった、そうでなければ愚かさが招いたのだと。あの日、轢《ひ》き逃げ事故でアイザック・サンドヴァルは即死した。ジェシー・ブラックバーンは坂道に投げだされて重傷を負い、麻痺した身体で、友人に手をのばそうと必死にもがいた。みんなはわたしに、「イエス」という答えを求めている。ええそうよ、あれは被害者のほうに非があったの。ジェシーがもっとしっかりしているべきだった、道路の安全を確認するべきだった、毎日デンタルフロスをつかうべきだった、と。そしてみんなはわたしに、「ノー」の答えも求めている。いいえ、もちろんあなたの身には、こんなことは起きるはずもない。そう聞いて相手は安心したいのだろう。しかし、そうはいかない。

誰が悪かったのかと訊かれれば、わたしはいつもこう答えてきた——運転手だ。サテングレーのBMWを運転していた男が悪い。サンタバーバラの丘陵地へ弧を描いてのぼっていく細道を片手で運転し、もう一方の手で、膝にかがみこんで頭を上下している女の髪を愛撫していた。フェラチオをさせていた男が悪い。轢き逃げをした男が悪いのだと。

わたしの答えはいつもそうだった。今の今まで。


「警備員がいるはずだ」とジェシー。

「心配ない、わたしにまかせて」

ジェシーは車の窓から、通りの向こうのサンタバーバラ美術館をじっとにらんだ。夕陽が白い建物をオレンジ色に染めている。集まりだした招待客は、派手なコスチュームで階段をあがり、入り口へ向かっている。ジェシーはそわそわと、ハンドルの上で指を小刻みに動かしている。

「一気に行くんだな。まっすぐ入って、事を終えたら、さっと出る。もし何かまずいことになったら——」

わたしはジェシーの手に自分の手を重ねた。「パーティにもぐりこむのは、お手のもの」

ジェシーが、こっちをちらっと見る——青い目は冷ややかで、口が曲がっている。しかめっ面はジェシー・ブラックバーンのトレードマークだ。「エヴァン、これはガール・スカウトの活動とはちがう」

「だいじょうぶ。もぐりこむのは美術館よ。警備員は、展示品が外へ持ちだされないよう神経をつかうんであって、外から入ってくる人間なんて気にしない」

「そいつはどうかな。それに、カツラが曲がってる」

わたしはカツラを直した。「ほんとうは自分で行きたいんでしょ。彼の全同僚が見守るなかで、カル・ダイアモンドと対決したくてうずうずしてる」

「そのとおり」

けれどふたりともわかっていた。ダイアモンドのほうは、たとえ一マイル先であってもジェシーがそこにいれば気づく。色あせたジーンズに、米国水泳連盟のTシャツという、およそ弁護士らしからぬかっこうをしていてもだ。若く整った顔立ち、数か月ものばしっぱなしの茶色の髪、そして車椅子《いす》。どうあってもまちがえようがない。だからこの役目はわたしが引きうけるしかなかった。

ジェシーに向かってポーズをとる。「どう?」

相手はわたしのコスチュームをじっと見る――つや消しの白い口紅に、グレープフルーツ大のフープ・イヤリング、頭上に火山のように盛りあがる黒いカツラ。ピンクのミニのスパンコール・ドレスは古着屋で手に入れ、白いビニールのゴーゴー・ブーツはクローゼットからひっぱりだしてきた。ハイスクール時代、何をまちがえてか一年だけ入団したチアリーディングの遺物だ。

「完璧だね。『かわいい魔女ジニー』（一九六〇年代後半に放映されたテレビの人気コメディドラマ）そのもの」

「ダイアナ・ロスのつもりなんだけど」

それはどうかと言いたげに、ジェシーの目がわたしのアイルランド系の横顔に注がれる。

「わかったわ。じゃあダイアナ・オロス（アイルランド系によくある名前のもじり）ってことで」

ジェシーは呼出状と訴状をこちらによこし、写真を一枚かかげて見せる。写っているのは、年の頃五十代の男。禿頭にぼさぼさの眉で、歯が鋭い。

「詐欺師と言っても通るわね」

「ああ、今夜は怪傑ゾロでいくって話だ。鞭に気をつけろ」写真を指ではじく。「あと、女房にもな」

写真には、夫の隣にマリ・バスケス・ダイアモンドが写っていた。夫よりはるかに若く、ブロンズ色の手脚はどこもかしこも固く引きしまっている。長い指を夫の腕にからませているこの妻は、つい最近、自宅の玄関に近づいてきた令状送達者に、番犬数頭をけしかけている。

「今夜は、彼女のドーベルマンもいないでしょ」車を降りながらわたしは言う。「ちゃんと呼出状を渡してくるわよ、ジェシー」

通りを渡った。ちょうど街灯がつきはじめた時分で、緑の山裾が光の粉をふりまいたように輝きだした。夏の日没の空に、飛行機雲が薔薇色の筋を描いている。前方に、館内へ入っていく招待客の姿が見える。ボガート、クレオパトラ、ローマ法王。

何食わぬ顔で入っていくしかない。いかにもこの催しに呼ばれているというように。ここはふてぶてしさが鍵をにぎる。

ふてぶてしいといえば、カル・ダイアモンドこそ、その最たるものだ。ビジネスの天才のようにふるまって、投資家たちから大量の金をかき集め、自身のソフトウェア会社、ダイアモンド・マインドワークスにつぎこんだ。帳簿を操作し、会社の年金制度で横領を働いて、征服者《コンキスタドール》にふさわしいスペインの大農場《アシエンダ》風の邸宅を建てた。しかしそんなダイアモンドの人生もまもなく崩壊する。詐欺行為を訴えるために、投資家らがジェシーの法律事務所を雇ったのだ。

問題は、ダイアモンドが何週間も呼出状の送達者を避けていることにある。ジェシーは頭に来ている。彼は頭に来ると、情け容赦をしない。

ジェシーのそういうところにも、わたしは惚れていた。

彼は、この資金集めのチャリティにダイアモンドが参加しないはずはないとわかっていた。スポンサーとなったハイテク企業のなかに、ダイアモンドの会社も名を連ねていたのだ。わたしたちにとって、これはカル・ダイアモンドに呼出状をたたきつけてやる絶好のチャンスだった。

階段をあがって美術館の入り口に向かうと、クリップボードをかかえた女がひとり、戸口に立って招待客の名前をリストでチェックしていた。ちびっちゃい四角い眼鏡をかけ、ブラウンの口紅をつけている。こちらが近づいていくと、向こうは抜け目のない表情を浮かべ、手にしたペンでわたしを差した。

「ええと、あなたはジャッキー・ケネディね？」

「時代はあってるから、五十点。ここの責任者はどなた？」

相手のペンが宙をさまよう。

「ちょっと。あなた、この美術館の従業員でしょ？」

向こうは唇をすぼめた。「ええ、そうです」

「なら教えてあげる。あと二分もすると大変なことになるわよ」そう言って、肩ごしにうしろを指さす。「招待客のひとりが、駐車する場所がないんで、このあたりをぐるぐるまわっていたわ。かっこうはローン・レンジャー。馬運搬車を牽引してた」

「まさか――」

「信じられない？　それじゃあ馬運搬車を引いた彼が玄関から入ってきて、『ハイホー、シルバー』って叫びながら、ギリシア遺物の展示室に入っていくまで待つ？」

相手は目をぱちくりさせ、通りを見やった。「ここでお待ちを」

女はあわてて階段を駆けおりていった。わたしはなかへすべりこんだ。

二分――彼女がもどってくるまで、こちらに残された時間はそれだけだ。ロビーを颯爽《さっそう》と抜け、弦楽四重奏団の前を過ぎて、中央ギャラリーに入っていく。天窓の上にはゴーギャンの絵さながらに濃い青色の空が広がっていた。客たちは思い思いにかたまって、酒を手に自分の扮装を見せびらかしている。みな技術畑のオタクで、科学と工学の奨学基金設立のために集まった。そのほとんどがベビーブームに生まれた世代で、ポリエステルとノスタルジアで身を飾っている。ソニー&シェールがいれば、ダース・ベイダーもいる。だがゾロの姿はない。

ギャラリー内をぐるっとまわってみる。話し声が壁に反響している。頭のなかで父の声がした。**何千ドルも出してロー・スクールに通ったあげく、おまえは自分で呼出状を届けるしかないのか?** ウェイターがシャブリのグラスを渡してきた。**弁護士本来の仕事は毛嫌いするくせに、汚れ仕事は大好きとくる。おまえは何を考えているんだ?** わたしはシフォンとスパンデックスの森を押しわけて進む。

すると、カル・ダイアモンドの妻の目の前に出た。レディ・ドーベルマン。

ネックレスはルビーの粒でMariと綴られているものの、それは「トロフィー・ブライド」と読めなくもない。年の頃は四十ほどだろうか。切り絵のような薄っぺらな身体にストラップレスの黒いイブニングガウンを着て、豊満なバストをこれみよがしに人目にさらしている。あの体積と密度から、シリコンの量を割りだせ——幾何学の問題として、同じ室内にいる科学オタクたちに解いてほしいものだ。マリは漆黒の髪を頭頂に高々と結いあげ、長い指を赤ワインのグラスに巻きつけている。

砂色の髪の男と歓談中だった。こちらは彼女を避けたい一心で方向を転じることにする。と、男のほうが声をかけてきた。

「どこへ行くんだい、ギジェット(一九六〇年代に放映されたホームドラマ『ギジェット』に登場するサーフィンに夢中の女の子。ギジェットは十五歳)?」

柱にしどけなく凭《もた》れるポーズがじつにキマっているのは、鏡の前で練習したからにちがいない。黒いタートルネックの上に千鳥格子のジャケットを着て、ぴちぴちのジーンズをはいている。まるでオードブルでも見るような視線で、わたしの身体をなめまわす。

「いい波《サーフズ・アップ》が来てる、行くなよ」

マリ・ダイアモンドは外科用メスのように直立し、ワイングラスをまわしている。

「まさかギジェットのつもりじゃないでしょう」と、冷ややかなまなざし。「かんべんしてよ」

わたしはマリを押しのけて、先へ進む。まるで女王蜂。男の注意を自分からそらしたというだけで、わたしを刺そうという。頭のなかでジェシーの声が聞こえる。**よせ、ディレイニー。舌をしまっておけ、餌に食いつくな。**

「だいたい、ギジェットはティーン・エイジャーでしょ。無理があるわ」

どうやら素《す》で勝負したいらしい。やってやろうじゃないの。

「あなたもね」気がついたら言っていた。

「えっ?」マリが驚く。

額をぴしゃりとたたくジェシーの顔が浮かんだ。さあ、もう行くのよと自分に言いきかせながら、なおもわたしは言ってしまう。「プロム・クイーンには無理がある」

マリの顔が凍りついた。「それは単なる言葉の綾じゃないわね」

「いいえ、単なる言葉の綾。傲慢なセレブの戯《ざ》れ言《ごと》に、本気で食ってかかるほど子どもじゃないので。失礼」

「そうはいかないわ」マリは腕をつきだし、わたしの行く手をさえぎった。「名前は？」

「ダイアナ・ロス」

マリの鼻孔が広がった。あごはこわばったままだ。「この女、何者よ？」

マリは助けを求めるように男のほうを向いたが、彼の顔は晴れやかで、愉快そうな表情が浮かんでいた。

「彼女は僕らの『ベイビー・ラブ』(シュープリームスの曲)」わたしに向かってにやっとする。「俺はスティーヴ・マックイーン」それからマリのほうをさして、「こちらはマリア・カラス」

「まあすてき」とわたし。「で、今夜マリアは歌ってくれるのかしら、それとも招待客をあざけるだけかしら？」

いいぞいいぞ、という感じで、男が声をあげて笑う。「歌姫ふたりの対決。こいつはたまらない」

向こうは本気でそう言っている。わたしが彼女に与える攻撃の、おすそわけに与《あずか》りたいらしい。顔に「ぶって」と書かれていてもおかしくなかった。

しかしマリ・ダイアモンドのほうは、ワイングラスをにぎる指が白くなっている。「あなたがダイアモンド・マインドワークスの人間なら、クビよ」

言うなり、さっと向こうを向いた。片手をあげ、指をパチンと鳴らして誰かに合図を送る。人ごみのはずれにクリップボードの女が立っているのが見える。マリ・ダイアモンドが手招きした。

まずい。わたしは人ごみのなかへ飛びこんだ。早くも時間切れのようだった。

するとギャラリーの中央に、いた。仮面をかぶり、黒いマントとカウボーイハットをつけた男が、誰はばかることなく、のんきな笑顔を見せている。詐欺の餌食にした高齢の投資家も、老後の蓄えを横どりした時給職員も、自分にはまったく関係ないというように。わたしはバッグから呼出状を取りだした。

そこへ年配の男が近づいていって、握手の手をさしだした。白いブラシをひっくり返したような髪型。あのスーツが仮装なら、扮しているのは葬儀屋か。

知らない相手ではなかった。この部屋にいる誰もが知っている。みんなより頭ひとつ飛びだした大きな身体ばかりでなく、名実ともに、この世界の大物だった。ジョージ・ルデンスキー。マコ・テクノロジーのCEOで、今夜の催しのメイン・スポンサーだ。そうであっても、こちらには儀礼を重んじている時間はなく、ふたりの話に割りこんでいくしかなかった。今しもマリ・ダイアモンドがクリップボードの女と話をしていて、わたしのほうを指さしているのだから。やるなら今しかない、さあ。

スティーヴ・マックイーンに腕をつかまれた。

「何を勢いこんでるんだい？　老いぼれ連中なんかほっといて、俺と話をしようじゃないか」

「また別のときに」男の手から、さっと逃れた。

わたしはゾロに近づいていく。「カルね？　その仮面の下は、あなたでしょ？」相手は片手を胸に押しあててお辞儀をする。「セニョリータ、ゾロはけっして正体を明かさないのです」

ジョージ・ルデンスキーがわたしの顔をじっと見ている。以前彼にインタビューをしたことがあった。それをもとに、〈カリフォルニア・ロイヤー〉誌にサイバー・セキュリティの記事を書いたのだ。相手は思いだそうとしているようで、つきさすような視線で見てくる。

「失礼だが、あなたはマコのメンバーかな？」

「いいえ、シュープリームスのメンバー」

あとのことは知ったことじゃない。フリーの司法ジャーナリストか巡回弁護士、あるいは結婚式に白いドレスを着たがる女がやってきたとでも思ってくれればいい。しかし相手はわたしとジェシーの関係を知っており、それを口にされたら万事休すだ。

ジョージ・ルデンスキーは、わたしの顔に注意を集中する。「エヴァン」

時間切れだった。わたしは仮面の男に向かって、呼出状をかかげてみせる。

「カル・ダイアモンドなんでしょ？」

そのときだった。玄関口で鞭のぴしりと鳴る音が聞こえた。わたしは顔をあげた。戸口を抜けて、もうひとりのゾロが気取った足取りで歩いてくる。

部屋じゅうに笑い声がわきたった。最初のゾロは腰に両手をあてがい、自分とまったく同じかっこうをしている相手をじっと見守っている。わたしの額に汗がにじんでくる。

女の大きな声が響く。「いたわ、あそこよ」

クリップボードの女が、人ごみを押しわけてやってきた。すぐうしろに警備員を従え、わたしに向かって人差し指をふりかざして言う。

「あなた、もう逃げられないわよ」

今思えば、そのときにはもう、目の前にパズルのピースがいくつもそろっていたのだ。けれどもあちらこちらに散らばっていたし、どれも扮装に身を包んでいたから、風に吹きあげられて地面を舞う木の葉のように、気にもとめなかった。そのときこそ、以降さまざまな事件が積み重なって悪夢へと突入していく、出発点だったというのに。

玄関近くで怒鳴り声があがった。警備員がイヤフォンに指をあてがって耳を澄ませ、玄関のほうへ駆けだした。クリップボードの女は混乱の表情でそれを見守る。ひょっとしてローン・レンジャーがほんとうに現れたのかと思っているのかもしれない。わたしのほうにちらっといぶかしげな視線を寄こしてきた。

人ごみのなかをつっきって、さらに別の警備員が走ってくる。わたしの携帯電話が一度鳴ってとまり、なんだか首筋がむずむずしてきた。外へ出ようと、きびすを返すと、ジョージ・ルデンスキーがわたしの腕に手を置いた。

「なぜ、カルをさがしている?」

「いえ、べつに」

「彼をここで奇襲しようというのかい?」さっきまで穏やかだった目が、今は熱を帯びていた。「今夜の目的は、恵まれない子どもたちのための資金集めだ。ここはスクープを狙う場所じゃない」

誤解はあるものの、奇襲という意味ではずばり当たっている。彼に背中を向け、クリップボードの女につかまる前に玄関口へ走る。自分が情けない。

外に出るなり騒動が待っていた。事故があったらしく、二台の車が美術館の真ん前で立ち往生していた。白いミニヴァンが歩道に乗りあげ、青のアウディが郵便ポストの横腹をこすっていた。

警備員たちはアウディのほうへ走っていく。ジェシーの車だ。

わたしは恐怖と戦いながら階段を駆けおりた。ミニヴァンの運転手がアウディのほうへ歩いていき、両手を大きく振って怒鳴っている。

「あんな運転のしかたがあるか?　いきなり目の前に飛びだしてきやがって」

警備員のひとりがアウディにたどりつき、運転席のドアを勢いよくあけた。

「降りなさい」

なかへ身を乗りだしてジェシーの腕をつかんだ。わたしは警備員を殴ってやりたかった。

ジェシーはつかまれた腕をはらいのけた。イヤフォンをつけ、ハンズフリーで携帯電話に話している。

「――ステート・ストリートの南。つい今しがた、話しているそばからだ。五フィート十一インチ。髪は茶色で、青いワイシャツにカーキ色のパンツ」

警備員がまた手をのばした。

「さわるな」ジェシーは肘で押しのけ、ハンドルに片腕をがっちりのせて、外へひっぱりだされないようにする。そうして電話に向かって話を続ける。「ああ、歩きだ」

わたしはほっとして息を吐いた。彼は無事だった。電話の相手は警察だが、自分の起こした事故のことを報告しているのではない。

「何が起きたの?」

わたしが声をかけると、ミニヴァンの運転手がふりかえった。「こいつを知ってるのか? いったいどこのおとぼけ学校で運転を習ったんだ?」

ジェシーが顔をあげた。目がギラギラ光っている。

「ブランドを見た」

まるでナイフのように飛んできた言葉に、警備員もミニヴァンの運転手もしんとなり、怒鳴り声や肘の押し合いも収まった。手のひらがじんじんしてきた。

「どこで?」

ジェシーは交差点の角を指さした。「ステート・ストリートをくだった。急げ」

それ以上の説明は不要だった。わたしは駆けだした。

ステート・ストリートを駆けぬける。歩道は人でいっぱいで、夕陽を浴びて陽気に輝くたくさんの顔のうしろに、ヤシの木の連なりがちらちらのぞき、クラブやレストランから、さまざまな音楽がこぼれてくる。身をかわしつつ、人ごみのなかを縫うようにして走り、カッラが落ちないよう手でおさえながら、あたりに必死に目を走らせる。

五フィート十一インチ、茶色い髪、青いワイシャツ、カーキ色のパンツ。それにあてはまる人間は通りにいくらでもいる。ブランドらしい人間の姿はまだ見えてこない。

フランクリン・ブランドは、車重二トン、325馬力の車でジェシーとアイザック・サンドヴァルにつっこんでいった男だ。ふたりをめちゃめちゃにして地面に残し、逃げていった臆病者。事故を起こしたその夜のうちにサンタバーバラから逃走した。彼がどこか他州の海岸で遊び暮らしているあいだ、アイザックは土のなかで冷たくなり、ジェシーは人生を立て直そうと奮闘を続けた。凶悪犯罪の令状が出て指名手配になっているその男が、今ここに、この人ごみのどこかにいる。

女がひとり、わたしの前に飛びだしてくる。ぶつかった。わたしは「ごめんなさい」と大声で言って、そのまま先へ進む。

フランクリン・ブランドは会社の重役だった。事故の晩にそうしたように、会社の車を頻繁に無断借用し、ミッション・キャニオンで無謀な運転を楽しんでいた。その晩は、カーブを曲がったら、前方にアイザックとジェシーがいた。ふたりはマウンテンバイクを力一杯走らせて、トライアスロンのトレーニング中だった。ブランドが気づいたのは、もはや手遅れとなってから。残ったタイヤ跡は、自分が崖から落ちないよう、衝突後にブレーキを踏んだときのものだった。

赤信号に足をとめる。車がびゅんびゅん行きすぎる交差点を端から端まで観察する。車の流れがとまると一気に駆けだし、ぶつかる人々に詫びの言葉を口にしながら、交差点をつっきる。

あの事故があった翌日、轢き逃げをしたのはフランクリン・ブランドだと告げる匿名電話が警察に入った。警察は、どうして運転しているのがブランドだとわかったのかと電話の相手に訊いた。その言葉の一言一句を警察がそのまま書き取った記録によると、相手の答えは簡単明瞭だった。

「だっていっしょにいたから。そのときあたし、彼のペニスをくわえてたの」

女はブランドの車のありかも話した。街向こうの丘に黒こげになって置き去りにされていると言う。ブランドのほうはパスポートと、海外の銀行口座にたっぷりと金を持っていた。数百万ドルという単位で。判事が逮捕状を出すころには、彼はメキシコシティにいた。追跡はそこで終わりだった。

それがなんだって今夜、サンタバーバラのダウンタウンに現れたのか。こちらの知ったことじゃないが、逃がすわけにはいかない。

通りの先に、きびきびと人波を抜けていく青いワイシャツが見えた。はっとして息を呑む。髪は茶色でカーキ色のパンツ、背丈もあっている。わたしは近づいていった。

事故のあと、新聞で見たブランドの顔を思いだす——青白い顔で、下あごまわりの肉がたるんでいて、退屈そうな目をしていた。前方で青いワイシャツがふりかえり、その瞬間、顔がちらっと見えた。ネオンサインで赤く染まっている。ペースを落とし、目をこらして相手の顔をよく見る。

氷水を全身に浴びたような気分だった。あの目と、口の配置。彼だった。

そこで一瞬ひるむ。私人逮捕をしてやろうか？　『ストップ！　イン・ザ・ネーム・オブ・ラブ』って、シュープリームスのように叫ぶ？　向こうは足を速めた。

警察に通報する、それしかない。携帯電話を取りだそうとバッグに手をつっこんだ。

酔っぱらった大学生ふたりが歌いながら、メキシカン・レストランから千鳥足で出てきた。それにいきなりぶつかられて、手から携帯電話が落ちた。

「うわっ！」かたほうがよろめきながら、もういっぽうに言う。「見ろよ、おまえのせいだぞ」

携帯がうっかり蹴られてしまわないうちに、わたしはかがんで拾った。立ちあがってあたりに目を走らせる。ブランドはどこ？

十フィート先――あれだ、青いワイシャツが歩道のへりに立っていた。片手をあげる万国共通のしぐさで、タクシーをとめようとしている。黄色いタクシーがさっととまった。信じられない。サンタバーバラでは、サンタの橇《そり》並みにしか、タクシーはやってこないはずなのに。

男がドアの取っ手をつかんだのと同時に、わたしは突進していった。

背後から力任せに飛びかかっていき、その勢いで相手が縁石を踏みはずした。ふたりいっしょにタクシーからはじきとばされるかっこうになり、もつれあいながら歩道に転がった。カツラがずれて目もとまで落ちてくる。相手が息を切らしているのが聞こえ、膝がコンクリートにあたるのがわかる。ドレスのスパンコールが硬い音をたてるほどの強い衝撃だったが、なんとかして相手の上にはいあがった。

男はわたしの下でもがいている。

「警察を呼んで」

大声で叫んでから、カツラを目もとから押しあげる。下から男が、こちらを見かえしていた。

両手を上にあげ、降参のポーズ。「ゆずるよ——たかがタクシーじゃないか。こっちは別のをつかまえる」

年齢は少なくとも五十五は行っている。落書きのような口ひげが、貴族のようなラテン系の顔にくっついている。相手のカツラもわたしのと同じようにずれていた。ブランドとは似ても似つかない。

恥ずかしさに身の置き所がなかった。男の身体からおりて、何度も謝りながら助け起こす。相手は頭髪の薄さを隠すカツラを手さぐりで直している。わたしは彼のシャツからほこりを払った。

「ごめんなさい」これでもう十五回目。

男は手を振って、追いはらうしぐさをする。「もう行ってくれ」

わたしは歯をぎゅっと嚙みしめて、また通りをくだっていく。膝から血が流れていた。足をひきずりながら人ごみのなかに目をこらし、こちらをじろじろ見てくる他人の視線は気にしないようにする。

十分後、足をとめる。見失った。

二

美術館へ走ってもどると、警官がふたり、困惑顔でジェシーと話をしていた。ジェシーはアウディを降りて車椅子にすわっている。空はいつのまにかビロードのような青に変わっていた。美術館の階段から警備員たちが様子をうかがっており、ミニヴァンはすでに歩道からおりている。しかるべき部隊がひと働きしたのだろう。広々とした空間にぽつんと置かれた車椅子は、まるで反発する金属を一切寄せつけない磁石のようだった。さらにそれは、場のミュートボタンの役割も果たしているようで、誰もが口をつぐんでいる。しかし声がないからといって、そこに何もないわけではなく、黄昏《たそがれ》のなかに、同情と気まずさが漂っていた。

ジェシーはいつものように、場の沈黙を利用していた。ミニヴァンの運転手は明らかに勢いを殺《そ》がれていたし、警備員も、ここは自分たちが出る幕ではないと納得している。警官らは腕組みして立ち、ジェシーの話にじっと耳を傾けていた。ここでは彼の障害がスタンガンにも似た力を発揮していた――人々の虚をついて一瞬のうちに優位に立つ。ジェシーは骨の髄まで、策略に長けた弁護士なのだ。

ジェシーが言っている。ああそうだ、合図も送らずに飛びだした。ミニヴァンは道をはずれ、自分の車もはずれ、郵便ポストが一番割を食った。悪いのは自分だ、しかしブランドが逃げたのだから、追いかけないわけにはいかなかった、と。

「こうしているあいだにも、やつは遠くに逃げている。違反切符を切って、さっさとこの場を終わりにすれば、きみもすぐ追いかけることができる」

顔が怒りにほてっているのがわかる。それからジェシーはわたしの姿を認めて、目にはっとした表情を浮かべた——期待しているのだ。わたしは小走りでそっちへ向かいながら、首を横に振った。ジェシーの肩ががくんと落ちる。

背の低い女性警官は褐色の髪で、ストーブのような体格をしている。彼女がわたしに声をかけてきた。「あの、こちらの紳士が、警察の追っている人物を見たとおっしゃってるんですが」

「フランクリン・ブランド」わたしは教えた。「故殺罪で逮捕状が出ているの」

「ええ、そうらしいですね。あなたはその人物を見たんですか?」

「ステート・ストリートをくだって、カリリョ・ストリートへ向かったわ」

男性警官のほうがこちらに背を向け、携帯無線機で情報を告げた。無線の音がガーガーいっている。

ジェシーが、血の出たわたしの膝を指さす。「どうしたんだ?」

「なんでもない」

女性警官がわたしのかっこうをちらちら見て言う。「『モッズ特捜隊』(一九六〇年代に放映されたポリスアクションドラマ)

の他のメンバーは、まだ容疑者を追跡しているのかしら?」

「そうよ。あのしびれるテーマ音楽を追っていきなさい、仲間たちにすぐ会えるから」

勢いよくあいたドアさながらに相手の口があんぐりひらいた。このへんでやめておいたほうがよさそうだ。

ジェシーが女性警官に言う。「容疑者を追うのは、きみの仕事だと思うがね」

ジェシーは車椅子のプッシュ・リム（車椅子を漕ぐ力を車輪に伝達する輪）をぎゅっとにぎった。ハーフフィンガーの革手袋から出ている指先は、血の気が引いて白くなっている。

警官は出頭命令帳から違反切符をちぎり、ジェシーに渡した。

「郵政公社から、郵便ポストの件で連絡が行くと思います。次回からは近づいてくる車に極力注意してください」

「もういいね?」

答えを待たずに、ジェシーはくるっと向きを変え、自分の車に向かった。

エンジンがかかるかかからないかのうちに、また電話をつかい、クリス・ラムスールを呼びだす。彼の轢き逃げ事件を担当する刑事だ。

「折り返し電話をくれるよう伝えてほしい。緊急事態だ」

電話を切ると、助手席にすわるわたしのほうを向いた。「ダイアモンドに渡せたか?」

「いいえ。ゾロがふたりいて」

「くそっ」ジェシーは車を発進させた。「『あなたはその人物を見たんですか?』ときた。

みんな俺が幽霊でも見たと思ってるんだ」

「クリスはそうは思わないわ」

車は大きく尻を振ってステート・ストリートに飛びだした。臆面もない法規違反。「ブランドは、俺の車の真ん前で通りを横切った。顔をまっすぐ見てきたよ」

想像しただけで、背筋が寒くなった。「あなただって、気づいたの？」

「改めて見かえしてはこなかった。気づいてないよ、そのまま美術館に向かった」

そこでふたりして、顔を見あわせた。

「もしかして、マコ？」とわたし。

「あの幽霊は消えやしない。こっちがどんなに深いところへ埋めてやっても」

フランクリン・ブランドは逃亡する前、マコ・テクノロジーの部長だった。会社の花形で、企業や政府のサイバー・セキュリティ・システムを構築した。その彼が、轢き逃げ事件で告発されたものだから、マコは泡を食って、会社と事故を切り離すべく躍起になった。会社幹部はブランドの有罪に異議を唱え、他の人間にもそう思わせるよう仕向けた。会社の契約する保険会社を説得して、ブランド名義の保険金の支払いも拒否させた。

結果、ジェシーは苦境に立たされた。瀕死の重傷を負いながら、懐はからっぽ。ロー・スクールの学生の身で、マコの保険会社が支払いを拒否した六桁の医療費を支払わねばならない。まさに、お先真っ暗だった。

「鉛筆売りでもしている自分が見えたよ」かつてジェシーはそう言った。「いや、それどころか、『食べ物のお恵みを』と書いたボール紙を持って、街角にすわっているかもしれない。もう失うものは何もない。持っている弾のすべてをぶっぱなした感じだ」

ジェシーは、保険会社の支払い拒否を責任回避だとして、訴訟を起こすとおどした。それから、マコのジョージ・ルデンスキーに電話をした。アイザックが死に、自分は脊髄を損傷したことを話し、会社がブランドに六万五千ドルの車をおもちゃがわりに与えたことにも水を向ける。保険会社を訴えれば、マコは共同被告となることも説明した。さらにルデンスキーに事故の写真をメールで送りつけた。カラー写真で。

四十八時間後、保険会社はジェシーとアイザックの兄に保険金を支払った。ルデンスキーが態度を改めたのだ。

このときのジェシーのマコ・テクノロジーに向ける気持ちは、言葉では言い尽くせないほどに複雑だった。

「ブランドは誰かに会いに美術館に向かったんだ。連絡をつけに」

「ここにもどってくるなんて、なんのために、そんな危険を冒すの?」

「考えてごらん」

わたしは考えた。愚かさゆえ? 愛のため? 「お金だわ」

「俺もそうと見た」

「彼のほうは、まだマコとは話がついていないってこと?」

「ああ。となると、こっちだって話はついてないことになる」

ジェシーはゆっくり車を進めながら、歩道の人々に目をやっている。顔と肩にネオンの光がふりそそいで肌が金と朱に染まり、目がぎらりと光る。

「やつは俺の顔を見たんだぜ、エヴ。まっすぐこっちを見てきた。なのに反応はなし。ふざけたことに、俺が誰だかわからなかったんだ」

すべて片づいたことだ、とジェシーは公言してきた。過去をふりかえってもいいことはない。人生は何が起こるかわからない。目は前に向けるべきだ、人は未来にしか進めない。

受け入れたのだ、と人はそう言う。

敬意に値するジェシー。経験豊かで機略に長けた、超一級の切れ者。いつもわたしを笑わせ、不誠実なことを許さない。世間がどんな球を打ってこようと、彼はすべて打ち返す。強烈なショットで鮮やかなストレートを決めるのだ。去年、わたしは彼に命を救われた。ハンサムで勇敢なジェシー。わたしは彼を愛している。九週間後には結婚が待っていた。

が、まさにこのとき、彼の声にわたしは痛みを聞き、了解した。嘘だったのだ。ジェシーは何ひとつ許していない——ブランドが野放しになっている限り。とにかく何もかもが変わってしまったのだ。彼にとっても、わたしにとっても。

「Uターンして」

「なぜ？」

「美術館にもどるの。ちょっと用を片づけてくる」

車から降ろしてもらい、美術館の階段をあがった。クリップボードの女がなかに入れてくれないのはわかっている。相手は入り口を守るようにして立ちながら、ボールペンをカチカチさせていた。モールス信号でも打っているかのようだった。シュープリームス侵攻。空中援護を頼む。

「落ちついて。ここから見るだけだから」

わたしは言って、女の肩ごしになかをのぞく。ジョージ・ルデンスキーの姿はない。しかし、スティーヴ・マックイーンが、カナッペを食べ終えるのが見えた。わたしはドアをコツコツたたき、彼に向かって手を振る。相手は指をなめながら外に出てきた。

「マリ・ダイアモンドと二戦目をやりにもどってきたのかい？　こりゃ楽しみだ」

「頼みがあるの。ジョージ・ルデンスキーに、エヴァン・ディレイニーから話があるって、そう伝えてくれない？」

「ほほう」

ジーンズのポケットに両手をつっこんで、ぐっと近づいてきた。「きみの命令で、彼がパーティの座をはずすかな？」

「フランクリン・ブランドの件だって言ってちょうだい」

相手の顔から人あたりの良さが消えた。わたしの肩ごしに階段の下をのぞき見る。ジェシーが車のなかから外へ、器用に出てくるところだった。

「それなら、俺に話したらどうだい？　このケニー・ルデンスキーに」

また打ちそこなった。空振り三振。最初はゾロ、次はブランド似の男、そして最後がこれ。

「ええ、あなたのお父様を連れてきてくださったら」

相手はわたしの頭からつま先まで目を走らせた。「押しが強いんだな。しかしきみはラッキーだ。そういうのも、俺は嫌いじゃない」

ケニーはなかに入っていき、わたしは階段を駆けおりた。ジェシーは車をロックしていた。

「相手が誰か、知らなかったのか？」

「ごめん。しくじったわ」

ケニー・ルデンスキーはマコの重役で、事故のあと、ブランドの無実を誰よりも声高に叫んだ人物だ。新聞に彼の発言がのっていたのを覚えている。ジェシーとアイザックが事故の前に酒を飲んでいたのではないかと、ケニーはそう考えていた。なんだかまずい展開になりそうだった。

「気にするな。ジョージは堂々と戦うさ」

ジェシーはそう言って、美術館のほうをあごで差した。「十二時の方角から対空砲火」

ジョージ・ルデンスキーが階段を下りてくる。旗竿のように背筋をぴんと張って。それに追いつこうと、ケニーがうしろから急ぎ足でやってくる。ケニーの横には、三十代後半の女がいて、緋色のスーツと派手に垂れさがる銀髪が、今にも燃えあがる埋み火《うずみび》のように見える。ハーリー・ドーソン。マコの弁護士だ。

「受けて立とうじゃないの」

わたしはまっすぐジョージに向かっていき、他の面々には目もくれない。「お呼びだてして、すみません」

相手はうなずいて、ジェシーの手をにぎった。「ブランドの件というのは?」

わたしは言う。「今さっき、通りの先まで彼を追っていたんです」

相手は動じない。「たしかに彼だったのかね?」

「たしかもたしか」ジェシーが言う。

「あのろくでなしだ」

ハーリー・ドーソンがつかつかとやってきた。「知ってるわよ、エヴァン。呼出状を交付しにきたんでしょ、ちがう?」そう言って、ジェシーに向かってうなずく。「調子はどう?ブラックバーン。相変わらず、サンチェス・マルクスの過激派組織で働いているのかしら?」

ジェシーはあいさつがわりに拳をあげて見せる。「人民に権力をだよ、ハーリー。きみは相変わらず、潤滑油となって権力の歯車をまわしているのかい?」

「ええ、世の中を動かすには、キャビアが必要だもの」ハーリーはジョージを指さす。「いずれにしてもフランクリン・ブランドに関することは、すべて法的な問題よ。わたしに言ってちょうだい」

ジョージが言う。「彼がもどった」

ハーリーは目をぱちくりさせた。そばかすと、いたずらな瞳が与えるあどけない印象を、鋭いまなざしと、ひき結んだ口もとが相殺している。その口が今、あんぐりとあいていた。

わたしは言う。「そう、法的な問題よ、ハーリー。マコの人間は知らなきゃいけない。ブランドが現れたら、電話をしてきたら、窓の向こうから唾をペッと吐いてきたら、警察に連絡することになっている。それもただちに」

続けてジェシーが言う。「つまり三十秒以内にということだ」

「十秒にしといたほうがいいわ」とわたし。「時間を置きすぎると警官を怒らせて、あれこれ言いがかりをつけられる。逃亡者の秘匿だの……」

ジェシーがあとを引きとる。「司法妨害だの、共同謀議だの――」

ケニーは首を振った。「冗談じゃない。ブラックバーンはまだ、マコを執拗に責めたてる気か」

ジョージは息子をたしなめる目で見る。「ケニー、今はそういう話をしているんじゃない」

「わかってるよ。だがブランドがもどってきたと知って、この男は何よりもまず、親父へ苦情を持ちこんできたんだぜ。そろそろ新たな施し物が必要なんじゃないか」

ジェシーがさえぎる。「ケニー」

ケニーは車椅子にじっと目をやる。「哀れだよな、まったく。小切手を切ってもらうってのは、どうだ?」

「こういうのはどうだ」とジェシー。「お前にお前のケツを食わせてやるってのは？　大皿に盛ってケツの穴にパセリをひと枝挿してやる」

ジョージの顔がまだらに赤くなった。「ふたりとも、それでも紳士か」

ケニーが目をあげ、ジェシーをにらみつける。「やって見せてほしいもんだ、そうしたらこっちは——」

「いいかげんにしないか。ゲストが待っている。行ってもてなしてこい」

ジョージがジェシーのほうを向いた。「これは警察が扱う問題であり、決まりに従って正しい処置がなされるはずだ。安心していい」それからハーリーに目を向ける。「きみとは、あとで話をしよう」

それだけ言うと立ちさった。

ケニーはジェシーをにらみつけている。下あごの筋肉が盛りあがり、まるで油汚れでもついているかのように指を手のひらになすりつけた。ハーリーがつっついて、その場を去らせようとする。

ケニーはわたしを見ながら、手のひらをジーンズで拭いた。マックイーンのクールな表情がもどってきた。

「けっこうなことだ。こいつの味方になるなんて尊敬に値する」

ケニーはわたしの肘に触れ、親指でなでてきた。ハーリーがまた彼をつっついた。それを振りはらってケニーは歩きだした。

ジェシーは立ちさる彼をじっと見守る。「なるほど、やつがマコの後継者ってわけだな?

きみが破産法を扱うのが嫌いじゃないといいがな、ハーリー」

　ジェシーは上体をそらして車椅子を百八十度回転させ、前へ進んだ。ハーリーは唇を噛んでいる。

「ああ、くだらない」ハーリーが凍結した滝のような髪を手でかきあげる。「近親相姦を平気でやってるような町。どこかの家の恥をさらしたら、恥をかくのは一軒じゃ済まない。賭けたっていいわ」

「これはマコがやりなおすチャンスよ。それをふいにさせちゃいけないわ」わたしは言った。

「ありがたいわ。『ギリガン君SOS』（一九六〇年代に放映された人気コメディドラマ）に出てくるジンジャーみたいなかっこうの女から、そんな専門的なアドバイスがもらえるなんて」

「ジョージのところへ行って話すのよ。彼ならきっと正しいことをするわ。特にあなたが、そうするよう言って聞かせてやればね」

「じゃあ、こうしましょう。わたしはわたしの仕事をするから、あなたはあなたの仕事をする」ハーリーは言って、ジェシーをあごで差す。「ちゃんと手綱を引いておくのね」

　わたしの顔には、信じられないといった表情が浮かんでいたにちがいない。「問題なのはジェシーじゃないわ」

「言葉に気をつけるべきよ。ケニーと本気でやりあったら、きっと後悔する」

　いきなり強い怒りがわいてきた。「人への接し方を学ぶべきはケニーのほうでしょ」

「わかってる、だけど彼はね――」そこでうまい言葉が見つからずに、口が一文字になる。

「一途なのよ。マコのこととなると冷静じゃいられない、同僚にも忠義心が強いの」

「一途？　冗談でしょ」

「わかった、彼はあんなふうな言い方をするべきじゃなかった。あれはやっぱり――」

「サイテー？　ムカつく？　正しい形容詞が出てきたところでとめて」

ハーリーは両手をあげた。「わかったって」そこできっぱり決意したように、頭をうしろにそらした。「もうこの件はおしまい。いいでしょ？　ビールを一杯やるか、踊るか、ポーカーでもどう？　いやな女の役はもううんざりよ」

わたしはもう少しで声をあげて笑いそうだった。彼女とは昔からの友人で、その直情的なところをいつも愉快に思っていた。

「そういう変わり身の早いところ、いくら見ていても飽きないわ。でも今夜はやめとく」

ハーリーはため息をついた。「そうね、わたしもそう思うわ」それからあとずさるかっこうで、美術館へ足を向ける。「で、あのうわさはほんとうなの？」

「嘘よ。この世は何もかも嘘ばっかり」

「あなたのうわさが立っているのよ、結婚間近だって」

「そのうわさなら、わたしも聞いたわ」

ハーリーは口もとをほころばせた。「彼は運のいい男ね」

「ええ、何から何まで」

ハーリーは手を振り、わたしは歩みさった。ジェシーは車の横で待っていて、行き交う車の流れを見ていた。獲物をさがす目だった。

彼のうなじに触れて、わたしは言った。「いっしょに、うちに来ない？」

ジェシーは首を横に振った。「アダムに話さないといけない」

ガラスを飲まなきゃいけない、とでも言うような口調。

「応援はいらない？」

「ああ。俺が主旋律で、きみはハモってくれ。思いっきり胸くそ悪い歌を聴かせてやれる。きみの弟は死に、殺人者は帰ってきたっていうブルースさ」


「三年と三週間。ブランドのやつ、事故の三周年に一足ちがいで帰ってきやがった」

アダム・サンドヴァルは窓の桟によりかかり、外の景色を見ている。彼の家はメサという近隣の丘の中腹にあり、海が見おろせた。海面に夕陽の赤がちらちら揺れている。

「花輪を捧げにきたわけではあるまい。いったいなんの用だ？」

「お金よ」わたしは言った。

アダムはぶきみなほどに穏やかだった。ただしその穏やかさが、そのまま心の静穏を表すと思ったら大まちがいだ。

「金なら持っているだろう。何かもっと別の理由があるはずだ」

窓から入るそよ風が、アダムの白麻のシャツをふくらます。足ははだしで、ゆったりしたカーキ色のパンツをはいている。そんなラフなかっこうで、唯一気楽さに欠けるのが、首からさげた十字架だ。ちょうど心臓の真上にくる位置にあり、物理学者のように力の均衡を重んじているのかもしれない。もっとも彼は物理学者なのだが。

「図々しい、ろくでなしだ。衆人環視の催しに顔を出すのに、少しもやましさを感じない。まるでどこかの海岸に三年いたら、罪のにおいが洗い流されたとでも思っている」

そう言って、アダムは窓から向きなおった。険しい顔だった。目に物悲しい光があふれている。悲しみは徐々に薄らいでいくものの、けっして消えはせず、笑顔にさえにじんでくるらしい。しかし今彼は、笑ってなどいなかった。

「胸が悪くなる」とアダム。

するとジェシーが言う。「そうとも言えないぞ。やつはマコの人間と連絡をとろうとした、それも公衆の面前で――つかまるとわかっているのにだ。見あげた根性じゃないか」

「本気でそう思っているんなら、どうして、たった今顔を殴られたような、しけた面をしている?」

ジェシーはため息をついた。

わたしがかわりに説明する。「ケニー・ルデンスキーに、さんざんに傷つけられたのよ」

アダムがびっくりした顔をする。「卑劣なことを言ってきたのか」

「当然よ。あの人の名刺には、愚弄はお任せ今すぐフリーダイヤルで、とあるんだから」

アダムはジェシーに冷笑を浮かべてみせる。「で、やつはお前の目を正面から見て言えたか?」

「いいや。生まれ変わっても、やつには無理だ」

アダムは窓の桟から身体を離し、肩をすくめて部屋の向こう側に行った。部屋にはソファがひとつ、コンピューターが二台あり、書棚にラドラム、ヒラーマン、アクィナス、それにリチャード・ファインマンの講演集などが、ごちゃごちゃと詰めこまれている。部屋全体に辛いシチュー、チリベルデのようなにおいが漂っている。博士号取得後、大学に残って研究している、まさにそういう人間の生活空間だった。

ジェシーが言う。「ブランドなら、図々しくさせておけばいい。どうでもいいことだ。町の人間は誰ひとり、棒っきれでつっつける距離までやつに近づかない。だから物乞いのように、美術館の前に立っていられるのさ」

「あるいはストーカーのように」とアダム。「きっと欲しい物があるにちがいない。それも喉から手が出るほどに」

アダムは書棚の横に立ち、白目《しろめ》のフレームに入った、8インチ×10インチの写真をじっと見る。顔に切ない表情が浮かんでいる。

写真はアダム、アイザック、ジェシーの三人を写したものだった――三位一体の神ならぬ、邪悪な三人組と彼らは自分たちを呼び習わしていた。NCAA（全米大学体育協会）の全米水泳選手権で撮ったもので、優勝を決めたあとであることは一目瞭然、みな勝利の喜びに輝いていた。アダムは喜びすぎて、すっかりのぼせあがった顔をしている。アイザックはわんぱく小僧のようにニッと笑い、カメラに向かって人差し指を立てている――俺たちがナンバー・ワン。

アイザックは荒っぽい男で、水に入るとしゃにむに動きだすところから「洗濯機」とあだ名された。このあと彼は足首に優勝タイムのタトゥーを入れたのだった。

そしてジェシーは感極まった表情で写っていた。サンドヴァル兄弟の肩に両腕をまわして自分に引きよせている。塩素で脱色された髪を金色に光らせ、頭から爪先まで全身に力がみなぎって、筋肉がぴくぴく動いているのが見えるようだった。わたしが最初に会ったとき、彼はこうだった。青い目とアスリートならではの美しさに、こちらは完全にノックアウトされ、自分にこれほど強い欲望があったことに我ながら驚いたものだった。

今でもジェシーはしなやかな身体を持っていて、水に入ると、ため息が出るほどに美しい。ほぼなんでも背負える肩を持っているが、あの事故以来、彼の肩にはアダムへの気遣いがずっしり背負われていた。言葉の選び方や声の調子から、わたしにはそれがよくわかった。理由もわかる。自分とアダムを比べたら、アダムのほうがずっと強烈な痛手を受けたと、ジェシーはそう考えているのだ。

ジェシーは言う。「ブランドの目的がなんであろうと、やつは危ない橋を渡っている、だからつかまる。負け犬がドジを踏むのは目に見えている」

アダムがジェシーの顔を見る。「もう一度、力をこめて言ってくれ」

「やつはドジを踏む。それが負け犬のやることだ」

アダムはまた冷笑を浮かべた。「たよりになるチアリーダーだ」

光が弱まり、海が銀色の光を帯びてきた。アダムの顔を影がかすめていく。

わたしはアダムに言う。「ブランドの望みは何かしら、お金じゃないとしたら?」

「復讐だ」

わたしは驚いた顔になる。

「誰に? マコに対して?」

「女だ。警察に匿名で電話をかけて、彼を密告した」

「ブランドは、女に忍びよろうと美術館に行った、そう思ってるの?」

「ああ」

するとジェシーが言う。「きみは、女がマコの下で働いているると、そう考えているんだな」

アダムがうなずいた。「それに、マコの人間も密告者が誰だか知っていると思う。職場恋愛というのは実質上、公然の秘密みたいなものだからな。しかし誰も口にはしない。そんな度胸はないんだ」

ジェシーがわたしの顔をちらっと見てきた。ふたりとも同じことを思っていた——アダムはずっとこのことを考えていた。この事件は彼とともに生きつづけ、わずかでも頭から離れることはなかったのだ。

アダムが言う。「もし、きみがマコに顔を見せようと言うんなら、俺も加わる。ただし、相当痛い目を見るのは覚悟しておいたほうがいい。ジョージ・ルデンスキーは悪いやつじゃないが、ケニーは策士だ。やつが方向づけをする」

「ケニーなんぞ、クソ食らえ、マコだってそうだ。やつらはブランドを手に入れるための、梃子《てこ》としてつかうだけだ。目標物に照準を定めるんだよ、相棒」

アダムはうなずき、窓の外に広がる海を見やった。ジェシーはわたしに目で合図する——そろそろ帰ろう。

ジェシーはアダムの肘に触れた。「また明日話す。いいかい?」

「ああ」

わたしたちはドアへ向かった。と、アダムが口をひらいた。「ヘフェ(スペイン語でボスの意味)、これだけは忘れるな」

ジェシーは肩ごしにアダムを見た。

「殺人者に向かっていくんだ。向こうからもそれなりの反応がくる」

「忘れませんよ。我らがアイザック・ニュートン、サンドヴァル博士。作用・反作用の法則だ」

アダムが言う。「とにかく、気をつけろ」

ホープ・ランチにあるカル・ダイアモンドとマリ・ダイアモンドの邸宅には景観照明が灯っていた。ヤシの木、それに拳ほどもある大きな赤いツバキの咲きみだれる花壇が、光のなかに浮かびあがっている。照明は、邸のアーチやバルコニーも照らしており、邸にはカーサ・マリセラという名がついている。地所のへりには影が落ち、錬鉄製の柵の外の暗がりを、若い女がひとり、金属製の警棒を引きずって柵に沿って歩いている。その物音で、犬が出てくるのを待っていた。

女の名前はチェリー・ロペス。年齢は二十四だが、やせ型で強靭そうな体型から、十代といってもおかしくない。短く刈った髪はゴシック風に真っ黒に染められていて、片方の脚の足首から上に向かって、タトゥーが鉄索のようにのびている。タトゥーはそのまま太腿にからみつくようにしてあがっていってヒップを横切り、あばらを越えて、片方の乳房のまわりをのたくってから首にのぼっていき、耳の裏側まで来たところで、牙を肌に食いこませるクサリヘビの頭になる。

チェリーは警棒をフェンスに打ちつけて音をたてる。「さあ、出ておいでワンワン。びっくりプレゼントがあるよ」

すると出てきた。薄闇のなか、二頭のドーベルマンが芝生を横切って走ってきた。耳を頭にぴったりくっつけている。チェリーは車道のつきあたりにある門のところまで出ていった。犬たちはその門に猛然と飛びかかってきて、歯をむきだして吠えたてる。その音にチェリーは辟易する。思っていた以上に大きく、意地悪そうな犬だ。

こんなことはしたくなかった。いやな仕事だった。実際ここへ来る必要はなかったのだ。美術館で事は済んでいたはずだった。それがあの、ピンクドレスの女と、車椅子の男のせいで、予定が狂った。計算外のできごとだった。やたら威張った物言いをする女。しかし、その女自体は大きな問題ではない。そもそも計画に欠陥《バグ》があった、それを認めないわけにはいかない。かといって、今さらあとに引いたらどうなるか、その結果はわかっていた。

「そら、ワンちゃん」

そう言って、警棒を門のなかへ差し入れた。片方の犬が飛びだしてきて、警棒を歯でくわえた。チェリーがスイッチを押す。犬は痙攣《けいれん》し、地面に倒れた。

二頭目の犬はまだ吠えて門に飛びついており、うるさい音が神経にさわってくる。家のほうに灯りがともった。チェリーはふりかえり、車道の先にとまっている一台のコルベットを見やる。車のなかでタバコの先にともる赤い火が光っている。たぶんマリファナだろう。ミッキーが見張っている。このゲームを終えてしまわなければ、代償を払うことになる。

ふたたび警棒を門のなかへ差しこみ、二頭目の犬の胸を撃つ。犬はくんくん鳴いて体をひきつらせ、地面にドサッと倒れた。

これで静かになった。ずっと気分がいい。

チェリーは警棒をしげしげと見た。三〇万ボルトの電流を流すこれが、たったの六十四ドル九十九セント。悪くない。ネットで簡単に調達することができたし、何よりうれしいのは、カル・ダイアモンドのクレジットカードをつかったこと。ここでも技術が勝利した。

尻のポケットに手を入れて、封筒をひっぱりだす。ダイアモンドがこの写真を見たら、ちびってしまうだろう。それを鉄柵の向こうに落としてから、門の横にあるブザーを鳴らした。気絶した犬に最後の一瞥《いちべつ》をくれてから、車回しを歩いてコルベットに向かう。

車に乗りこむと、マリファナのにおいがした。運転席にすわるミッキーはまだ、ばかげたゾロの帽子をかぶっている。長い金髪はゾロにふさわしい。彼はマリファナを吸って、肺のなかに煙を長くためこんだ。

「やってきた」チェリーが言う。

男は煙を吐きだし、チェリーをふりかえって頬を平手打ちした。

「門の監視カメラに粘着テープを貼るのを忘れてる」

うっ、まずい。「忘れてた。犬がワンワン吠えまくるもんだから——」

男がまた平手打ちした。チェリーの指が警棒にぎゅっと巻きつき、それからゆるんだ。今はまだだめだ。罰するほどのことでもない。

男はコルベットを発車させた。「ま、どうってことないか？　まずいことになるのは俺のほうじゃない」

チェリーは男の顔をじっと見た。「あんたもよ」

「ちがうね」彼はギアをローに入れた。「カメラに映ってるのはおまえだ。俺はこんなところにはいなかった」

三

自宅前で車から降ろしてもらったとき、ジェシーは難しい顔をしていた。連なる山々が満天の星をいただいている。わたしは門を抜けて家に向かった。奥まった庭の先に建つコテージがわたしの家だ。通りぞいに建つヴィクトリア様式の家には、友人の夫婦、ニッキィとカール・ヴィンセントが住んでいる。サンタバーバラ・ミッションに近い住み心地のよい区域で、古い家々がぎっしり並ぶあいまを、茂りすぎたセイヨウキョウチクトウやオークの木が埋めている。スタージャスミンが香るなか、遊んでいる子どもたちの大きな声が響きわたる。

それでもわたしの気分は少しも晴れず、心がざわついていた。

ヴィンセント家のキッチンの窓から、シンクの前に立つカールが見えた。ピンストライプのシャツについたベビーフードを洗い落としている。フクロウみたいな眼鏡にキッチンの光がはねかえっている。裏のポーチでは、ニッキィがマホガニーの揺り椅子にすわってシーアに授乳をしていた。

彼女の目が、わたしの着ているピンクのスパンコール・ドレスをとらえた。「あら、どちらさま？」

「コンドリーザ・ライス」

わたしの答えに、ニッキィは張りのある笑い声をたてた。

「となると、こちらはスウェーデンの総理大臣ね」

わたしはポーチの階段に腰をおろした。「フランクリン・ブランドが町にもどってきた。ジェシーはもうかんかん」

「驚いた」

彼女に話をしながら、自分がぐったり疲れているのに気がついた。シーアの授乳が終わったので、わたしは両手をさしだした。

「だっこさせてちょうだい」

ニッキィが赤んぼうを渡してきた。シーアは九か月の元気盛んな女の子だ。ずんぐりした腿をわたしの身体に巻きつけ、スパンコールを手でさわる。わたしはにっこり笑いかけた。

ニッキィが言う。「ルークから連絡は?」

あの子はクリスマスが終わって行ってしまった。それを思うと胃をつねられるような、いつもの痛みに襲われる。

「元気よ。野球をやってる。引き算を習ってるんだって」

ニッキィがわたしの顔をしげしげと見る。「エヴァン。いなくなって寂しいって、そう言っていいのよ」

できない。それを言うことは、心にできたかさぶたをひっかくようなものだ。また血が流れだす。

たしかに六歳の子どもは、わたしの胸に穴をあけて帰っていった。

ルークは甥っ子で、兄ブライアンの幼子《おさなご》だ。ブライアンの戦闘機中隊が海外に駐屯した一年のあいだ、わたしといっしょに暮らした。そのあと、ブライアンと別居中の妻が、自分が入信した過激派宗教セクトの信者とともにルークを奪おうとし、わたしは彼らに毒を盛られ、ブライアンは危うく殺されそうになった。悪夢だった。けれども今のところ、わたしは健康だし、ブライアンも回復した。それでルークは父親のもとに帰ることができたのだから、喜ぶべきことだった。それでもやはり。

わたしはシーアにキスをし、母親に返した。「ジェシーのために祈りを捧げてやって」

「彼は祈りの力なんて信じないと思ったけど」

「そう。だからこそ、わたしたちが支えてやらないと」

朝になり、鎧戸から差しこむ陽光が、ベッドの上のパッチワークキルトを縞模様に染めた。伸びをし、寝返りをうつ。外で歌う小鳥の声と、ゴミ収集トラックが通りを走る大きな音が聞こえる。暑い日になりそうだった。

夏の日中となれば、どんな季節よりも元気いっぱいのわたしが、今はベッドにおさえつけられたようになって、フランクリン・ブランドのことと、自分が犯したミスを思い起こし、悪い予感におびえている。

起きあがり、キッチンに向かう。コーヒーポットのスイッチを入れて、『トゥデイ』をつけた。朝食時のテレビ放送はふだん一切見ないが、今は静かな部屋が落ちつかなかった。北欧家具にアンセル・アダムズの絵、理想的に整った独身女性の自足した生活が、すっかり色あせて見える。もっと散らかった部屋がいい。子どもが欲しい。ルークのことが恋しくてたまらない。

コーヒーを淹れているあいだ、カレンダーをたしかめる。スケジュールはびっしりだった。上訴の準備書面を二件手がけているし、地元の法律事務所から請け負っている決まり仕事のリサーチもある。それに、新しい小説『クロミウム・レイン』の原稿に手を入れ、「イーストビーチ作家会議」で行うセミナーの準備もしないと。そういった仕事をぜんぶこなすことで、車と家のローンを支払い、山ほどの自由を得ている。鎧戸を閉めてしまえば、ダイアナ・ロスのカツラ以外は素っ裸で、正気をなくしたようにニヤニヤ笑いながら仕事をしたってよかった。これまでそんなことをしたことはないが、いつかやるかもしれない。破滅を招く隕石が地球の大気圏に到達し、みんながダウンタウンでせっせと略奪に励んでいるときなんかに。

午前中は自由だった。もう一度、カル・ダイアモンドに呼出状をつきつけに行くことができる。

そこでわたしはダイニング・テーブルにちらっと目を向ける。結婚式の準備関係の仕事が山になっていた。招待状の他に、メモに書きつけられた、仕出し屋、カメラマン、音楽……。

それを目にしただけで、心臓の鼓動が速くなり、頭がガンガンしてきた。神経が高ぶってきて、どれもこれも間に合わないような気がしてくる。まだまだやらねばならないことがたくさんあり、ゴールは遠い。さあ早く手をつけてくれと、書類の山が呼んでいるのを尻目に、わたしはコーヒーを一杯淹れ、シャワーを浴びに行く。

三十分後には、エクスプローラーに乗ってダイアモンド・マインドワークスをめざしていた。カーキ色のスカートにターコイズのブラウス、足もとはローファーだ。扮装なんてもういらない。ゴーゴー・ブーツは焼き捨てよう。

会社はゴレタという、無秩序に広がる郊外にあり、近隣のハイテク産業はほぼすべて、このあたり一帯に収まっていた。海岸の沼沢地から流れてくる海水のにおいが鼻をつく。ジェット機が一機、機体をギラリと光らせ、空港への最終飛行に入っている。滑走路の向こうの太平洋につきだした崖の上にカリフォルニア大学サンタバーバラ校《UCSB》が建っている。わたしの母校だ。

ジェット機が着陸体勢をとり、機首を起こして滑空し、逆噴射装置がうなった。わたしはビジネス街に車を入れ、外来種のココヤシ並木を通りすぎ、青い曇りガラスと白い曲線が特徴的なファッショナブルな建物に向かった。そのビルはまるで芝生を横断するクルーズ船のようだった。

わたしは車のスピードを落とした。救急車が一台、入り口にとまっている。

車をとめてロビーに入ったところで、足がとまった。受付の人間がカウンターの上に上体をかがめ、電話に向かって叫んでいる。

「……たった今、ええ、なんてことでしょう……オフィスに入ったすぐここで……」

わたしは手に呼出状をにぎったまま、その場に立ちつくした。

「……いいえ、いいえ、なんの前触れもなく、彼女が入っていったら、あの方は——」

受付の女が顔をあげた。丸ぽちゃの顔に、噴出油井のような髪。マスカラが流れて頬が黒くなっている。カウンターの上の装飾プレートには、「ハイ、アンバー・ギブスです」と書いてある。

わたしは声をかける。「あの……」

「緊急時です。あとでまたいらしてください」

誰かがここで死んだのだ。わたしは恥知らずな行為に出る。

「ミスター・ダイアモンドにお届け物があるの」

そう言ったところで、救急隊員がひとり、入り口のドアを押しあけ、器具の入った重そうなケースを運んで入ってきた。電話が鳴った。アンバーが電話をとるあいだ、こちらは救急隊員のあとについて廊下を進んだ。アンバーの呼ぶ声が聞こえる。「お待ちください……」

わたしはそのまま救急隊員のあとについていき、角を曲がったところで、廊下いっぱいに集まった人の群れに出くわした。みな、オフィスの一室のドアをじっと見つめている。真鍮《しんちゅう》のネームプレートに書かれた名は——カル・ダイアモンド。

そばに立っている男がつぶやいた。「聞いたかい？　ものすごい音だった」

すると女が言う。「あの悲鳴。驚いたわ」首を振る。「わたしがマリ・ダイアモンドに同情することがあるなんて、誰が想像したかしら？」

背筋に悪寒が走り、頭のなかにぞっとする光景が浮かぶ。手のなかの呼出状が行き場を失った。もうこれは渡せないだろう。

オフィスのドアがひらき、みなしんとなった。救急隊員がふたり、担架を運んで出てきた。わたしは目をみはる。通りすぎようとする担架にしばりつけられているのは、顔に酸素マスクをあてがわれた、頭の禿げた五十代の男。ぼさぼさの眉が青白い顔の上でもつれている。

女の声が聞こえた。「みなさん、お帰りください。ここはまもなく閉めますので」

オフィスの戸口に、ピンクとライムグリーンのスーツ姿で腋にチワワを抱いた、マリ・ダイアモンドが立っていた。

誰も動こうとしない。小さな犬はマリの腋にぎゅっとはさまれて縮みあがり、たたいた音叉のようにプルプルふるえている。

マリが言う。「わたしの気持ちも考えてちょうだい。さあ、帰って」

まるで一輪挿しに香水をふりかけて、低いピンヒール《キトゥン・ヒール》を履かせたようだった。人々がぞろぞろと動きはじめ、マリがこっちを見た。その目は電球のように強い光を放ち、いつ割れてもおかしくないように見えた。口もとはぴんと緊張している。

マリが呼出状を指さした。「それ、出廷命令書？」

みんなの顔がこっちを向いた。

「そうなのね?」彼女がわたしのほうへ歩いてくる。

「ええ」

顔にマリの平手打ちが飛んできた。鋭い光と熱に包まれたような感じがした。

「カルは心臓発作を起こしたの。それのせいよ。あんたのせいで死にかけているの」

四

ジェシーが机の上にペンを放り投げた。「なんてこった」

「まっすぐ心臓集中治療室行きよ」とわたし。「生き延びるかどうか、わからないらしい」

ジェシーは鼻梁を指でつまんだ。背後の窓からオフィスに日が差しこんでいる。青空の下でぎっしり肩を寄せ合う山並みが、熱気を帯びて青々と輝いていた。

「どうしようもない、忌々しいろくでなしが」

ジェシーの上司が廊下を急ぎ足で通っていく。ジェシーは彼女を呼びとめた。

「ラヴォンヌ。カル・ダイアモンドが心臓発作を起こした」

ラヴォンヌ・マルクスは過保護な母親よろしく、ジェシーをかばうようにして立った。彼女のフィラデルフィアなまりは、聞く人の耳に煉瓦《れんが》のように響く。ラヴォンヌはかつて学園紛争の急進派として活躍した過去を持ち、サンチェス・マルクス法律事務所が過激派組織とあだ名されるようになった所以《ゆえん》もそこにある。ラヴォンヌは首を横に振った。

「呼出状の交付は控えましょう。相手はもうどこへも逃げやしない」

「それなんですが」わたしは言った。「ちょっとした問題が」

ふたりに向かって、ディレイニー対バスケス・ダイアモンドの第二ラウンドの対決についてて話して聞かせる――ギジェット、痛烈なパンチを食らうの巻。あのとき、ダイアモンド・マインドワークスを駆け足で出ていきながら、わたしは自分に何度も言いきかせた。「妻を殴る」なんてことをしてはいけない、マリはおびえてヒステリックになっているのだ、彼女に腹をたてるな、責めてはならない、と。今でもチワワがロビーじゅうに響き渡る声でキャンキャン鳴く声が耳に残っている。そしてマリが叫びたてる声も――「弁護士に電話してやる。あんたのおっぱいをシュレッダーにかけてやる」

「むちゃくちゃだな」とジェシー。

「実際、頭んなかは、むちゃくちゃになってたんでしょうよ。電話をかけるって発言は別として」わたしは言った。

ラヴォンヌが言う。「今回のことについては、あなたが責任を感じることはこれっぽっちもない。あなたのせいじゃないから。それに――うわっ、何よそれ。どこからそんなものを？」

ラヴォンヌの目がコインのようにまん丸になった。ジェシーのコンピューターをまじまじと見ている。モニターには、フランクフルト大のペニスが映っていた。

ジェシーは両手をあげた。「わっ、なんだこいつは。ラヴォンヌ、すまない」

ジェシーはキーをあちこちたたきだした。顔が真っ青になっている。

「ウェブ・ブラウザーが勝手に立ちあがったんだ。僕は何もやっちゃいない」

「そう願いたいわ。あなたにこういう趣味はなかったものね、ミスター・ブラックバーン」

キーをどれかたたくたびに、新たな映像が立ちあがり、それがどんどんどぎついものにエスカレートしていく。プログラムを閉じようとすると、今度はサブウィンドウが立ちあがって、質問が表示された。

あなたのペニスはちっちゃい？　イエス、またはノーのボタンをクリックしてください。

ジェシーは「ノー」をクリックしようとした。ボタンが画面を飛びはねて、逃げまわる。

「ばかげた悪ふざけだ……」今度は「イエス」をクリックした。

また別のウィンドウが現れた。もっと写真を送りましょうか？　クリック。三つ目のウィンドウが現れた。これらをあなたの上司に転送しましょうか？

「なんなんだこれは？」ジェシーが言った。

ラヴォンヌが顔をしかめた。「いやがらせね」そう言って戸口へ向かう。「ITの人間を呼んでくるわ」

ジェシーはもう一度プログラムを閉じようと試みた。

あなたの写真を送りましょうか？

ジェシーは画面をまじまじと見た。カーソルが点滅している。

送れるんですよ。こっちは写真を持っているのでね、ブラックバーン。

「とんでもないいやがらせだ」

もう一度プログラムを閉じようとした。何も起こらない。ジェシーはコンピューターの背後に手をのばしてLANケーブルを抜き、インターネットとの接続を断った。新たなウィンドウが現れた。

これをとめることはできません。

ジェシーは電源スイッチを乱暴に押した。コンピューターが機能を停止した。

「あなたのせいじゃないって信じてるわ。ほんとうよ」ラヴォンヌが言った。

ITのスタッフも同意する。ジェシーのコンピューターは外部から何者かに侵入された。本来ならセキュリティ・システムのファイアウォールが社内ネットワークへの不法侵入を阻止するはずが、今回はポルノ写真を通してしまったという。ラップトップPCにウィルススキャンをかけてみたが、何も見つからなかった。

「おそらく、ワームでしょう」ITのスタッフが言い、あごひげを指でひっかく。「外部から無差別に送られてきた、そしてあなたのマシンもそれを無差別に外部に送っていると思います。これまでにEメールのやりとりをした相手を確認して、先方でも同じような問題が発生していないか、たしかめてください」

「しかし、名指しで送られてきた」ジェシーが言った。

「あなたのネット上のスクリーン名は、j・ブラックバーン。ワームがそれを自動的に拾ったんでしょう」

ジェシーは首を横に振った。「ふざけてる」

「ごもっともです。幸いなことに、この会社で感染したのはあなたひとりだけでした」

「また起きたら?」

ITのスタッフは肩をすくめた。「知らせてください」


その夜十時半、911の通信指令係が電話を受けた——ハリーズ・プラザ・カフェで騒ぎが起こっている。レストランの前で客がけんかをしていると、支配人が通報してきたのだ。どんどんエスカレートしていったと女性支配人は言った。怒鳴り合いがつっつきあいになり、しまいには殴り合いになったのだと。

パトロールカーが到着したときには、けんかは終わっていた。支配人が玄関先に出てきて、手で方向を示す。

「そのうちのふたりはもう帰りました。だらんとしたジーンズ姿の太った男と、黒い髪のやせた女。ローレルとハーディです」それから親指でレストランのほうを差した。「追いだしてほしいのは、なかにいるひとり」

その男はカウンターにもたれて、ジム・ビームをちびちび飲みながら、痛めた拳をさすっていた。警官ふたりが近づいていくと、男はグラスをひょいと傾けて、バーボンを一気飲みし、カウンターに置いた。

「こっちは何も問題はないよ、おまわりさん。飲み終えたかっただけだ。もう帰る」

警官は彼を外へ連れだし、何か身分を証明するものを見せるように言った。

「だから、何も問題はないと言っているだろう。帰るんだよ」

そう言って歩みさろうとした。すきのない格好とオーデコロン、それにウサギのような目に警官は注目した。とにかく身分証明書を見せるようにと迫る。

男はむっとしたが、結局出してきた。英領ホンジュラスの外交官用パスポート。

警官はそれを調べると、互いに目配せをし、別の身分証明書を見せるよう男に言った。

「必要ない」男は横柄に言う。「こっちは外交特権があるんだ」

「今はもう存在しない国の？　それはおかしいでしょう」

驚いたことに、男の持っていたカリフォルニア州発行の運転免許はすでに期限切れであるばかりでなく、ちがう名前が記されていた。警官がその名を検索にかけると、即座に令状が出てきた。

警官ふたりは手錠を出した。「フランクリン・ブランドだね？　逮捕する」

五

ニュースは翌日届いたが、その直前に妙な事があった。郡法律図書館で、ハーリー・ドーソンとばったり会った。仕事のあとにパラダイス・カフェで一杯やらないかと誘われ、行ってみると彼女は窓辺にすわっていた。わたしが近づいていくと、ハーリーは手を振り、銀色の髪を顔から払った。

腰をおろしたわたしに一言。「いらっしゃい、かわいこちゃん」

ブラインドから落ちる陽射しにくっきり浮かびあがる顔が、フィルム・ノワールに登場する女優のようだった。彼女の内側からにじむ孤独がそう思わせているのかもしれない。どこかとげとげしく、すさんだ感じがある。

ハーリーが言う。「これを聞いたら、あなたが喜ぶんじゃないかと思って。ジョージ・ルデンスキーは、マコの防備をがっちり固めたわ。今じゃみんな、まずわたしに確認をとってからでないと鼻もかめない」

「いいことね」

「よくない。面倒でしょうがない」

「それがわたしを飲みに誘った理由？　そのことを言うために？」

「まさか。ただ、蜂の巣をつついたような騒ぎになってるってことは言っておく。あなたのつつき棒も、もうしまっていいわ」

「しまえない。わたしのは鋭くて、まだぴかぴかよ。だから訊くけど、フランクリン・ブランドのこと、あなたはどのぐらい知っているの？」

「うっ、つつかれた」ハーリーがのけぞった。「よく知らないのよ。こちらからの誘いに応じるタイプではなかったし、会社よりはゴルフコースで仕事をするようだったから」

「匿名で電話をかけてきたのがマコの人間だって、そう考えたことはない？」

「ブランドの精液《スペルマ》キャンディをしゃぶるのが好きな女？　いいえ、考えたことないわ」顔のそばかすが陽射しに輝く。「週末に、デル・マー競馬場に行かない？　オークスが開催されるの。そのあとで、トリーパインズのゴルフコースで十八ホールやってもいいし」

それを聞いてこちらは声をあげて笑った。「ハーリー、わたしがギャンブルをやらないって知ってるでしょ。だいたい、前にゴルフを教わったとき、パターであなたの頭を殴っちゃったじゃないの。週末に遠出するのはすてきだけど、もっとちがう案にしてほしい」

「ヴェガスで一儲けするっていうのは？」言ったあとでハーリーは肩をすくめた。「だめね。これは家系だわ」

ハーリーの父親は大金で遊ぶギャンブラーで、彼女は子ども時代をカジノのコーヒーショップや、サンタアニタパーク競馬場の柵のそばで過ごした。だが、ハーリーがいっしょに出かけようとわたしを誘うのは、ギャンブルがしたいわけではない気がした。またいつものように孤独と戦う時期がめぐってきたのかもしれない。それを訊いてみようとしたところへ、ウェイターがやってきて、テーブルに氷の入ったバケツとシャンパングラスをふたつ置いた。

「何よ、これ?」

ハーリーは照れたような顔になる。「ウェディング・パーティの第一弾」

ウェイターがシャンパンのボトルをテーブルに置いた。わたしはラベルを見る。

「冗談でしょう」

「もっと上等なものがお好み?」

「まさか、ドンペリニヨンは極上でしょ」

ウェイターが栓を抜き、グラスにシャンパンを注ぐのを見ながら、例によってハーリーの浪費ぶりに驚嘆する。親しい友人とはいえ、いくらなんでもこれはやりすぎだ。彼女が直情的で気前がよく、いつでも最上の物を好むこともわかっているのだけれど。

ハーリーがグラスをかかげた。「真の愛に」

「乾杯」わたしもグラスをかかげ、シャンパンを飲んだ。

わたしの舌は田舎者。最後にシャンパンを飲んだのは、オクラホマ・シティでひらかれた従兄弟《いとこ》の結婚式で、あのラベルはたぶん偽造したものだったろう。でもこれは。うわ。

これはもうシャンパンではなく、キリストの降誕だ。こんなものを飲んだら、あとは瓶をたたき割り、頭をテーブルにガンガンぶつけて記憶を失うしかない。でないと、もう他のものは口にできず、挙げ句の果てには破産する。

「すごすぎ」わたしは言った。

ハーリーはまたグラスを持ちあげた。「そして、因習にとらわれない恋愛に乾杯」

わたしは舌の上にシャンパンの泡をのせたまま、どう答えようか考える。「それ、年齢差のことを言っているんなら、そんな大げさなもんじゃないと思うけど」

「同感。どっちも年下好みで、変わった関係が好き」

わたしが言う。「で、そっちはうまくいってるの?」

「ええ、最高。まったく申し分ない。夜には天使の歌声を聞きながら眠りについてる」そこでグラスをあげたハーリーの手がとまる。「待って。それってセックスはどうかってこと?」

「ええ」

「現状維持。ぱっとしない」そこでシャンパンを一口。「キャシーがその気になったら、こちらも応じる。無理強いはしない——そういうのジェシーはなんと呼んでたっけ?」

「FFL。受け入れるしかない忌々しい現実《Fucking Fact of Life》」

「さすがだわ、わが妹分」

ハーリーの恋人、キャシーのことは直接には知らない。ハーリーから聞いたところによると、キャシーは女子テニスツアーに出ていて、レズビアンであることが発覚するのを恐れているらしい。彼女の名を口にしたときのハーリーの目の輝き、あれは彼女にぞっこんな証拠だ。

ハーリーが言う。「FFLで思いだしたけど、あなたのとこの少年は、ブランドが現れて、どうしようって考えてるわけ?」

「ぜったい逃すまいって。だけどハーリー、彼は少年じゃないわ」

ハーリーの目の光が柔らかくなった。「ごめん。そのとおりね。彼は二十七でありながら、五十男より成熟している。悪かったわ。自分が企業法を教えた学生は、みな子どものように思えて。何年たってもね」

ハーリーはカリフォルニア大学サンタバーバラ校で、折に触れて学部の学生を教えていた。ジェシーもその授業をとり、たしかキャシーも——単位は足りているのに——とっていたはずだ。

ハーリーが自分のグラスにもう一杯シャンパンを注いでいると、ドアがひらいて、ケニー・ルデンスキーが入ってきた。と思ったら、一度戸口で立ちどまり、酒を飲んでいる客たちみんなから、うっとり見つめられる時間をつくっている。ライダージャケットにカーキ色のパンツをはき、足もとはごついブーツ。『大脱走』の映画から、そのまま抜けでてきたようなかっこうだ。オートバイのヘルメットも腋にかかえている。ケニーはにっこり笑ってテーブルにやってきた。

「ハーリー」と言ってから、わたしに笑いかける。「ギジェット」

椅子をくるっと逆向きにし、背もたれを前にまたがった。ヘルメットをテーブルの上に戦利品のように置く。そら、スティーヴ・マックイーンの首を持ってきてやったぞ、とでもいわんばかりに。

ケニーがわたしのほうへ身を乗りだす。「謝らなきゃいけないと思ってた。あの夜、こっちはきみがジェシー・ブラックバーンといい仲だなんて知らなかった。気を悪くさせたら、すまない」

わたしはハーリーをじっと見る。仕組んだの？　ハーリーは自分のシャンパングラスをのぞきこんでいる。

わたしは言う。「ありがとう。でも、お詫びならジェシーにするのが筋だと思うけど」

「義理立てか。泣かせるねえ」ケニーはテーブル材の木の節に親指を押しつけ、マッサージするようなしぐさをする。「とにかく、あそこまでカッカするつもりはなかった」

「もういいわ」

ケニーの親指が木をぎゅっと押した。そうして、わたしの目がヘルメットを見ているのに気づく。

「こいつはむかしの恋人だ。若いころは無鉄砲でね、モトクロスのレースに出ていた。きみは、オートバイは好きか？」窓の外へあごをしゃくる。「すぐ先にとめてある。良かったら乗せてやろう。こっちは百パーセント安全。事故は起こさないって約束する」

わたしはまじまじと相手の顔を見た。ひょっとしてそれは皮肉？

「ちょっと意見を聞かせて。フランクリン・ブランドは、どうしてもどってきたんだと思う?」

「身の潔白を証明するためかな? なあ、その辺を一回りしてみるってのはどうだい? バイクなんてもう長いこと乗ってない、そうだろ?」

「あなたまだブランドが犯人じゃないって、声高に叫んでるわけ? 彼じゃなかったら、誰よ、モサドだとでも?」

ハーリーが顔をあげた。「答えなくていいわよ、ケニー」

「どうしてだい?」

「そうよ、どうして答えちゃいけないの?」わたしも言う。

「エヴァンは法律ジャーナリストよ。だからあなたのお父様に会った。雑誌記事のインタビューをするために」

「今はインタビューじゃない。おしゃべりをしているだけだ」

ハーリーがグラスを置いた。「報道関係者とのやりとりは、すべてわたしの事務所を通すこと。冗談はよしなさい」

ケニーがにやっとした。「きみさ、ホンモノのタマをつけてヤリたいって思わないか?」

ハーリーの顔がピンク色になる。「そういう卑猥なジョークは別の場面にとっとくのね」

ケニーの顔全体にニヤニヤ笑いが広がる。「怒るなよ。腹を立てても、あそこはタタナイぜ」

わたしは驚いて目をみはった。この一連のちゃかしは、ハーリーが同性愛者であることへのあてつけ？　それとも、弁護士の偉そうな態度をからかっているだけ？　わたしにいいところを見せたい？　あるいは、もともとねちねちした性格だから？　自分の股間をつかんではじめて、まだ睾丸があったと安心する、みたいな？

ケニーはテーブルから立ちあがり、ハーリーに言う。「記事を書くための取材ってことなら、ブラックバーン側の情報は彼女に筒抜けだ。こっちも情報を出すのがフェアってもんだろう」そう言って、わたしにウィンクを寄こす。「最後にもう一度訊く、乗らないか？」

「いいえ、けっこう」

「チャンスをふいにしたな。じゃあまたな、ギジェット」

ヘルメットを取りあげ、バーを抜けてレストランへ向かった。

こちらは気分がかさかさになって、はしっこがめくれあがってきた。「ハーリー、これどういうこと？　ケニーが立ちよれるよう仕組んだの？」

ハーリーは指で髪をとく。「言葉づかい《レトリック》の熱さましに、ちょうどいい機会だと思ったのよ。いつまでもけんか腰じゃあ、なんでしょう」

「レトリックですって？　単なるあてこすり、しかも下品よ」

「まあまあ。知らないわけじゃないでしょ。誰かの暴言ひとつで、十秒も待たずに物事はめちゃくちゃになる。だから弁護士が豪勢な暮らしをしてられる」そう言ってグラスをつきだす。「さあ、もうちょっとシャンパンを注いでちょうだい」

パラダイスの店を出て、ジェシーの家に車を走らせる。太陽の下、山の砂岩が金色に光り、積乱雲が空でむくむく成長している。内陸の谷に、まもなく稲妻が来そうだった。

ジェシーは海辺に住んでいる。モントレー松の林のあいだを湾曲してのびる車道をくだっていくと、薄い色の木材とガラスでできた伽藍天井の家に着く。壁面のひとつはすべてガラス窓になっていて、打ち寄せる波が見える。近づいていくと、アダム・サンドヴァルが乗っているトヨタのピックアップトラックが車回しにとまっているのが見えた。ジェシーとアダムはデッキのへりに水泳用のサーファーパンツをはいて腰かけ、砂の上で足を温めていた。砕ける白波が砂浜で泡を立てている。

背後から、それも遠くから見ると、アダムもジェシーもよく似ている。水泳選手らしい肩に、長い腕と脚。日焼けした肌も、いかにもカリフォルニアで生活している人間らしい。そうして近くまで行って、ようやくちがいに気づく――ジェシーの身体には傷があり、脚にまったく動きがない。事故の怪我は右半身の動きと感覚をほぼ完全に奪い、左半身のおよそ半分も同様にした。装具をつけて松葉杖をつけば、かろうじて歩くことはできる。ジェシーは尻を砂につき、腕の力でバックして水に入った。

わたしはジェシーの背後にしゃがみ、首に両腕をまわす。日を浴びた肌が熱かった。ジェシーが頭をうしろに傾けてキスをしてきた。

「アダムから、新しいダイビング・ギアを見せてもらってた」

そう言って、マスク、足ひれ、水中銃をあごで差した。アダムは水中銃で魚を獲る名人で、素潜りでそれをやる。獲れた魚を料理する腕もなかなかのものだった。

ジェシーがにやっとした。「カウアイ島で潜ったら、そりゃもう、すごい眺めだぞ。まだ出発前にスキューバの免許を取る時間はある」

わたしはジェシーにもう一度キスをする。「残念だけど」

「ほんとうにすごいんだ。やみつきになるぞ」

「やみつきなのは、あなたでしょう。わたしはね、せっかくのハネムーンを足ひれなんかつけて過ごしたくないのよ」

「でも、足ひれって、俺はすごく興奮する」

アダムが立ちあがった。「いつまでやってるんだ」

ジェシーが言う。「アダムは、俺のオフィスのパソコンにポルノが出現したのは、コンピューター・ワームのしわざじゃないかって言ってる」

「まったくたちが悪い」とアダム。

「ワームってなんなの、きちんと教えてちょうだい」

「悪意のあるコンピューター・コードで、ウィルスといっしょだ。こちらの制御を受けることなく、自ら増殖して広がっていく。ファイルを消去したり、ハードディスクに入っている文書を、そいつが無差別につくりだしたアドレスに送ったりする」

「それじゃあジェシーのコンピューターは、たまたま運が悪かったっていうだけ?」

アダムは自分の十字架を見つけて、首にするっとかけた。「そうかもしれない」

「それじゃあ、これで終わりになるよう祈りましょう」

「ああ」とジェシー。「ただし、ITの人間は、俺のマシンにワームの痕跡を見つけることができなかった」

砕ける白波がこちらへ勢いよく打ち寄せてきて、砂の上でシューシュー音をたてる。

アダムはスナップショットが入った封筒を取りあげた。「こんなのが見つかった。アイザックの写真だ。前には見たことがない」

わたしはそれをぱらぱらとめくった――海岸にいるアイザックを写したさりげない写真、水着の女の子数人といっしょのもの、彼の勤務する新興のコンピューター会社で撮ったもの。陽気で平凡な日々を写したもので、これといって変わったところはない。明かりがパチンと切られる直前の日々。

「いい写真ね」アダムに返した。

アダムは慎重な手つきで封筒のなかに写真をもどした。「ようやく遺品整理をはじめたよ。会社の同僚が職場にあったのをまとめてくれたんだ。ここまで来てやっとだ、それまではとても……」

顔が痛みにひきつる。

ジェシーは車椅子をそばに引きよせた。シートのへりに両手をつき、身体をぐっと持ちあげる。

「ぜんぶ話したらどうだ」ジェシーが言った。

アダムは額を指でこする。「妙なものが見つかったんだ。アイザックが仕事上の問題について書き残したメモらしい」

アイザックはファイアドッグ・インクという会社で働いていた。インターネットのファイアウォールを扱う会社だ。プログラマーであり、アダムと同じように文武両道に秀でたアイザックが死んで、会社は闘志を失った。最終的にはマーケット自体が崩壊し、会社は投資家たちに技術を売却して店じまいした。その投資家のひとつに、マコ・テクノロジーが名を連ねていたことをわたしは思いだす。

「遺品のなかにメモ帳があった。そいつにマコの電話番号と、何やらやっかいな問題について走り書きがしてあった。書類がなくなって、どうもその背後にマコがからんでいたようなんだ」

頭の奥でハーリー・ドーソンの声が響いた——近親相姦を平気でやってるような町。どこかの家の恥をさらしたら、恥をかくのは一軒じゃ済まない。

「だが、事は単に書類をなくしたってだけじゃ済まないような感じがするんだ……」アダムはジェシーの顔を見る。

「記録が消えた」とジェシー。

わたしはゆっくりとジェシーのほうをふりかえった。とまどっている顔ではない。険しい顔だった。

「で、この話をわたしに持ちだすまでに、五分も必要だったってわけ？」

すると玄関の呼び鈴が鳴った。警察だった。

わたしは玄関のドアをあけた。「あら、刑事さん」

サンタバーバラ警察のクリス・ラムスールは、驚いた顔をした。「エヴァン。ずいぶん久しぶりだな」

偏屈な英語教師のように思慮深く知的な顔。ネクタイとオックスフォード地のシャツがくたびれて見える。わたしはなかに招き入れた。

「知らせがある」ラムスールは言って、ジェシーとアダムがパティオの戸口を抜けてやってくるのをじっと待った。

「クリス」ジェシーが声をかける。

ラムスールはまばたきもせずに、ジェシーの胸のあたりをじっと見ている。脚にちらりとでも目をやったら危ない、ゴモラの町を逃げる途中でふりかえったために、塩の柱にされたロトの妻と、同じ道をたどるとでも思っているらしい。

ラムスールが続ける。「きみにじかに話したかった。やつを逮捕したよ」

ジェシーは、足の下の地面がいきなり陥没して、中国までつきぬけたような顔をしている。

その肩にアダムが手を置く。

「ハリーズの外でけんかをしたあと、ブランドは逮捕された。それが笑わせる。やつは偽造した英領ホンジュラスの外交官用パスポートを見せて、その場を切り抜けようとしたらしい」

「ベリーズ（旧英領ホンジュラスの現在の正式名）の？」わたしは言った。

「ああ。そういった失効したパスポートはオンラインで誰でも注文できる。カクテル・パーティで女を感心させるのにつかうんだ。だが、そんなもんで外交官の地位まで獲得することはできん」

ジェシーはまだ呆然としている。わたしは彼の手を取った。

「今のところ、やつの弁護士がごねている。自首する用意があったところを警官に逮捕されたってね。出訴期限法がどうだ、人身保護令状がどうだとわめき、だからブランドは無実だとほざいている」

ジェシーが口をひらいた。「罪状認否手続きはいつ？」

「明日だ、やつが出廷する。行けるか？」

今度はジェシーの脚をじっと見て、それからいきなり目をそらした。

「行けるかだって？」ジェシーが言う。「銃撃されても行くさ」

三人で祝杯をあげようと、港へ車を走らせ、ブロフィー・ブラザーズの店に行った。ジェシーはグラファイトの松葉杖をつかってバーへの階段をあがる。わたしたちが席をとったバルコニーでは音楽がはじけ、人が押し合いへし合いするなか、何人ものウェイトレスが、テーブルのあいだをきびきびと動いていた。眼下には波止場があり、水の上で揺れる商業漁船に影が落ちて紫色になっている。防波堤の向こうの海は、銀色の光をちらちら反射している。
アダムはあっというまに酔っぱらった。もともとあまり飲めない人間がテキーラを生《き》のまま、ショットグラスでがぶ飲みしたのだから当然だ。紛失書類の件については、わたしはもう訊かなかった。せっかくのいい気分を壊したくない。酒の酔いも手伝って、アダムはいい調子で物理の話をしだした。けれどもわたしにはジェシーの胸の内がわかっていた——偶然なんてありえない。

アダムは時間のゆがみについて、ショットグラスと塩入れをつかって説明する。「光の速度に向かって加速していくと、時間はさらにゆっくり流れる」ショットグラスを宇宙船のようにかかげる。「そうして光の速度と一致したとき、宇宙をすごい速度で通過するから、時間を通過する速度が残っていない」そこでちょっと顔をゆがめて、わたしたちを見る。「わかるかい？ 光の速度では時間が経過しないんだ」

アダムはグラスをまわして、ジェシーの手に夕陽を反射させる。「光は永遠に年をとらない。見てくれ、ヘフェ。その輝きは永遠だ」

帰ろうと立ちあがると、アダムがわたしをぎゅっと抱きしめ、それから自分の心臓の上に片手を置いた。

「きっと今にこの石も消える。胸のなかに居すわっている硬いものがなくなる」

「そうなることを祈ってるわ」

ジェシーが立ちあがり、松葉杖を支えにして体勢を整える。六フィート一インチの長身。

そうやって彼が立っている姿を見るのが好きだった。その長身がわたしのほうへかがんでくるのも好き。ハリウッド映画のダンスシーンみたいだ。こういう瞬間がめったにないことを思って胸が痛くなった。アダムは運転できる状態ではないので、わたしが彼の車を運転してアダムを家まで送り、それからジェシーといっしょに海辺の家まで帰ってきた。車のなかで、アイザックのメモについて訊いてみた。

「俺は見たわけじゃないんだが、『なんの株？』みたいなことが書いてあったらしい。で、何もかもマコに確実に送られるよう再確認をするとかなんとか、そんなようなことが走り書きされていたっていうんだ」

「どう思う？」

「マコはファイアドッグに出資していた。他の一連の新興企業にするのと同じようにね。経済的援助を現金で与える見返りに、かなりの額の株を得るっていうエンジェル・ファンディングだ。ところがファイアドッグの株券が見つからない、それでアイザックが、その所在をさがしていたのかもしれない」

「で、あなたもやっぱりわたしと同じことを思ってる？」

「ああ、これは偶然なんかじゃない。しかし、じゃあなんだと言われるとわからない」

道路の上でタイヤが鳴る。わたしは訊いた。「どうしてアダムは、あなたをボス呼ばわりするの？」

「ヘフェ、かい？　名前のもじりじゃないか。あと、俺はチームのキャプテンだったから」

もっと明らかな理由は口にしようとしない――アダムはジェシーを尊敬している。

家に着くと、音楽をかけた。マーヴィン・ゲイ。ジェシーはバイアグラを飲む。これは奇跡とまでは言えないにしても、それに近い効果はある。脊髄損傷によって失ったとジェシーが思っている性行為への自信をとりもどすことができるのだ。

寝室に行き、灯りを消す。ジェシーはわたしの欲望を知っていて、望みどおりに与えてくれる。白い月明かりが窓辺に立ったジェシーの顔をくまなく照らし、目鼻立ちがくっきり浮かびあがる。わたしは彼のシャツのボタンをはずし、自分もシャツをひっぱりあげて頭から脱ぎ、なめらかな彼の肌に身体を密着させる。ジェシーは片方の腕をわたしの背中にまわす。興奮で目の青がいっそう濃くなり、唇に笑みが浮かぶ。その口が降りてきて、キスをする。たっぷり時間をかけて熱烈に吸う昔風のキス。心臓が激しく鼓動し、子宮がうずく。

ジェシーが身体を離した。「最初に会った夜と同じきみだ」

「裸で、テキーラのにおいがした?」

「魅惑的だった」

「それに暗かった」とわたし。

「ほめさせてくれ、ディレイニー」

わたしはもう一度キスをした。彼のほうは、あまり長くは立っていられない。

「きみは僕の息をとめた。魔法にかかったようだった」

夏の夜の山に勝るものはない。眼下に広がる街はダイアモンドの毛布さながらで、空には星が強く光っている。そして、心焦がす男がわたしに芯から欲望している。

あれはまるでハイスクール時代にもどったかのようだった。パーティを抜けだしてドライブに出かけた。あの夏ふたりは地元の法律事務所で働いていた。わたしはすでに弁護士として勤めており、ジェシーはUCLA（カリフォルニア大学ロサンゼルス校）のロー・スクールが夏休みのあいだ、手伝いに来ていた。ダンスパーティに恋人と行ったりしないのかと訊くと、彼は目を伏せた。そうして言った。僕は、はねっかえりの若造、ピンクのカーネーションを挿してピックアップトラックを乗りまわしている……まるで失った恋を悲しんでいるようだった。どこかのカレッジに通う恋人に、捨てられたのかもしれない。そう思ったらなおさら愛しくなった。あたりには誰もいなくて、低木の茂みがつんとするにおいを放ち、空からおりてきた星々が遠くの海に沈んでいった。爽やかな風を肩に感じたと思ったら、ブラウスを脱がされて肩に口づけされた。わたしは手さぐりで彼のジーンズのボタンをはずし、ピックアップトラックの尾板《テールゲイト》に身体をぶつけながら、ふたりしてむさぼりあった。

「たいした魔法だった。あのあとわたしの背中には、フォードの文字が刻まれていた」

「きみは文句なんてひとつも言わなかった。それどころか、俺をほめまくった。受賞に値するお尻だって」

「そうだった？」

「ここ十年来最高のお尻。懐かしい言葉だ」

わたしはにやっとした。ジェシーの肌から海のにおいをかぎとり、胸の鼓動を感じる。ふたりには、その記憶がすべて。山と言ったらそれしかなかった。彼が事故に遭うまでは。

ジェシーが言う。「あのころにもどりたいか?」

まずいことになった。彼の手はわたしの身体にまわされ、目はわたしの顔を見つめ、ふたりの腰は今ぴったりくっついて揺れている、勘のいい彼のことだ、一瞬のうちにわかってしまう、それはもうどうしようもなかった。嘘をついてもむだだ、彼の鋭い耳はまやかしの言葉を許さない。しかし真実はわたしの口に苦すぎた。

「そりゃあ、懐かしいわ」わたしは手の甲でジェシーの頬をさっとなでる。「でも、もどる必要はないのよ、ジェシー。あなたは今ここにいるもの」

言えない。本来のあなたを取りもどしたいと、今ここで、わたしがどれだけ強く願っているか。昔のように完全無傷のあなたをもう一度とりもどしたい、それができたらどんなにいいか。死んでも言えない。

ジェシーが言う。「いっしょに横になってくれ」

ふたりでベッドまで行き、ジェシーの隣に横になる。

わたしは唇を彼の胸にはわせてキスをし、口、歯、舌で、肌をもてあそび、彼が感じることのできる部分を興奮で満たしていく。腕を持ちあげて、手首の内側からキスをはじめ、首筋から顔へじりじりと向かっていく。そして口へ。

「愛してるよ、エヴァン」

「だまって、キスして」

はじめ、風の音で目が覚めたのかと思った。モントレー松が屋根をこすっている。時計は二時十五分を示していた。

わたしを起こしたのはジェシーだった。隣で死んだように眠っていながら、呼吸は荒く、毛布をぎゅっとにぎりしめている。

眠りながらしゃべっている。「だめだ。彼を助けろ。行くな……」

わたしはジェシーの肩を揺すった。身体はほてり、額に汗を浮かべている。

「ジェシー、起きて」

いきなり目を大きくあけて、わたしの腕をつかんできた。「行くな——」

「ほうら」わたしはジェシーの肩を手で押す。「わたしよ」

目が覚めたのか、すっきりした表情が顔に広がっていき、ジェシーは腕を放した。わたしの顔に向かって目をみはっているものの、薄暗い月明かりのなかでさえ、彼がまったく別のものを見ているのがわかる。

「ちくしょう」胸が大きく上下している。ジェシーは両手で顔をおおった。「事故の夢だ。あのときの音が鳴りやまないで、ライトがぐるぐるまわりつづけている。ブランドがそびえ立っていた。顔のない大男が上から見おろしてきて、俺が死んだかどうかたしかめていた」

わたしは彼の身体に腕を巻きつけ、髪をなでてやる。

「それからやつはアイザックのところへ行った。だが助けようとせず、ただ歩みさった」

「終わったことよ」わたしは言った。

けれども、夜と同じように、その夢はまたもどってくるだろう。

ジェシーは倒れこむように、先に眠った。三時頃、わたしは水を飲もうと起きあがった。家はオープンプランで建てられていて、伽藍天井の下に、リビング、ダイニング、キッチンが、すべて間仕切りなしの一空間に広がっている。ダイニングのテーブルには彼のラップトップPCが置いてあり、キッチンのシンクからモニター画面が見えた。PCはジェシーがネットにつないだまま、接続を切っていなかった。それを見て、びくっとした。

モニターにカラー写真が映っている。わたしはテーブルまで歩いていった。「ニュース・プレス」のデータベースに入っている写真で、水泳競技会でジェシーがスターティング・ブロックに立っているところを写している。猛烈な自信にあふれ、無敵の若さが勝利を確信していた。写真の下に文字が現れた――「メッセージが一通届いています」

おかしい。

寝室の戸口のほうへ目をやる。ジェシーは疲れきっていて、今日を覚ましたら、もう朝まで眠れないことはわかっていた。モニターをじっとにらむ。ほっとけばいい。PCの電源を切ってしまうのだ。それがわたしにはできなかった。

受信メッセージのアイコンをクリックした。

ジェシー・マシュー・ブラックバーン――

きみは驚くべき人生を送ってきた。それについて、みんなに読んでもらうってのはどうだい？　何もかもぶちまけてしまうんだ。

何もかも。

恋人にも知ってもらいたいかい？　知ったあとでも彼女はそばにいると思うかい？

それはないと思うね。

アルミホイルを噛んだような気分だった。

チャンネルはそのままで。またすぐ始まるよ。

これが意味することはひとつしかない。その前にあったPCへの侵入もしかり。脅迫だ。ウェブ・ブラウザーが落ちた。ブーンといって画面が黒くなり、PCがフリーズした。再起動してブラウザーを立ちあげたが、履歴のページには、さきほどのサイトに関する情報はなかった。

わたしはベッドにもどった。けれども眠らなかった。

六

翌日の朝は曇りだった。ジェシーはだまって着がえをし、白いワイシャツと青いスーツを身につける。先をシャツにぴしぴしあてながら、えび茶色のネクタイを結んでいる。ジェシーはコーヒー一杯を飲みきるのがやっとで、わたしのほうがポット一杯飲んだ感じだった。

「そのメッセージを一字一句書いてくれ。そいつを俺が警察に持っていく」

わたしはコーヒーのマグをにぎりしめながら、寒気を感じていた。「何もかもって、どういうことかしら？」

「誰かが俺をおどしてゆすろうとしているのさ」ジェシーはコンピューターをケースのなかにしまった。「誰だと思う？　ケニー・ルデンスキーさ」

そう言って顔をあげた。険しい目が、わたしの心配そうな顔に向く。表情が柔らかくなった。

「エヴ、向こうが俺のことで、何かつかんでるなんて、心配しちゃいないだろうね？」

「してないわ」わたしは髪を指でといた。「でもやっぱり心配」

「たとえば、どんな？」

「セックスとドラッグとロックンロール、あなたは精力旺盛なカリフォルニア生まれ。わたしにはわからないけど、何かありそう」

ジェシーはしかめっ面をし、わたしの手を取った。「清廉潔白とは口が裂けても言えないが、違法なこと、モラルに反すること、私腹を肥やすようなことはしない」わたしの手をぐっと引っぱる。「ステロイド注射もしてないし、司法試験でカンニングもしてない。あのメッセージは、サーカスにポニーを出すのと同じだ、大げさなふれこみで、こっちをあおろうってのさ」

わたしはあきれ顔になりながらも、ほっとした。

「俺がビビればいいと思ってるんだろう。そのメッセージがどういう経路で来たのかを調べる必要がある。次は警察にガツンとやってもらう」

「次？」

「俺の口を封じたい、表に出てきてほしくないと思ったら、また始まるさ。まあ見てろって」ジェシーは車のキーをつかんだ。

「行こう。あと三十分で罪状認否手続きが始まる」

郡裁判所の白い建物のデザインは、アンダルシア地方の要塞に倣《なら》っている。その外でアダムが待っていた。綿のパンツにサンダルという、大学教授のカジュアルスタイルだったが、顔に刻まれた緊張のしわは隠せない。二日酔いもまたしかりで、サングラスをかけて、できるだけ頭を動かさないようにしている。

アダムが言う。「やつの顔をどう見たらいいかわからない」

「ただ俺のそばについていればいい」とジェシー。

上階の法廷にあがると、三人で硬いベンチに腰をおろした。ジェシーは通路側の席に肘をついてすわり、足もとをじっと見ている。数分後クリス・ラムスールがそこに加わった。いつものジャケットの下にチェックのシャツを着てニットタイをしめている。彼を見るとわたしは元気が出た。刑事が罪状認否の場に出てくるのはめずらしいことだったが、クリスはこの事件のすべてを任されている。そうでなくても、何より気にかけていた。

まもなく法廷のドアが音をたててひらき、保安官代理らが手錠をかけられた囚人を通路に導いてきた。生気のない目をした、ふてぶてしい態度の連中がジグザグ行進をする。青い囚人服から、汗と強い洗剤のにおいをにじみださせて。

そしてついに列のうしろのほうに、彼が見えた。わたしの背後で、アダムの手がベンチをぎゅっとつかむ。ジェシーが背筋をぴんとのばす。わたしたちの横を通りすぎていきながら、ブランドの視線はノミのように、そこらじゅうをぴょんぴょん飛びはねている。怒っているようだった。疲れて、不機嫌そうだ。そして何よりも金を持っていそうだ。日焼けした肌。ハンサムな顔。実際、写真より若く見える。ヨットのカタログの表紙でポーズをとっていてもおかしくない。

ジェシーが言う。「美容整形をしたんだ」

判事が彼の事件番号を読みあげると、ブランドは手錠をはずされ、ゲートを通って被告席に立った。ブランドの弁護士は、オリアリーという名の男で、まるでそこに毛があったらいいのにと切望するように頭皮を何度もなでている。起訴内容が読みあげられた。自動車による故殺。無謀運転による重傷害惹起。轢き逃げ。刑事訴追回避の逃亡。起訴内容をひとつひとつ列挙して、判事が言う。「どう申し立てをしますか?」

ブランドが答える。「無実です」

わたしはジェシーにちらっと目を向けた。かろうじて息をしているという様子。

検察官は五十万ドルの保釈金要求を出した。刑事事件専門の弁護士ではないわたしでさえ、それが高額であることはわかった。が、そこでアダムがわたしのほうへ身を乗りだしてきた。顔が憤怒に満ちている。

「それっぽっち?」

オリアリーは五万ドルを要求した。自動車による故殺のガイドラインに沿った額だ。そこへ検察官がふたたび口をはさみ、訴状の項目が複数にわたることと、逃亡の危険性があることに触れると、話をさえぎるように判事が手をあげた。

「いいでしょう。保釈金は二十五万ドルに設定します」

これで片がついた。話はまだ続いていたが、こちらの用件は済んだ。ジェシーは帰ろうとして身体をまわし、わたしもそのあとに続こうと立ちあがった。

アダムが言う。「やつを逃がすつもりだ」

アダムは立ちあがって、前方のベンチをぎゅっとにぎっていた。判事の顔があがる。

「二十五万ドルじゃあ、やつを町につなぎとめてはおけない。こんなのはまちがってる」

判事が小槌を打つ。「静粛に」

「本気ですか？　二十五万ドルなんて屁でもない。やつは億万長者だ」

ガンガンと小槌が鳴った。廷吏がゲートをくぐり抜けてこちらへやってくる。木のように硬い顔だ。クリスがアダムを通路へひっぱりだそうとするが、アダムは頑としてベンチから動こうとしない。ブランドの視線は前方に向けられたまま。爪を指でほじくっている。

ジェシーが声をかける。「アダム、行くぞ。落ちつけ」

アダムはジェシーをふりかえり、口をあんぐりあけている。長く感じられる一瞬のあと、アダムはベンチから手を離し、外へ勢いよく飛びだしていった。

外の回廊でジェシーがアダムを見つけた。ぐるぐると同じところを歩きまわって、両手で頭をかかえていた。何か言っているのが聞こえる。「アイザック――」

「エヴァン」クリスが言って、名刺にペンを走らせる。「この女性は被害者支援組織にいる人間だ。電話するよう、アダムに勧めてみてくれ」

「わかった」

「今はまだほんのはじまりだ。この先長く困難な道のりが続く。アダムには落ちついてもらわんと」そう言ってから、ジェシーに目を向けた。「彼のほうはどうかな？　証言をしてもらうことになるが」

「ジェシーのほうは心配しなくてだいじょうぶ」言いながら、頭のなかに「証言」の二文字がひっかかった。

アダムは腕を大きく広げるしぐさをしている。声が壁に反響した。すると記者たちがやってきて、やかましく質問をぶつけてきた。

「ミスター・サンドヴァル、ブランドの逮捕について、どう思われますか?」

「弟さんを殺したと言われている人物と直接対面したお気持ちは?」

アダムはその場に凍りついた。ジェシーがさっと向きなおり、アダムと記者のあいだに割って入る。

「とうとう裁きが下されるのでしょうか?」

「今日の訴訟手続きについて、何かコメントはありますか?」

ジェシーが言う。「コメントは僕が必ずしますから。少々お待ちを」

それからジェシーは、わたしの顔を見た。その目が訴えている――アダムをここから連れだせ。わたしはアダムの肘をつかんで、急いで階段を降りていった。一番下まで行ったところで、アダムは手をふりほどき、まるで酸欠状態になったように、新鮮な空気のある屋外へ大股で踏みだしていった。

「向こうはやつを逃がそうって気だ。ろくでなしを野放しにするつもりだ」

アダムの手がふるえている。二日酔いからでないことは、わたしにもわかった。

「なんだってジェシーは、あんなに冷静でいられる? コメントだと? 俺はコメントなんてしたくない、壁の前にブランドを立たせて、セメント車でつっこんでやりたい」

アダムは膝の上に両手をつき、身をかがめた。それからいきなり背を起こし、ごみ容器のところへ走っていって、身を乗りだして吐いた。

数分後、口もとをハンカチでぬぐった。「すまない」

わたしは彼の背中に手を置いた。汗をかいている。

「保釈金命令に異議を唱えることはできないだろうか？　拘置所を出たら、ブランドは姿を消す」

声ににじむ苦悩に、わたしは心を決めた。「拘置所だって、あの人をずっと監禁しておくことはできない。でも、向こうがまた高飛びなんかしないよう、わたしたちが目を光らせているのは可能よ」

しばらくアダムはいぶかしげな顔をしていたが、まもなくわたしの言いたいことにぴんと来たようだ。「そうか」アダムの顔がぱっと明るくなった。「たしかにそうだ。しかし、二十四時間となると？　僕らには仕事がある。それに――」そこで腕時計を確認する。「まずい、大学に行かないと。セミナーがあるんだ」

「じゃあ行って。わたしが最初の見張りに立つから」

アダムはわたしの両手を取った。「ありがとう」目が赤く、顔はげっそりしている。「助かるよ」

アダムがブロックの中ほどまで歩いていったころ、ジェシーとクリスが外へ出てきた。わたしはふたりに、アダムが大学へ行ったことを伝えた。クリスは思案に暮れた顔になる。

　ジェシーはラップアラウンド型のサングラスをかけた。「クリスに話をしたよ。アイザックが紛失した書類の件で、マコともめていたってこと。それと俺のPCに入ってきた脅迫のことも」

「あの脅迫。あなたに、ブランドに不利な証言をさせないためだったとしたらどうする？」

　ふたりはそろってわたしの顔を見てきた。ジェシーは舌打ちする。クリスが、郡裁判所と通りをはさんだ向かいにある警察本部をあごでしゃくった。「わたしといっしょに、署へもどってくれないか」

「少し時間をちょうだい」

「ああいいさ」クリスは話が聞こえないあたりまで、頭を垂れてぶらぶら歩いていった。考えごとがあってぼんやりしている教授のようだった。

　ジェシーが言う。「きみは、ブランドを尾行するつもりなんだろう？」

「あの人が高飛びしないって確信できるまでね」

「上等だ。俺もできるだけ早く合流する」そう言って、郡裁判所のほうを見やる。「保釈金を支払うまでには、あと数時間ある。そのあいだ、また郡拘置所にもどされるはずだ」

「それなら、コーヒーでも飲んでから、保安官代理が、彼をひとつ鎖につながれた囚人たちといっしょにバスに乗せるのを観察するわ」

　ジェシーは通りをぶらついているクリスをあごで差す。「彼の机から郡裁判所が見おろせることを忘れるな。見えないところにいろ」

「クリスは、わたしたちの味方だと思ってたけど」

「エヴァン、俺たちの味方は俺たちだけだ。そいつはまちがいない」

七

コーヒーは失敗だった。

午後はゴレタの郡拘置所の向かい側に車をとめ、エクスプローラーの後部座席で仕事の真似事をした。連絡をとる必要のある相手に電話をかけたり、グローブボックスのなかをさぐって、仕事関係のレシートをほじくりだしたりしながら、ランチにM&Mのピーナッツチョコレートを一袋平らげた。それから、作家会議で開催するセミナーのあらましを考える。テーマは「劇的対立」。これは簡単だ。わたしを見習えばいい。さあみなさん、よく観察して、メモをお取りください。次は、『クロミウム・レイン』の執筆にとりかかる。コロラドのシャイアン・マウンテンの瓦礫《がれき》から、ヒロインが脱出する章を書いていく。そうしながらも拘置所と、その隣に建つ郡保安官本部につねに目を配るのを忘れない。好奇心の強い保安官代理が車の窓をコツコツたたいてきて、いかなる理由で米防空司令部を爆破する話を書いているのかと、そう訊かれたらやっかいだ。

コーヒーが身体のなかを一通りめぐり終わった。トイレに行きたくなった。拘置所をじっと見る。もしブランドに出てくる気があるなら、すぐにそうしてほしい。

やっぱり姿をくらます気だろうか？　わからない。アダムはそう思っているようだが、二十五万ドルを没収されるとなれば、いくら億万長者だろうと逃走資金に事欠くだろう。おまけに、逃げたそばから執拗に追われるのもわかっている。それにわたしのほうではまだ、ブランドはサンタバーバラにやり残した仕事があってもどってきたと信じていた。それを済ませない法はないだろう。

三時になると、身体がもじもじしだした。我慢も限界だというのに、アダムは電話をかけてこない。携帯電話がようやく鳴りだすと、ひっつかんで出た。「もしもし？」

そう言ったつもりが、実際にはうなり声にしかならなかったらしい。兄がこう言ってきた。

「おやおや、めずらしく、ご機嫌斜めだな」

「ブライアン」わたしはシートのなかでもじもじし続ける。「DCはどう？」

「湿気だらけ。あんまりじとじとしているもんだから、椅子から立ちあがるときは、へらで尻をこそげとらないといけない」

ブライアンは国防総省《ペンタゴン》にいた。海軍の飛行隊にいる戦闘機乗りが、出世の階段をあがる途中に、必ず通過するポイントだったが、ブライアンはデスクワークにじれていた。ペンタゴンでの仕事はもはや退屈なだけの安全な職務とは言えないが、それでもFA－18ホーネットに乗っているのとはわけがちがった。

「じつはエヴ、早めに情報を提供しようと思って。仲間が増えるぞ」

「ほんとうに？　すごいわ、ブライアン。もう待ちきれない、あなたとルークに会えるなんて――」

「残念ながら、俺たちじゃない。いとこのテイラーだ」

一瞬高揚した気分が、一気に盛りさがった。「冗談でしょ？」

「残念だな、妹よ。ハードトークカフェ（ハードトークは強引に売りこむの意。ハードロックカフェのもじり）が、おまえの町へも進出を決めた」

通りの向かい側に黒のポルシェ・カレラが現れ、拘置所の前にとまった。運転手が出てきたのを見て、わたしの背筋がぴんとのびた。ケニー・ルデンスキーだった。

ブライアンが続ける。「母さんにさっき話したばかりだ。テイラーの旦那が異動になったんだとさ。石油会社が、彼をサンタバーバラ海峡にある掘削装置《リグ》に送るそうだ」

ケニーは髪を手でなでつけてから、拘置所のなかへ入っていった。わたしはあわててシフトレバーを乗りこえて前に移動する。膀胱がひきつるのがわかる。運転席に腰を落とし、キーをイグニションに入れたところで、えっ、と思った。

「待って。それじゃあ、テイラーがこっちに引っ越して来るってこと？」

「ほら、まただ。そのうなり声」ブライアンが言う。

ケニーがフランクリン・ブランドと連れだって拘置所から出てきた。わたしは車を出す。距離を置いていても、ブランドが愉快そうでないことが見て取れた。顔がボクシングのグローブよりこわばっている。ふたりは言葉もかわさずにポルシェに乗りこんだ。

「あとでかけ直すわ、ブライアン」

ポルシェが発進した。そのまま先に行かせ、あとから走ってきたシルバーのメルセデスSUVのうしろについてこちらも走りだし、ケニーの視線が届かないようにする。

ポルシェは高速道路に乗り、西のゴレタ方面へ向かった。向こうが高速を降りると、こちらもそれに倣い、メルセデスもつねにあいだにあった。信号が赤に変わりかけたが、ケニーはとまらなかった。ポルシェは猛スピードでパターソン・アヴェニュー方面へ飛びだした。わたしはブレーキを踏み、両車線を走る車に視界をさえぎられた。車の流れのあいだから先をのぞいて、ケニーがどっちへ向かうのかたしかめる。メルセデスのSUVは、右車線にいるわたしの横でとまり、運転手も助手席の人間も、わたしと同じことをしているのがわかった。

ポルシェを目で追っているのだ。

助手席には、やせ型で強靭そうな若い女がすわっている。小型競走犬《ウィペット》のような肢体で、黒い髪を短く刈っている。女は首をぐっとのばしていた。運転手はまるまると太った男で、パンケーキの生地みたいな色の顔に眼鏡をかけている。まばらなあごひげの下に、二重あごがひょうたんのように垂れている。女がケニーの車を指さした。運転手は車輪を回転させる。

メルセデスを器用に路肩にあげると、前方の車数台を迂回して、ターンをした。

向こうも彼を追っている。一瞬おかしな競争心がわきだして、こちらもあとに続こうと車輪をまわしだしたが、注意深い脳細胞が目を覚まし、足をブレーキに置いたままにした。**待て。見張れ。**

信号が変わったのを見て、パターソン方面へハンドルを切る。前方でポルシェが車体をはずませながらまた新たな角を曲がり、加速して視界から消えた。道はアボカドの果樹園の先で曲がっている。メルセデスがポルシェのあとに続く。

わたしもそれに倣うことにする。果樹園、消防署の前をスピードをあげて過ぎていき、もとは農地だった場所に建ちならぶ新興住宅の前をつっぱしる。また新たな交差点にさしかかると、いちかばちかの勝負に出て、そのまままっすぐ進んでいき、商店、ホテル、レストランが建ちならぶ商業地区へ入っていった。ケニーの車もメルセデスも見えない。腹のなかで不安が塊《かたまり》になる。二度もブランドを逃がすわけにはいかない。

ブレーキを踏みつけた。ポルシェがホリデイ・インの屋根付き玄関にとまっている。ホテルの張りだしたひさしには、「ロブスター・ビュッフェ9・99ドル」と「歓迎——ガルシア親族様懇親会」の文字。ターンして車をとめ、バックミラーでポルシェを観察する。

ブランドが出てきて、ドアをバタンと閉めてから、ホテルのロビーへ歩いていった。ポルシェがアクセルを強く吹かして走りさる。

わたしは待った。

ポルシェを追跡していたメルセデスの姿がない。駐車場にもなかった。例の髪を短く刈りあげた女や、太った男が、ホテルのロビーにふらっと入っていくのも見ていない。

勝った。

野球帽をかぶり、サングラスをかけ、車を降りてロビーに向かう。

って係員と話をしており、こちらに背中を向けていた。わたしはその背後を歩いて通る。

ブランドが訊いている。「伝言は？」

「お部屋番号をお願いします」

「一二七」

ついているときはあるものだ。ブランドはホテルにチェックイン済みだった。伝言が届くようになっている。わたしは旅行者用のパンフレットが詰めこまれた棚のほうへ歩いていき、一部手にとると、うしろポケットからこっそりペンを出した。一二七とパンフレットに書き留める。

そこであと数秒待つ。このままトイレに行かなかったら、膀胱が破裂する。肩ごしにちらっとうかがうと、ブランドはデスクの前に立って伝言メモを読んでいた。トイレはわたしの左手にのびる通路に並んでいる。もしこれが、ブランドの側の巧妙な計略だったらどうする？　彼が逃亡を計画していることも考えられた。ひょっとしてケニー・ルデンスキーは、立ちさったと見せかけただけなのかもしれない。ブロックをひとまわりしながら、ブランドを洗濯物入れのなかに入れて連れさる準備をしているのかもしれない。

そしてわたしは、彼を尾行する前に、隠密マニュアルを読んでおくべきだったのかもしれない。一ページ目にはきっとこう書いてある——跡をつける前に、おしっこを。

もうこれ以上は待てなかった。ブランドから顔をそむけ、トイレに急ぐ。ドアを押しあけてなかに入ると、めずらしいことに女子トイレの貴重な個室があいており、宝石のようにありがたく見えた。なんてすばらしい日。ドアに鍵をかけ、コート掛けにバッグを乱暴にひっかける。目には涙がにじんでいたけれど、いきなり歌いだしたい気分だった。『トスカ』のアリアを歓喜して歌いながら、一気にぶちまけたい。

個室の外に足音が聞こえ、足も現れた。ドクターマーチンのごつい編み上げ靴。ドアのてっぺんから女の手がつきだされ、そのへんをさぐっていたかと思うと、コート掛けに掛かっているバッグをつかんだ。

わたしは叫んだ。「ちょっと――」

が、彼女は行ってしまった。

昔ながらの盗みの手口。大急ぎで用足しを終えてファスナーをあげると、個室を飛びだして廊下へ駆けだした。

いきなり目の前にブランド。

あえぎ声がもれそうになるのはこらえたものの、全身の毛穴がいっせいにひらいたような気分だった。ブランドは大柄で、カシミヤのスポーツコートをはおった身体には、ほどよく肉がついていた。拘置所の饐《す》えたにおいがして、まともにひげを剃っていない。白くなりかけた無精ひげがあごのあちこちから飛びだしていた。

ブランドの顔がはじかれたようにふりむいた。「気をつけろ」

瞳はグリーンとブラウンの奇妙なまだらで、万華鏡のような彩りのなかに怒りがはびこっている。一言だけ言うと、こちらを無視してプールに向かった。

わたしの視界はガクガク揺れていた。数秒経ってようやく自分も外へ飛びだし、ドクターマーチンの女をさがす。ホテルは中庭を取り囲むようにして建っていて、中庭には芝生と背の高いヤシの木々とターコイズ色のスイミング・プールがある。子どもたちが遊んでいて、水の上で陽光が揺らめいている。ブランドは中庭の向こう端まで歩いていった。手にカード型キーを持っている。

そこに女はいなかった。

くそっ。走ってなかにもどり、ロビーへ行って玄関扉から出る。

わたしのバッグがプランターの上に、口をあけて置いてあった。すぐそばに財布も落ちている。確認する――現金すべて、免許証、ソーシャル・セキュリティ・カード、クレジットカード、全部なくなっていた。同じく、携帯電話も。

通りに出ると、ホテルから銀色のメルセデスSUVが轟音をたてて走りさっていった。

ロビーにもどって、フロントの係員に警察に電話をするように言う。

女性支配人がフロントにやってきた。あまりに当惑して、卒中を起こしかねないようだった。

「大変申し訳ありません。宿泊料は無料とさせていただきますので、何卒……」

不幸のさなかにさしてきた、ほんのかすかな希望。「ちょうど宿泊手続きをするところだったの。名前はディレイニー。一二七号室に近い部屋はあるかしら？」

八

「イーストビーチ作家会議」というのが正式な名称だが、このイベントはむしろ、「作家志望者をいじめて気晴らしをする会」と呼ぶのがふさわしい。作家連の主催による二日間の会議は、一応それなりの体裁はとっているものの、何が起こるかは予測不能。いざ始まると、ホテルの会議室を予約するところまではなんとか抑えていた作家たちの欲求不満と嫉妬心が一気に噴きだす。わたしは翌日の昼に、セミナーの講師役を務めるべく会場に到着した。ホテルはカブリリョ・ブールバードに面しており、通りの向こうにはビーチバレーボールのコートとスターンズ・ワーフの埠頭が見え、光の粒がきらきら輝く海上に、青い帆をぴんと張ったような空が広がっている。この時点で、もう不機嫌だった。

午前の時間は、クレジットカードを無効にし、運転免許のコピーを入手する手続きに追われた。さらにブライダルショップから電話がかかってきて、ドレスの採寸記録を紛失したと言われ、また出向いて計り直しをすることになった。極めつきは、ジェシーの電話。マリ・バスケス・ダイアモンドが、ジェシーとわたしとサンチェス・マルクス法律事務所を、故意に精神的苦痛を与えたとして、訴える覚悟だと言う。

そもそも前夜はほとんど寝ずの番で、フランクリン・ブランドに何か動きはないか、ホリデイ・インのプールに面した部屋でカーテンのあいだからずっとのぞいていた。動きは何もなかった。ブランドはカーテンをあけっぱなしにしていた。訪問者はひとりもいなかった。彼の部屋の前を歩いて過ぎたときには、なかでテレビの単調な音が聞こえた。その棟で何か動きがあったといえば、ブランドの部屋と一続きになった隣室だけで、天井が水漏れするというので修理をしていた。午前三時を過ぎると、もうエスプレッソを飲んでも、頭はしゃきっとしなかった。誰がわたしの持ち物を盗んだのか、その泥棒とブランドはどう関係しているのか、そんなことをいらいら考える気力さえなくなった。

今はアダム・サンドヴァルが見張りに立っている。わたしがホテルを出るとき、アダムは怖いほどに元気で、コーヒーを片手に弟の遺品が入った箱を整理していた。

そういうわけで、疲れて不機嫌な顔で会議室に入り、講師としての初日を迎えた。親指につばをつけて、要点をまとめたプリントを配付する。十二人がテーブルのまわりにすわり、わたしをじっと見ている。顔ぶれはさまざま——女性も男性もいるし、絞り染めの服、縦縞模様の服と、彩りもばらばらで、めいっぱいおしゃれをしている人もいれば、控えめな人もいた。自分さがしに来たらしい人や、少なくとも技術だけは会得したいという感じの人。そういう人々がみんな、わたしの語るストーリーの組み立て方に耳を傾け、ときに口をはさみながら、ノートをとっている。驚いたことに、これがなかなか楽しかった。

いや、なかなかどころか、最高だった。二時間が終わったときには、声はかれていたものの元気いっぱい。これはひょっとして、わたしに向いているんじゃないかとまで思ったほどだ。

帰り支度をしているとき、生徒がふたり、まだ戸口に居残っているのに気づいた。四十代の男女。男のほうが握手の手を差しだしてきた。

「ティム・ノースです。すばらしいセミナーでした」

イギリス訛りのアクセントがあり、きびきびした握手をする。引きしまった身体に涼しい目もと。顔は雑種犬のようだ。その物腰から、元軍人ではないかという気がした。

わたしはバックパックを肩にかけた。「それを聞いて、ほっとしたわ。たしかセミナーのあいだ、一言もお話しにならなかった」

「聞くことに集中し、すべて吸収しようとしていました」

ぜんまいを固く巻いたような一触即発の気味。やぼったい訛りに、顔だちは……どうにでも融通がきく。これはどうも、ふつうの作家志望者とは毛色がちがいそうだ。

ティム・ノースは連れの女を紹介する。「わたしの妻、ジャカルタ・リヴェラです」

女がぱっと笑顔になった。「期待していたとおりの内容。満足この上ないわ」

典型的なアメリカン・アクセント。アフリカ系アメリカ人である彼女は、サンタバーバラに暮らす平均的市民よりずっと洗練された装いで、バレリーナのような体型をしていた。きゃしゃな外見は見せかけで、その奥に紛れもない筋肉を隠している。マセラティのような均整美と言っていい。

ジャカルタ・リヴェラはバッグのなかに手を入れて、わたしの小説『リチウム・サンセット』を取りだした。「わたしたち、ファンなの」

「ありがとう」

わたしはふたりの先に立って戸口を抜けた。何かこちらに頼みがあるのだろうと、そんな気がしていた――自分たちが書いた映画のシナリオを読んでほしいとか、わたしのエージェントを紹介してほしいというような。パティオにはコーヒーとスナックが用意されており、そこへ三人であがっていった。強烈な陽射しにタイルの床が熱を発散し、鉢植えの植物が暑さにうだっている。わたしは小テーブルから桃を一個とりあげた。

「あなたにひとつ、提案がありましてね」ノースが言って、妻を見る。「ジャックス?」

妻は林檎を選んでいて、傷がないかどうか見ていた。婚約指輪のダイアモンドはテーブルの上の葡萄と同じ大きさ。ピアスと、ネックレスにひとつだけついた宝石とよく合っていて、どれも目に痛いほどきらきら輝いている。

妻が言う。「あなたを雇いたいの」

わたしは桃にかぶりつこうとしていたのを途中でやめる。「なんのお仕事?」

「わたしたちの回想録のゴーストライターになってほしいの」

想像もしなかった答え。言ったほうも、こちらが驚くことを予期していたようだ。わたしのほうへ猫のように冷静で鋭い目を向けてくる。その目に釘付けにされた気分だった。

「あなたには、今の出版契約で得ている報酬をはるかに超える額をお支払いする」ノースが言った。

「光栄ね。でも、ゴーストライターの経験はないの」

するとリヴェラが言う。「でもジャーナリズムの世界にいらっしゃるでしょう。インタビューのしかたを心得ているし、人間の本質を描写する力を持っている」

ノースも言う。「早い話が、あなたには男がちゃんと描ける。この人になら、自分の考えを代弁してもらってオーケーだと、男ならきっとそう思うはずです」

「それにわたしたち、あなたのことをもう少しよく知ってるの。見せてもらったけど、あれはたいしたものよ」

「見せてもらったって何を?」

それにはノースが答えた。「昨年、宗教テロリスト集団に堂々と立ち向かっていかれたでしょう。実際じつに見事に片づけた。これはすごいと思ったわけです」

背筋にいやな感じがくねくねはいあがってきた。「そんなものが人を雇う決め手にはならないでしょう」

すると妻が言う。「いいえ、こんなすごい経歴はないわ」

わたしは彼女の顔をじっと見た。「あなた、誰なの?」

ノースが言う。「ミス・ディレイニー。あなたにわたしたちの回想録の執筆をお願いしたい。莫大な報酬をお支払いします」

いやな感じが危惧へと変わっていく。「はっきり言って。あなたたちが誰なのか、なぜわたしが自分の人生の一分でも、あなたたちの本を書くのに費やさねばならないのか。お仕事は？」

「ふたりとも引退しました」夫が言った。

「悪いわね。別の人をさがしてちょうだい」わたしはその場を離れようとする。

「待って」リヴェラが言った。「ティムはわたしたちがどんな仕事から引退したのか、話していないわ」

彼女はわたしと目が合うまで待った。猫のような目が、またわたしを釘付けにする。

「諜報活動よ」


ジェシーはナプキンで手をふいた。「なんだって」

「だから、笑い飛ばしてやったのよ」

「で、その場を離れた」

「だってふざけてるもの。そんな人たちのために、時間をむだにしたくなかった」

「おふざけにしては妙だな」ジェシーはアイスティーを飲んだ。

「それで、クリス・ラムスールはなんて言っているの？　あなたのコンピューターにいやがらせがあったことについて」

「向こうは真剣に考える顔になったよ。捜査をしてみるってさ」

ウェイトレスがせわしなくやってきて、通りがかりに伝票をテーブルに置いていった。午後九時で、ホリデイ・インのレストランはほとんどガラガラだった。

「ロブスターはどうだった？」わたしは訊いた。

「チキンみたいな味だった」

すぐそばの宴会場で、ガルシア家の人々が盛りあがっていた。デザート・ビュッフェでスライドショーが始まり、笑い声があがっている。カクテルラウンジでは、男性のテノールがハモンドオルガンに合わせてビブラートを効かせている。

ジェシーが言う。「あいつ、もう一度『メモリー』を歌いだしたら、今度こそ火炎放射器を持ってきてやる」

わたしは彼の手をなでた。「さあ、今度はわたしが見張る番。もう帰っていいわよ」

ジェシーはディナーの代金九ドル九十九セントを支払って、レストランを出た。外に出ると、わたしはジェシーにお休みのキスをし、五十セントを自動販売機に入れてスニッカーズを買った。夜ひとりで寝る寂しさを思って、もう五十セント入れてペイデイも買った。

ちょうどヨーク・ペパーミント・パティをむしゃむしゃやっているとき、ブランドの部屋のドアが勢いよくあいた。わたしの脈がはねあがり、四速に切り替わる。部屋から出てきたブランドを尾行し、駐車場まで行く。ゴールドのレンタカーで走りさった彼に、こちらも車であとをつける。

しばらくサンタバーバラをモンテシートに向かって走りつづけていたが、やがて海岸のほうへ曲がって、ビルトモアで車を寄せた。〝堂々たる貴婦人《グランド・ダム》〟と呼ばれる、地元でも老舗の豪華なホテルだ。

　ブランドはエントランス前で駐車係に車のキーを渡した。わたしは防波堤の真向かいにある通りに車をとめた。海岸は暗かった。波が砂に打ち寄せる音が聞こえ、沖には石油掘削用プラットフォームが浮かび、海面に光が点滅していた。ホテルの車回しを歩いていきながら、エントランスから出てくる客が、圧倒的に仕立てのいい服を着ているのに気づく。ブランドはカシミヤのジャケットを着ているから、そのなかにいても違和感がない。わたしはジェシーから借りたペンドルトンの色あせたシャツを着て、コーデュロイのパンツの膝には穴があいていた。ちょっとすました態度をつくろって、エキセントリックな小説家で通そうと決める。そうでなかったら森林伐採業者だ。

　エントランスのドアを抜けると、贅沢な光のなかに、イタリアンレザーの靴底がテラコッタのタイルをこする音が響いていた。ジャズ・ピアニストが演奏しているラウンジには、海に面した大きな窓がついている。わたしはぶらぶら歩いていって腰をおろし、とりあえず人を待っているのだという風で無関心を装う。待つ相手はアーネスト・ヘミングウェイということで。まわりに気取られないよう、さりげない目でブランドをさがす。

「何かお飲み物をお持ちしましょうか?」

　すばらしきかな人生、とでも歌いだしそうな、元気のいいソプラノの声でウェイトレスが言う。わたしはコーラを頼んだ。ウェイトレスはうなずいて背を向けたが、そこをちょうど通りかかった男のために、そのまま立って待った。

ゆったりとした足取りのその男は、鞘つき猟刀《ボウィ・ナイフ》のように、あごのとがった細い顔をしている。金髪の髪がカールして肩に落ちているものの、女性っぽい雰囲気は微塵もない。黒い服と茶色のやぎひげが、ロックスター、あるいはネイティヴ・アメリカンの部族と戦ったジョージ・アームストロング・カスターを思わせた。目に揺れる暗い光は黒い静電気のようで、手には首の長いビールのボトルを持っている。

ウェイトレスは男と間隔をあけて立っている。まるで接続のまずいエレキギターから、ハウリングの音が出ているとでもいうように。男はそのまま部屋の奥まで歩いていく。奥の隅には、フランクリン・ブランドがウィスキーのグラスを片手にすわっていた。

金髪男がブランドの向かいに腰をおろした。だらしなくのびて足をつきだし、しゃべり始める。ブランドはグラスを置いた。相手の話を聞きながら、身体がこわばっていく。

ピアニストは、いつのまにか気の滅入る曲を演奏していた。ふたりの話は当然ながら、聞きとれない。金髪男はくつろいだ雰囲気で足を組み、ビールを飲んでいる。ところがブランドのほうは、まるで膝に忌々しい犬の糞《ふん》が落ちてきたとでもいうような感じだ。口をひらくと、こわばったあごから歯がのぞいた。

わたしの注文したコーラがやってきた。それを飲みながら観察する。

と、すぐ隣で椅子がうしろへ引かれた。ジャケットとチェックのシャツ、ニットタイが目に入った。気難しい顔。クリス・ラムスールが腰をおろした。

「ここで何をしている?」

「ブランドと、彼の新しいダンスパートナーを観察しているの。もう少しさがって。わたしの視界をさえぎってるわ」

「おい、何があった？　頭でもぶつけて、自分が『チャーリーズ・エンジェル』のひとりだと思いこんでしまったのかね？」

「この髪、金髪に見える？」

わたしが言うと、クリスはこちらへ身を乗りだしてきた。「この事件に対して、きみが特別な思い入れをするのはわかる。しかしここは帰ってもらおう」

「あの人とブランド、うまくいっている感じじゃないわね。スローダンスを踊るようには見えない」

クリスは自分のすわった椅子の肘かけを指でコツコツたたき、わたしの顔をにらみつけた。

「警察で働いてみようと考えたことはないか？」

「本気で言ってるの？」わたしはコーラを置いた。

「頭が切れて粘り強い、しかも犯罪者を片づけるのに関心がある。いつでもうちに願書を取りに来るといい」

「ありがとう、クリス」

「しかし、市から給料をもらえるようになるまでは、警察の仕事に首をつっこまないでもらいたい」

クリスはわたしの肘を取って立ちあがった。そのままわたしを引っぱってラウンジからロビーへ抜け、外へ出た。ジャズの演奏が遠ざかっていき、しまいに消えた。

「もう放してもいいんじゃない」

クリスはそのまま歩きつづける。「車はどこへとめた?」

わたしは何も言わなかった。そのまま車回しに引っぱっていかれた。うしろをふりかえると、ラウンジの窓が金色に光っていた。

「いいわ。あなたの言うことはよくわかった。わたしは——」

クリスが指を一本立てて言う。「いいから」

わたしは口を閉ざした。いつも毅然としているクリスの顔に、おろおろした表情が見えた。いきなり目が覚めた気分だった。クリスはわたしがブランドを監視していることを怒っているのではなかった。職域を侵されたなどという簡単な話じゃない。口のなかがからからになった。

「わたし、何かの作戦をふいにしちゃったのね?」

「帰るんだ、エヴァン」

クリスはわたしの腕をつき放し、車回しに立ちはだかった。こちらがホテルのなかにもどるようなら、とめようと待ちかまえている。その肩ごしに、ラウンジの窓に映るブランドと金髪男が見えた。

「クリス、ごめんなさい。わたし、もう行くわ」

ほんとうにそうするつもりだった。けれどもそこでブランドが、グラスをたたきつけるように置いて立ちあがるのが見えた。金髪男に向かって指をつきたて、怒った足取りで歩みさろうとする。

金髪が片手をあげた。人差し指と中指のあいだに何か薄くて丸い、きらきらしたものをはさんでいる。ブランドの足がとまった。金髪がそれをテーブルに放り投げる。

「クリス」わたしは窓を指さした。

しかしクリスが顔を向けたときには、ブランドはもう椅子に腰をおろし、テーブルから取りあげたものをジャケットのポケットにすべりこませていた。

「金髪男が今何か彼に渡したわ」

「何を？」

「わからない」そこでぴんときた。「データ・ディスクかもしれない」

「きみは帰れ」

クリスは車回しを歩いてホテルに向かった。歩きながら、携帯電話を取りだして番号を打ちこんでいる。わたしは自分の車に歩いていって、車内から観察する。

クリスがまだホテルに入りもしないうちに、金髪男がぶらぶらと外へ出てきた。両手を脇にたらし、いつでも銃を抜ける用意があるガンマンのようだった。クリスがその横を通りすぎる。頭を携帯電話に寄せて無関心を装っている。金髪男は駐車係にチケットを渡した。数分後、彼はコルベットに乗りこんで走りさった。

わたしは待った。何分もしないうちにブランドが出てきた。彼の乗ったゴールドのレンタカーを追って、またホリデイ・インへもどる。ブランドの部屋と中庭をはさんで向き合った自分の部屋に入ると、電話機が光を点滅させていた。ジェシーから連絡が入っていた。

家にいるジェシーを電話でつかまえ、ビルトモアに行ったことを話し、金髪の男について説明した。

「そういう人、知ってる?」

「いや、ぜんぜん」

「クリス・ラムスールはわたしをそこからつまみだしたの。何かやっている最中だったみたい。警察の展開していた作戦を、わたしが邪魔してしまったんだと思う」

「ブランドが何かの事件に関係していて、クリスはそれを俺たちにはだまっていたと?」

「そう。たぶん話せばわたしが首をつっこんでくると思ったのよ」

窓の外に目をやる。照明が、がらんとしたプールに立つさざ波をヤシの木に映していた。ブランドの部屋はカーテンが半分ほどあいていて、彼が部屋のなかを行ったり来たりしているのが見えた。電話で話をしているのだ。

「ブランドが金髪男から何か受けとったの。コンピューター・ディスクか何か。そのために会いに行ったんだと思うわ」

わたしの目が、ブランドの部屋の隣にとまる。水漏れの修理をしている続き部屋。そのドアがあいていて、閉まらないように椅子で支えがしてあった。わたしの副腎が爪先立ちでくるりと一回転した。

「驚いた。ブランドの隣の部屋があいてるわ。行ってなかに入れば、ドアごしに話が聞ける」

ジェシーがいらだった声を出した。「早まるな」

「今なんて？　あなたからそんな言葉を聞くとは思わなかった」

「とにかく待て。警察の気配はどこにもないか？」

「ない」

「音のたたない靴を履いているか？」

「履いてる」

「なかに入るときに、何か倒したりするんじゃないぞ」

答えようとしたとき、運命の瞬間が訪れた。望みとチャンスが見事に合致した。ブランドが部屋のドアをあけて出てきたのだ。アイスバケットを手に持ち、ドアが勝手にしまらないようデッドボルトを出しておいて、アイスマシンにぶらぶら歩いていった。

「ブランドの部屋に入れるわ。またあとで電話する」

怒鳴るジェシーをよそに、わたしは電話を切った。

急いで外へ飛びだした。わたしの立っているところから中庭をはさんで、アイスマシンが見える。ブランドの部屋から、角を曲がってすぐの渡り廊下だ。アイスマシンまで中庭に沿って五十ヤードほど。そこまでブランドが歩いていくのに二十秒、アイスバケットに氷を入れるのにさらに十秒、それから角を曲がってもどってくる。となると、正味三十秒といったところか。

その時間で何ができる? 隣の部屋に通じるドアの鍵をあけて、あとでなかに入れるようにしておくぐらいはできるだろう。いや、もしかしたらもっと。

ブランドはもうカシミヤのジャケットは着ていない。あれのポケットにきらきら光る物をしまったのだ——それを盗む? 焼く? 食べる?

調べる。借りる。思ったとおりコンピューター・ディスクだったら、自分のラップトップにコピーしてから、もどすこともできる。何であろうと、警察がそれに興味を持っているのはまちがいない。なのに向こうは手に入れていない。小さいけれど貴重なもの、そして隠すことも壊すことも簡単なもの。わたしが手に入れなければ、警察だって入手できないだろう。クリスの夜を台無しにした埋め合わせに、手に入れてやる。

この自分が警察と一丸になって国家のために働こうというのだから驚きだ。忍び足でプールを走りすぎ、ブランドの部屋に向かう。彼はまだアイスマシンに向かって歩いていて、こちらに背中を向けている。ブランドの部屋のドアまで来たところで、最後にちらりと彼を見て、それからなかに入った。

濃厚なコロンのにおいが鼻をつく。テレビの音が流れていた。カシミヤのジャケットは椅子の背にかけてある。そこでためらいが出た。厳密に言えば、〈不法目的侵入〉をしようというのではないし、〈実力による不法侵入〉でもない。けれども窃盗を働こうとしているのはたしかだった。

ジャケットに手をのばし、ポケットのサテンの裏地に手を入れて、問題の物をひっぱりだした。目の前にかざす。ミニ・ディスクで、名刺ぐらいの大きさ。

ドアをノックする音がした。

全身のあらゆる部分が飛びあがった。もちろん髪の毛も。ドアがひらきかけた。わたしは自分のシャツのポケットにディスクをつっこんだ。

「ハウスキーピングです」メイドが顔をのぞかせた。「タオルを替えるようにとのことでしたので」

「ああ、お願い」

噴きだした蕁麻疹が、額に「どろぼう」の文字を浮かびあがらせているような気がした。メイドがバスルームに向かうのを見て、わたしはとっさにドアから飛びだし、ランドリー・カートをよけた。

中庭のほうから人の声が聞こえてくる。視界の隅にブランドが角を曲がってこちらへやってくるのが見えた。女がいっしょだ。上着の襟を立て、髪をキャップのなかに押しこんでいる。顔は、遠くてよくわからない。

瞬時の判断で、続き部屋のなかへひょいっと入りこんだ。ドアをあけたまま固定している椅子の横をすり抜けて。なかは照明が消されていた。湿気とカビのにおいがする。送風機がガタガタ音をたててまわり、カーペットを乾かしていた。椅子をひっぱってなかに入れ、ドアを閉めようかとも思ったが、それでは余計にこの部屋に注意をひくことになる。照明も消えているし、カーテンも閉まっているから、どうせ誰もわたしがここにいるのはわからない。

ブランドの部屋側についたドアへ忍び足で歩いていく。おずおずとあけてみると、その奥についたドアから人の話し声が聞こえてきた。彼女は誰？　恋人、母親、株式仲買人？　それとも轢き逃げのときに助手席にいた女？　送風機の音が声をかき消してしまう。

もっとドアに近づこうとして、ゴミ箱を蹴ってしまい、それが壁に音をたててぶつかった。わたしは息を詰めた。耳のなかで心臓がずきずき鳴っている。いまにも目の前のドアをブランドがぐいと引きあける気がする。けれども数秒後にはまた話し声が聞こえてきた。送風機の音がうるさい。耳をドアにくっつけ、なんとか話し声を聞きとろうとする。

ブランドのバリトンの声がする。「……ったく、よくもやつは……」

それから女が何かぶつぶつ言う。

「――キングサイズのちんぽで、しょんべんをかけられた気分だぜ」

女の笑い声。何か言ったけれど、わからない。

「……自分が同じ立ち場になったら、笑ってなんか――」

聞き耳をたてると、テレビの音、音楽、それに――吠え声。チワワでもいるのだろうか？

ふたりは話をやめている。カチッという音。ブランドか女のどちらかが、中庭に出るドアをあけたのだ。女が帰るのだろうか？　必死に耳を澄ます。

背後で、ドアを固定していた椅子が部屋のなかに蹴り入れられた。照明がついた。わたしはさっとふりかえる。戸口にブランドがぬっと立っていた。

九

　とっさに逃げだそうとしたが、二歩も進めなかった。熊さながらの重量感で、ブランドが部屋に飛びこんできた。ドアがぴしゃりと閉まった。ブランドがわたしの腕をつかみ、ベッドへ投げとばす。わたしは角に足をぶつけて床に転がり、あおむけに倒れた。立ちあがろうとしたものの、カーペットにおさえつけられ、手で口をふさがれた。

「おまえは誰だ？」まだらの瞳がぴくぴく動く。「ミッキーの手下のひとりか？」

　わたしはあばれて足を蹴りだし、なんとか唇をひらいて嚙みついた。

「くそっ」ブランドの手が口からさっと離れる。

　わたしは悲鳴をあげた。

「やめろ、やめるんだ」ブランドの指がまた顔をまさぐってくる。

　叫んだが、送風機の音がうるさくて、誰かの耳に届いたとは思えない。コロンのにおいが鼻をつく。ブランドの手が口と鼻の両方をふさいでいた。腕を爪でひっかいてやるが、相手は動じない。小指のリングが肌に押しつけられる。はまっているダイヤはコンピューター・チップほどの大きさだ。

「どこの人間だ？」

ここが勝負――しくじったら、あとはない。うまくいけば、逃げられずとも電話をつかむぐらいはできる。どうかわたしに、ふてぶてしさを授けてくださいと、はったりの神様に祈ってから、ブランドの腕をガンガンたたいた。

相手はわたしの顔を揺さぶった。「手を放したら、おまえはまた悲鳴をあげる。あげたら痛い目を見るぞ。あごをたたきつぶしてやる。本気だぜ」

わかった、という意思表示に目をぱちぱちさせる。相手の手がはずれた。

「うっ、くさっ。このコロン、なんて名？『腐敗』とか？どきなさいよ、においが服についちゃうじゃないの」

ブランドが顔をしかめた。

「キャサリン・エヴァンズ、〈ロサンゼルス・タイムス〉よ」

相手は目をぱちくりさせた。「おまえは新聞社の人間か？」

「あんた、もう終わったわね」

ブランドの顔が真っ青になった。わたしの顔に息がかかる。

「選択肢はふたつ。ひとつ、このままこれを続けて、明日の新聞に『死神運転手、また暴行』の見出しが躍る」

彼の手がわたしのあごの近くを漂う。陰険な目でにらんでくる。「もうひとつはなんだ？」

「いっしょにバーに行って、あなたの側の話をきかせてもらう」

「インタビューがしたいのか?」

「検閲なしに、あなたの素の言葉で語ってほしいの」

ブランドが高笑いをする。「冗談だろ。フランクリン・ブランド『俺の言い分』か?」

「ええ」

「仕事を失い、女房に離婚され、友人と呼んでいたやつらは、関わりを持ちたくないと言って、通りを渡って近づきさえしなくなった。そういう話を詳しく聞きたいって?」

ブランドはわたしを放すつもりはないらしい。電話機までどのくらいの距離があるか目で測ると、相手がそれに気づいた。手をのばして壁から電話のコードを引きぬく。

ブランドはわたしをまじまじと見てきた。どうかミニ・ディスクがポケットからはみだしていませんように。

「冗談じゃない」ブランドが言った。

「なら、轢き逃げ事件についてコメントをちょうだい。被害者に対して、何か言葉はないの?」

ブランドのこめかみに青筋がのたくった。「ない。死神運転手はノーコメント。現在逃亡中の億万長者で冷酷な犯罪者はノーコメントだ」

「どうしてもどってきたの?」

「見当もつかない、だろ? おまえら、まったくとんちんかんなとこ見てんだよ」

こちらの目論見はうまくいきそうになかった。新聞記者だと信じていながら、相手はわたしをおさえつけている。恐怖に胸をしめつけられる。

「今夜の、ビルトモアでの会合について話して」

ブランドの唇がひらいた。ふいをつかれたようだ。

「どうしてそんなに動揺しているの？」

「だまれ」青筋がうごめく。「そんなことはどうでもいい。今にわかる。今にクソみたいによくわかるさ」

鍵が錠に差しこまれる音がした。ドアがひらき、戸口から顔を出したメンテナンスの作業員がぎょっとした顔でこっちを見る。緑の制服にネームプレートがついている。フロイド。

「いったい、何をしてるんです？」フロイドが言った。

「助けて」わたしは立ちあがろうともがいたが、ブランドは動かない。「この人をどけて」

「悲鳴が聞こえたようでしたが」

すると、まるで煙のようにブランドの怒りがすっと消え、目が冷静になった。「すまない、大きな音をたてて。彼女、少し酔っぱらってるんだ」

「ちがう。助けて。お願い、ここからわたしを出して」

フロイドの視線がわたしたちの顔を行ったり来たりする。どっちの言うことを信じていいのか、決めかねているようだった。「とにかく、ここはお客さんたちの部屋じゃないでしょ。出ていってください」

ブランドの声が油よりもなめらかになる。「彼女がここは自分の部屋だって言うものだから。一族の懇親会でここに泊まってるんだって」そこでフロイドに向けて片手をあげる。手には二十ドル札がにぎられている。「こっちのうっかりミスだ。これで勘弁してもらえないかな」

わたしは言う。「警察に電話して、お願い。この人、電話のコードを引きちぎったのよ」

フロイドは壁の穴に目をやった。顔をしかめ、二十ドル札をつかんでから言う。

「出てってくれ、ふたりいっしょに」

ようやくブランドが力を緩めるのがわかった。わたしは飛びあがって戸口へ突進した。自分の車に乗りこみ、家までの道のりを半分ほど行ったところで、泣きだした。

通せんぼをするのは、簡単なようでいて、実際はそうではなかった。

「ホテルに行くつもりじゃないわよね」

ジェシーとわたしは、アダム・サンドヴァルの家の玄関ホールでにらみあっていた。ジェシーはわたしを押しのけて外へ出ようという気で、ハリケーンのような顔をしている。

「どけ。やつの尻を鞭で打ってやる」

奥のリビングにいるアダムは何も聞こえないふりを決めこみ、コンピューターのひとつに向きあって、ミニ・ディスクと格闘中だ。

わたしは頑として動かなかった。「だから言いたくなかったのよ」

ブランドがわたしに襲いかかってきたことを、ほんとうならジェシーは知らずに済んだはずだった。わたしのコンピューターで、ミニ・ディスクを読みとることができたなら。けれども、わたしのラップトップでは歯が立たず、それでアダムのところへ持ってきたのだ。アダムはわたしを快く迎え、こう言った。「その唇、どうしたんだ?」

ブランドのダイヤモンドに顔をひっかかれていた。灯りの下でジェシーに傷を見られたとき、どう嘘をついていいかわからなかった。

「ひとたび暴行を受けたと通報すれば、判事はブランドの保釈を撤回するわ。向こうは拘置所に逆もどり。あなたも同じ房に入りたいの?」

「ああ。兄弟のように仲良く、同じせっけんとバールをつかう」

ひょっとしたらジェシーはわたしを抱きあげ、膝ごしに放り投げて、外へ飛びだしていくかもしれない。そしてブランドに相当なダメージを与えられるかもしれないが、最後にはジェシーのほうが床に転がるか、ERに落ちつくことになるのは目に見えていた。そうやってわたしを守ってくれるジェシーが愛おしかった。だからこそ行かせてはならない。

「もしあなたがブランドの顔にげんこつをお見舞いしたら、わたしが何者か、あっさりばれてしまうし、ミニ・ディスクの行方だってわかってしまう。復讐はお預け。ディスクに何が入っているのか、まずはそれをたしかめないと。そのあと、わたしがクリス・ラムスールに電話をするわ」

ジェシーの肩がこわばり、目が冷たいブルーになった。落ちつきをとりもどして、わたしに言う。

「やつに痛い目に遭わされたかもしれないんだぞ」

それはほんとうだった。また涙がもりあがってくるのがわかり、なんとかそれを抑える。

「エヴ?」

「なんでもない、だいじょうぶ」もしここで泣いたら、もう何をもってしてもジェシーをとめられない。「わたしたち、ブランドのことをずっと誤解していたわね。自分のしでかしたことから逃げた臆病者だって。彼は危険な男よ。何かよからぬ事に熱中している」

そこでアダムが言った。「ひらけたぞ」

ジェシーはまだ悔しくてたまらないという目でわたしをちらっと見た。それからふたりでリビングに行った。危険を冒して手に入れたディスクだ、それだけの価値があることを願いたい。

アダムはコンピューターにかがみこんでいた。「コンパクト・ディスクだった」

キーを素早くタイピングする音が放射能測定器のように響く。アダムは、ディレクトリーをひとつひらき、ずらりと並ぶファイル名のリストを下へスクロールしていく。わたしは肩ごしにモニターをのぞいた。

「表計算シート、会計データ、Eメール……」そこでスクロールの手がとまる。

ジェシーが驚きの声をあげる。「なんと」

「マコの財務だ」アダムが言った。

彼はファイルをひらいた。マコから他の企業への現金支出記録のようだった。

「支払勘定？」わたしは訊いた。

「それにしては、あまりに金額が大きい」ジェシーが言って、さらにファイルを見ていく。

「マコが投資した会社のリストがある」

アダムはモニターをにらんだ。「エンジェル・ファンド。ベンチャー企業向けの投資だ。マコが株主になり、小さな会社に投入した開発資金だ」

わたしは会社の名前を見ていった。PDSシステム、セグエ、ファイアドッグ――

当然ながらファイアドッグの名がそこにあった。アイザックの会社。その名を見た瞬間、背筋がふるえた。

「そこに、別に並んでいるファイルの中身は？」わたしは訊いた。

それぞれ**グランド・ケイマン**と**バハマ**という名前がついている。FBエンタープライズ名義の口座の銀行記録だった。

「どう思う？」わたしは言った。

三人でコンピューターを囲んで肩を寄せあい、ファイルをひとつひとつひらいていく。ブランドから様々な取引銀行へあてたEメール、それに彼の預金と振り替えの記録。お金はきまって、まずバハマの口座に入れられ、そこからグランド・ケイマンの口座に移される。しかし、そもそもそういったお金はどこから出ているのか？

わたしは腕時計を見た。一時間が経過していた。

「そろそろこれを警察に持っていかないと。あんまり長いこと待たせると、わたしが何を話しても向こうは眉唾に受けとるんじゃないかしら」

するとアダムが言った。「まずCDのコピーをつくらせてくれ。プリントアウトもしておこう。さらにこれをEメールの添付ファイルできみたち両方に送っておく」

アダムはキーを打ち、送信ボタンを押すと、ゲストルームに飛びこんでいった。何かさがしまわっている音が聞こえる。

ジェシーは不快そうに顔をなでまわしている。「なんだってこんなものをディスクにまとめて入れてあるんだ？　ビルトモアでこれをブランドに渡した男は、どういうつもりだ？　目的はなんだ？」

アダムが、ぱんぱんにふくらんだ段ボール箱を持ってきた。「オフィスから集めてきたアイザックの所持品がまだある」

アダムはテーブルの上に、書類やらフォルダーやらをごっそりおろした。わたしは立ちあがって伸びをしながら、いやな気分になっていた。息を吸うと、シャツについていたブランドのコロンのにおいがした。洗い落とそうと思い、中座してバスルームへ向かった。

できればシャワーを浴びたかったが、冷たい水で顔をパシャパシャするので我慢した。客用のバスルームで、水道の水を流しっぱなしにし、両手をごしごしこする。ブランドの指輪がつくった傷はたいしたことがないようだった。その代わり顔は自分が感じている以上に疲れていた。バスルームを出て、客用のベッドに腰をおろした。ほんの数分でいいから休みたかった。

リビングからあがる声にはっとして、いつのまにか眠っていたことに気づいた。わたしは起きあがった。外を見ると、東の空に日が差して灰色になりはじめていた。どのくらい意識を失っていたんだろう？　髪を指でとかして整え、リビングにもどっていく。

机、コーヒーテーブル、床が、ことごとく紙でおおわれていた。ジェシーはソファの上にうつぶせになってのびており、印刷した紙を一枚手にしている。アダムは部屋のまんなかに立って、書類の束をにぎっていた。

「エヴァン、僕が見つけたものを見てくれ」アダムがつきだした書類をわたしは両手で受けた。「アイザックの机のなかにあったものだ。くそっ、なんだって何年も放っておいたんだ？」

わたしはそれをぱらぱらとめくっていった――何かの控え、電話の伝言、メモ用紙の走り書き。ジェシーの顔をちらっと見る。その目の表情から、彼はこれが何であるか知っていて、気に入らないのだとわかる。

アダムがバインダーにはさまれた書類の一枚を指さす。「見てくれ」

わたしは見た――ただ一語、**ブランド**。

アダムが言う。「アイザックはフランクリン・ブランドを知っていた。アイザックはやつを知っていたんだ」

「それってつまり――」

アダムは並んだ書類を手で示す。「ここにあるものをすべて順繰りに読んでいけば、事の次第がわかる」けれどもアダムはひどく興奮していて、それらをわたしにすべて読ませる余裕はないようだった。目が興奮している。「ブランドはマコで何をしていたか、知ってるかい?」

「さあ、はっきりとは――」

「財務だ。合併と買収。彼はマコのファイアドッグへの投資交渉をした。マコは七十万ドルの現金を投資し、その見返りに株を取得したんだ」

わたしはまた紙類に目をやった。「株と株券」の文字の横に、いたずら書きのようなクエスチョンマーク。

「じゃあアイザックは――」

アダムは急ぎ足でコーヒーテーブルへ向かった。「順番に並べておいた。ジェシーがミニ・ディスクに入っていたファイルとアイザックのメモを照合してくれた」アダムが言って指さす。「マコの最初の投資がこれだ」そう言って、企業投資のデータをプリントアウトしたものをわたしに見せる。「そしてこっちがその翌年。これにはファイアドッグへの追加投資が記載されている」

わたしはプリントアウトを手にとって読みはじめた。アダムが肩ごしにのぞく。表形式の精算データを見ると――ファイアドッグ……五十万ドル。

アダムが言う。「その金はファイアドッグには入っていない」

わたしは並べてくれた書類をたどっていった。それを見るとマコの口座から五十万ドルがファイアドッグに支払われたことになっていた。そのあとすぐバハマのFBエンタープライズ名義の口座に五十万ドルの預け入れがあり、同じ日にセグエという事業体から二十万ドルが振りこまれている。そして翌日、七十万ドルがバハマの口座からグランド・ケイマンのFBエンタープライズの口座に振りこまれていた。わたしはアダムを見て、それからジェシーを見た。

ジェシーが言う。「その道筋をたどっていくと、ウサギの巣穴に行き当たる」

わたしはアイザックの走り書きをじっと見た。**なんの株？　すべて送付済み。**そもそもの最初に、わたしたちの好奇心をかきたてたメモだ。

「ちょっと整理させてちょうだい。つまりブランドが、ファイアドッグに投資するはずだったお金を自分の懐に入れたってこと？」

「ブランドは、株券と交換に追加投資の手はずを調えているとマコに言った。けれども金はファイアドッグには渡らなかった。やつが持っているんだ」

もう一枚のメモ。**ブランド――株／彼の管轄。**

「アイザックはファイアドッグからマコへ実際に株券の引き渡しがあったかどうか、再確認していたということね」

するとジェシーが言う。「マコの誰かがアイザックに連絡して、どうして株券を送ってこないのかと訊いてきたんだろう。そうにちがいない」

「それでアイザックが、なんの株かって訊いたのね。マコと二度目の投資交渉をした覚えはなかったから?」

アダムが言う。「そうだ。株ならすでに送ってあり、そっちの金庫に眠っているはず。それがないと向こうは言う」

ブランド。ブランド。ブランド。

「ブランドが横領したって考えてるのね?」

「ああ」アダムの胸が苦しげに上下する。「アイザックがそう考えていたからね。ブランドがマコの金を着服したって」

ジェシーが言う。「しめて五十万ドル相当」

わたしの頭脳はいきなり茂みのなかに駆けこみ、あちこち掘っては嗅ぎまわり、勝手に先へ先へと進んでいく。アイザックはまだ若い平社員で、ファイアドッグの幹部ではない——プログラマーでありながら、他の仕事も兼務していた。なにしろ、ほんの小さな会社なのだ。アイザックが残したいたずら書きのようなメモによると、ブランドと何度も連絡を取ろうとしたものの、うまくいかなかったことがわかる。電話もEメールも、切れ目なしにというわけではないが、執拗であることはまちがいない。

(見当もつかない、だろ? おまえら、まったくとんちんかんなとこ見てんだよ……) ブランドはこのことを言いたかったの?

コーヒーテーブルの上に並んだ書類をにらんでいると、FBエンタープライズ名義の口座記録にふたたび目がとまった。

「待って。FBっていうのが、フランクリン・ブランドであることを裏付ける証拠はあるの?」

ジェシーはごろんと横向きになってから起きあがった。

「ああ。口座の記録がそうだ」何枚かの書類を広げて、わたしに寄こす。

詳細を読んでみる——口座番号、ニューヨークの取引銀行を通じての送金の指示、所有者と共同所有者の情報。どちらの口座も名義はフランクリン・ブランドだ。

今ではわたしも気づいたものの、うっかりすると見過ごしていたかもしれない。驚いた。ソファの肘掛けにすわって、そのデータをジェシーに見せる。

「名前を見て」

バハマの口座の共同所有者は、C・M・バーンズ、そしてグランド・ケイマンの口座のそれは、ボブ・ターウィンガーとなっている。

「ありえない」とジェシー。「C・M・バーンズ? C・モンゴメリー・バーンズだろ?」

「それに、ボブ・ターウィンガー」ふたりほとんど同時に言った。「サイドショー・ボブ」

アダムが訊く。「なんのことだ?」

ジェシーが答える。「おまえはテレビをあまり見ないからな。アニメのキャラクターだよ」

「『ザ・シンプソンズ』っていう番組よ」足の下で床が動いたような気がした。「名前を偽造した。その口座はどっちも詐欺につかったのよ」

残りの謎もおのずと明らかになった。

「ブランドはマコから横領していたのよ」

「そしてアイザックがたまたまその事実につきあたった」とアダム。

ブランドは金を盗み、アイザックがそれに気づいた。おそらく、何がどうなっているのか、はっきりしたことはわからなかっただろう。しかし、それについてブランドにしつこく詰め寄り、白日のもとに事実をひきずりだそうとした。ブランドは摘発されるはずだった。

ジェシーが言う。「轢き逃げなんかじゃなかった。やつはアイザックを故意に殺したんだ」

アダムが激した顔になる。「あれは謀殺だったんだ」

十

クリス・ラムスールは電話を切った。「警部補がこちらへ向かってるそうだ」

そう言って、乳成分を含まないクリームの塊をコーヒーに溶かしこむ。頭のうしろの窓には、四角く切り取った灰色の朝空がのぞいている。クリスは今、アダムが机にたたきつけた書類の束をにらんで立っていた。手にはミニ・ディスクをにぎっている。

わたしに向かって首を振り、火花がはじけそうな目を向ける。

「放ってはおけなかったと、そういうことなんだな？　ブランドからこれを盗み――」

「借りたの」

「――ブランドからこれを盗み、はいどうぞとわたしに与え、称賛の言葉を待っている」

わたしは両手を差しだした。「手錠をかけてください、刑事さん」

クリスはため息をつき、使い捨てのコーヒースプーンをゴミ箱に投げた。「物証保管の継続性（裁判で証拠を提出する側は、押収から証拠提出までその物件を保管しておく責任があり、それをしないと証拠の重さに影響を及ぼす）もない、このディスクの出所を裏付ける証拠もない、きみの言葉以外には」

「そのディスクには、ブランドを起訴するのに十分な証拠が含まれてるわ。窃盗、詐欺、脱税」

「それに謀殺」ジェシーが言いそえる。

「まるで検察側の証拠物一覧よ。それでもわたしを信じないの?」

「信じるよ。しかし、偏頭痛が始まって、これから一年ぶっ続けで苦しみそうな気がする」

アダムが言う。「グランド・ケイマンとバハマの銀行、それにマコから補強証拠を取りつけることができる。マコ・テクノロジーへ行って、コンピューターをいじれないように封鎖してください。令状なり、なんなりを取って」

「ドクター・サンドヴァル――」

「ブランドが詐欺を働いた記録がシステムに残っているはずだ。たとえやつがハード・ディスクを消去しても、マコのほうでバックアップをとってあるか、サーバーに記録が残っている。ただ急がないといけない。僕らがしっぽをつかんだことを嗅ぎつけたら、やつの仲間たちが証拠を隠滅しようとするだろうから」

クリスが言う。「僕ら? きみたちの監視はもういい。すべて完了、お役御免だ」

アダムが言う。「そんなわけにはいかない。ブランドは逃げるつもりだ」

「そう、全員で阻止するのよ」

そこで太い声が響いた。「クリス・ラムスール刑事」クレイトン・ローム警部補がクリスの机に歩みよってきた。「何があった?」

全身ぱりっとして、ぴかぴかに磨きあげたという感じ――まるで警察のオートバイを体現しているかのようだった。ボタンもベルトのバックルも光り輝いているし、髪は黒くてつやつや。歯もぴかぴか。クリスの状況説明に耳を傾けながら、わたしたちをじろじろ見つめ、けげんそうに鼻の脇をこすっている。

「わかった。ここから先はわれわれがひきうける」そう言ってわたしを手で示す。「きみは、ホテルで襲われた件について、供述書を提出してくれるね？」

「今報告書にまとめているところです」

「じゃあ、もう自警団ごっこは終わりにするね？」

「もちろん」クリスの目を避けて言った。

ロームはアダムをじっと見た。「弟さんを失ったのは気の毒だった。全力を尽くして捜査にあたるよ」それから、ジェシーに向かってため息をつき、肩をぽんぽんとたたく。「ふんばってくれよ、お若いの」

ロームは歩みさった。ジェシーは無言で、彼の偉そうな態度をやりすごした。

「ねえ、ビルトモアの金髪。ブランドにミニ・ディスクを渡したあの男は、この件にどう関係しているのかしら？」

クリスは一瞬ディスクをにらんだ。「ミッキー・ヤーゴ」

「えっ、今なんて？」

クリスが顔をあげた。「金髪の名はミッキー・ヤーゴ。LA出身で、常習犯だ。どのような形であれ、きみたち三人が関わりあいになりたい人物ではない」

「なんの常習?」ジェシーが訊いた。

「麻薬、ポルノ、恐喝。やつは狡猾で暴力的、しかも単独で動いてはいない。近づかないことだ」

わたしは腕を組んだ。みんながみんなクリスをじっと見ている。

「彼は誰と手を組んでいるの? フランクリン・ブランド?」

「現在捜査中だ。こんな秘密事項をわたしがしゃべるのも、きみたちの身を守るために必要だと思うからだ」

「ホテルでブランドから言われたわ。おまえはミッキーに送りだされたのか、ミッキーの手下のひとりかって。ねえクリス、ミッキーの手下って誰なの? メルセデスのSUVに乗っていた太った男とやせっぽちの娘? わたしの財布を盗んでいった?」

クリスは鉛筆で机をコツコツたたく。

「近づかないほうがいい人間って、ほかにもいるんじゃないかしら?」

「ああそうだ。ウィン・アトリーとチェリー・ロペス。この連中にやられないよう、あらかじめ予防接種をしておくべきだな。これはまじめな話だぞ」クリスの顔が緊張する。「ドクター・サンドヴァル、ブランドはきみの弟を殺した、そして彼——ジェシーを、やつはこんなふうにした。そしてきみたちは、わたしに証拠を持ってきた。おそらく彼は故意に事故を起こしたのだという証拠をな」

「そのとおり」とアダム。

「わたしが言いたいのは」クリスが続ける。「われわれが考えている以上にブランドは危険だということだ。おそらく彼は、暴力が日常茶飯事の連中とつながりがある」

わたしの頭脳がプレーリストの上で跳ね、最初の曲を飛ばして、次のふたつへ移った。ポルノ、恐喝。「ミッキー・ヤーゴはジェシーの脅迫にからんでいるのかしら？」

クリスはわたしに指をつきつけてきた。「警告しておこう、エヴァン。ブランドはディスクを取りもどそうと、きみをつけねらうかもしれない」

「彼がわたしの正体をつきとめるって言うの？」

「わたしなら、その可能性を重く受けとめるがね」クリスの目は真剣だった。「気をつけるんだな」

供述書に署名をしてから、灰色の朝のなかへ出ていった。通りの向こうに建つ裁判所の白い壁が、薄暗い空と見分けがつかないほどにとけこんでいる。わたしはまるで、むきだしの電線をつかんでしまったような気分だった。

ジェシーとアダムが角のところで待っている。アダムは短い髪を片手でかきあげ、歩道をじっとにらんでいた。

歩いて近づいていくと、アダムがこう言うのが聞こえた。「ラムスールは、徹底的にやってくれるだろうか？」

ジェシーが言う。「ああ、この俺がいやでもそうさせる」

アダムが遠くを凝視した。「いったいぜんたい……」言いながら胸の十字架をいじくる。「おまえになんと言えばいいのかわからない――とんでもない話だった――」

「やめてくれ」

「おまえがこんな身体になったのは、ブランドがアイザックを追っていたからだ」

「災難《ビッチ》だったんだよ、アダム。人生なんて雌犬《ビッチ》だ。ブランドは、その乳をしゃぶるクソ犬だ。俺の怪我はおまえのせいじゃない。アイザックや自分を責めるなんて、冗談じゃない」

アダムは少しも納得していない顔でジェシーをじっと見た。それから歩いて行ってしまった。


「家まで送るよ」ジェシーはわたしに言った。しかしそうはしなかった。

走る車のなかで、ふたりしてだまりこんでいる。灰色の空が重くのしかかってくるようだった。カー・ステレオから流れる曲は『ライディング・ウィズ・ザ・キング』クラプトンとB・B・キングのブルース・ギター対決だ。道路のくぼみで車がはねる。制限速度をわずかに超えている。男らしい大きなエンジンを積んだ車をジェシーはいつも優雅に運転する。しかし今日はスピードを出しすぎていた。

わたしはしゃべらなかった。ジェシーに必要なのは話し相手ではなく、そばにいてくれる人間だからだ。車は山に向かっている。雲に向かってそそり立つ、どっしりとした黒い山並みが見える。オールド・ミッションを進み、ロッキー・ヌーク・パークを過ぎた。リブオークの木々が空に向かって、ねじくれた黒い枝をはりめぐらしている。どこに行こうとしているのか、わたしにはわかっていた。ミッション・キャニオン。ふたりで一度も行ったことのない場所、ジェシーがけっして語ろうとしない悲嘆の源。

フットヒル・ロードを横断すると、雲をつきやぶって陽が差してきた。青葉が生き生きとし、山の砂岩がきらきら輝く。ラ・クンブレ・ピークの上空には、ラッカー塗装のような青空が広がっていた。道が分岐すると、車は峡谷の西側面をのぼっていく。数分もすると、家屋はすっかり姿を消した。眼下には、巨岩のちらばるクリークに沿ってオークやスズカケノキが一列に生えている。渓谷の下には百万ドルの景観が広がっており、ボタニック・ガーデンと市街と海が一望のもとに見渡せるばかりか、海岸線に広がる純毛のような雲の層も見える。ジェシーが車のスピードを落とした。

「ちょうどここで、アイザックが俺を追いこした。頂上に遅く到着したほうが、ビールをおごる！　と言って」

わたしたちは、ふたりの最後の旅の跡をたどろうとしていた。

「贅沢な一日、地獄の一日。渓谷を一マイル進んで、この地点にたどりついた。ふたりともせっせと自転車をこぎ、実際ものすごいスピードが出ていた。アイザックのやつ、まったくしゃかりきだった。いつものようにね」

道は険しい傾斜になっていた。左手からせりあがって、右手方向へ急傾斜で落ちており、丈高い草の斜面がクリークの流れる谷底まで続いている。ガードレールはなかった。

ジェシーは車を脇に寄せ、エンジンを切った。ふたりのあいだに、いやな静寂が流れる。

「俺がやつの二フィート前に出た。ふたりの差は二十四インチ。聞こえるのは息づかいとペダルの回転する音だけ。そこへBMWがやってきた」

わたしは彼の肩に手を置いた。

「高速回転。エンジンは文字通り悲鳴をあげてキーキー鳴り、まちがいなくレッドゾーンまで行っていた。これまでずっと俺はこう思ってたよ。ブランドのやつ、変速レバー《スティック》も動かせないぐらい、陶然としてたんだ、なにしろ彼女が自分の肉棒《スティック》にかがみこんでいたんだからな。ところが、実際はまったくちがった。やつは俺たちに向かって加速していたんだ」

ジェシーの両手がハンドルをぎゅっとつかみ、指の関節が白くなる。

「頭のなかいっぱいに音が炸裂した。バンッという音——俺はフロントガラスに激突した」

ジェシーの筋肉がこわばる。「ものすごい勢いでぶつかってきたから、靴が飛ばされた。その靴があとで見つかったとは思えない。アイザックはアダムにもらった十字架を首からさげていたが、そいつも消えた」

ジェシーは道のへりに目を向ける。

「俺は横ざまに宙に投げだされ、その瞬間が永遠にも思えた。それから音が聞こえ、地面に自分がたたきつけられた音だと気づいた。足をペダルに固定した自転車もろとも真っ逆さまに落ち、それからどこまでも転がっていった。そのうち目の前が真っ暗になった」

ジェシーはハンドルを持つ手に力を入れる。

「意識がもどってきたとき、俺は自転車の上にうつぶせになっていた。鼻に土が、口に草がめりこんでいた。怪我をしているのはわかっていた、それも大変な怪我だって。頭をあげると、アイザックが見えた。少し上の地点で、あおむけに倒れていた。両腕を大きく投げだして、ぴくりともせず、顔はそっぽを向いていた。俺は呼びかけた。自分でもなんとか起きあがろうとするんだが、それができずに、ただやつの名前を呼びつづけた。アダムの頭、いや、どこもかしこも血まみれで――」

ジェシーはサングラスをはずした。

「見たんだ、アダムの手が動くのを見た気がした。まちがいない。やつは戦っていたんだ。俺はなんとか近づこうとして、俺は――」目をぎゅっとつぶる。「せめて手をにぎってやりたかった。おまえはひとりじゃない、がんばれと言ってやりたかった。六フィートしか離れていない。すぐそこだ」

ジェシーは声を振り絞る。「なのにクソッ、動けやしない」

拳を固め、手の甲でドアを殴った。「ブランドは俺の背骨を折って土の上に置き去りにし、アイザックはひとりで死んだ」

ジェシーはもう一度ドアを殴り、それから取っ手をさぐってドアを乱暴に押しあけ、舗装道路に両脚を振りおろした。後部座席から苦労して車椅子をおろし、飛びのる。

わたしは車から出た。車をとめた場所は坂道のへりで、足もとから目が離せない。車をまわりこむと、ジェシーの車椅子が道路を横切るかっこうでとまっており、坂を転げ落ちてしまわないよう、プッシュ・リムをぎゅっとにぎっている。わたしはぎょっとした。

「ジェシー——」

「手を出すな、エヴァン」

耐えがたい一瞬。舌を歯で嚙みながら、わたしは手を出すまいと、両手を自分の脇に押しつける。ジェシーは誰にも車椅子を押させない、ぜったいに。

ジェシーの肩にぐっと力がこもる。勢いをつけて車椅子の向きを変え、車をまわりこむようにS字カーブを切って坂をのぼる。路肩に乗りあげるつもりらしく、わたしもそのあとに続いた。坂の上のほうからエンジン音が聞こえてきた。ジェシーはアスファルトの道路から路肩に乗りあがり、断崖の手前でとまる。こちらはジェシーがブレーキをかけるまで、目を離せない。ピックアップトラックが一台、カーブして過ぎていき、そのまま坂道をくだっていった。

わたしはジェシーの隣に膝をついた。「自分を責めないで」

「わかってないな、俺が言っているのは罪悪感なんかじゃない、ブランドがアイザックに何をしたかだ。人生の最後の瞬間にアダムが得られたはずの唯一のなぐさめをやつが奪った」

ジェシーは路肩のへりから崖をのぞきこんだ。陽射しに目が空色に光っている。

「憎いんだよ、エヴァン」拳を胸に押しあてる。「あまりの憎さに胸が痛い。このなかに何か、歯をむきだしたヘビでもいて、そいつが俺の胸を嚙みくだいているような気がする」

わたしはジェシーの腕に手を置いた。

「もう乗りこえたと思っていた、ほんとうだ。人生は短い、怒りなんかで無駄にするなと自分に言いきかせた。憎んでいるうちは、やつの勝ちだ。あんなやつに俺の人生を支配されてたまるかって。ところが」そこでいったん言葉がとぎれる。「ところが、やつは意図的にやったとわかった。もし、もう一度やつに会ったら、そうしてやつに近づいていったら、俺は自分が何をするかわからない」

ジェシーはかぶりを振り、その考えを追いはらおうとする。そうしてため息をついた。

「心配しなきゃならないのは、アダムのほうだ。警察署の外にいるときの顔、きみも見たろう」

「罪悪感を乗せていた列車が頭のなかで脱線したみたいな感じだったわ」

ジェシーは片手で髪をとかした。「俺がこうなったことで、アダムはずっと苦しんできた。それがこれからは十倍もひどくなるだろう」

わたしは彼の腕をしっかりつかまえておく。

「ジェシーの切符にはハサミが入り、もう交換も払いもどしもできない、一生その列車に乗っていくしかない、なんてひどいことになっちまったんだろうって、アダムは考えているはずだ。そのいっぽうで俺を見て、どうしてこうなったのがアイザックじゃなかったのかとも思っている」ジェシーは坂の下を見おろす。「俺は歩けない。そりゃ大ごとだ。だがここにいる。アイザックはいない。アダムの考えるとおりだよ。俺は生きていられてめっぽううれしい。けれどもそれをどうしてアダムに言える?」

わたしには答えようがなかった。

「いつでも話を聞ける用意をしておいてくれ。アダムは俺には言わないだろうが、きみになら話をするだろう」

「さあ、どうかしら」

「エヴァン、アダムはきみを姉のように愛している。どうしてだか知ってるか? きみは俺を愛してくれるからだ。きみは俺を幸せにする、それにとても感謝している。家族のように思っているんだよ」

「やめてよ、ジェシー」

ジェシーはわたしの顔に触れた。「きみだって、わかっているはずだ」

ジェシーは腕を自分の顔に持っていき、Tシャツの袖で目もとをぬぐう。

「車にもどりましょう」

「一日でこれだけ感情を吐きだしたら、十分過ぎるって? なるほど、たしかにそうだ」

ジェシーはブレーキをはずした。わたしは半ば意識的に、彼の前に手のひらをつきだした。

ジェシーがしかめっ面をする。

「目の前に身を投げだそうっていうのかい? もし俺が崖から飛びおりようとしたら?」

「まあそういうことね」

ジェシーはいきなり、ついと身体をまわした。「心配するな。一度でたくさんだ」

そう言って、アスファルトの道路におりたので、わたしはほっと安心した。が、それも束の間、ジェシーは道路の中央に勢いよく飛びだしていった。

「何をしてるの？」

ジェシーは上から下へ、坂道にくまなく目を走らせる。「何をしてると思う？」

「道路のどまんなかにいて、車が来ても避けられない状況に身を置いてる」

「まさにドンぴしゃだ」

わたしの爪先がひきつった。坂の下に目を走らせる。道路は山の斜面を巻きこむようにしてくだっている。樹木や茂みやカーブした道のせいで、途中の経路は何も見えず、目に映るのは、渓谷の底のみと言ってよかった。轢き逃げ事件のことを考える――ジェシーとアイザックは仕事が終わってから、樹木の鬱蒼と茂った山道を自転車で走りぬけた。

「ブランドはあなたたちの跡をつけてきたのね」

「そのとおり。だが、いったいどうやって俺たちの居場所をつかんだんだ？」

十一

「車椅子はわたしに任せて」

ジェシーは抗議しようとしたが、わたしの上唇に汗が浮いているのを見て、おとなしく従った。彼が運転席に移り、わたしは車椅子を後部座席に入れた。こちらが車に乗りこんだとたん、いきなりギアが入って発進した。

「ブランドは俺たちを尾行してきた。俺たちは狩られたんだ」ジェシーは坂をのぼり、Uターンのできる場所をさがす。「だがどうやって？　アイザックは同僚に、俺たちが自転車を乗りに行くって話をしてたのか？　ブランドがファイアドッグに電話をしてきて、社の人間が教えたのかもしれない」

蛇行する坂道を四分の一マイルほどのぼったところで、行き止まりになった。ジェシーは車をUターンさせる。

「やつは、アイザックが会社を出るところを見ていたにちがいない、それから跡をつけていった。俺たちがダウンタウンを抜けて、山道に入るのを待っていたんだ。山のなかなら人目はない」

ジェシーはもう落ちついた口調で話していたが、たった今明らかになった残酷な事実について は、あえて口をつぐんでいる——ジェシーもいっしょに自転車を走らせることを知っていながら、ブランドは気にもしなかった。

「だがここに、でかいパズルのピースがひとつ残っている。そいつがどうにも不可解だ」ジェシーはわたしに冷ややかな目を向ける。

わたしも同じ目を返した。「女ね」

「そのとおり」

第一の謎。フランクリン・ブランドの車に同乗していた女は何者か？

「事故直後、女は何をした？　飛びだしてきて俺たちを助けようとしなかったのは、明らかだ。そこから何がわかる？」

すぐにぴんときた。「女はブランドの共犯者だったのね」

「そもそもの最初から、だ」

そのとき、グローブボックスのなかでジェシーの携帯電話が鳴りだした。わたしが引っぱりだして電話に出る。「はい、こちらはジェシー・ブラックバーン」

「こちらはジェシー・ブラックバーンの上司」ラヴォンヌ・マルクスが言う。「ジェシー・ブラックバーンがまだ来てないんだけど」

わたしは首をすくめた。「ちょっとお待ちを」

「待てないの。今すぐ、オフィスにお尻をつっこめって言ってやって」

わたしはジェシーの着替えをかかえて自宅正面の縁石へ駆けていく。ボタンダウンのシャツ、スポーツジャケット、ネクタイ。すでに二時間も遅刻していたため、家にもどる暇はなく、車を降りて着替える時間もなかった。

ジェシーは早くもTシャツを脱ぎだした。隣人のヘレン・ポッツが手持ちスプリンクラーで植物に水をやりながらジェシーを鋭い目で見ている。わたしが運転席のドアをあけると、彼女の目に上半身裸のジェシーが映り、スプリンクラーがあらぬ方向へがくんとそれた。次はきっとジーンズを脱ぐと、そう思っているのだろう。

わたしはシャツを渡した。ジェシーはそれをさっと着てボタンを留めていく。

「ラヴォンヌに殺される」ジェシーは首をのばしてシャツの一番上のボタンを留めた。「ネクタイを」

ジェシーに渡してやった。それを見るなり文句を言う。「トゥイーティー?」

「それがいやならスマイリー。額に銃弾の穴があいてるけど」

ジェシーは黄色い鳥のキャラクター柄のネクタイを結びだした。「きみは俺のウケねらいのネクタイを没収してまわってるのか?」

「公共のためにね」わたしはジャケットを渡した。

ジェシーはジャケットを助手席に投げて、エンジンを作動させる。「あとで電話する」

わたしはタイヤをきしませながら走りさるジェシーの車を見守った。ラヴォンヌならわかってくれるにちがいない。文句は一通り言うだろう。何しろサンチェス・マルクス法律事務所は彼女の誇りであり、情熱なのだ。二十年前、たったひとりで事務所を開業したフィラデルフィア出身のあか抜けない娘は、サンタバーバラの洗練された法曹界へ乗りこんで、成功への階段をがむしゃらにのぼっていった。彼女は事務所の人間すべてに最高の仕事を要求し、何よりも自分に厳しかった。けれども遅刻したからといって、ジェシーを殺しはしない、とりわけ今日の場合は。ラヴォンヌの一途な激しさの下には、柔らかな感受性が広がっている。ジェシーを思いやり、彼が執拗になる気持ちもわかってくれるはずだった。

わたしは指で髪をなでる。頭のなかで、さまざまな恐怖がぶつかりあっていた。なかでも最大の恐怖は、ブランドに共犯者がいたということ。それがミッキー・ヤーゴで、ふたりでジェシーをおどすとしたら、いったいどこまでやるだろう？

わたしは庭門のほうをふりかえった。一台のスポーツカーがゆっくり通りを流して、こちらへ近づいてくる。クラクションを鳴らし、ヘッドライトを点滅させている。小さな赤のマツダで、ナンバー・プレートはオクラホマ。運転席の窓から腕がつきだされ、ひらひら手を振っている。

わたしはその場に立ちすくんだ。すでにこっちの姿を見られてしまっている。今さら走って逃げるわけにはいかないし、生け垣のなかに身を隠しても、ヘレン・ポッツに密告されるだろう。

車がとまり、なかから女が飛びだしてきて金切り声をあげる。「エヴァン！」

いとこのテイラー・ディレイニー・ボッグズだった。軽やかな足取りでこっちへやってきながら、腕を大きく広げてフォッシー・スタイルのダンサーのように指をふるわせている。爪はマツダの塗装と同じ、赤。

テイラーが言う。「ハロー、ダーリン」

ダーリンが、メカジキ《マーリン》に聞こえる。

つかまってしまった。ジムで鍛えたテイラーの腕が、わたしの身体を前後に揺する。メトロノームのように、ワン、ツー、と。タルボットのアンサンブルには、ぱりっとアイロンがかかっており、ブロンドの髪に入れたハニーブラウンのハイライトが、ヘアスプレーの力で、太陽コロナの爆発さながらに頭皮から立ちあがっている。

テイラーの爪がわたしの肩をつかんだ。「あらあら、どこもかしこも、生粋のカリフォルニアっ子って感じね」わたしの目もとから髪の房をはらって、なでつける。「こざっぱりして愛らしいヘアスタイル。あなたらしいわ……たった今飛行機から飛びおりてきたみたい」

「いつ着いたの？」

「おとといの夜。オクラホマ・シティから車でね」ブルーベリー・パイのような色の目でわたしの顔をしげしげと見る。「わたしが来たのに、驚かないのね。誰から聞いたの？」

「ブライアン」

テイラーはくやしげに足を踏みならした。「人の楽しみに水を差して」

ああ神よ、わたしを天に召されよ。

「エド・ユージーンが、ここの沖のプラットフォームのひとつで、七日勤務七日休みで働くようになったの。海岸からプラットフォームを見ることができるなんて驚きだわ。それまではほら、ずっと北海に通勤してたじゃない、だけどこれからはわたしが行って手を振ってやることもできるのよね」

そこで首をちょこんとかしげる。わたしの言葉を待っているのだ。「で？　家のなかへどうぞって言ってくれないの？」

気がついたら、手が庭門のほうを示し、声がどうぞと言っていた。罠にはまってしまった。あとはもう、こちらが何を言おうと、彼女が何を見ようと、すべて二十四時間以内に親戚・家族に報告される。わたしには今、断る理由がなかった。十七歳のときには、感染性の病気なのよと断った。しかしもうその言い訳は通用しない。ミシシッピー西部一の、やかましく、おしゃべりな彼女が、わたしの生活圏内に乗りこんできた。

小道を歩きながら、テイラーがヴィンセント家を指さした。「あそこは誰が住んでいるの？」

「わたしのカレッジ時代のルームメイト」こちらから情報をばらまかないようにと、自分に言いきかせる。兵隊よ、名前も階級も認識番号も明かしてはならぬ。

「なんてすてきなのかしら」テイラーが言う。「で、その彼女、あんな大きなお屋敷にひとりで住んでるの？」

「夫と、赤んぼうがいるわ」

テイラーはうなずき、その情報を頭にしまってから、またしゃべる。「赤んぼうって言えば、あのケンドル。まだほんの妊娠五か月だっていうのに、四十ポンドも太ったの」ケンドルも、わたしたちのいとこだった。「ジュリー叔母が言ってたわね。ケンドルが妊娠したら、ケンタッキー・フライドチキンの株を買いなさいって」

そこでひと呼吸して、わたしににっこり微笑む。「で、あなたのほうは?」

そら来た、これは新記録――「ハロー」から、「いつ子どもが生まれるのかしら」まで、二分とかからなかった。わたしはフランス窓をあけて、彼女をなかに招き入れた。

テイラーが手をたたく。「こんなキュートな家ってあるかしら?」

ここがテイラーという人間の頭の痛いところだ。この上ないゴシップ好きのおせっかい焼きでありながら、彼女自身の私生活は、まるで魔法でもつかっているかのように完全にブロックして、他人に詮索するすきを与えない。彼女の過去には醜聞など何ひとつなかった。十代で軽犯罪に手を染めたとか、祖父母の五十回目の結婚記念ピクニックでゲロを吐いたとか、一切ない。それらはすべてわたしのしたことだった。テイラーのほうは、成績はオールA。学芸会の劇では主役を張った。彼女にとってカミングアウトは、社交界デビューのことであって、同性愛のカミングアウトではない。結婚式は教会で挙げた。まぬけな名前の男を夫にしたというマイナス点も、男のいとこは、みなまぬけな名前ぞろいだから問題にはならなかった。その夫が爪のあいだに油の入る仕事をしていても、少しも肩身の狭いことはない。石油業界のことをよくわかっている人間なら、彼らこそがオクラホマを偉大にしたのだとみな知っている。つまり、テイラーにはB面がないのだ。誰も彼女のことをおもしろおかしく語ったりはしない。そこがわたしと彼女のあいだに横たわる大きな溝だった。

テイラーはキッチンの近くで立ちどまり、アンセル・アダムズの撮った写真をしげしげと見つめている。「荒涼としてるわね。バリバリのアウトドアタイプ。あなたはいつだって男まさりだったものね」

続けて部屋を詳細に調べてまわる。わたしのなかで恐怖のメーターがあがっていく。彼女に先を越されないよう、こちらも急いで目を走らす。だいじょうぶ、アナーキストの文学書は転がっていない。スター・トレックのカクテルグラスも置いていない。ほかには……あっ！　結婚式関係の書類の山。テイラーに結婚式の計画を掌握されるわけにはいかない。わたしはその前に立ちはだかった。けれどもあまりに大きな山になっているので、彼女の視界から完全に隠すことはできなかった。最後にこれに触れたのはいつだったか、思いだせない。じつはおそろしくて、なかをさぐれない状況になっていた。何か動かしたが最後、酸素が入りこんで一気に燃焼しそうだった。

テイラーの目が寝室のドアに向く。「さあて、ではご婦人の寝室を見せていただくとしましょうか」

あそこには何かまずいものはなかったか？　まずくないものって何？

けれども彼女はすでに戸口をくぐっていた。足をとめて、「まあ」と声をあげた。

わたしのベッドをまじまじと見ている。ベッドはちゃんと整えてあった。柱から靴下がぶらさがったりしていないし、枕によだれのしみもない。

「あれ、おばあちゃんのキルトじゃない。あなたのところにあったのね」

「ええ。うちの母がもらって、母からわたしに」

テイラーがただならぬ表情でわたしを見る。口紅がひび割れている。「わたし、おばあちゃんに言ったのよ、欲しいって。おばあちゃんは知ってる。みんな知ってるわよ」

「テイラー、わたし――」

向こうは顔をそむけ、手を振った。「気にしなくていいわ。ただショックだった、それだけのことよ」

たかがキルトでショック?

テイラーはサンダルの足できびすを返し、そそくさとリビングにもどっていった。マントルピースの上に並んだ写真が目に入る。一枚はブライアンの写真で、FA-18ホーネットのコックピットで笑っている顔が写っており、もう一枚はブライアンがルークを抱きしめている写真。それからジェシーが写った一枚。見事なショットで、日没を背景ににこやかに笑う顔がクローズアップで撮られている。テイラーがジェシーの写真を手に取った。その瞬間から、わたしたちはティルト・ア・ワール(高速回転の椅子がぶつかりあう遊具)に乗りこんだ。

「あなたの婚約者?」テイラーの額にしわが寄る。「驚いた……すごいハンサムじゃないの」

「そうね」

「まあ、あきれた。でも彼は――」

テイラーは鋭い目で写真を見つめ、なんと、右へ、左へ、傾けたりなんかしている。わたしは写真を自分の胸にぎゅっと抱きしめたい衝動に駆られる。守ってやりたかった。彼女はきっと言うだろう、言うに決まってる……

「でも、障害があるんじゃなかった？」

わたしは叫びだしそうになった。「脊髄を損傷したの」

謎がとけたという顔。「じゃあ、生まれつきってわけじゃないんだ」

「そう。彼は――」事故に遭ったと言おうとして、やめた。「車に轢かれたの」

「で、あなたはそれでも結婚しようと考えている」

「ええ。だけど『それでも』じゃない」

テイラーはわたしの顔をじっと見てきた。オクラホマにいるときから、わたしについて、結婚について、あれこれと憶測をたくましくしていたにちがいない。テイラーをはじめ、成功した女のいとこたちは、ケンドル、キャメロン、マッケンジーという伯爵のような名前だった……彼女たちのあいだで、どんな会話があったのだろう？　エヴァンったら、一体どうなってるの？　三十になって、ヤケを起こしちゃったのかしら？

テイラーがわたしの腕に触れた。「なんて優しい人なの。あなたってほんとうにすごい女性だわ」

「わたしは運がいいの。すごいのは彼のほう」

「何言ってるの。あなたは彼に生きつづける勇気を与えるのよ」そう言って、また写真をつぶさに観察する。「でも、結婚となるとね。医者に訊いて、すべて問題なしということになったの?」

そら来た。反応したらだめ……

しかし彼女のブルーベリーの目は答えを渇望していた。「わかるでしょ、わたしが何を言いたいか」

……テイラーという人間はこちらの言葉を受けとめるなり、それを弾薬に仕立て直してぶつけてくる。

「ほら、夫婦生活のことよ」

負けた。「つまり、彼がヤレるかどうかってこと?」

「そんなあからさまな言い方しないでちょうだい」

「でも、それが知りたいんでしょ」

「なんだってそんなにカリカリするの? 当然の疑問じゃないかしら?」

「なるほど」

「誰だって疑問に思うでしょ――」

「誰だって?」

血圧がいきなりはねあがった。眼窩《がんか》から目玉が発射して、相手の頬を直撃していないのが不思議だった。

「みんなに教えてやって。わたしたちは一日十回ヤル。わたしは体重を落とさないために栄養ドリンクをがぶ飲みしないといけない。ベッドサイドには消火器を常備してる、クソ忌々しいシーツに火がついたときのためにね」

テイラーの顔に、ショックと同時にみだらな表情がうかんだ。「そうだったの」

電話が鳴る音が響いて、救われた。が、救われたというのは思いちがいだった。電話をかけてきたのは、ハーリー・ドーソンだった。

「マコ・テクノロジーから、今電話があったわ。アダム・サンドヴァルがオフィスに乗りこんできて、騒ぎを起こしているって。なんとかしてくれないかしら、お願い」

十二

ゴレタにあるマコ・テクノロジーへ車を飛ばしながら、どうか駐車場で殴り合いをしているところへ出くわしませんようにと祈る。ハーリーがわたしに電話をしてきた理由はわかっていた。警備員が引きずって立ちさらせるよりも、誰か友人にアダムを連れ帰ってほしい。けれどもジェシーを送りこめば、火に油を注ぐ結果になりかねないと思ったのだ。わたしはといえば、まだテイラーの言葉と、あのギラギラした忌まわしい目つきにむかっ腹をたてていた……**誰だって疑問に思うでしょ**。彼女の好奇心は飽くことを知らない。わたしがあわてて家を飛びだしたときでさえ、「誰からの電話? 誰か何かしたの? ジェシー?」と訊いてきた。おまけに車に飛び乗ると、「また話しましょう。明日、ランチに連れて行くわ。どこかすてきな場所にね。だからまともなかっこうをしてきてね」と言ってきた。

わたしは奥歯をぎりぎり嚙みしめる。

マコの本社はビジネス街に広がった、いくつかの建物にまたがっている。芥子色《からし》の壁と外から支える白い小屋束《こやづか》の組み合わせが、まるで計算尺が靴箱を支えているように見える。駐車場には新車が並んで光を反射していた。

殴り合いをしている人間はいない。ひとまず安心。

ドアを押しあけて、ロビーに入っていく。壁にマコの製品を宣伝するポスターが貼られている——〈タイガーシャーク——ハッキング、ウィルス、内部セキュリティへの対策。ハンマーヘッド——あなたのインフラを侵入から守ります〉。さらにマコの歴史を示す写真も貼られている——髪をうしろになでつけた男たちが電子装置の横に立ち、実験用白衣や軍服を着てポマードで髪をてかてかにした男たちとたくさんのケーブルに囲まれている。この会社は流行を追おうという気はまったくないらしく、ダイアモンド・マインドワークスとはずいぶん雰囲気がちがった。

ところが受付のデスクに、カル・ダイアモンドの会社からそのまま引きぬいてきたものがあった——受付係だ。ぷっくりした頰に、手に負えない黒髪。ダイアモンドが心臓発作で苦しんでいたときに、電話でずっと叫んでいた娘だ。スリムファストのシェイクを飲みながら、砂糖をからめたドーナツを食べている。「ハイ、アンバー・ギブスです」と書いた装飾プレートが、ビーニー・ベイビーのカエルのぬいぐるみの横に置いてある。

「ドクター・アダム・サンドヴァルをさがしているのだけど」わたしは声をかけた。

「大学教授の方ですか？　いらっしゃいますよ」彼女は備え付けの電話のボタンを押しはじめた。「でも、さがしに行く必要はないと思いますよ。騒々しい音がしているから、すぐわかります」

わたしの歯が、またまたギリギリと歯ぎしりをはじめた。受付デスクの向こうに、キーパッドのついたセキュリティ・ドアが見える。その窓から、奥にのびる通路が見え、その先に、机に向かって仕事をする秘書たちや、自動販売機のそばでしゃべっている男たちがいる。アンバーは電話で話し、受話器を置いた。

「今しばらくお待ちください」アンバーが言う。「その方、いったいどうしたんですか？入ってくるなり、ミスター・ルデンスキー・シニアと殺人の件で会わなきゃいけないとおっしゃったんです」

「でしょうね。わたしが入っていって、さがしてもいいかしら？」

「誰が殺されたんですか？」

「彼の弟」

「まあ」アンバーの口が半びらきになる。「なんてひどいことを」そう言って、数回まばたきをする。「それが、このマコで起きたんですか？」

「そうじゃないの」相手のおびえる顔を見て、彼女はまだ着任早々なのだと気づく。ブランドのごたごたについては知らないのかもしれない。「あなた、ここは今日が初日？」

「ええ。ダイアモンド・マインドワークスに解雇されて」肩をすくめる。「でもいいんです。あそこの会社、なんだかおかしなことになってきて。ドーナツもコーラの自動販売機もなくなってしまった。あのね、ミスター・ダイアモンドが心臓発作を起こしたのは、ドーナツのせいじゃないでしょって、あたしはそう言ってやりたいんですけどね」

それから問題の騒がしい音が、セキュリティ・ドアの向こうから聞こえてきた。男たちが怒鳴りあっている。窓の向こうをのぞくと、通路にアダムがいた。腕を宙に振りあげ、ケニー・ルデンスキーと話をしている。マコのコンピューター記録がどうのこうのと言っている。ケニーは指をつきたて、アダムはそれをうるさいハエでもたたくように、はらいのける。

「アンバー、ドアの鍵をあけてちょうだい」

相手は固まった。「でも……」

「ほら、早く」わたしはドアの向こうをのぞいた。アダムが怒鳴っている。ケニーは腕を組んでいる。今日は白いシャツとデザイナーブランドのネクタイという堅苦しい格好だ。ふてぶてしさと、わざとらしい腰の低さがいっしょになった表情を浮かべている。わたしはドアをたたいた。アダムがしかめっ面をよこしただけで、ふたりはそのまま話しつづけている。

「エヴァン」ハーリーがロビーに入ってきた。リノリウムの床にヒールの音を響かせ、アルマーニのスーツをぱりっと着こなし、ブラックジャック（黒革で包んだ短い棍棒。武器にする）みたいな小さくてつるつるしたハンドバッグを揺らしている。

「ケニーとアダムが殴り合いをはじめる前に、とめられるといいのだけど」

わたしが言うと、ハーリーはアンバーに目をやった。「ハーリー・ドーソン。マコの弁護士よ。ドアをあけなさい」

アンバーが飛びあがった。「はい、ただいま」

受付のデスクをまわりこみ、キーパッドにコードをうちこむ。ハーリーがドアをあけ、わたしたちはなかに入った。

アダムが言っている。「つっぱねようったって、そうはいかない」

ケニーは首を横に振る。「そんなつもりはない。だが、いきなりここに飛びこんできて、記録を奪いとるなんて法はない」

ハーリーは両手のひらを向けてアダムに近づいていき、なんとかなだめようとする。「ドクター・サンドヴァル」

ケニーはどうしようもないと言わんばかりに両手をあげ、アダムからあとずさった。「さあ、アミーゴ。そっちの要求をうちの弁護士に伝えてくれ」それからハーリーに顔を向ける。「うちの会社が、三年のあいだ殺人の証拠を伏せていたって言うんだ」

「おたくのコンピューターシステムにブランドが僕の弟を殺した証拠があると、彼の父親に言ったんだ」

「それはまた、ずいぶん強烈な非難ですこと、ドクター・サンドヴァル」

「事実だ」

ハーリーは銀色の髪を顔からさっと払いのけ、あたりを見まわした。秘書が数人と、自動販売機のあたりにかたまっている男たち、それにアンバーも加わって、みんながみんな注目していた。まるで『やけたトタン屋根の上の猫』の素人劇でも見ているようだった。

ハーリーはケニーを指さす。「あなたのオフィスに行きましょう」

目をまん丸に見ひらいているケニーの秘書を通りこして、アダムとわたしはオフィスへ遠慮なく進んでいった。角部屋になっているケニーのオフィスは海岸と大学に面している。ソファが一組と柔らかな照明があり、これ見よがしの派手な机が置いてあった。アダムはすたすたと歩いていって、部屋のまんなかに陣取った。自分の用が済むまでは、何があろうと動かないといった様子。

「ドクター・サンドヴァル。お持ちいただいた書類はわたしのほうで拝見しましょう。それから――」ハーリーが切りだすと、アダムがすかさず言う。

「書類はすでに警察に提出済みです。こちらとしてはマコに先手を打ってもらいたい。誰も勝手に記録をいじれないよう、守ってほしい」

「データの保守はうちの会社の飯のタネだ。頭を冷やして、現実を冷静に見たらどうだ?」とケニー。

「もう警察に行ったですって?」ハーリーの鼻孔が大きく広がっている。自分を必死に抑えているのだろう。

「犯罪の証拠を持ちこむなら、ずばりそこじゃありませんか、弁護士さん?」

わたしが言うと、ハーリーはすぐケニーに目を移した。何も言わないものの、これは愚の骨頂だという気持ちを身体じゅうから発散させている。

アダムが口をひらく。「こっちは正しいことをしてほしいと、そう言ってるんです。令状や呼出状が出るのを待っているんじゃなくて、自主的に動いてほしい」

「ならばそっちは何も心配する必要はない。すでにマコでは、フランクリン・ブランドとのあらゆるつながりを切っている」ケニーが言った。

机の横にゴルフクラブが立てかけてある。ケニーはそれを手に取り、スイングをはじめた。当然の怒りに苦悩するアダムを前に、グリップ調整に夢中になっているケニーを見ているうちに、思い立った。もしアダムがそのクラブを奪ってケニーの首に巻きつけたら、蝶結びがしやすいように、わたしが結び目をおさえていてやろう。

「先日、あなたが拘置所からブランドを拾って、ホテルに落としていったのを見たの」

「なんですって?」

「あなたが、彼の保釈保証人になったの?」わたしはケニーに訊いた。

「答えないで」とハーリー。

ケニーはハーリーを無視する。「いいや、なっていない」

「あなたがホテルで降ろしたとき、なぜブランドはあんなに不満そうだったの?」

ハーリーはケニーに指をつきつける。「だめよ。これ以上話してはだめ」

ハーリーは綱渡りの張り綱以上に緊張している。一瞬わたしは深く後悔した。事態は彼女の手を離れ、収拾がつかなくなる寸前まできていた。しかしケニーのしっぽらしいものをつかんだわたしは、それを放すわけにはいかなかった。

「やつは金を欲しがった」

ケニーが言い、ハーリーは歯のすきまから息をもらした。

「なぜ?」わたしは訊いた。

「なぜって、やつはくそったれだから」そう言ってクラブを構え、バックスイング、ストローク、フォロースルー。「自分が姿をくらましてた年のボーナス、そいつを支払う義務がマコにはあるって、そう言ってね」

「どうしてそれをわたしに言わなかったの?」ハーリーが言う。

「親父に言ったよ。そんなのは法律の問題じゃない、欲の皮の問題だ。俺はブランドに言ってやった。うせろってね」

アダムは納得できない顔をしている。

「なぜやつはもどってきた? 望みはなんだ?」

「さあね」

「女が誰だったか知っているんだろう? 匿名で電話をしてきた女はマコの人間だ、ちがうか?」

「ケニー、考える必要もないから」ハーリーが言う。

ケニーがまたクラブをスイングした。「俺が考えてることを教えてやろう。やつの車に女は乗っていなかった」

同じことがわたしの頭にも浮かんだ。が、驚いたのはそこではなかった。「彼が事故を起こした車を運転していたって、いつあなたはそれを認めたの?」

ケニーが肩をすくめた。「三年も逃げまわってるんだ。もう言い訳のしようがない」

「やつはあんたの友だちだと思ったが」とアダム。

「ああ、そうだった」ケニーはクラブを振るのをやめる。「だが、やつはヒルだ。しっかり人に吸いついて、相手がすっからかんになるまで離れない。ビジネスでも、友人でも、女でもそうだ」

「その女は別れた恋人で、彼に恨みを抱いているんじゃないかしら?」

「俺が考えていることはこうだ。やつは巧みな言葉で女をたぶらかし、自分のBMWに火をつけたあとで、拾ってもらった——なあ、ベイビー、車が故障しちまったんだ。迎えに来てくれないか? やってきた女は、やつから煙とガソリンのにおいをかぎとった。あとで轢き逃げ事件の話を耳にしてぴんときた。それで思った、そういうもんにされてはたまらない」そこでケニーは指をぱちんと鳴らす。「ほら、そういうのなんて言うんだったっけ、ハーリー?」

「事後共犯」

「やつは人を利用する。それも徹底的に。俺も気づいていなきゃいけなかった。なにしろやつをマコにひっぱってきたのはこの俺だ。ばかを見たよ」ケニーは頭を振る。「自分以上に野心のあるやつを雇っちゃいけない。いつかきっと肋骨のあいだに刃物をつき立てられる。まちがいない」

ロのなかに酸っぱい味が広がった。ケニーはブランドの件を自分との関係でしかとらえていない。彼の怒りは、ブランドが自分を裏切ったことに対してだ。アイザックに同情している気配は微塵《みじん》もなかった。

ケニーの電話が鳴った。電話に出て話をはじめる。「親父が俺たちに会いたいってさ、ハーリー」

それから、まじめくさった表情をつくって、アダムのほうを向く。「ブランドは司法制度の網にかかった。あんたが掘り起こした情報はすべて警察がにぎっている。こっちは手の出しようがない」

ケニーの目が、アダムの十字架をじっと見る。「メキシカン・シルバーかい?」手をのばして指のあいだにはさむと、きゅっきゅとこすった。「あんたには、もっと心強い味方がいるじゃないか。今たよるべきはそっちだよ」

アダムは片手をあげて、ケニーの指から十字架を取りもどす。目が矢尻のようになっていた。

「行こう、エヴァン」

わたしたちはオフィスを出ていった。ケニーの声があとからついてくる。

「ろうそくに火をともすんだよ、ドクター。それが今あんたのやるべきことだ。聖母マリアに祈りを捧げるんだ」

外に出ると、アダムは怒った足取りでピックアップトラックのほうへ歩いていった。いつどこからパンチが飛んできても、拳を固める用意ができているという感じだ。

「聖母マリアに祈りを捧げろだと。人を田舎者扱《カンペシーノ》いしやがって。侮蔑されたのに気づかないとでも思うのか」そこでぐるっとわたしのほうを向いた。「で、きみはいったい、ここに何をしにきたんだ? 僕がロビーをぶち壊すとか、ガソリンをかぶってマッチに火をつけるとでも思ったのか?」

「やめて、そんな言い方」

「フランクリン・ブランドは、僕の弟を殺した。何度言っても足りない。殺した。殺したんだ。これは過剰反応なんかじゃない」

「わかってる」

「神経衰弱でもないし、頭が混乱しているわけでもない。それどころか、驚くほどクリアに物事が見えてるよ」アダムは手をぎゅっとにぎっては、ひらく。「僕の心配はいらない。ジェシーのことを気にかけてやってくれ。あいつは今、これまで以上にきみを必要としている」

「ええ、任せて」

「あいつは、ブランドがアイザックを狙ったために、轢き逃げされ、死ぬにまかせて捨て置かれた。やつはジェシーをゴミくずみたいに扱った」額に片手をあてる。「ぞっとする」

アダムは海岸のほうへ目をやった。遠くの崖の上に大学の建物が見える。

「ジョージ・ルデンスキーは、真偽のほどは定かでないと思っていても、いろいろ調べてみるらしい」

「それは良かった」

「それだけじゃ足りない」

ここはずばり言わせてあげよう。「必要なのは？」

アダムはわたしの顔をじっと見た。「ブランドの首だよ」

エクスプローラーを発進させてまもなく、マコの正面玄関から、アンバー・ギブスが弾むようにして飛びだしてきた。まるで休み時間になってようやく自由になった子どものようだ。声をかけようとして、思いなおしてやめた。彼女にあれこれ訊いているところをマコの人間に見られたくなかった。

アンバーはシュウィンの青い自転車を駐輪場から出して、ショッピングセンターをめざしてペダルを踏んだ。先回りして待っていると、息を切らしながらやってきて自転車を降りた。そこからぶらぶらとジェリーズに入っていくのを見て、こちらもうしろからついていく。

フォーマイカのテーブルを大勢の食事客が埋めていた。隅にあるテレビには、ドジャーズの試合が映っている。アンバーが壁のメニューを読んでいるあいだに、わたしはタコスを注文した。腰をおろし、彼女がカウンターの店員に注文するのを聞く。「ブリトーひとつ、タコスふたつ、豆料理《ピントス》の大にチーズを追加。それとダイエット・コーク」

アンバーは座席をさがそうと、ふりむいた。

「どうぞ、かけて」わたしが言うと、アンバーは同じテーブルにすわった。「初日早々大変だったわね」

「ほんとよ」彼女はまとまりにくい髪を手でとかす。

「今のところ、マコの印象は？」

「なんだかややっこしいの。さまざまな部門があって、ミスター・ルデンスキーもふたりいるし、内部のコンピューター・ネットワークには、百万ものセキュリティ・ルールがあるし」

わたしは同情する顔をしてみせる。「まあでも、サイバー・セキュリティがマコの商売だから。ダイアモンド・マインドワークスではセキュリティ・ルールはなかったの？」

「記者から電話があったら切ること。それに、もし誰かがミスター・ダイアモンドに用があると言ってきたら、今日は終日もどりませんと言う」

「そんなところでもう働かずに済んでよかったわね、アンバー」

どう答えていいのか迷って、彼女の額にしわが刻まれる。

「こんなに早く次の仕事が見つかって、運がよかったわよ」わたしは言ってやる。

「ミセス・ダイアモンドが口添えしてくれたの」

「キャンキャン・チワワのミセス・マリ・ダイアモンド?」

「解雇になった人間全員に便宜を図ってくれたの」アンバーは言って髪をもてあそぶ。「おそろしい人だって思ってるでしょ。たしかにあれはひどかった。でも状況が状況だったからしかたないの。だからあんなことをしたのよ」

「どんな状況？」

店員が注文の品ができたことを告げた。アンバーの頼んだものだけで、テーブルの四分の三が埋まった。彼女のブリトーはきらきらしたパッケージに入っていて、猫一匹ぐらいの大きさがあった。

もう一度訊く。「どんな状況?」

「離婚」

わたしのタコスはずいぶん立派で、細切りチキン、サルサ、チーズがてんこもりになっていた。まだ一口も食べていない。

「誰の離婚?」

「ダイアモンド夫妻の」

「それって、いつのこと?」

「心臓発作を起こした日。そのことをオフィスで怒鳴りあっていて、それで夫のほうが倒れたって、そう聞いたわ」

タコスを皿にもどして考える——でも、妻に殴られたのはこのわたしだ。それとも、わたしはその日最後に殴られた人間だってこと?

アンバーがプラスチックの椅子の上でぴくっと身体を引きつらせた。「あなたが話していた、あの弟が死んだっていうお友だちは? そっちの件はどうなったの?」

「彼の弟は、かつてマコの営業開発部門の部長だった人間に車で轢き殺されたの」

アンバーはフォークいっぱいにブリトーをすくって口に入れた。「誰?」

テーブルの上に新聞が山積みになっている。わたしはそれを手にとって、ぱらぱらめくり、裁判所で撮られたブランドの写真を見つけた。彼女はそれをじっと見ながら、口をもぐもぐ動かしている。

「この人、知ってるわ」

「知ってるの？」

「犬の人」

わたしは口をもぐもぐさせている彼女を見守る。「犬の人って何？」

「ミセス・ダイアモンドにシーザーをあげたの」

それだけ言って、また一口食べる。こちらはなんのことかわからず、両手を振ってみせる。

「シーザーっていうのは、彼女のチワワ」

「どうしてそのことを知ってるの？」

アンバーはナプキンで口の端をぬぐった。「あるとき、ダイアモンド家に書類を何枚か持っていったの。そこに彼がいて、ミセス・ダイアモンドがものすごい興奮してた。ちょうど毛をそったネズミぐらいの大きさの子犬にね。これ、彼からもらったのよって。その男の人――」

アンバーの顔がいきなりこわばった。わたしの肩ごしに向けられた彼女の視線の先に、戸口に立つケニー・ルデンスキーの姿があった。

ケニーはわたしに向かって、指を一本曲げて見せる。「ついて来いよ、ギジェット。ドライブに出かけよう」

道は傾斜が急でカーブしているものの、今のほうが楽だった。ケニーのポルシェはヘアピン・カーブで失速し、わたしは先行車を見失わずに済んでいる。高速道路を走っているときのほうが、ずっとたいへんだった。ケニーはポルシェを弾丸のように飛ばして他の車のあいだを出たり入ったりし、さあ遅れないでついて来いとわたしを挑発しているようだった。ポルシェの飾りナンバー・プレートは、2KPSECUR――to keep secure（安全維持のために）――マコの仕事にはぴったりだけれど、彼の運転にはそぐわない。

「ついて来い」とケニーは言ってきた。「知りたいことを何でも教えてやる」と。

わたしが知りたいのは、フランクリン・ブランドのことと、ケニーとブランドの関係だった。

それぞれの車は今、フットヒル・ロードを北へ進み、山頂に向かって螺旋状にのぼっていた。眼下の峡谷では丈高い草が黄色くなっている。アボカドの果樹の青々とした広がりを麓に従え、ラ・クンブレの頂上が空に向かってそびえている。斜面にしがみつくようにして建つ家々は、どれもバルコニーをつきだした大きな邸ばかりだ。つづら折りの道をシフトダウンして進んでいくと、ポルシェがブレーキをかけ、車回しに入っていくのが見えた。わたしはそのあとに続いていく。

ケニーの家は、地中海を思わせる、ヤシの木と砂金石をふんだんにつかった邸宅で、渓谷と道路のあいだに建っていた。市街とチャネル諸島が一望でき、光のカーペットのような海が、サファイヤさながらに輝いている。

ケニーがポルシェから降りてきた。「よくついて来た。悪くない。なかに入ってくれ、一杯やろう」

玄関ドアの横には、Mistryss（mistress〝恋人〟のもじり）と、邸の名前が入った装飾用プレートがかかっていた。ケニーが鍵をあけると、ドア枠の上に防犯用カメラがあるのがわかった。彼はなかに入り、電子ブザー音を発する警報パネルに暗証番号を打ちこんだ。広間には天窓、大理石の床、螺旋階段。そこから巨大なリビングルームまで白いカーペットが敷かれて、スタインウェイのグランドピアノが置いてあった。壁にはウォーホルの作品があって、鮮やかな色を見せている。家の奥のガラスの一枚壁は峡谷に面している。外にはスイミング・プールと広々とした芝生が広がっていた。

「ビールでいいかい？」

「クラブソーダがあったらそれを」

「そんなつまらないことを言うやつだとは思わなかった」

「車を運転して山を降りなきゃいけないのよ」

「シャルドネがある」そう言って自分はベックスのビールを取る。「それとも、何かもっと強いのでも？　酒よりそっちかな」

酒よりそっち？　コカインのことを言ってるの？

ケニーが言う。「これからスパーリングをやろうっていうんだ。気分を盛りあげないと」

「スパーリング？　マウスピースならジムに置いてきたけど」

「戦うのは口だ。オフィスでやったようにね」そう言ってベックスをあける。「まずはこちらが先手で行こう。誘導尋問でうちの社員から醜聞を引きだすのはやめてくれ」

「わたしは、あなたの下で働いているわけじゃないのよ、ケニー」

「きみが知りたいことをなんでも、俺に個人的に訊いてくれ。ここには、『女の股間に顔を埋めるやつ』はいないから、なんでも答えてやるよ」

わたしは口のなかが酸っぱくなった。「なるほど、たしかにスパーリングだわ。わたしの友人を侮辱するわけね」

「ハーリーのことなら何も隠す必要はない。向こうは自分で言いふらしてるんだ。彼女は雌ライオンで、しかも肉は新鮮なものが好物ときてる。大学で教えていたから、若い教え子を底引き網でごっそりさらえた」ビールの瓶をわたしに向ける。「きみも彼女の生徒だったのかい？」

ケニーはここでも近すぎる位置に立っていて、顔にあの物欲しそうな表情を浮かべている。

「いいえ。やっぱり気分が変わった。シャンパンにしてちょうだい」

ケニーはふんと鼻を鳴らした。「テタンジェでいいかい？」

「ええ」聞いたこともない銘柄を知っているふりをした。

ケニーは廊下を進んでいって、ドアの鍵をあけた。小走りに階段を駆けおりる足音を耳にして、わたしは気づく。自分は今、本物のワインセラーがある家にいるのだ。

あたりをきょろきょろ見まわしてみた。フレームに入った写真が、壁に点々と並んでいる。ケニーが8インチ×10インチの光沢仕上げの印画紙に、アスリート、テレビスター、スタントマンと並んで写っていた。そのほかにも、彼がモトクロスのレースに出ているところを写したものや、トレイルバイクで滑りこみターンをして土をまきあげている写真もあった。光沢のある雑誌記事が額に入っている。タイトルはずばり、「サンタバーバラの結婚したい独身男性ナンバー・ワン」で、ケニーがポルシェのボンネットによりかかってポーズをとっている写真が添えられている。その記事は、ケニーを『マコ・テクノロジー帝国の御曹司』として、ずいぶん大げさに書きたてていた。離婚のことにちょっと触れたあとで、そこからお涙ちょうだいへ一直線。「しかし、ケニーの人生はパワーランチと、きらびやかなチャリティ・パーティがすべてではなかった。彼には繊細な側面があり、そこを悲劇がかすめていった」として、ハイスクール時代の恋人の死について触れられ、ケニーの言葉が引用されている――「イヴェットを失ってからは、勉強に逃げこんだよ。今でも仕事を盾にしているようなところがある。僕の注意をひくには、よっぽどすごいレディじゃないとダメなんだ」

何言ってるの――あなたのしつこい秋波を寄せつけない、電荷が正負逆転した反物質のレディでしょうが。

そこでふと胸にひっかかるものがあった。ひょっとしてこの恋人を失ったことがきっかけで、ケニーは自ら危険を求めるようになったのだろうか。死はときに、人をそういう方向に追いやることがある。オートバイや高速車に魅了されるのも、思いあがりというよりも、そう考えたほうがわかりやすい。大言壮語と、向こう見ずな仮面の下に臆病な少年が隠れていて、人生の手綱をにぎっているのはたしかにこの自分だと、何かでそれを実感したくてたまらないのかもしれない。

さらにリビングルームのなかを見てまわる。ウォーホルの作品の下に、スポーツの記念品をコレクションしたものがぎっしり並んでいる――自動車レースに関するものが、ひとつひとつ陳列ケースに収められていた。デイル・アーンハートとサインしてある破損したヘルメット。ドライビング・グローブにはラベルがついていて、アイルトン・セナと名前が付されている。ノメックスのレーシング・スーツにしてあるサインは解読できない。ラベルには、マーク・ドナヒュー、インディアナポリス1972とある。

ワインセラーから階段をのぼってくる足音が聞こえた。ドアが閉まって錠のなかで鍵が回転する。ひと呼吸してコルクを抜く音がしたと思ったら、まもなくケニーがリビングルームにやってきた。わたし用にシャンパンを注いだグラスを持っている。

わたしが自分のコレクションを見ているのがわかったらしい。「自動車レースが好きなのかい？」

「あまりよく知らないの」

ケニーはシャンパンのグラスをわたしによこし、ショーケースを指さす。「マーク・ドナヒューは、インディ500の優勝者だった。セナはF1史上最も偉大なドライバーだった。

デイル・アーンハートはNASCAR《ナスカー》（全米自動車レース）の伝説のドライバーだった」

過去形で話しているのに気がついた。もう一度ショーケースを見たら、おかしな気持ちになった。

「みんな、レースで死んだのね？」

ケニーはそれぞれのケースへ順番に触れていきながら、プレキシガラスを指で上下になでる。「ドナヒューは一九七五年のF1オーストリア・グランプリで。セナはイモラで、一九九四年だった。アーンハートは――なんと、デイトナ500の最終ラップで事故を起こした。二〇〇一年二月十八日だ」

このシャンパンもまたすばらしかった。これまでの人生、わたしはずっと食器用洗剤を飲んでいたのだろうか？　ケニーはセナの陳列ケースを、ほかのより少し長めに見て、プレキシガラスをいじくっている。

「ここにあるのはみんな、レースで身につけていたものだ。高いぞ。目玉が飛びでるほどの値段だ」そこで急に子どもっぽい顔になったものの、彼の一番の興味が、それらの金銭的な価値ではないことぐらい、こちらにもわかる。

わたしはあたりを見まわした。「それで、これだけセキュリティに気をつかっているのね」

「おいおい、セキュリティはうちの商売だぜ」そう言って部屋のぐるりに手を振ってみせる。

「今もきみに、カメラがついている」

またいやなことを言う。「プライバシーが聞いてあきれるわ」

「プライバシーなんてもう過去のことだよ、ギジェット。今の時代、われわれは完全な監視下に置かれている」ケニーはビールを飲む。

「みなビッグ・ブラザーを熱烈に支持しているってことね」

「企業国家アメリカがビッグ・ブラザーなんだよ。きみのプライバシーに侵入するためにどれだけたくさんの技術が存在するか知っているかい？　手始めに、きみが訪れたウェブサイトを追跡するクッキーだ。それに、IDチップを組みこんだスマートカード。音声や網膜を認識するバイオメトリックのソフトウェア。個人追跡装置として働く携帯電話。親は自分の子どもにマイクロチップを埋めこみたいと考えてる。そうすればいつなんどきでも居場所がわかるからね」

「あなたはわたしをおどかそうっていうの？　それともそれはセールストーク？」

「それじゃあこっちが訊こう。きみはそういったものを脅威ととらえるか、便利ととらえるか？　完全なプライバシーが欲しいと思うかい？　むろんそれは無理な話だ。国の安全、法の執行機関、公衆衛生、言論の自由、どれにとっても悪夢だ」

　ケニーは一歩さがって、ビールを一息にぐいと飲む。

「立て板に水ね、ケニー」

「ああ、任せてくれ。営業部の部長だからね」ビールを飲み終え、瓶をくずかごに投げる。

「さて、ここにはガミガミ女はいない。きみがほんとうに知りたいのはなんだ？」

「ブランドが会社のお金を横領しているって、いつわかったの？」

「やつが町から姿をくらました一か月後」

これ以上はないほどの何気ない口ぶり。ぶらぶらとバー・コーナーに歩いていき、もう一本ビールを取ってくる。

「きみはファイアドッグのことを言ってるんだろう。どうしてわかったんだ、きみの友だちの教授が見つけだしたのかい?」

「つきつめて言えばそうね」

「彼の弟が記録を保管していたことがわかったと、そういうことか?」

「マコでは保管してないの?」

「いやある。だが、ブランドは帳簿をごまかしていた。ファイアドッグへの投資を一回分水増しして帳簿に記載し、現金は自分の懐に入れた。それから財務の人間が騒ぎだし、ファイアドッグに電話をして株券がどこにあるか訊いた。で、あの教授の弟——」

「アイザック・サンドヴァル」冗談じゃない。アイザックの名前も覚えていない?

「ああそう。彼がブランドにねばり強く接触しようとした。それでブランドは株券を偽造して、それをマコの財務に渡したんだ」

「そんなことで済むなんて、どうして思ったのかしら?」

「やつはベンチャー企業向けファンドをつかって、スリーカード・モンティ（卓上に伏せた三枚のカードを早業で入れ替えて、特定の一枚を当てさせる賭博ゲーム）のトリックと同じことをやった。さあどれでしょう、残念ハズレ、こっちでした。だいたいやつはマコの部長だ。誰も疑問などさしはさまない」

「これからそういったことをすべて警察に話すのよね」

「いいや。これはプライベートな会話だ」

顔がかっと熱くなるのがわかった。「プライベート？」わたしは宙をぐるりと見まわし、すべてを監視しているとケニーが言ったカメラを示した。

「当局が、この場面の記録を入手したときには、こちらの見せたいように会話と行動が収録されているはずだ。もしきみが俺の言葉を引きあいに出したら、こっちは否定する」物欲しそうな笑み。「ただし、ディナーの席でこの話を続けたいって言うなら、また別だけどね」

わたしはシャンパンのグラスを置いた。「いいえ、けっこうよ」

「きみの負けだ」ケニーはまだにやにやしている。「ほんとうにテタンジェより強いものが、欲しくないのか？」

また含みのある言い方。ドラッグ、それともセックス？「ええ、ほんとうにけっこう。お酒、ごちそうさま」

わたしは玄関に向かった。上階の窓から音楽が聞こえてきたので、バルコニーを見あげた。誰かが外にすわっている。手すりにのっているむきだしの脚からすると、若い女のようだ。膝から上はわからないが、変わったタトゥーが見えた。黒いヘビが脛《すね》をはいのぼっているような感じ。

ケニーは戸口に立っている。「電話してくれ、ギジェット。いつでもいい。きみと話すのはいつだって楽しい」

家に着いて、ハーリー・ドーソンに電話をかけた。

「ケニー・ルデンスキーって、あれ正直なところ、いったいなんなの？　どういう神経してるのよ？　アイザックが殺されたことについて、ディナーを食べながら話したいなんて」

「まったく、どうしようもないわね。でもね、悪い男じゃないのよ、ただマコの体面を汚されるっていうんで、あっぷあっぷしているの」

「窮地を切り抜けようってときに、ずいぶん変わったことをするのね。人の死をくどき文句につかうんだから」

「このままだとマコの評判がずたずたになるわ。ジョージ・ルデンスキーは、国防を支援する企業や国家安全保障局のような組織のために、安全なネットワークを構築することで、会社を大きくしてきたの。それなのに、廊下のすぐ先で、部門の統括責任者のひとりが不正を働いていたのに気づかなかったなんて、人の目にどう映ると思う？」

「ケニーは、所在不明の株券のことをパパに話さなかったっていうこと？」

「自分の力でなんとかできると思ったのよ」

わたしは受話器をぎゅっとにぎったまま何も言わず、電話の向こうの死んだ空気に耳をすましていた。ハーリーは今自分がしたことに気づいているのだろうか？

「エヴァン——今のは、言うつもりじゃなかったの」

ハーリーはたった今、〈弁護士・依頼者間の秘匿特権〉に違反した。ルデンスキー側のプライベートな会話をわたしにもらしてしまった。

「ああ……ばかみたい」受話器に向かってささやく。「頼むから――わたしが今言ったことを忘れてちょうだい」

けれども精霊《ジーニー》は瓶のなかから出てしまった。「訊かれなければ、言わない」

「ちょっと！　今度だけは大目に見てよ」

「ハーリー、いったいどうしちゃったの？」

「ブランドの出したゴミの後片づけに大わらわよ。くそっ、マコは証券取引委員会からお目玉を食らうことになる。株主たちは集団訴訟に出るわよ」

「ちょっといいかしら？」わたしは自分が耳にしている言葉が信じられなかった。「『ブランドの出したゴミ』って何？　わたしたちは、若い男性が殺された事件について話しているんじゃないの？」

長い間《ま》。「お願い、エヴァン。忘れてちょうだい」

わたしはなんと言えばいいのかわからなかった。

ジェシーはランチのために一時半頃に休憩をとり、街角のマーケットに向かった。歩道にテーブルが出してあり、そこへ店主が定期的に出てきては、ホームレスの男に向かって注意していた。通りかかった車に宗教スローガンを叫ばないように、と。ジェシーはイタリアン・ミートボールのサンドイッチとサラダを頼んだ。

オフィスにもどらずに、木蔭にある外のテーブルで食べることにした。数分でもひとりになって考えようと思ったのだ。ハーフフィンガーの革手袋をはずして、サンドイッチをつまんだ。

隣のテーブルには太った男がすわっていた。黒ずくめのかっこうだった。リーボックのスニーカー、膨らんだジーンズ、Tシャツ。丸縁の眼鏡を眼窩になかばめりこませたような感じで、ショウガ色のあごひげが唇のすぐ下でのたくっている。ヘリウム風船でつくったフランス系のインテリ。言うなれば膨れたサルトル。

その男がジェシーの目をとらえた。「コショウを取ってくれないか?」

「ああ」

ジェシーはコショウを取ろうと手をのばした。その瞬間、男の手がのびてきて、車椅子をつかんでバックさせ、自分のテーブルのほうへ引きよせた。

「おい、何するんだ? やめろ」

男は一枚のマニラ封筒をジェシーの膝の上に落とした。「あんたの写真が何枚か入ってるよ」男は立ちあがった。「また連絡する。たっぷり召しあがれ」

店のなかにいた店員は、ジェシーが声を荒らげたのを聞いて、外に出てきた。太った男がのろのろ歩いていくのが見え、ジェシーが封筒のなかから何か出して見ているのがわかった。写真のようだった。ジェシーは鼻筋をつまんだ。それから写真をびりびりに破いた。

十三

犬の人。

アンバー・ギブスはフランクリン・ブランドを犬の人と呼んだ。ホリデイ・インでは、チワワの鳴き声を聞いた気がした。マリとカル・ダイアモンドが離婚しようというときに、ちょうどブランドが町に現れた。一たす一は……何？　答えを見つけないと。おしゃべりで、明らかに思慮深さに欠けるアンバー。ここはひとつ、彼女を内部情報の提供者に育てよう。

マコに電話をかけた。

彼女が出た。「KHOT FMで、サンタバーバラのヒットチャートを聴いてるとこ！」ラジオのDJのおしゃべりが背後に聞こえた。局に電話をかけてリクエストをするよう勧めている。

「アンバー。エヴァン・ディレイニーよ。ジェリーズでいっしょに話をした」

「あっ、いけない」咳払いをして、もう一度やりなおす。「こちらはマコ・テクノロジーです」

わたしは目をこすった。「あなた、フランクリン・ブランドがマリ・ダイアモンドの友だちだって言ったわね」

「ええ。だからぞっとしちゃって。あの人、人を殺したんでしょ。あたし、同じ部屋にいたかと思うと」

どこまで率直に言っていいだろう？　ばかげた質問。「ミセス・ダイアモンドは彼と浮気していたのかしら？」

間があく。「あ、それは考えたことがなかった」

それからしんとなった。神経細胞をつなぎあわせて、考える態勢に入った模様。わたしは机の前に腰をおろし、Eメールのアカウントにログインした。

わたしは訊く。「マコのほかの人たちはなんて言ってるの？」

「さあ」

「何か聞いたら、わたしに教えてくれない？」

「ええ。でも――」背後で、ラジオがリスナーに電話をかけるようせっついている。「ちょっと立てこんでるの。またあとで」

PCのメーラーが、着信音を鳴らした。ジャカルタ・リヴェラとティム・ノースからメールが届いていた。

本の契約に関するオファーだった。手付け金の他に、かなりの額の前払い金《アドヴァンス》を払うと言い、印税もおそろしく気前のいい率だった。自分たちの名前を表紙に出すのが希望だが、わたしの名前も聞き書きをした人間としてクレジットに表示するとのこと。報酬もいいし、条件もすべて申し分ない。が、最後にきて、まるで惹句のように、あっと驚く短文がついていた。
米国中央情報局と英国秘密情報部に協力して働いてきた二十四年、それに加えて、私的な諜報活動に携わった十年の歳月について、お話しします。掛け値なしに、ブラックで、ウェットで、ディープな仕事に手を染めてきました。必ずやあなたが興味を持たれることと、確信しております。

　またもや背中に、不安がゾウムシのようにはいあがってきた。闇仕事《ブラック・ワーク》？　ウェット・ワークって殺人指令のことでしょ？　もし向こうがわたしをペテンにかけようというのでなく、ほんとうにそういう仕事をしていたのだとしたら、危険としか言いようがない。わたしはメールを消去した。

　立ちあがったものの、気持ちがざわざわしてしょうがない。このざわざわを振りはらうために、わたしは着替えて走りに出た。

　午後の陽射しを浴びる山々をバックに、サンフランシスコ修道会の伝道所、サンタバーバラ・ミッションが堂々と建っている。そこをぐるっとまわりこんで走りすぎ、アラメダ・パドレ・セラの丘へあがっていく。腕をせっせと振ると、大腿四頭筋が泣き言を言いだすのがわかる。このランニングは贖罪のための苦行だ。傲慢、情欲、大食、空威張り、それに八〇年代に着ていた服のことも、これでぜんぶチャラにしてもらおう。アンバーをそそのかしてゴシップを引きだしたことも、これで許されるかもしれない。燃えよ、大腿四頭筋、とことん燃えろ。

走行時間四十五分。とうとうニッキィの家の前で腰をかがめ、膝に両手をつく。顔から汗がしたたり落ちる。

ニッキィがドアをあけ、シーアを腰で抱いて飛びだしてきた。「ジェシーが十分前に来て、あなたをさがしてたの。なんだか居ても立ってもいられないという様子だった」

胃の中で心配の種が固くなる。「ありがとう」

自分の家に入って、ジェシーの携帯電話に連絡する。

「今ゴレタに向かってる」ジェシーはハンズフリーにした電話で、エンジンの音に負けないよう声を張りあげる。「どうもこうもあったもんじゃない。ブランドの弁護士は、警察が轢き逃げ事件を殺人事件と考えだしたことを知っている。オリアリーが俺に電話をかけてきて、手をひけ、さもないと迷惑行為で訴えると言ってきた」

「ふざけてる」わたしは汗が目に入ってくるのを払いのける。

「問題は、オリアリーがアダムにも電話して同じようにおどしたってことだ。アダムから留守電が入っていた。やつは正気を失ってる」

「どこへ向かってるの?」

「ホリデイ・イン。アダムがブランドと対決しにそっちへ向かってるんじゃないかと思う」

わたしは車のキーをつかんだ。「ルーム・ナンバーは一二七。十五分後にそっちへ着くわ」

「今高速を降りる。遅すぎたってことのないよう、祈っててくれ、エヴ」

わたしが着いたときには、保安官たちがホリデイ・インにいて、パトカーが二台、ライトを点滅させてとまっていた。駐車場に車を押しこんで外に飛びだし、建物のあいだを走りぬけて中庭に入る。膝がガクガクしていた。

小道の前方に人が大勢固まっているのが見える。一二七号室の前だ。ジェシーもいる。ネクタイのトゥイーティーが鮮やかな黄色い顔で笑っているが、ジェシーの顔には色がなかった。

「めちゃめちゃだ」ジェシーが言った。

ブランドの部屋のドアがあいて、支えがしてあった。なかは見えなかったが、保安官代理の声が聞こえた。「あなたには黙秘する権利があります――」

わたしが到着するより前に、ジェシーはタイヤをきしませながら、ホリデイ・インに向かってハンドルを切っていた。アダムのトラックがロビー近くにとまっているのが目に入る。車をとめて外に出ながら、わたしの到着が遅い、遅すぎるとじれた。それで傾斜路を車椅子で苦労してあがっていき、中庭に向かった。歩道に沿って進んでいきながらブランドの部屋をさがす。

もしブランドがドアをあけて出てきたら、なんと言うつもりだったか？

三年のあいだ、ジェシーはこの場面を予期していながらも、やはり驚きの一瞬になるだろうとわかっていた。殴りはしない、と心に決める。この場ではだめだ。

中庭はひっそりしていて、プールもがらんとしていた。目に入る人影といえば、ランドリー・カートを押しているメイドがひとり。ジェシーはルーム・ナンバーを順番に見ていった。一二七。そこでとまり、ドアをノックする。「ブランド、あけろ」

もう一度、もっと強くたたくと、ドアが動いた。完全に閉まっていないのだと気づく。ちょっと押してあけてみる。

「おい、いるんだろう?」

さらに大きくあけると、金臭いにおいがして、荒い息づかいが聞こえた。照明が、なかの壁によりかかっているアダムの姿を浮かびあがらせた。顔色が悪い。アダムは、何かをまじまじと見ている。ドアにブロックされて、ジェシーの位置からは見えない。

ジェシーは口のなかがからからになった。アダムの手ににぎられているものを見て、信じられない気持ちだった。野球のバット。

アダムがジェシーの顔を見た。「ちがう。ちがうんだよ、ジェシー。やめ——」

ジェシーはドアを乱暴に押しあけた。壁にぶつかってはねかえってきたそれを手でおさえる。

「ばかな、アダム」

ベッドの向こう側の床の、血で真っ赤に染まったぐしゃぐしゃのシーツの下に、死体があった。

ジェシーは髪を指でとかしている。まもなく、保安官代理が「さがってくれ」と言いながら、ホテルの部屋からアダムを引きずりだした。アダムは背中にまわした腕に手錠をかけられていた。茫然自失の顔だった。

ジェシーが声をかける。「できるだけ早く拘置所に行くよ」

アダムはうなずこうとし、口をあけようとするが、そのどちらもできないようだった。首をねじって、肩ごしにただジェシーを見つめるだけで、そのまま引っぱられていった。

保安官代理が近づいてきた。「部屋のなかに入りましたか?」

「戸口まで」

「何か手を触れたものは?」

「ドアを押しあけた」

「犯行現場にいた人間は、対照用の指紋が必要になります。まだ帰らないでください」

ジェシーは弁護士稼業で、わたしと同じように鍛えられている――自分から情報を提供しない、よく考えずに口走らない、とりわけ警察に対してぺらぺらしゃべらない、聞いた話を他言しない。しかしジェシーは保安官代理の顔を見て、こう言った。「アダムが、自分はやっていないと」

「了解」保安官代理は口先だけで言って、歩みさった。

十四

ジェシーが帰ってきたのは十一時だった。波が岸に砕け、夜気のなかで青光りしていた。

ジェシーは疲れきって、悲しそうだった。

わたしはソファから立ちあがった。「タイ料理の店からテイクアウトしておいたわ」

「ありがとう、エヴ。だが今は食欲がない」

トゥイーティーのネクタイをほどき、キッチンカウンターの上に投げつける。冷蔵庫から、クランベリー・ジュースの入った瓶を取りだしてグラスに注ぐ。

「だいじょうぶ？」

ジェシーは拳で腰を押している。「冷静に状況を把握しないとな」

下半身不随になると尿路感染症にかかりやすい。クランベリー・ジュースがそれを防ぐとされている。

「拘置所に行ってきたよ」

わたしは待つ。

「アダムは、ブランドを殺してはいないと言い張ってる。ホテルに行ったのはブランドと話すためだった。彼の弁護士からあんな横柄な電話をもらって、居ても立ってもいられなくなったそうだ」ジェシーはジュースを飲みおえた。「野球のバットを持っていったことは認めた。そこに着いたとき、ドアがあいていた。なかに入ったら死体があったそうだ」

「信じるの?」

ジェシーは目をこすった。「ああ。だが警官にも信じろと、どうして俺が言える? 完全にやつの身から出た錆だ」

ジェシーはデッキへ出ていった。わたしもあとについていく。空気はすっかり冷えていて、海に月の光がまたたいていた。ずっと先の海岸では、街の光が金貨のように港をふちどっている。

「アダムのやつ、いったいどうしちまったんだ?」ジェシーは海を見やる。「あれほどまでに自分に厳しい人間はいないんだ。ジュネーブ協定でも非合法とされるだろう拷問のようなトレーニングをしていたのを俺は見ている。やつは、俺の耳から血が出るまで、神学について論じていた。カリフォルニア工科大学で物理学の博士号を取得し、博士課程修了後は、UCSBで研究にあたっている。教授たちが犬のビスケットみたいにノーベル賞をかっさらっている大学でだ」ジェシーは首を横に振る。「それが野球のバットを持ってホテルに乗りこんでいく。ばかだ、ばかだ、どうしようもないばかだ」

わたしは彼の肩に手を置いた。ジェシーはわたしを膝の上にひっぱりあげ、ウエストに腕をまわしてきた。

「なんだって、こんなめちゃくちゃな事態になったんだ？　いや今のは忘れてくれ。ブランドは死んだ、それは文句なしにすばらしいことだ」

それを聞いて、ショックが全身を針金のように貫いた。わたしの身体がこわばるのがジェシーにもわかったようだ。

「非情なことを言うと思うだろう。それならそれでいい」砕ける白波をじっと見る。「こんな気持ちは誰にも打ち明けない。きみ以外には」

それだけわたしを信頼しているというのだろう。ジェシーの額から髪の房をはらってやる。

「悪かったよ、これまでこういうことを一切口にしてこなかった。もう何年ものあいだ」

「謝る必要なんかないのよ、ジェシー」

「いや、謝らないといけない。ブラックホールが口をあけて、これまでずっと立ち入り禁止、触れてはならない話題になっていた。なんと言っていいのかわからなかったんだ……最悪の時期で、真っ暗闇だった。考えただけで目眩がしたよ。いきなり真空地帯が口をあけたようで、何か言ったら、そこへすべり落ちてしまいそうだった」

わたしのウエストにまわしているジェシーの手に力が入った。

「その感覚は今でも消えないんじゃない？」

「きみにしがみついているから、すべり落ちはしない、今はね」

わたしは彼の肩を両腕で包む。ジェシーは目を閉じた。

「よく耐えてくれたよ、ありがとう」

「そんなこと言わないで」

「言わせてくれ。俺に会いにきてくれて、ありがとう。それにリハビリのときも」

「しーっ」

「いいや、大事なことだ。困難な時間は人をふりわける。誰をたよりにしていいかがわかるんだ。俺はきみとアダムをたよりにできる。たしかにたよりになってくれた」

わたしの心臓に冷たい水が流れていく。ジェシーはけっして事故のことを話さなかったし、わたしのほうも、友人たちが事故後の彼をどう扱ったか、まったく口にしなかった。みんな消えた。わたしはそのことを話さなかった。わたしの怒りはジェシーには不要だったし、どんなに弱っていても、彼は同情を一切受けつけなかった。

リハビリテーション施設というのは、訪ねるのが難しい場所だ。

最初に訪ねたのは轢き逃げ事故から一か月がたったときだった。夕方だったので、サブマリン・サンドイッチとビールを二本持っていった。わたしが廊下を歩いてくるのを目にしたとき、ジェシーは頭上からつりさがるつかまり棒に手をのばし、身体を持ちあげようとしていた。わたしは笑顔を見せようとして、それができなかった。ジェシーの胴体は装具におおわれ、左脚の皮膚から骨へ、ロッドとピンが貫通していた。ベッドサイドのランプに浮かびあがるジェシーの顔は青白く、やせていた。二十五ポンドはやせたにちがいない。同じ病室のジェシーの隣には、頭骨に頸椎固定装具をねじこんだ四肢麻痺患者がいた。

「お腹がすいてるんじゃないかと思って」わたしは言った。

ジェシーは苦労して上体をのばした。わたしは彼を観察し、そうしているわたしを彼が観察した。そしてこう言った。

「さて次にお見せしますは、このマットレスから尻を引きずって、床に移動する芸であります」

次に訪ねたとき、ドアに近づいていくと、ベッドの横に立ってこちらに背を向けている男の姿が見えた。UCSBのスイミングTシャツを着て、黒っぽい髪の色も、背の高さも、磨き抜かれた体格も、まさにジェシーそのものだった。強い願望が論理を打ち負かし、わたしは言った。「すごいじゃないの」

アダムがふりかえった。

わたしは愚かさむきだしの顔で、戸口に棒立ちになった。強烈な恥ずかしさに身を打ち据えられていた。「こっちへ来いよ」そう言ったジェシーは、ベッドの隣に置いた車椅子にすわっていた。

そのときのことを思いだすと歯がうずいた。けれどもそれがきっかけでジェシーは、今後わたしたちがどう彼に接していけばいいのか、自ら示してくれた。

ジェシーは言った。「おまえたち、どっちか今日の新聞を持ってないか?」

アダムとわたしは顔を見あわせた。「持ってないわ、どうして?」

「ふたりとも、道に迷った子犬みたいな顔《かお》をしやがって。そんな表情が消えるまで、スポーツ面を丸めて、鼻面をひっぱたいてやろうと思ってね」

今ジェシーは、わたしの肩に頭をもたせかけている。感謝の念など示してほしくなかった。彼にずっとついてきたことをほめてもらいたくなんかない。

「ねえ」と声をかける。

ジェシーは顔をあげ、そこへわたしがキスをする。目の先のほうで、波がひたひたと砂を洗うのが見える。

「愛しているわ」

「もうウェディングドレスを買ってしまったからって、そんなことを言ってるんじゃないだろうな？」

「ちがうわ。もうカナッペを五百個注文してしまったから言ってるのよ。もう逃げようがないぐらい深くはまってしまった」風がそよぎ、鳥肌が立ったような気がする。なんだか急に背筋がぞくっとした。「深みにはまったといえば、まさに今がそうじゃない？」

「くそっ、そのとおりだ。このぬかるみから、アダムをどうやって引っぱりあげればいいんだ」

それからジェシーは憤然として息を吐いた。「エヴ、じつはそれ以外にも言わなきゃいけないことがある。俺におどしをかけてきた連中が、今日接触してきた」

「冗談じゃない！　向こうの望みは何？」

「まだわからない。人をいらいらさせるってこと以外にはね。具体的には何も示してこなかったんだ」

わたしは月明かりのなかでジェシーの表情を読み取ろうとする。「ジェシー?・」

「わからないんだよ、エヴ。だが、今後事態は良くなるより先に、悪くなるだろう」

ひんやりした風がわたしの腕をなでた。「なかに入りましょう」

家のなかにもどると、わたしがドアに鍵をかけ、シャッターを閉めてから、ふたりで寝室に向かった。ジェシーが歯を磨いているあいだに、わたしは服を脱ぐ。疲れて、途方に暮れていた。腰を揺すってジーンズを脱ぎながら、今は心配と悲しみに門戸を閉ざそうと心を決めた。せめてあと八時間は何も考えたくない。

ステレオのあるところまで行ってアルバムを選び、アレサ・フランクリンをかける。寝室の灯りを落とし、ブラとパンティだけの格好になる。ジェシーが入ってきたときには、カバーを折り返したベッドの上で、リタ・ヘイワースのようにひざまずいていた。

ジェシーの顔に物欲しそうな表情が浮かぶ。これはふたりで力を合わせることになりそうだと理解したのだ。戦闘地域からもどったあとの保養と慰労。

ジェシーが言う。「バイアグラは飲んでない」

「いいから。ここに来て」

ジェシーがベッドの上に身体をすべらせた。わたしは彼のシャツのボタンをはずし、脱がせた。

ジェシーが首をかしげる。「ほら、カタログじゃあ、女性はみな上下そろいの下着をつけているじゃないか」

「あなた、女性の下着カタログを読むの?」

「差別発言をしないためには、なんでも知っておかないとね。きみがパンティを裏返しにはくのは、何か理由があるのかい?」

わたしは彼を押し倒し、馬乗りになった。「あるわ。わたしは性的にはアウトローなの」

「たとえば誰?」にやっとする。「俺もごっこ遊びに加えてくれないか?」

「いいわよ。あなたは政治が好きだから、大統領とファーストレディっていうのはどう?」

そう言ってジーンズの一番上のボタンをはずしにかかる。「それとも、チェ・ゲバラと田舎娘がいい?」

「最高だね。でも今度だけは俺がチェ・ゲバラになりたい」

わたしはゲラゲラ笑いながら彼の上にかぶさって、口づけをした。


深夜に電話が鳴ったとき、ジェシーはまた夢にうなされていた。わたしはライトを手さぐりし、彼の身体の向こう側に手をのばして、ナイトスタンドの上にある電話をつかんだ。ジェシーの胸の上にかぶさる形になり、彼の心臓の鼓動がじかに肌に伝わってきた。ジェシーの肌は熱かった。わたしは電話に出た。

アダムだった。

「釈放されたよ。金をまったく持ってないんで、タクシーも呼べない。悪いんだが、きみらのどっちか、家まで送ってくれないか?」

朝になると、わたしはジェシーといっしょに警察署に行った。どうしてアダムの容疑が晴れたのか、クリス・ラムスールから訊きだしたいと思っていた。受付でクリスに会いたい旨を伝えると、おかしな目で見られた。受付係は、「少々お待ちください」と言って、ローム警部補に電話をかけた。

クレイトン・ロームが、まるでうなり声でもあげている様相で歩いてきた。ベルトのバックルとカフリンクスがぴかぴか光っている。鋼鉄の顔をベルト式研磨機で強面《こわもて》にしあげたみたいだった。

ロームが言う。「何をごたごた騒いでる?」

とたんにジェシーが守りに入る。「ラムスール刑事と話がしたいんです。アダム・サンドヴァルが昨夜釈放された。それが不思議で――」

「また首をつっこんできやがった」

「はあ?」

ロームの鼻孔が広がった。「何が不思議だって?」

「なぜ彼の容疑が晴れたのか」

「おまえさんのほうが、俺たちより先に現場にいたんだろうが。こっちが訊きたいね」

「何か事情が変わったとか?」

ロームの両手が拳をにぎる。「鑑識と病理学の見地から、ドクター・サンドヴァルの容疑は晴れた。野球のバットは凶器じゃない。あれだけ血が飛びちっているのに、サンドヴァルの衣類と靴にはしみひとつなかった。それともうひとつ大事なことがある」

　わたしが訊く。「なんでしょう?」

「あれはフランクリン・ブランドじゃなかった」

　背後で電話の音が鳴り響く。

「ラムスール刑事だった」

　ジェシーはデスクに手をついて身体を支えた。部屋のなかが明るくなり、ガヤガヤ言う声が耳に入ってきた。

　ロームは激怒した表情になっている。「で、保安官たちが到着したときには、おまえさんとサンドヴァルが、その死体といっしょに部屋にいた。今おまえさんの車が外にとめてあれば、ありがたい。捜索令状を取る手間を省いて、なかを調べられる」

十五

ジェシーの目に浮かぶ混乱から、もう守りも何も忘れているのがわかる。彼はロームに車のキーを預けた。わたしは外に出て、ラヴォンヌ・マルクスに電話をかける。

ラヴォンヌはカラスのように警察署に飛んできて、ジェシーに言う。「今はショックで何も考えられなくなっているんでしょうけど、これはいやがらせ以外の何ものでもない。口をつぐんでいなさい」

ラヴォンヌの言うとおりだった。警察はジェシーを逮捕するつもりは毛頭なかった。同僚を殺された怒りと悲しみをジェシーにもろにぶつけただけなのだ。わたしたちがそろって署を出るとき、警察の人間はジェシーを怒りの的にし、目の前を通りすぎる彼を、だまってにらみつけた。

外に出てからラヴォンヌが言う。「さあ、もういいわ。警察が何を考えてるのか、話してちょうだい」

ジェシーは額をこすった。「アダムと俺が怪しいと考えてる。俺たちは事件の現場にいた、そしてブランドは消えた、ロームはそのふたつの事実が関係していると思ってる」

「それだけ？　詳しいことは言わなかったの？」ラヴォンヌが訊く。

「アイザックがブランドの横領詐欺を知って、分け前を過分に要求した。それでブランドが彼を殺したと、ロームはそう考えてるんだ」

「冗談じゃないわ」

「ああ、まったくだ」

するとラヴォンヌが訊いた。「ロームは何を根拠に、あなたとアダム・サンドヴァルがありもしない共謀に加わってるなんて言い立ててるわけ？」

「マコが俺たちに金を支払ったから」

わたしのなかに黒々とした怒りがにじみでて、目の前と頭のなかが真っ暗になった。「保険金を支払った——それでロームは、マコがあなたたちを口止めしたと思ってるの？」

「彼があれこれ訊いてきたところから判断すると、そうとしか考えられない」

ラヴォンヌが言う。「向こうはあなたを怖がらせようとしているだけよ。そんな罠にかかっちゃだめ」

「もう遅い」ジェシーは顔をあげてわたしを見る。目に不安げな光があふれている。「あれがクリスだなんて信じられない、わからなかったよ。手が見えていて……」

ジェシーはネクタイをゆるめ、襟のボタンをはずした。

スーツ姿の男がふたり、わたしたちの目の前をずかずか歩いて警察署へ向かっていく。自信たっぷりの足取りで、誰もが自分たちに道をあけると思っているようだ。まるでシカゴ・

ベアーズの攻撃陣。そのうちのひとり、前のめりになって歩いている男は、わたしと同じぐらいの年かっこうで、まるで鼻で嗅ぎまわりながら前へ進んでいるように見えた。グレーのスーツが、ひょろひょろした身体にだぶついている。その男が、値踏みするような目をこちらへ向けてきた。

ふたりが通りすぎていったところで、ジェシーが言う。「やつら、FBIだ」

ラヴォンヌが警察署の建物をふりかえる。「そのようね」

「たまたまやってきたわけじゃないだろう。いったい――」

ラヴォンヌが片手をあげた。「話なら別のところで。あなた今、面倒な立場にあるのよ、ジェシー」

その日の夕方、わたしは自宅のポーチにすわって西の空を見ていた。地平線が紫色に染まって、宵の明星が光っている。悲しみに胸を締めつけられているような気分だった。

クリスのことが頭に浮かぶ。やさしいながら、鋭い切れ味があった。ジェシーにもわたしにも信頼を置いてくれ、正義が勝つと信じていた。実際のところ、彼のことをそれほどよく知っているわけではなかった。知っているのは、ホテルのフランクリン・ブランドの部屋に行き、無惨に殺されたということだけ。

ニュースが一斉に大見出しで報道された――警察《ハンターズ》、警官殺し《ハンテッド》を追う《ハント》。だがそれは逆だ。いつのまにか立場は逆転していた。狩りをする側が狩られてしまったのだ。

ブランドは今野放しだ。わたしはなかに入り、ドアの鍵をしめた。

ジェシーが電話をしてきて、「今夜、そっちへ行っていいかい?」と訊いた。「いちいち訊く必要ないわ」とわたしは言い、くたびれた服とほこりだらけの髪を見て、彼が来る前にシャワーを浴びることにする。バスルームに大型のラジカセを持っていき、これならまちがいなく元気が出るだろうと、ベートーベンの第九交響曲をかける。「歓喜に寄す」まで一気に早送りする。シャワーの真下に立ち、手をタイルの壁について目を閉じながら、顔を湯に打たせる。

バスルームのドアがあく音はしなかった。微風が入ってきたのか、細い糸のような冷気が湯気のなかにほどけていくような感覚を不思議に思った。

「ジェシー?」

コロンの香り。わたしは目をあけた。フランクリン・ブランドがバスルームのまんなかに立っていた。

まだらの目を大きく見ひらき、瞳孔が拡大して、どす黒くなっている。その目が、透明なビニールのシャワーカーテン越しに、わたしをまじまじと見ていた。

相手は平板な声で言う。「ロサンゼルス・タイムスだ、と俺に言ったな」

ブランドはフレームに入ったロー・スクールの免状をかかげた。わたしのデスクの上にかけてあったものだ。

「嘘つきめ」

わたしの両脚が、綱渡りの綱のようにぶるぶるふるえだした。ふるえは背中をはいあがって腕へ伝わっていく。その場に凍りついて目をみはる。

「俺も気づくべきだった。こういうことの根っこには、いつだって弁護士が隠れているってな」

ブランドは免状をくずかごに放りなげた。ガラスの割れる音がした。

「ミニ・ディスクを盗んだだろ。返してほしい」

湯が身体を刺すようにうちつける。動けそうになく、ただふるえるばかりだった。ああ、神様。

「おまえは誰と手を組んでる？　あの車椅子の野郎か？　やつの望みはなんだ、金か？　仲間に入りたきゃ入れてやるぜ」

相手は警官に襲いかかった男だ。クリスに拳銃を抜く暇も与えずに殺し、頭を骨と肉の繊維にした。わたしの歯がガチガチいう。音楽が活気づき、オーケストラの演奏が高く響きわたる。

わたしにできることは？　身を守るのに何がつかえる？　せっけん、それともシャンプー？　まさか、ヘチマ・スポンジ？

「シャワーをとめろ」

カミソリ。カミソリがあった。手首の上でのこぎりのように引いても、かすり傷ひとつつくらないと宣伝している安全カミソリ。これで何ができるっていうの？

「とめろと言ってるだろう。息ができやしない」ブランドが首をひねって、襟を引っぱった。シャツはほこりだらけだった。大きくはだけた襟から、肌にできた赤いみみず腫れがのぞいた。

わたしはこっそりカミソリに手をのばす。シャワーは全開にしたままだ。こうしておけば、湯気のなかで息ができず、ブランドは外に出ていくだろう。そのあいだに免状のフレームからガラスのかけらを拾って、それで相手を寄せつけずにいることができるかもしれない。

「シャワーから出ろ」

「いやよ」九十歳のような声になった。

「自分から出ないなら、こっちが出してやる」

相手が一歩前へ踏みだした。わたしは指をのばし、カミソリをわしづかみにした。カミソリは、せっけんでぬめつく手からすべって、タイルの床に落ちた。弾んだ拍子にカミソリから刃がはずれる。それをじっと見ながら、わたしの心臓は早鐘を打ち、足がぶるぶるふるえる。

ブランドも同じものをじっと見ていた。「ばかばかしい」

シャワーカーテンに手をバンとたたきつける。ダイアモンドのピンキーリングが、きらりと光を反射した。わたしは飛びあがった。ぎゅっと歯を嚙みしめているものの、やはりうめき声がもれてしまう。

「ディスクをよこせ。どこだ?」

警察に渡したとは言えない。わたしが役に立たないとわかれば、殺すだろう。今できることはひとつしかない。相手をかわすのだ。二歩――一、二の、三歩目にはもう外へ出て大声を出していないといけない。

「ディスクを持ってくる。だからさがって。わたしに触れないで」シャワーカーテンの向こうに手をつきだし、タオルをつかんで、それを身体にぴしゃりと巻きつける。

「俺にレイプされるんじゃないかと思ってるのか?」ブランドはシャワーから出てすぐのところにいて、わたしの視界はさえぎられている。「なるほど、因果応報ってわけだ。それでおあいこだ」

ああ神様、どうか助けて。わたしの口が言葉を見つけた。

「こっちはぜんぶ知ってるのよ。ミニ・ディスク、お金、マコ。ファイアドッグのこともね。それに知っているのはわたしだけじゃない。警察も知ってるの」皮膚に噴きだした鳥肌のように、口が勝手に動いて言葉を噴きだしている。相手を近づけないためなら、なんでもよかった。「地方検事だってそう、誰も彼も知ってるわ。わたしがみんなに話したの。マリ・ダイアモンドのことだって知ってる――」

「嘘だ」額に浮きでた血管が今にも破裂しそうだ。

「――それに、ケニー・ルデンスキーだって知ってる――」

「ルデンスキーだと?　おまえが話したのか?」

「わたしは――」

ブランドの首が紫色になっている。相手はシャワーカーテンを乱暴に押しあけた。わたしは悲鳴をあげ、両手を前につきだした。

「やつに言え。もし俺が刑務所入りするときは、おまえも道連れだとな」

ブランドがこっちに手をのばしてきた。バスルームにベートーベンのコーラスが満ちる。わたしは縮こまり、タイルの壁に背を押しつけた。喉からごぼごぼと音がもれてくる。相手をつきとばしてやろうとしたら、逆に手首をつかまれた。

ブランドの肩の向こうに、戸口に立つジェシーが見えた。

六フィート一インチの背丈がこれほどまで高く見えたことはない。戸口の側柱によりかかって立ち、バランスをとっている。グラファイトの杖の一本を、馬上槍試合の槍のように構え、グリップ部分に力をこめている。底のゴムキャップははずして、硬い合成素材がむきだしになっていた。それをブランドに打ちこもうというのだろう。チャンスは一度しかない。打ちこんだあとは、そのまま倒れてしまうだろう。

ジェシーが言う。「彼女から離れろ、ゲス野郎」

一撃で狙うなら目だ。

ブランドが首をまわした。ジェシーが杖の先を顔めがけて打ちこんだ。

鼻にまともに当たった。ブランドは顔をおさえ、わたしから手を離した。指のあいだから血が流れおちる。ジェシーはバランスを崩して前に傾き、そのまま落下すると思ったところへ、ブランドがわめきながら飛びかかっていった。戸口からジェシーをたたきだし、寝室に追いやる。

ふたりとも騒々しく床に倒れ、ガッンという恐ろしい音が響いた。ジェシーの頭が木の床にぶつかったのだ。

動け。

シャワーから飛びだし、寝室へ走る。ふたりは床に転がっていた。ブランドの鼻からおびただしい血が流れている。ブランドはジェシーのシャツをわしづかみにし、彼の身体を床板に何度もたたきつけている。

「やめて」

わたしはランプをつかみあげ、壁のソケットからコードを引きぬく。それをブランドの背中に打ちおろした。相手はジェシーの身体の上に崩れるようにして倒れたものの、間髪を容れずにわたしの顔を見あげてきた。醜い目だった。

「ヤッてほしいんだろう、ヤッてやるよ」

ブランドがはいあがろうとする。ジェシーがそれをおさえて言う。「エヴ、行け」

わたしはぐるっと方向転換し、リビングに駆けこんだ。すごい散らかりようで、机のなかに入っていた、ありとあらゆる物がそこらじゅうにぶちまけられている。フランス窓のガラスが割れていた。ブランドの足音が背後で聞こえる。戸口を抜けてなかへ飛びこんできた。

その目の前に、ニッキィが立ちふさがった。手に消火器を持っている。

ニッキィは消火器を噴射した。消火剤が噴出し、ブランドの顔をまっ白にしていく。ブランドは悲鳴をあげる。

サイレンの音が響き、ブランドの耳にもそれが聞こえた。唾を吐き、目をぬぐって、フランス窓から飛びだした。

ニッキィもそのあとを追いかけて飛びだしていく。「大変、シーアが――」

わたしは身体にタオルをしっかり巻きつけて戸口に向かった。ブランドがカシミヤのジャケットをはためかせながら門を抜け、通りへ疾走するのが見えた。サイレンの音が大きくなり、もう一ブロック先まで来ていた。

ブランドは走って逃げ、ニッキィの赤んぼうに手は出さなかった。わたしは寝室に駆けもどった。戸口のところで足がとまる。心臓がとどろいていた。

「ああ、ジェシー」

ジェシーが顔をあげた。「だいじょうぶか？　怪我をさせられなかったか？」

ジェシーは床にすわって、後頭部をさすっている。わたしが隣に膝をつくと、ジェシーが抱き寄せる。それからすぐニッキィが入ってくる音が聞こえ、キルトで身体を包んでくれるのがわかった。身体のふるえはとまらない。

ジェシーはわたしを抱きしめ、髪をなでてくれる。「かわいそうに。ごめんよ」

「ブランドはわたしの名前を知っていたし、家も知っていた。彼にそういったことを教える人間がいるとすれば、ひとりしかいない。ケニー・ルデンスキーよ」

警官はそれを書きとめた。ニッキィがジャック・ダニエルのおかわりを持ってきてくれた。わたしはソファにうずくまり、キルトで肩をぎゅっとおおう。ジェシーはドアのそばに立って警官たちに話をしている。

「ブランドが何に入れこんでいるにせよ、ケニーもからんでいるのはまちがいないわ」

「わかりました」と警官が言う。

わたしはジャック・ダニエルを飲んだ。ソファから立ちあがれそうになかった。何かしなければいけないのはわかっていた。だけどキルトから離れたくない。警官がいとまごいをし、ジェシーが彼らを送りだす。

ジェシーはもどってこなかった。どこへ行ったのかはわかっていた。

ケニーの家に、ジェシーは車を走らせた。車を降りると声をひそめてつぶやき、夜空を焦がしてしまいそうな怒りに、身をふるわせている。呼び鈴を鳴らした。一分後、もう一度鳴らす。とうとう男の声がインターフォンを通して流れてきた。

「なんの用だ?」

「なかに入れてくれ、ルデンスキー」

「慈善の募金か? 悪いが、すでに会社で払った」

ジェシーの耳に笑い声が聞こえる。あたりを見まわすと、ビデオカメラがスピーカーの上に設置されていた。

ジェシーが言う。「おまえがエヴァンの居場所を教えたんだろう。やつを彼女にけしかけた。言い逃れはできないぞ」

「それ、どうやってるんだ？」

「なんのことだ？」

「おまえさん、立ってるじゃないか」

ジェシーはカメラをにらんだ。深く息を吸い、カメラに唾を吐いた。

ケニーが言う。「じつに哀れだ、同情するよ」

インターフォンがパチンと切れた。


翌朝八時、セメント色の空の下を、わたしはマコ・テクノロジーへと歩いて行った。アンバー・ギブスが受付デスクのうしろで居心地よさそうにしていて、ホットチョコレートに息を吹きかけ、〈コスモポリタン〉を読んでいる。

「ケニー・ルデンスキーに用があって来たの」

「ジュニアのほう？　彼ならまだ来てないわ」

「なら、父親のほうを呼んでちょうだい」

「了解」アンバーは電話機に手をのばした。

「きっと秘書がわたしを追いかえそうとするだろうけど、それはまちがいだって彼女に言ってやって。これは緊急事態よ。もしわたしを追いはらったら、ジョージが怒ることになるって」

アンバー・ギブスは眉をひそめたものの、わたしの言葉をそのまま繰りかえした。「パパが来るそうよ」

「それともうひとつ」わたしは彼女の雑誌を指さす。「CEOにそんなタイトルの記事を読んでいるところを見られたくないでしょう。長さだけでなく、太さも大事！　なんて」

アンバーの頬から赤みがひかないうちに、ジョージがロビーへ堂々とやってきた。歩きながらジャケットを着てきたらしい。背が高く、まるで電柱がこっちへ倒れてくるような感じがする。

ジョージが言う。「外に出よう」

外に出ると、駐車場からそっと離れ、車を乗り入れる社員のそばをすり抜けていく。灰色の空が重くのしかかってくるような気がする。ジョージのまなざしは、外の空気より冷ややかだ。

「きみに呼びだされるのにも、さすがにうんざりしてきたよ、ミス・ディレイニー」

わたしはついていくのに小走りになった。「ブランドが昨夜、うちに押し入ったの。わたしをおどして、ジェシーととっくみあいになって」

目は前に向けたまま、厳しい表情になる。「きみたちは、怪我をしたのか？」

「痣をつくったわ」

「気の滅入る話だ。警察には連絡したのかね？」

「ええ。でもブランドは逃げた」

ジョージはきびきびとペースを落とさず歩く。歩道沿いに広がる会社の芝生に、スプリンクラーが水を吹きかけている。

「ハーリー・ドーソンの話だと、きみは善意の人らしい。しかしなんだって意地でもわたしにじかに報告しようとするのか、それが不可解だ」

「なぜって、ブランドから、あなたの息子さんに伝言を頼まれたから。そのまま伝えるわ――やつに言え。もし俺が刑務所入りするときは、おまえも道連れだ」

ジョージは足をとめ、わたしの腕に手を置いた。「それはまた、どういう意味なんだ?」

「どうお思いになって? 脅迫よ。それに、ケニーがブランドの犯罪行為に荷担しているという含みもある」

「そいつは無茶な非難だ」

「ブランドが言ったのよ、わたしじゃない」

「もちろん、脅迫以外の何物でもない。わたしの息子の評判を傷つけ、この会社を崩壊させようっていうんだろう」ジョージはふたたび歩きだした。肩がこわばっている。「どうしてきみは、すぐ真に受けるんだ?」

「どういう意味?」

「殺人犯の言葉を額面通りに受けとっている」

「警察はそんなことは言わなかった。わたしが同じように話しても」

「きみは何をしているんだ?」また足がとまった。「暴露記事を書こうというのか? ダイアモンド・マインドワークスにしたのと同じ手でマコに汚名を着せ、ハイテク産業に携わる者たちを、盗人の集団みたいに印象づけようと？　そんなことはさせない」

「そうじゃないのよ、ジョージ」

相手は腕を広げた。「そこらをぐるっと見てみるがいい、ここがどういう場所だかわかるかい？」あたりを取りまくビジネス街の建物をひとつひとつ指さしていく。「電子工学。航空宇宙科学。防衛工学」それから遠くの大学の建物を指さす。「分子生物物理学。コンピューター・ネットワーキング。ここの人々がいかにそれぞれの力を発揮して、高度に連携した世界を構築してきたかわかるかい？」

「わざわざ説明しなくてもわかるわ」

「サイバースペースが誕生したとき、わたしはコンピューター・サイエンス学科にいた。この地域がインターネットの中核となった。我々がこの地球をオンライン化したんだ」

いかつい顔が、金属質の硬い光沢を見せる。

「来週、ワシントンに飛んで、国土安全保障省の長官に会う。国家軍事委員会を前に、サイバー戦争について証言するんだ。若いお嬢さん、こういったことはじつに重要な問題なんだよ。フランクリン・ブランドのような恨みを抱く悪党にきみが力を貸して、わたしのビジネスをつぶさせるようなことは、ぜったいさせない」

マコのオフィスのほうへもどりかけるものの、途中で足をとめて、わたしを指さす。

「ケニーがブランドの詐欺に荷担しているなんて、よくもそんな糾弾ができるものだ。いったいどういうわけで、わたしの息子をつぶそうという犯罪者に手を貸すんだ？」

「愛する人を守るため」

　ジョージの指がほんのわずか、宙でとまった。目からはもう高ぶった感情は消えていた。また歩きだす。

「ジョージ、あなたを奇襲しようなんてつもりはないの。警官を殺した男が、マコとつながりがあるっていうことを言いたいのよ」

「きみの車がとめてあるところまで送っていこう」

「とにかくケニーと話したいの」

「だめだ。会社のまわりをこそこそ嗅ぎまわるのはもうおしまいだ」

　ジョージは現実から目をそらしているのか？　それとも隠蔽しようというのか？　とにかく聞く耳を持たないらしい。ブランドのことは。マコのことは。とりわけ息子のことは。

「ケニーに、ブランドが言ったことを伝えて。わたしが話をしたがっていることも」

　相手はわたしの言葉を背中で聞いて、そのまま歩みさった。


　午前の残りは、法律図書館で仕事をして過ごした。専門書と首っ引きになり、鉛筆の尻を嚙みつづけた。外に出たときには、雲がすっかり切れていた。そよ風が肌に温かく、空がまぶしい。行き交う車が陽射しを反射し、通りを歩く人々は色鮮やかな紙吹雪のようだった。わたしはコーヒー・ビーン・アンド・ティー・リーフの店に歩いていく。

支払いをしようと待っていると、ジャカルタ・リヴェラがカウンターに硬貨を置いた。

「おごるわ。第一章の手付け金だと思ってちょうだい」

「ありがとう。でもその必要はないわ。最初の一行は無料よ」

紙製のコーヒーカップを外に持ちだし、通りを進んでいく。あとから彼女がついてきた。わたしは言う。「むかしむかし、ナンタケットに大嘘をつく娘がおりました。わたしが言ったとんでもない嘘を――」

「あなたって、すごくおもしろい人じゃなくって？」

「喜劇王のような人生を送ってきたんで、これ以上おふざけはいらないの」

「わたし、D・Oに九年いたの。タイペイ、ボゴタ、ベルリン」

「CIAの諜報員だったというわけね」少しも信じていない口ぶりで言った。

「非常に飲みこみが早いわ。まさにわたしたちがにらんだとおりの人のようね」

そう言って、シャネルのサングラスをさっとかけた。シルクのセーターとアニマル柄のスカートが、華やかながら少しも下品にならず、ダンサーのような体形を際だてている。都市でいうならパリを思わせた。洗練という観点から見れば、彼女はサンタバーバラに暮らす人間が遠く及ばないところに位置し、プロフェッショナルの境地に入っている――わたしは完成品だと無言のうちに語っている。

「D・Oは作戦本部《Directorate of Operations》。トム・クランシーのファンなら、そんな頭字語《アクロニム》はみんながみんな知ってるわ」

「でも、みんながみんな、チャイナレイクでホーネットに乗って運用試験・評価をする兄を持つわけじゃない」

　怒りに背骨がぴんと張ってくるのがわかる。

「みんながみんな、海軍航空システム司令部の武器プロジェクトのために、裏で手をまわして離着陸許可を出させる父親を持っているわけじゃない」

「いいかげんにして」わたしは片手をあげた。

　ジャカルタ・リヴェラは胸を張り、あごをつんとあげ、ごったがえす通行人のあいだを光が窓を通っていくように、すいすい進んでいく。

「もっと知りたい？　あなたは、恋人が思っている以上にミサに足繁く通う。献血をする。結婚を信じ、オズワルドの単独犯行説を信じ、民主主義を守るためにアメリカは海軍の力を投入するべきだと信じている。ショットガンの銃口がどっちであるかを心得ており、民間人にしては、危険にさらされても比較的冷静。性交渉の相手はT－10対麻痺患者だが、定期的に経口避妊薬を処方してもらっていることから、何事にも希望を捨てない性格がうかがえる。幼い頃からの記録によると学業成績はじつに優秀だが、品行方正とは言い難い。気になるらついでに言っておくと、ＦＢＩにあなたの記録ファイルはない」

　そこでわたしの顔をちらっと見る。「ただし、ジェシーのはある」

　その言葉で、わたしはコーヒーカップをひねりつぶし、蓋がぱかっと持ちあがった。手にこぼれてきたコーヒーに顔をしかめ、手を振ってコーヒーを落とす。ふりかえったときには、もう相手は消えていた。

まっすぐサンチェス・マルクスへ向かった。マホガニーの鏡板とイチジクの木があるロビーに入っていくと、ラヴォンヌが小走りでやってきた。目が真剣だ。

ラヴォンヌが手を振る。「いっしょにいらっしゃい。ちょうどジェシーに知らせなきゃいけないニュースを聞いたばかりよ」

「妙だわ。わたしも今同じことを言おうとした」

ラヴォンヌがちらりと目を向けた。ふたりでジェシーのオフィスに向かう。ジェシーは電話をしながらメモを取っていたが、わたしたちが入っていくと電話を切った。

ラヴォンヌが言う。「今さっきカル・ダイアモンドの弁護士と話してきたわ。ダイアモンドが集中治療室を出たので、彼の法律事務所が訴訟書類の送達を受けるそうよ」

ジェシーは耳の上に鉛筆をはさんだ。「そいつは驚いた」

「もっと驚くことがあるわ。弁護士が言うには、サンチェス・マルクスは利益相反にあたるって。ジェシー、あなたに手をひいてほしいそうよ」

「なぜ?」

「ダイアモンドが離婚の申請をしているの。妻が不倫をしていたって大騒ぎをするつもりらしい。相手はフランクリン・ブランド」

ジェシーは口をあんぐりあけたまま、ラヴォンヌを見て、わたしを見て、それからまたラヴォンヌに目をもどした。

ラヴォンヌが言う。「離婚なんてのは取って付けたような話で、利益相反だという申し立ても妨害作戦よ。こっちに不意打ちを食わせようってわけ。ただしブランドが相手だっていうのは――」

「警察に知らせよう」とジェシー。

ラヴォンヌは厳しい顔でうなずいた。「これで轢き逃げ事件のあった夜、ブランドの車に同乗していた相手がはっきりしたわね。あの匿名で電話をしてきた女。マリ・ダイアモンドよ」

そこでわたしは言う。「となると、もし彼女がブランドとまだ連絡を取っていれば……」

ジェシーが電話に手をのばした。「やつの居所を知っているはずだ」

わたしは片手をあげた。「待って。ほかに大事なことがあるの」

ジャカルタ・リヴェラの話を伝えると、ジェシーはだまりこんだ。

「FBIの捜査官が警察署に向かっていくのを見ただろう、あれと関係がありそうだ」

ラヴォンヌが口をきゅっとすぼめた。「警察との話はわたしに任せてちょうだい」

ラヴォンヌが急いで出ていったあと、ジェシーは窓の外に目をやり、赤いタイル屋根の連なりと、青々とせりあがる山を見つめた。

「エヴ、このジャカルタ・リヴェラっていう人物」

「どうかした?」

「用心しろ。彼女きっと、ただ者じゃないぞ」

一時間後、ケニーがわたしの家に現れた。昼食の時間だった。こちらは縁石にすわって、ホームセキュリティの販売員を帰すところだった。強盗対策用の警報器を入れるなら、おまけに地雷を仕掛けるか、大砲なんかを置くのはどうかしら、いえそんなに大げさなものでなくていいの、たとえばほら二十ミリのバルカン砲、海軍がFA－18ホーネットに積んでるようなやつよ、などと言って。

ケニーはポルシェを寄せた。エンジンは吹かしたままだ。

「乗れよ」

車を発進させると、ヘレン・ポッツが郵便受けのそばに立って、こちらに顔をしかめているのが見えた。

「よくまあきみは、俺を困らせてくれるよ」とケニー。

いらいらして怒っているらしい。サングラスの下で口もとが不機嫌にゆがんでおり、ギアを次々と切り替えていく。

「わたしがミニ・ディスクを持っているって、あなたがブランドに言ったんでしょ?」

「やつは病的な嘘つきだ」

「たとえそうであっても、その嘘からあなたを守るのはわたしの役目じゃないわ」

「リトル・ミス・セムテックス（チェコ製の強力なプラスチック爆弾）。勝手なたわ言をぶちかましておいて、それが誰に当たろうと知ったことじゃないってわけか」

　車は轟音をたてて通りを進んでいく。風にあおられる髪が、顔をバタバタとたたいた。

「俺に迷惑をかけないほうがいいぜ。ブラックバーンにもそう言ってやってくれ」

「わたしがパパに告げ口したんで怒ってるんだ」

　ケニーがアップシフトする。「俺にどんな重圧がかかっているか、きみにはわからない」

「パパの小さな息子」

「車椅子男の小さな彼女」

　わたしは彼の顔に目をやった。自分の耳が信じられなかった。車はラグナ・ストリートを疾走する。

「すぐ先に薔薇園があるわ。そこで車をとめて、歩きましょう」

「だめだ」ケニーはギアを低速に入れた。「きみが見ておかないといけないものがある」

　角を曲がって、サンタバーバラ・ストリートに出た。

「きみは出てきちゃいけない場所に首をつっこんでくる。もう二度と、俺の親父に口をきいたりしないでほしい」

「必要ならするわよ、ケニー」

「親父は、俺のことを信用していない。俺が何をしようと、親父が望むような人間にはなれないってことだ。しかも親父はマコの権力の座にしがみついていられるよう口実をさがしている。きみはその口実を親父にやろうとしているんだ」

「悪いけど、それはわたしには関係ない問題よ」

車はファースト・プルズビテリアンを通過し、ステート・ストリートへ曲がった。

「俺がブランドと仲良くしてるって言ったんだろう？　またばかなことをやってるって？」そこでケニーは無愛想な低音でジョージ・ルデンスキーの真似をする。「ケニー、ゲストが待ってる、行ってもてなしてこい、ケニー、鼻につっこんだ指を出せ、ケニー、おまえはスタントマンなんかできない、モトクロスのレースに出るなんて、我が家の評判がくず同然になる。おまえには何もできやしない」

赤信号をつっきって、わたしの顔をじっと見る。「そんなふうに育つってのは、どうだい？」

「スピードを緩めるってのは、どう？」

ケニーはさらに速いスピードで平日の車の流れを縫って進む。わたしはシートに背を押しつけ、ドアにしがみついた。ケニーの整った顔立ちと映画スターの髪型の裏には、苦いものが隠れていた。

「だが親父は忘れてる。我が聖なる親父様、ミスター国家救世主は覚えていない。ブランドを雇ったのは俺だが、やつを部長に昇進させたのは自分だってことをな」タイヤをきしませて角を曲がり、ホープへ出た。「つまるところ、轢き逃げ事故があってはじめて、親父は自分が見こみちがいをしていたって事実に向き合うはめになったわけだ」

タイヤをキーキーいわせながら、車はカルヴァリー墓地の私道へ入っていった。道の左側に、緑の草木が現れる。道は人気《ひとけ》のない芝生や墓地に影を落とす木々、地面にはりついたような墓標の合間を縫っていた。

「いったい何をしようとしているのか、言いたくなったらいつでも言って、聞く用意はできてるから」

「ここだ」

ケニーは縁石に車を寄せてエンジンを切り、外へ出た。わたしは努めて落ちつきを取りもどそうとしながら、彼のあとについて坂道をあがる。この人と同じ車に乗って時間を過ごす、いったいわたしは何を考えていたんだろう？　怒りと高性能のドイツエンジンは危険な組み合わせだ。

ケニーは丘の頂上近くで足をとめ、枝を広げる一本の木の下に立った。

「俺とブランドがどう関係しているって？　思っているところを聞かせてもらおうか。腹蔵なく、ガツンとね」

わたしは相手の表情を読もうとする。

「とりつくろう必要はない。率直に言ってくれ」

それでそうした。「あなたは彼の召使い頭。雑用係と言ってもいい。そもそもの最初から、恐喝に加わっていたと、わたしはそう思ってる」

「続けてくれ」

「あなたはブランドがもどってきたことをジェシーが知った瞬間から、なんとかジェシーをだまらせようとした。コンピューターをつかったたび重なるいやがらせ、あれはあなたのしわざだって思ってる」

「それでぜんぶか?」

「あなたはフランクリン・ブランドのおべっか遣い」

ケニーがわたしの顔をまじまじと見る。いかにも不愉快だという表情。「イヴェットのことは読んだよな。俺の死んだ恋人」

「ええ」

ケニーはわたしの背後の地面を示した。墓碑に彼女の名前が刻まれていた。

「運転手は法定制限速度の二倍のスピードを出していた。外に放りだされたイヴェットの身体の上に、車がひっくり返ってきた。彼女の身体はほとんどまっぷたつに引き裂かれた」

わたしは墓碑の名前を最後まで読んでみる。イヴェット・バスケス。

「彼女、マリ・ダイアモンドの妹だったの?」

ケニーがうなずく。「運転していたやつは彼女を置いて逃げた。イヴェットは十七だった」

「気の毒に、ケニー」

ケニーが墓碑の脇に膝をつき、石に刻まれた名前を指でこすった。「ブランドはきみの恋人をわざと轢いた。サンドヴァルの弟の頭をメロンみたいにかち割った。そうして逃げた」

ケニーが顔をあげる。「そんなろくでなしと、この俺がわずかかでも関係を持つと思うか?」

わたしは彼の目をのぞきこんだ。無骨ながらも、彼なりに真実を話しているのだろうか。

ケニーはぱんぱんと手を払い、立ちあがった。「俺はきみの恋人とはなんの関係もない。彼は事故を当たりくじに変えた。しかしだからと言って、ブランドのしたことが許されるとは、俺も思っていない」

風がわたしの頬をなでていった。「もう少しでだまされるところだったわ」

「えっ？」

「ジェシーのことを持ちだすまでは、あなたに同情してた」

「なあ、目を覚ましてペテンに気づけよ。あいつは障害をつっき棒にして人を動かす。きみはいいようにつかわれてるんだ。彼のためならなんでもやり、議論まで買ってでる」

ここで下手なことは言わないほうがいいと、わたしは自分に言いきかせる。相手は策士で、今怒っている。けれどもこちらの怒りも沸点に達していた。「マリ・ダイアモンドがブランドと浮気していて、あなたは気にならないわけ？」

「単なるセックスだ。別問題だよ」

「なんですって？」

「カル・ダイアモンドを、しっかり目をあけて見たことがあるかい？　フランクとヤリまくることで、なんとかマリは正気を保っていられたんだろうよ」

わたしは目をぱちくりさせた。「なんてことを。下劣な人」

「イヴェットが死んでからマリはイカレちまった。あんなじいさんと結婚したのが証拠だ。それ以上頭がおかしくならないためには、コンスタントに注入しないとね。彼女は罪悪感なんて持つ必要ないし、愛人たちだってそうさ」

「ひょっとして、あなたも──」

「ヌレヌレの二回戦なんて言うなよ。彼女はもっとエレガントさ」

「でも、あなたも彼女の愛人なんでしょ?」

「障害フェチのくせして、冴えてるじゃないか」

わたしは彼の顔を平手打ちした。

ケニーはひるみ、息を吸った。「今週ずっと、こうしてもらうのを待ってたぜ」

「あんたはブタね、ケニー」

ケニーがにやりとする。「とうとう来たな。これできみのなかにも、本物の感情が流れているってわかったよ。単なるブラックバーンの卑屈な追従《ついしょう》じゃないってことがね」

手がじんじんしていた。もう一度ひっぱたいてやりたかった。

「帰るわ」わたしは歩きだした。

ケニーがわたしの腕に片手を置いた。「マリとヤッてることできみは俺を非難するってのかい? 自分の性的倒錯は棚にあげて?」

「そんなたわ言には答えるのも汚らわしい」

「本気で怒ってる?」

「もう行くわ」

「待てよ。俺と一回試してみないか。きっと楽しいぜ」舌を歯に当てて鳴らす。「必要なら、やつの真似をしてやってもいいんだぜ。きみが本気で興奮するところを見てみたい」

「いいかげんにして」

わたしは彼を振りはらおうと身体をねじった。が、ウエストをつかまれたと思ったら、脚のあいだに腿が割って入ってきた。

「ほらほら」とケニー。「俺たちきっとすごいぜ」

ケニーを押しやった。視界がガクガク揺れている。くるりと方向転換して丘を駆けおり、墓所でケニーがゲラゲラ笑っている声を背中で聞いた。道に出ると小走りで墓地の事務所へ向かった。数分すると、ポルシェのエンジン音が聞こえてきた。ケニーがゆっくり車を走らせてきて、わたしの横に並び、ウィンドウをおろす。

「こっちはいつでもあけておくよ。だが、このことを誰かにしゃべったら、マリの昼飯にされるぞ。彼女、きみの腎臓を八つ裂きにして、犬たちの餌にするかもしれない」

それだけ言うと去っていった。


タクシーを拾った。とにかく一刻も早く家に帰って身体をごしごし洗いたかった。ところが門をあけてみると、いとこのテイラーが戸口の踏み段にすわっていた。ヘアスプレーをがんがんに吹きつけた髪には、「火気厳禁」の張り紙が必要だろう。彼女はわたしの郵便物をよりわけていた。

一枚の封筒をかかげてみせる。「あなたゴールド・カードを持ってたのね、知らなかった」

わたしは封筒を取りあげる。「何やってるのよ?」テイラーが立ちあがり、ショートパンツの尻からほこりを払った。「今日、いっしょにランチを食べることになっていたでしょう。忘れた?」とたんに気持ちが萎えた。「ごめん。忘れてたわ。ちょっと時間をちょうだい。まともな服に着替えるわ」

わたしは彼女をパセオ・ヌエボのプロムナードにあるカフェ・オルレアンに連れていき、ふたりで屋外の席についてサブマリンサンドとアイスティーを注文した。ケニーに誘惑されたせいで、心がひどくかきみだされ、汚されたような気分になっていた。しかしテイラーのほうは、わたしの気分など気にも留めないようで、ブルーベリーの目を輝かせ、自分の仕事の話をしている。

「ザラ伯爵夫人のランジェリー、聞いたことあるでしょ? わたし、販売代理人として、『めくるめく繊細』のラインを仲介しているの。ここに腰を落ちつけて、どうやら一旗揚げられそうよ」そう言って、行き過ぎる買い物客たちに目を注ぐ。「今ひとつ迫力不足ね、アンダーワイヤーのブラを勧めたいわ」

わたしは上の空だった。あんなお涙ちょうだいの劇をして、ケニーの目的はいったいなんだろう? あんなふうに人に食ってかかってきて、同情なりセックスなりを手に入れられると思ってるとしたら、完全にイカれてる。自らをおとしめる、あれは自己破壊行動以外の何物でもない。

「えっ？」わたしは言った。

「あなたが今書いている新作、それも前作と同じような感じ？　ミサイルと突然変異生物《ミュータント》が出てくる？」テイラーは身繕いをしていた。腕時計とブレスレットの位置を調整し、マニキュアがはがれていないかたしかめている。「ほら、あなただって、どうすればもっと良くなるか知っているはずよ。爆発シーンを減らして、ラブシーンを増やすのよ」

「今回の話では、ヒロインが走りながらの銃撃戦に加わるの、ロッキー山脈でね」

「あら。山はいいわよ、高いところってのがね。断崖のシーンなんて、わたしもうビビりまくりだもの」

「断崖には行かない。彼女は北米防空司令部の地下道にいるの」

「やっぱり高さは必要よ。脱出のために屋根にあがらせればいいんじゃない？　そういう話読んだことがあるもの。ミュータントも出てきたわ」

「いいえ。わたしのヒロインはぜったい屋根に駆けあがったりしない。誰も脱出するのに屋根にあがったりはしない。屋根はなし」

テイラーは眉をひそめた。アイスティーをちょっと飲んでから、唇をナプキンでおさえる。

「じゃあ、ちょうどいいときに山にもどってくる。そうして高地民《ハイランダー》と出会って、彼の子どもを産む」

そのあとはもう耳に入れなかった。おそらく、テイラーのほうでは、すでに三部作の構想ができているにちがいない。なんだか気持ちがどんどん沈んでいく。テイラーを詩的霊感の源として小説を書いていく毎日なんて、冗談じゃない。あんまり気持ちが滅入ってきたので、ランチのあとで、気晴らしに豪勢な買い物をした。盗まれた携帯電話を、小さくてきらきらした頼もしいモデルに買い換える。メールを送り、ゲームで遊べるばかりか、GPS機能もついていて、必要なら消防署に自分のいる位置を知らせて救助を求めることもできた。それ以外に、シーズのチョコレートの二ポンド箱を買った。

テイラーは車を運転してわたしを家まで送ってくれた。そうしてまだアンダーワイヤー・ブラや北米防空司令部の話が続いているときに、彼女の携帯電話が鳴った。わたしがテイラーのバッグから携帯を引っぱりだして、代わりに出る。

「誰だい?」オクラホマ訛りの男が、鼻にかかった声で言った。

「エド・ユージーンね? エヴァン・ディレイニーよ」

生レバーを落としたような沈黙が広がった。「女房と話をさせてくれ」

わたしの頭に相手の姿形が浮かびあがる——筋骨たくましい身体に、おもしろみのない顔。カササギのように黒くて落ちつきのない目をしていたっけ。

「彼女は運転中」

電話の向こうで「ダー」という声があがった。当たり前じゃないか、ばかか、というときにつかう間投詞であることは、ティーン・エイジャーの親なら承知している。「電話を彼女の耳にあててくれ」

ふてくされながらそうした。

「あら、あなた」テイラーが言った。「彼女にいろいろ案内してもらってるの……今は海辺よ、見て、わたしたち、あなたのプラットフォームに手を振るから……」わたしのほうをふりかえって、テイラーが言う。「手を振って」

わたしは海峡にある石油掘削用のプラットフォームに向かって手を振った。

テイラーがこっちにちらっと目を向けた。「彼、あなたに『ハイ』って言いたいって」

わたしがまた「ハイ」と言うと、電話の向こうで相手が言った。「で、ランチに行ったのは誰だい？」

「テイラーとわたし」

「ほんとうかい？　きみの男友達の何人かをうちのに紹介するなんてことはぜったいたいなかったか？」

ばかみたい、この人、女房にチェックを入れてるんだわ。どういうわけだか、わたしのほうはテイラーを守ってやりたい気分になった。「女同士ならではの楽しみよ」

けれども電話はすでに切れていた。わたしはテイラーに目を向けた。テイラーは道路から目を離さない。

「かわいそうな人なのよ。あんなところにいるから、たまらなく寂しくなる。最新のニュースを事細かに知りたいってわけ」

わかってないのか、それともあえてわかろうとしないのか。「うまく行ってるの？」

「悪くないわ」

けれどもその時点から、彼女は急にだまりこんだ。わたしを家の前で降ろしてから、ようやく口をひらいた。「もう少しで忘れるところだった。あなたが現れるのを待っているとき、男の人があなたに会いにやってきたの」

「誰?」

「FBIの職員」

わたしは彼女の顔をまじまじと見た。

「バッジを見せてくれたわ。あと名刺を置いていった。ほらこれ」

テイラーはバッグから名刺を取りだして渡してくれた。FBIの紋章の下に、特別捜査官デール・ヴァン・ヒューゼンと書いてある。

テイラーは爪の甘皮をつっついている。「FBIが、あなたになんの用があるっていうの?」

FBIが、わたしになんの用があるのか? テイラーの車で家に落としてもらったあと、デール・ヴァン・ヒューゼンの名刺をじっとにらんだ。電話をとってかける。

「はい、ジェシー・ブラックバーン」と相手が出た。

「わたしが誰のレーダーにひっかかったか当ててみて」

答えを教えると、ジェシーが言った。「良き市民たれ。電話をして、相手の望みを訊くんだな」

じゃあなと言われてしまったので、今度はヴァン・ヒューゼンの携帯電話の番号にかけてみる。留守電のメッセージが応答した。伝言を吹きこんでいるときに、ニッキィがドアをノックした。なかに入るよう彼女に手で示す。

「あなたのいとこに会ったわ」ニッキィが言う。

「ごめんね」とわたし。

「あなたのために、ブライダル・シャワーをやりたいんだって」

「え？　何よそれ」

「思いっきりびっくりさせたいんだそうよ。友人の名前をぜんぶ知りたいって」

わたしはすかさず両手を振った。「げげっ。やめてよ」

「なかに入れてくれないかって言われたの。そうすればあなたのアドレス帳を確認できるからって」

「冗談じゃないわ。入れないでくれてよかったわ」

「でも、結局あなたが入れたんでしょ。ずいぶん前にいっしょに出てきたじゃないの？」

とっさにうしろをふりかえり、机の、いつもアドレス帳を置いてある場所に目を走らせる。ない。机のなかをひっかきまわし、書類や本の下もさがす。どこにもなかった。

さすがにジェシーも、これ以上先延ばしにするわけにはいかなかった。時間は午後九時半で、まもなく食料品店が閉まる。コーヒーもミルクもなければ、卵もオレンジもシャンプーも切れていた。この二日間キッチンのカウンターの上を横切っていくアリの行列を追いはらおうにも、スプレー式殺虫剤「レイド」が切れていた。こちらにもちゃんと注意を払ってくれと、日常生活のほうから要求をつきつけられていた。

閉店五分前に車をバックして駐車場に入れた。ジェシーが最後の客だった。買い物を終えて、やる気のなさそうなレジ係に代金を支払い、暗闇のなかへ出ていく。

縁石の切れ目から駐車場に入り、車のドアをあけたとき、シルバーのメルセデスSUVが入ってきて、ジェシーの隣にとまった。まさに真横で、ジェシーは二台の車のあいだにはさまれた形になった。男がひとり車から出てきた。太った男、膨れたサルトルだった。

「また連絡すると言っておいたよな」

ジェシーは目で距離を測った。男はSUVのひらいたドアの真ん前に立っており、店へ向かう道を遮断している。メルセデスの車体が邪魔して、なかにいるレジ係にはこちらの様子は見えない。サルトルはジーンズをぐいっと引きあげ、ジェシーのほうへ踏みだしてきた。

一対一、だいじょうぶだ。

二台並んだ車の後方に空きスペースがあり、ジェシーはそちらへとあとずさった。サルトルがぶらぶら近づいてくる。体重は優に二百五十ポンドはありそうで、腕にはフライド・ポテト並みに、筋肉がぎざぎざと盛りあがっている。

「あんた、もう逃げられないぜ」

そうでもないと、ジェシーは思う。あと数フィート、それだけのスペースがあれば車椅子を方向転換させて、店のなかにいるレジ係の視界に入ることができる。

コルベットが駐車場に入ってきて、ジェシーのすぐうしろでとまった。ミッキー・ヤーゴが車から降りてきた。ジェシーにはそれが気配でわかった。犬笛が出す高周波や、フィードバック・ループのように、ぞくぞくする不快感を覚えたのだ。ヤーゴはゆっくりとジェシーのほうへ歩いてくる。ブロンドの巻き毛を微風に揺らして。

ヤーゴが言う。「どこかへ出かけるのかい？」

十六

ジェシーから電話があったのは、冷蔵庫の掃除をしているときだった。

「エヴ、手を貸してくれ」消え入りそうな声だった。

「どうしたの?」

「それが、うっ、くそっ」

手が電話をにぎりつぶしそうになった。「どこなの?」

「きみの家の前に車をとめてる」

わたしは電話を放り投げ、外へ駆けだした。アウディが縁石に斜めにとまって、往来に顔を向けている。ドアをあけてなかをのぞきこむ。

「わっ、血が出てるじゃないの」

「車椅子、きみに出してもらわなきゃいけなくなった。手が腫れあがってるんだ」

わたしは彼の手首に目を向ける。ジェシーは関節をまわさないよう気をつけながら、おそるおそる手をひっくりかえした。わたしがさわろうとして手をのばすと、身をくねらせてひっこめた。手のひらと肘にある汚れた傷は、顔の片側に走る傷と同じだった。

「転んだのね」

「ミッキー・ヤーゴに会った」

息が苦しくなった。恐怖と怒りに胸を締めつけられる。

「手首、骨折しているんじゃない?」

「いや。だがクソみたいに体重をかけられた」

わたしは車椅子をおろしてきた。が、ジェシーが車を降りるのは一苦労で、手がドアフレームにぶつかると、歯のあいだから息がもれた。手首は見るからに腫れていて、少なくとも捻挫は確実だろう。

「どうやって運転してきたの?」

「叫びながら」

プッシュ・リムをにぎろうとして、あきらめる。左手だけで車椅子を進めようとして、右へそれてしまう。目をつぶり、数回呼吸をする。

「きみに頼むしかないな」

この車椅子には持ち手がついていない。うしろから人が押して進めるようにつくられたものではないからだ。これは彼のもう一対の脚だった。屈辱をこらえるジェシーの気持ちがよくわかる。わたしは背もたれの下を両手でかかえこむようにして、家のほうへ押していった。

「状況を話せる?」

「ヤーゴが、食料品店で歓迎会をしてくれた。ひどいデブ公で黒ずくめ、めめしいあごひげの男も参加した。そいつはメルセデスSUVを運転してきた」

「ウィン・アトリーよ」

玄関にたどりついた。廊下にあがって、バスルームへ車椅子を押していく。ジェシーが蛇口をあけ、シンクで手をすすいでいるあいだ、こちらは過酸化水素とガーゼパッドを用意する。ジェシーの白いシャツは、土と食べ物のようなものでべたべたしていた。

「これはなんなの?」

「ミルクとトマト。向かってきたから、買った食品を投げつけてやった」

ジェシーはガーゼと一巻きの外科用テープをおぼつかない手つきで扱い、テープを歯で引き裂いた。わたしはそっとテープをとりあげ、きちんと巻き直してやる。

「あなたに向かってきたの?」

「マスクメロンは痛かったろう。いや、漂白剤のボトルのほうがこたえたかもしれない」

テープを念入りに巻いていく。ジェシーが顔をしかめる。

「救急病院へ行って、手首を見てもらったほうがいいわね」

「ERで夜を過ごすつもりはない」

「骨折や、脱臼をしてたらどうするの?」

「してない」

「自分じゃわからない。相当ひどい倒れ方をしたようよ」

彼の髪を顔から払うようになでつけ、頬と額の傷をたしかめる。ジェシーはわたしの手を取って自分の膝の上におろした。

「エヴァン、俺はガラス製じゃない」ジェシーの目の色が光の下で強烈な青になる。「手首を怪我したのは、地面に倒れたからじゃないんだ。アトリーの顔を殴ったせいさ」

彼の顔をじっと見る。「何回？」

ようやく笑顔になった。「一回。あっちが自分から招いたようなもんだ」笑みを消してさらに言う。「向こうはそのおかえしに、思いっきりつきとばしてきた。それなら後退するだけで済んだはずだったが、うしろにヤーゴが立っていて、やつにひっくり返された」声が尻すぼみになった。「ブーツの足で俺の片方の腕を踏みつけ、もう一本の腕にアトリーが膝をついた。ふたりで釘付けにしやがった」

ジェシーがアスファルトの地面に両腕を広げて釘付けになっている図を想像し、胃が縮みあがる。

「向こうの望みは何？」

「まずはバスルームを出よう」

左の腕で後退しようとしたが、バスタブにぶつかってしまい、「クソッ」と悪態をつく。わたしが車椅子を後退させ、リビングルームに連れていった。氷を砕いてビニール袋に入れて彼に渡す。

ジェシーはそれを腕に巻きつけた。「よし、わかった。いずれにしろ朝になったら理学療法士のところへ行ってくる。検査をしてもらうよ」

理学療法士は医師ではないが、ひとまずそこで妥協するべきだろう。「エックス線」という言葉は出さずにおく。

「それで、向こうの望みは?」

「金だ」

「どのくらい?」

「二十万ドル」

わたしは目をみはった。「何よそれ」

「しかもそれを四十八時間以内によこせと」

わたしはソファにどっかりと腰をおろした。視界が揺れていた。「なぜ?」

「なぜって、向こうはゆすり屋だからだよ、エヴァン。それがやつらの商売だ」

「警察に知らせなきゃ」

「した。ヤーゴとアトリーが去ったあと、食料品店の店員が、駐車場に俺がいるのを見つけ、警察に電話をした」ジェシーは指で髪をとく。「だが、ローム警部補のほうじゃ、俺がブランドと関係していると思いこんでいる。ヤーゴがそういう要求を出したってことを、仲間割れがあった証拠だと考えるだろう」

風が強くなってきた。外で低木の茂みが激しくふるえる音が聞こえる。いやな予感がした。悪いことが起こる兆候かもしれない。

「で、あなたがお金を用意できなかったら? 向こうはどうするって言ってるの?」

ジェシーは手首の上の氷嚢の位置を直し、答えない。わたしの口の渇きがいっそうひどくなる。

「さもないと、どうするって?」わたしは訊く。「金が用意できないなら、『何もかも』わたしにぶちまけてしまうって言った?」

「ぶちまけることなど何もない」

胃のなかに、切り立った峡谷ができたような気がする。「ジェシー、かまわないわ。あなたが何を打ち明けようと、わたしはショックを受けたりしないし、顔をそむけたりしない」

「俺を信じるかい?」

「ええ」

「じゃあ、信じていろ」

互いに顔を見あわせた。「もちろんよ」

「向こうはこれといって、具体的なことは何も言わなかった。ただ俺が好まない結果になると言っただけだ」

わたしは立ちあがった。神経がざわざわしていた。家具でもかじって、壁に穴をあけたい気分だった。

部屋のなかを行ったり来たりする。「どうしてあなたたなの?　なぜ今なの?」

「ヤーゴは、俺に金の貸しがあると思ってるんじゃないか?」

「何よそれ?」

「金を返せと言ってきた。もしブランドから取れないなら、俺から取ると言ってる」

「ちょっと、待って」わたしは両手を振った。「返せって?」

「ああ、はっきりそう言った。それでぴんときた。ブランドはヤーゴに金を借りてるんじゃないかって」

「二十万ドル?」

「あり得る」

「なぜあなたから、そのお金を取りたてようっていうの? これとあなたとどういう関係があるの?」

「さあ。マコから保険金をせしめたから? 抵当に入れられる家を持っているから? それとも現金化できる有価証券があるから?」

「四十八時間以内には無理」

「もちろんだ。だが、できても支払う気はない」

わたしの胃が緊張する。「ねえ、ひょっとすると向こうはあなたがデッドラインにまにあうとは思ってないんじゃないの」

「となると、俺を何か別のことでやりこめようってつもりだ。もっとひどいことで」

「冗談じゃないわ。ジェシー、あなたそれで、なんて答えたの?」

「スキー・ストックをケツの穴につっこめ」

わたしは待った。あとにオチがあるとわかっていた。

「ヤーゴは、また連絡すると言った。アトリーは俺に顔をやられたんで、このろくでなし野郎だなんだと文句を言っていたが、ヤーゴのほうは冷静だった。俺の手にかかとをめりこませただけで、あとは歩みさった」

ジェシーの息の音が聞こえた。わたしは何も言わない。

「アトリーは俺がひどいことをしやがったってうめいて、眼鏡をはずして頬をぱたぱたたたいた。それから食品を蹴とばしだした。アスファルトのそこらじゅうに散らばした。やつが帰ろうとしたところで、俺が呼びとめた。おい、ケツの穴、大事なもん忘れてるぜって」

「何?」

「やつはふりかえった。眼鏡ははずしていた、だから見えなかったんだろう、たぶん。俺のほうへひきかえしてきて、目を細めた」

「それで?」

「俺はやつにレイドをぶちまけてやった」

ジェシーは夜をうちで過ごしたが、わたしが何か手助けをするたびに、バツの悪い思いをしていた。歯ブラシに歯磨き粉をしぼりだしてもらう。ソックスを脱がせてもらう。ジーンズを脱がせてもらう。トイレに連れていってもらう。そのたびに彼は痛感した……自分は弱者だ。まぎれもない弱者なんだと。

もちろんこういったことは、最初のうちにことごとく経験していた。リハビリ施設から出てきた日、ふたりでお祝いの食事に行き、ジェシーはテーブル越しにわたしをまじまじと見つめてきた。

そして言った。「で、俺たちには、このあともあるのかい？」

「このあと。それってつまり……」

「セックス。俺たちが寝る」

ジェシーの顔には陽射しが当たっていた。わたしは彼の青い目と整った顔立ちをじっと見た。ほんの数か月のあいだに、すっかり若さがこそげ落とされてしまった。

ジェシーは言った。「忌々しい現実その一。俺はまったく歩けないし、この先歩けるようになるかどうかもわからない。それだけでも十分な話だが――」

わたしは立ちあがり、テーブル越しに彼にキスをした。猛烈に興奮して、今しも崖から飛びおりようという気分だった。皿が床に落ちて割れる音が聞こえた。何がどうあろうと、わたしは彼が欲しいのだとわかった。

「うちで」とジェシーに言った。

わたしのベッドのへりにすわって、ジェシーはわたしのブラウスのボタンをはずした。

「エヴァン、はじめに言っておく。俺は不完全脊髄損傷だ。最悪ってわけじゃないが、それでも一通り問題はそろってる。あまり動くことも感じることもできない。筋攣縮《きんれんしゅく》。それに、大腸と膀胱の機能障害と性的不全」

「わかってる、ここはもうカンザスじゃないのよね、トト」

「そして俺たちは、オズの国への出口を通りすぎてしまった。とうの昔に」

わたしの膝がふるえだした。「それで、今はどこにいるの?」

ジェシーの手がわたしのウエストにするっとまわった。「横になって。今からそれをたしかめよう」

三年かけてここまでやって来た。それがまたふりだしに逆戻りだ。この問題はわたしたちの前から永遠に消えてなくなりはしない。ジェシーがくたくたに疲れていたので、イブプロフェン数錠に新しい氷嚢を持ってきてやり、ベッドに入るのを手伝った。けれどもわたしのほうは、怒りで焦げつきそうなぐらいカリカリしていたので、『マトリックス』をかけ、お酒を一杯入れてから、ミニ・ディスクに入っていたファイルをプリントアウトしたものをコーヒーテーブルの上に広げた。データを入念に見てみたかった。

プリントアウトを凝視する。そのほとんどがマコのファイルだったが、ブランドが所有する口座、FBエンタープライズの銀行記録も含まれていた。このディスクは、ブランドの取引記録がすべてわかるようにカスタマイズされたものと言ってよかった。

マコが投資した会社とベンチャー・キャピタル・ファンドの一覧に目を走らせる。アダムが最初に細かく調べたとき、わたしたちの目はすべてファイアドッグに集まっていた。けれどもエンジェル・ファンドを受けとっていた会社は他にもあった。それがここにリストアップされている。

わたしは息を呑んだ。

これだ。セグエ。二十万ドルがセグエという事業体からブランドのバハマの口座に振りこまれていて、そこからさらに、ファイアドッグに投資されたはずの五十万ドルとともに、グランド・ケイマンの口座に移されている。

二十万ドル。ブランドはセグエの口座から二十万ドルを盗んでいた。

その瞬間、頭をがつんと殴られたように了解した。ブランドがビルトモアに行ったのは、ミニ・ディスクを受けとるためではなかった。彼は別の目的でそこに行き、ミッキーから不意打ちを食らったのだ。ミニ・ディスクは請求書だった。ヤーゴはフランクリン・ブランドに奪われたと考えた金を取り立てに来たのだ。

ゆすり屋ブランド。ずる賢いサルのブランドは、金をあちこちに移動させていた。まるで興行師のようにスリーカード・モンテを披露していたのだ。一枚上手なフランクリン・ブランドを自任していながら、そのじつとんだばか者で、セグエから金を巻きあげた。大物の盗人集団をペテンにかけたのだ。そうして今、だまされたほうは金の回収にかかっている。けれどもブランドは金を持っていなかった。それならばと、代わりにジェシーから取り立てることにした。

流砂だ。わたしたちは流砂に吸いこまれているのだ。

翌朝電話が鳴ったとき、わたしはシャワーから出たばかりで水をしたたらせていた。ジェシーはまだ眠っていて、上半身にキルトがぐしゃぐしゃにかたまっていた。わたしはナイトスタンドから電話機をつかみあげた。

ジェシーのママが咳をするのが聞こえた。ライターがカチリと鳴る音。「うちの息子、そちらかしら?」

「ちょっとお待ちください、パッツィ」

「あらいいの。メッセージを伝えてちょうだい。あんたの母親は、おもしろいとは思わないって言ってやって」

「えっ、なんのことですか?」

「もし朝一番にゴミが欲しければ、うちのゴミ入れをのぞくからって」

「パッツィ、わけがわからないんだけど」

「つまり、あなたもいっしょになっておもしろがってるってことね」

ジェシーは目をあけなかったが、電話機に向かって片手を差しだした。わたしはその手に電話機を渡した。

「母さん、どうしたんだい?」

寝起きでぶっきらぼうな声。パッツィ・ブラックバーンの頭のなかに、「わたしのベッド」のなかにいる息子のイメージが浮かんだにちがいない。その想像のおかげで、彼女が仕事前に一杯引っかけるようなことがありませんように。いやそうじゃない——彼女は運転席の下からエヴィアンのボトルに入れてあるウォッカを引っぱりだし、それを飲みながら運転するだろう。

「いいや、まったく心当たりなんか――そんなことするわけないだろう」ジェシーが言う。「母さん、こっちで確認させてくれ……ちがう、誓って言う、ぜったいに……」

ジェシーはしばらく聞いていたが、まもなくはっと目をあけた。まるで国税局から税務監査の電話を受けた人のような表情が浮かんでいる。

「エヴァンはそれとはまったく関係ない。どんなに彼女にそっくりだって関係ない、ありえないよ。じつはここんところずっと、誰かにコンピューターでいやがらせをされてるんだ、それが……いいや、父さんとは話したくない。待って、ちょっと俺に――」

ジェシーはまた目をぎゅっとつぶった。

「父さん、うん。これは悪い冗談だ、まったくあずかり知らないことなんだ――ちがう。彼女じゃない。神に誓ったっていい……誰でもデジタル処理でそう見えるように写真を加工できるんだ……そう、どうしてここまで自信を持って言い切れるか、理由を教えるよ。エヴァンは、尻に悪魔の頭のタトゥーなんかしてないからさ」

前言撤回。お酒が必要なのは、パッツィ・ブラックバーンじゃない。このわたしだ。

わたしは自分の机の横を行ったり来たりした。「まったく下劣」

Eメールはジェシーの両親だけでなく、わたしのところにも送られてきていた。それ以外に誰に送りつけられたかは、神のみぞ知る。送信者は jesse.blackburn @ fuckyouverymuch.net。メールの文面は――「独身最後の男の夜に、これはいかが?」

「名誉棄損。とんでもない中傷だわ」わたしはコンピューターに指をつきつける。「わたしのお尻はぜったいに、こんなにでかくない」

ジェシーはモニターをまじまじと見つめ、首をかしげた。わたしは彼の肩をはたく。

「ちがう。もちろんこんなんじゃない。きみのお尻は最も望ましいサイズで、誰もが模範とすべきお尻だ。それにこの……」

写真の女にはわたしの顔がついていた。運転免許証についているしかめっ面の写真。首には飾り鋲を打ったチョーカーをつけ、太腿まであるブーツをはいて、誰かのカメラに向かってむきだしの尻をつきだしている。

ジェシーは髪を指でとかした。手首は昨夜よりもらくに曲がるようで、痛みも和らいだように見える。そうでなかったら新たな問題に注意をそらされているだけかもしれない。

「アトリーが送ってきたんだよ。俺がレイドをぶっ放したから」

「つまり、やろうと思えばこんな事もできるんだと、あなたに教えるために？　どうしたら、やめさせられるの？」

ニッキィがドアをノックしたのはそのときだった。官能的な唇をぎゅっとすぼめている。

「やだ、あなたもあのメールを見たのね」わたしは言った。

「いいえ、見たのはカール。彼、今シンクで目を洗ってる。レディなら、せめてタンガくらいつけるんじゃなくて？」

わたしは腰をおろし、両手で頭をかかえこんだ。

十七

受信ボックスにEメールがぎっしりたまっている。留守番電話は、メッセージが録音された旨を知らせるランプを点滅させている。伝言が十七件。

兄のブライアンはごく一般的な意見を開陳していた。「ジェシーは手もとに青酸カリのカプセルを用意してるだろうな。俺が殺す手間が省けるように」

わたしはすべての伝言に折り返し電話をかけた。たとえ相手に哀れまれようと、怒鳴られようと。そうして最後にハーリー・ドーソンにかけた。

ハーリーが言う。「ひとつ助言をしておくわ。ネガはぜったい男に渡さないこと」

「偽造よ。それと、タトゥーについて感想を述べてやろうなんて、まちがっても思わないことね。こっちはそんな気分じゃないから」

「でしょうね」

「ハーリー、この写真を偽造した人間は、ブランドとマコに関係しているのよ」

電話の向こうがしんとなった。

「あてずっぽうで言ってるんじゃないのよ」

「ブランドとマコを結びつけないで。あなた、闇のなかで手榴弾を投げているも同然よ」

「聞いて、ハーリー――」

「いいえ、聞かなきゃいけないのはそっち。ジョージ・ルデンスキーと話したわ。あなた、マコに出向いていって、あたりかまわず非難をぶちまけたそうじゃないの。ケニーのことを、なんと言ったかしら――そうだ、ブランドが刑務所入りするときは道連れだ、なんて」

「ブランドがわたしにそう言ったのよ」

するとハーリーの声に明らかな怒りがにじんできた。「そういうことを人に話すと、あなたが面倒に巻きこまれるわよ」

「どうして？　ケニーが危険な人物だから？」

「早合点もたいがいになさい。名誉棄損よ。ましてやあなたは、ケニーの弁護士に向かってそうしてる」

「こっちは注意を呼びかけてるのよ、ハーリー。そしてあなたに力を貸してほしいの。ケニーがまともじゃないってことは、そっちも知ってるでしょ。あの人……完全にキレてる。それに彼はフランクリン・ブランドの友人だったし。ジェシーのことを嫌ってるのよ。ここまで条件がそろっていて、いったいどっちが早合点してるのよ」

ハーリーがうんざりした声で言う。「エヴァン、よして。とにかくマコに絡むのはやめて。そのほうがあなたのためだから」

「なぜ？」

「そんなことをしても、トラブルを招くだけ。だまされたと思って、こっちの言うとおりにしてちょうだい」

四十八時間が、三十五時間にまで減った。わたしに何ができる？　今のタイミングで警察に話すのはよくない。現在の彼らの態度を考えれば、当然だ。まだここにクリス・ラムスールがいて、捜査を続けていてくれたらと、そう願わずにはいられない。

クリスは最初からこの事件に関わって、轢き逃げ事件の捜査をしていた。わたしは机の前に腰をおろし、ジェシーからもらってあった警察の報告書のコピーを見る。ぱらぱらめくっていくと、クリスが細部にまで注意を払い、折々に鋭いコメントを残しているのがわかった。あるページをめくったとき、これまで見逃していた情報につきあたった。この事件には証人がいた。

事件の瞬間ではなく、事後を目撃している人間がひとりいたのだ。スチュー・パイルという男だった。彼は配管工で、同じ道に車を走らせて、ある住所をさがしているときに、ジェシーとアイザックを見つけた。そうして、その現場に至る直前に、ブランドのＢＭＷが下り坂を疾走していったのを思いだした。

わたしはパイルの供述書を見つけた。彼は運転手の性別は特定できないとし、助手席に人が乗っていたかどうかもわからなかったと供述している。それから三年が経過した。この男の記憶をつついてみたら、何か出てくるだろうか？

職業別電話帳から、電話番号を見つけた。パイル配管工事という名で登録があった。

「あの事故なら、警察に何から何までしゃべったよ、何度話をしたかわからないぐらいだ」

相手は湿っぽい声で言い、ねばねばしたサンドイッチのようなものを食べているような感じだった。「もうそれ以上話すつもりはないよ。呼び出し料金を時給計算で払ってでももらわないと割りに合わないからな」

わたしの喉の奥で、グルルとうなり声があがった。「工具一式を持ってうちに来て。キッチンのシンク下のパイプを締めてちょうだい」

パイルがやってきたときには、ニッキィもいて、シーアがカーペットの上をはいずってパンくずを食べていた。わたしたちはあらかじめ、賭をしてあった。どんな男がやってくるか——無精ひげはどのくらい濃く、ビール腹の腹回りはどのくらいで、パンツが尻のどこまでずりさがっているか。わたしは「割れ目まで」に賭けた。

「ミズ・ディレイニーはおたくかい？」彼が言った。

一瞬わたしは言葉に詰まった。肉汁したたるステーキ肉のような体型で、シャツの袖のなかで二頭筋がビクビク動きだしそうな感じだ。頬はひっぱたかれたようなピンク色で、アフターシェーブローションの麝香《ムスク》の匂いがぷんぷんする。ニッキィが片方の眉をつりあげ、笑いを嚙み殺した。

「シンクはこっちよ」わたしは教えた。

パイルは工具箱を持ってキッチンに入ってきた。木の幹のような腿。シンクの前にしゃがむと、配水管の端から端へ手をすべらせた。「どこも漏れてないようだ」

「良かった。じゃあフランクリン・ブランドについて話してちょうだい」

パイルは首をねじって、肩ごしにわたしの顔をじっと見てきた。青いシャツが引っぱられてジーンズのウエストからはみだし、毛深い背中がのぞいた。

「それについちゃあ、こっちもずっと考えてた」

「ありがたいわ。彼の車の助手席に乗っていた人物について聞かせて」

パイルは手にレンチを持っていた。背をかがめると、ジーンズが腰からずりさがってきた。

ニッキィがわたしのうしろで位置を変える。

「呼び出し料金じゃ、シンクの様子を見るだけで終わりだ。記憶を掘り起こせというんなら、時間外手当が必要になる」

「なるほど」わたしは眉をひそめた。「あなたの市民としての義務に訴えてもだめかしら？」

「市民の義務を果たしたら、事故のあと、サツにガミガミ言われた。勘弁してほしいね」

「はっきり言ったらどうよ。轢き逃げのあった晩に見たことを話すから、わたしにお金を払えって？」

「新聞によると、運転手は保釈されたっていうじゃないか。二十五万ドルで。この事件にはずいぶんな大金が動いてる。なんだって弁護士と保釈保証人ばかりがいい目を見て、目撃者はいやな目を見なくちゃいけない？」そう言ってジーンズをぐいっと引っぱりあげる。「あんた、まだ値をつけようともしないじゃないか」

「あきれた」

「あんたは知りたい、サツも知りたい、運転手も知りたいだろうな」

「警察はそういうの、喜ばないわよ」

「どのくらいの値がつくかな。俺は実際、見事な証人になれるぜ。検察側に立っても、被告側に立っても。誰も知らないんだろ？　今んところ、どっちでもうまくやれるぜ」

「出ていきなさい」

「あんたに第一先買権をやろう。めちゃくちゃキュートだもんな」

工具箱にかがみこむと、ジーンズがずり落ちた。ほら出た——配管工にシンク下を見てもらうと、客はお尻の割れ目《クラック》を見ることになる。これもまたクラック・コカインと同じ、アメリカ社会の頭痛の種だ。つまりはわたしの勝ち。

「聞こえたでしょう。出てって」わたしはドアを示した。

「もったいないな、ハニー」

「いいえ、ちっとも。そのお尻、脱毛したほうがいいわよ」

午後はやきもきしてしょうがなかったので、走りに出た。山の青葉がちらちら光る上に、雲ひとつない青空が広がっていた。帰り道、サンタバーバラ・ミッションを通りかかったときに、教会の扉からオルガンの響きが流れてきたので、思わずなかに入って少しのあいだ耳を傾けた。ときにバッハのフーガは、心に必要な強さを与えてくれる。

外に出ると、グレーのスーツを着た男が教会の階段に立っていた。

「ミズ・ディレイニー？ FBIのデール・ヴァン・ヒューゼンだ」

ドリルで穴をうがつような、有無を言わせぬ口調だった。だぶだぶのスーツは、自分を実際以上に大きく見せようとする仕掛けらしい。わたしは階段を降りた。

相手もいっしょに降りてきた。「教会でランニングウェア？ 汗と聖水がマッチするとは知らなかった」

「なんの用ですか？」

相手がスペイン式の噴水を手で示すので、ふたりしてへりに腰をおろした。

「ではルールを説明しよう。わたしがきみに質問をするから、きみはそれに対してひとつ残らず詳細に話す。それができれば、きみのほうは面倒もなく、まっすぐ家に帰れる。おわかりかね？」

苔むした噴水から水がしたたり落ち、睡蓮のあいだを鯉が泳いでいる。

「なぜあなたがわたしに質問をしなくちゃならないんです、ミスター・ヴァン・ヒューゼン？」

「ヴァン・ヒューゼン捜査官だ」上着の袖口からシャツのカフスを出す。「もう一度ルールをおさらいしようか？ きみは賢い女性らしいから、一回言えばわかると思ったが」

アナグマのような顔。目の奥に人好きのしない、いやな感じがある。わたしの心の奥深くで、甲高いうなりが鳴り響く。警告音だ。走って逃げたい、いや相手を噴水のなかに放りこんでやりたい、真っ向から戦ってやりたいと、心が千々に乱れる。

ヒューゼンが言う。「きみはジェシー・マシュー・ブラックバーンをいつから知ってい
る?」

構《アンガルド》えて!

「三年と三か月。それって尋ねているの、それとも確認をとっているの?」

「どのくらい、よく彼を知っている?」

「冗談よね、それ?」

「は?」

「彼とわたし、婚約してるって知ってるくせに」

「彼は二十代にしては大金を持っている」

わたしは答えなかった。

「そこに惹かれたのかい?」

わたしはもう少しでゲラゲラ笑いだしそうだった。「ジェシーのお金は家の支払いにまわされてるの。あとは投資信託と長期身体障害保険」

「なるほど。彼はきみに、わたしと話をしないように言ったか?」

「いいえ」

ヒューゼンは上体を乗りだし、膝のあいだで手を結んだ。「いや、きみが彼を守ろうとしているような気が、なんとなくするものだから」

「そのとおりよ。なぜ彼について質問しているのか、その理由を教えてくれたら、こんなに心配することはないと思うわ」

「誠実な市民は、FBIに話をすることに心配を感じたりはしないはずだ」

「ちょっと、いいかげんにして」

ヒューゼンはズボンについた糸くずを払い、しわをのばした。「ミスター・ブラックバーンは言葉に気をつけろときみに警告し、彼の味方であることを思いださせたにちがいない。だが、自分の胸に訊いてみるといい。きみを矢面に立たせる彼の意図はどこにあるのか」

「ばかげてる」

「事故に遭う前の、彼の同盟者を知っているかね?」

「同盟者?」

「同盟者とは同じ目的を持つ者という意味だ」

「意味なんてわかってるわ」そしてそこに、共犯者という含みがあることも。

「彼は誰とつるんでいたんだ? サンドヴァル兄弟か?」

「ええ、そう」

「彼らはどんな活動に携わっていた?」

「水泳、自転車、ランニング」

「他には?」

「ビールを飲む」

「誰ひとり、その当時は裕福でなかった、そうだな？」

「ええ」

「ミスター・ブラックバーンは給料以外に、何か別の収入源がなかったか？」

ジェシーとサンドヴァル兄弟が、ブランドの詐欺に加わっていると思っているらしい。見え透いた質問。

「いいえ。彼は夏の給料をロー・スクールの学資にあてるため貯金していたの。学校のある時期は、大学構内でアルバイトをしていた」

「パパは学資を払ってくれなかったのかい？」

わたしの頭のなかに、うなりがもどってきた。今度は怒りでぶーんといっている。

「ジェシーのお父さんは、事務用品を売って生活してる。そんな余裕はないのよ」

「それで息子は弁護士になろうと考えた？　金になるから？」

「あなたは弁護士じゃないわね？」

「いいや、公認会計士だ」

会計士。食っていくために計算をし、一の位を百の位に繰りあげたいと夢想するような、そんな人間にちがいない。いったいこの男は何を狙っているのだろう？

ヒューゼンは手帳を取りだして、ぱらぱらとめくった。「で、そのあいだ、アダム・サンドヴァルはカリフォルニア工科大学にいた、そうだね？　彼はジェット推進研究所で働いたことはあるかね？」

「なんなのそれ」

「JPL、米航空宇宙局の研究所だ。もし彼が政府のコンピューター・システムにアクセスしていたなら、隠すべきじゃないぞ」

またコンピューター、しかも今度は新たな角度で登場だ。自分で彼に訊けばいいじゃないと、そう言ってやりたい気持ちをこらえた。こんな失礼な尋問をされたら、アダムはまちがいなくキレるだろう。

ヒューゼンが言う。「なぜきみは、スチュー・パイルの証言に手を加えようとしているのかね?」

配管工のことだ。「そんなつもりはないわ。彼、あなたに何か言ったの?」

「きみが金を払って、家に呼んだと聞いた」

頭のてっぺんがかっと熱くなった。「あの人がそう言ったのは、警官から巧みにお金を引きだそうっていう作戦よ。証言をオークションにかけようとしてるの」

「具体的に、何についての証言だ?」

「BMWに乗っていた女の身元」

「ああ」手帳をぱらぱらめくる。「で、きみはその女が誰だと思っているんだ?」

別に言ったからと言って、こちらの腹が痛むとは思えなかった。「マリ・バスケス・ダイアモンド」

ヒューゼンは手帳をじっと見て、うなずいた。「もしパイルがほんとうにその路線で行こうと考えているなら、儲けはない。こっちは彼女が轢き逃げのあった晩にブランドといっしょだったという証言を独自に得ている。よってきみがこれ以上首をつっこむ必要もないということだ」

ヴァン・ヒューゼンは上着のふところに手をのばし、写真を三枚渡してきた。

「ここに写っている人間、きみは誰か知らないか?」

短く髪を切った娘とウィン・アトリー、ミッキー・ヤーゴが写っていた。髪の毛が陽射しにジュージューいうような気がした。

「そのふたりの男がジェシーに飛びかかってきたの。証拠はないけど、その女にはバッグをひったくられた。なぜわたしに訊くの?」

「これまでミスター・ブラックバーンかアダム・サンドヴァルが、『iハイスト』について話していたことはないか?」

「いいえ」わたしはちょっと考えて、写真をあごで差す。「この連中、自分たちをそう呼んでいるの?」

「こいつらの商売は、インターネット強盗だ。コンピューターを通じて脅迫をする」

「ジェシーに二十万ドル出せっておどしてきたわ。彼から警察に連絡がいっているはずよ」

「で、ジェシーの何を脅迫しているんだ?」

一本とられた《トウシエ》。敵の罠に自ら足を踏み入れてしまった。ヴァン・ヒューゼンは今にもほくそ笑みそうだった。

「ローム警部補から、脅迫のことを聞いたんじゃないの？　だから、あなたが今ここにいる。やつらがジェシーに手荒なことをしたから」

ヴァン・ヒューゼンは写真をかかげた。「ミッキー・ヤーゴはロサンゼルスでコカイン密売組織を率いていた。金持ちの学生や、水ギセルで麻薬を吸う連中を相手に取引をしていた。それが今度は新事業に乗りだしたってわけだ」ヴァン・ヒューゼンはウィン・アトリーの写真に触れる。「この男は、以前国税局で働いていた。ヤーゴに買収されるまではね」次に女の写真に触れる。「チェリー・ロペスはヤーゴがいつも連れて歩くお飾りで、サイバースペースの『巧みなかわし屋』だ」

わたしは顔を近づけてよく見てみる。「これは何？」女の首筋に一本の線があるのを指さす。

「タトゥーだ。うわさでは、そいつが頭から爪先まで、とぎれることなく彫ってあるらしい」

「ヘビみたい」

「ヘビ、あるいはコンピューターのケーブルと言ってもいい」

それを見て、ケニーの家のバルコニーにすわっていた女の脚を思いだした。けれども同一人物かどうかは自信がなかった。

「今回のことすべてにおいて、ジェシーとアダムは被害者よ。ブランドが、このｉハイストとやらからお金を巻きあげたのかもしれない、それでヤーゴがジェシーに支払いを要求しているんじゃないかしら」

「なるほど」

「これはゆすりよ。これからどうするつもり？」

「きみはスマーフィングについて、何か知っているかね？」

「なんの話？」

彼がじっと顔を見てくる。

「スマーフィングって、あのスマーフに関係があるの？　アニメに出てくる、小さな青い妖精のキャラクター？」

ヴァン・ヒューゼンが立ちあがった。尋問は終わった。

「待って。そうなの？　iハイストってなんなのよ？」

彼は手帳と写真とペンをコートのポケットにしまった。「やつらは、狙った人間の身ぐるみを一枚ずつ着実にはがしていく方法を完成させた。きみがこの連中と何かしらつながっていることをこっちがつきとめたら、恋人と同じように、きみも窮地に立つことになる」

十八

ジェシーとアダムは、カリフォルニア大学サンタバーバラ校《UCSB》でトレーニングをしていた。ジェシーのなめらかな身体がサメのように、肩から背へ水を切っていく。事故の怪我によってキック力は一部衰えたものの、重力に抵抗する力と医者が呼ぶ能力は、ある程度回復したし、陸地とちがって水のなかでは浮力を味方につけられた。わたしが見ているだけでも千メートルを泳ぎ、最後の二百はバタフライで締めた。

最後のラップは猛烈に力を発揮し、プールの壁めざして一気に加速してタッチの手をのばした。ジェシーはタイマーをちらっと見る。ゴーグルをはずし、コースロープにつかまった。わたしはプールのへりまで歩いていって、しゃがんだ。

「ネガティブ・スプリット（前半を抑えて後半を速く泳ぐこと）ね。最後の百が速かった」

「よし」と言って、排水溝に唾を吐く。「もう手首はだいじょうぶだと言ったろう」

なるほどそういうことか、とわたしは了解する。ストレスを発散させることに加えて、ジェシーはここで自分の力を実感し、強さを誇りたいのだ。俺の力を見たか、エイチ・ツー・オーめ。隣のレーンでは、アダムがクイックターンからプッシュ・オフをする。ジェシーは梯子のほうへゆっくり進んでいってデッキにあがった。わたしはタオルを放ってやる。

「FBIとおしゃべりを楽しんできたわ」

ジェシーに話の内容を説明し、ヴァン・ヒューゼンの最後の言葉に当惑していることを正直に打ちあけた。

「スマーフィング？　サーフィンの聞きまちがいじゃないか？」

「ちゃんとそう言ったのよ。そんな言葉聞いたこともない、あなただってそうでしょ？」

「知らんな。妖精と超自然的な遊びでもするように聞こえるな」

アダムがトレーニングを終え、コースロープをくぐってこっちへ泳いでくる。梯子の隣に頭を出して、息を吐く。ジェシーはヴァン・ヒューゼンのことを話し、不明な用語について訊いてみた。

「スマーフィング、ああ、コンピューター用語だよ。セキュリティ違反の一種だ」

「コンピューター、またセキュリティを破るって話になったわね」

「僕もあまりよくは知らないが、オフィスに行けば、ネットでもっと詳しいことがわかる」

アダムが言った。「真っ先にどのサイトを見ればいいかもわかってるしね」

「言わなくていいわ。マコ・テクノロジーでしょ」

ブロイダ・ホールにあるアダムのオフィスは、博士研究員として働く科学者にどんな役得が与えられるかを示す好見本だ──表札代わりに、紙片に名前を書きこんだものがドアの外側に画鋲でとめてあり、書棚は金属製、床は擦り傷があちこちについている醜いリノリウム。それでもアダムは気にしなかった。

「海が見えるんだ」アダムは言って照明をつけた。「満潮のときに窓から飛びだしたらな」

机の前にすわり、インターネットに接続し、キーを強く素早くたたく。

そして身を乗りだした。「そら、ここだ。マコはセキュリティ脅威に関する記事のライブラリーを持ってる」

ジェシーは机にぐっと近より、わたしはアダムの肩ごしにのぞいた。トピックの一覧が出ている――コンピューター犯罪、有害コード、情報戦争。アダムが検索窓に「スマーフィング」と打ちこむと、「サービス妨害攻撃」という記事が出てきた。わたしたちはそれをざっと読む。

ジェシーが言う。「よくわからん」

「同感だ」とアダム。

スマーフィングというのは、インターネット接続プロバイダーに向けられる攻撃で、ネットワークをだまして「そこにいるか」のメッセージを何千と送信し、プロバイダーを無力にしてしまうものだとある。アダムは手で顔をこすった。これがiハイストとどんな関係があるのか、わたしにはわからなかった。

「他の記事も見られるかしら？」

アダムは背もたれによりかかった。「どうぞマウスをご自由に」

わたしはキーボードに身を乗りだし、「ニュース」を選んでクリックした。プレスリリースの一覧がポップアップで出てきた。

「おやまあ」とジェシー。「『ブランドまたもや人を殺す』って記事が真っ先に出てこないとは。こいつは驚きだ」

プレスリリースには、「ジョージ・ルデンスキー、国会で証言」とか、「奨学金募金活動華々しい成功を飾る」といった記事が含まれていた。美術館での仮装パーティの写真もある――ケニー・ルデンスキーがスティーヴ・マックイーンに扮したもの、それにふたりのゾロを並んで撮ったもの。

「あら」思わず声がもれた。

二人目のゾロは、あの晩にはよく見えなかったけれど、茶色のあごひげを刈りそろえ、金髪のポニーテールが帽子の下からつきだしていた。

「ミッキー・ヤーゴよ」

「まさか」ジェシーが言い、アダムといっしょになってモニターに身を乗りだす。

「こりゃ、どういうことだ?」アダムが驚く。

「わからん」

ジェシーは写真をまじまじと見つめる。「だが、まちがっても、いいことじゃなさそうだ」

ジェシーはわたしの車に乗っていっしょに町へもどった。家まであと半分の道のりになったところで、車を「イン・エヌ・アウト《In-N-Out》・バーガー」のドライブスルー車線に入れ、聖体拝領者たちが祭壇に向かってつくるような、じりじりとしか進まない車の列に加わった。バンパーステッカーに、「さっさと入って出ろ《In-N-Out》」といった文句をかかげていてもよさそうな車ばかりで、例外はうちの車だけだ。

ジェシーが口を切る。「また夢を見た」

わたしはちらっと彼の顔を見た。「同じ夢?」

「今度のは、やつが俺に触れてきた。手で俺の腕をぎゅっとつかんでるんだ。こっちは空をまじまじと見あげていて、身体の真上に人影があった」そう言って腕をさする。「それが何を意味しているか、わかるような気がする」

わたしはメニューのところへ車を寄せた。「ブランドにいらいらさせられて、いいかげん我慢ならなくなってきたんじゃない」

「ちがう。あれは夢じゃないと思う。記憶がもどってきたんだ」

インターコムから甲高い声がして、注文は何かと訊いてくる。けれどもわたしの目はジェシーから離れない。

「俺が思うに、ブランドはBMWを降りて丘をくだっていき、アイザックと俺が死んだかどうかたしかめにきた」そこまで言って、わたしの顔を見て反応をうかがう。「ばかげた考えだと思うか?」

「いいえ、ぞっとする」

「自分がどのくらいの時間、気を失っていたかはわからない。おそらく数分だろう。やつにはそれだけの時間があった」

インターコムがまたキーキー言いだした。うしろの車がクラクションを盛大に鳴らしてくる。こちらが注文を告げているあいだも、クラクションは鳴りつづけ、さすがにいらいらしてきた。ジェシーは窓から腕をつきだして、うしろの運転手に向かって中指を立ててみせる。

わたしは車を前へ進めた。「よしなさいよ。ファストフードに飢えてる人間っていうのは同情すべきで、叱るもんじゃないの」

わたしのほうの窓はまだあいていたので、クラクションを鳴らしている人間の声が聞こえた。インターコムに向かって怒鳴りつけている。とげとげした、鼻にかかったようなオクラホマ訛り。わたしはバックミラーをのぞきこむ。

「テイラーよ」

「まさか」言いながらジェシーはふりかえった。

車をレジの窓口までゆっくり進め、代金と引き替えに注文の品を受けとって前へ進む。

ジェシーはテイラーが窓口に近づいていくのをじっと観察している。「うわっ、あのフライド・ポテトの量を見ろよ」

わたしは駐車場に車を乗り入れた。

「ものすごい勢いでかぶりついてるぜ。あの食欲。おっと、あれじゃあまるで機械《マシン》だ。一度スイッチが入ったらもうとまらない、世にもおそろしいガツガツマシン」

わたしはエンジンを切った。「彼女に話してこなきゃ。人のアドレス帳を盗んだんだから」

「俺も会いたいな」

わたしの手がドアの取っ手の上でとまった。「だめ、よして」

「いいじゃないか」

「また別のときに紹介する」

「おい、最後に残ったポテト、丸呑みにしたぜ。箱ごと口に入れるような勢いだ。ありゃふつう、あごをはずさなきゃ無理だろう」

「とにかく今はだめ」わたしはドアをあけた。「ここにいてね、頼んだわよ」

「要求が多いな」

ジェシーはこういうとき、とことん邪悪な顔を見せることができる。目をらんらんと輝かせ、露骨に意地悪な笑みを浮かべる。

「俺が信用できないか？　ミセス・じゃがいも《テイター》に失礼なことを言うとでも？」

テイラーの車がレジの窓口から離れた。ジェシーに目で釘をさしてから、こちらも車を降り、彼女に手を振った。

赤のマツダがブレーキをかけた。フロントガラスの向こうにテイラーの顔が見える。唇のあいだからフライド・ポテトをつきだし、目を大きくみはっている。態勢を立てなおし、ポテトを呑みこんで手を振ってきた。

駐車スペースに勢いよく車を乗り入れたかと思うと、すぐに飛びおりてきた。レモン・イエローのフィットネス・ウェアで、シャツに汗染みが線になって浮きでている。「なんてすてきな偶然かしら」

「アドレス帳を返してちょうだい、お願い」

「なんのことを言ってるのかさっぱりわからない」テイラーはまばたきをしてみせる。「で、明日の晩ニッキィの家に来るっていうのはまちがいなく予定に入れているでしょうね。七時よ。座をしらけさせちゃいやよ、あなたはただ――あら、あれはジェシー？」

ジェシーは車のなかにいた。めずらしく言うことをきいている、めったにない瞬間だ。わたしのCDから一枚選んでかけ、カー・ステレオからは今、パッツィ・クラインの悲嘆の叫びが鳴り響いていた。曲は『クレイジー』。彼もいっしょになって歌っている。

テイラーがあいさつをしに、ずかずか歩いていった。エアロビクス用のショートパンツに手をこすりつけ、油をぬぐっている。車に近づいていきながら、肩をすぼめ、姿勢を低くして手をさしだす。まるで小さな妖精スマーフと握手しにいくような感じだ。

「まあまあ、こんにちは」テイラーが口を切る。「ずっとお会いしたかったのよ、うれしいわ」

ジェシーが窓から腕をつきだした。「テイラーだね、今僕がどれだけドキドキしているか、きみにはわからないだろうな」

「まあ、紳士ね」テイラーはジェシーがつきだした片手を両手でにぎる。「こんなかっこうでごめんなさいね。トレッドミルで走って、千カロリーも消費したあとなの」言ってから、彼女は縮みあがる。「ごめんなさい。走る話なんかしちゃいけなかったわね」

「いや、ぜんぜんかまわない」

「わかってるの、あなたには痛い話題よね。いえランニングが痛いっていうんじゃないの。とにかく、ごめんなさい。でもいいお天気よね、それでここまでドライブに出てきたってわけね」

「プールに行ったんだ」

「エヴァンにプールに連れていってもらったの？　まあ、よかったわね」

わたしはふたりの背後に近づいていきながら、何が起こっているかわかっていた。テイラーのへつらうような笑みと、相手の手をぽんぽんたたくあの手つき。ジェシーの目が死んだように静まりかえっている。

わたしは声をかけた。「さあ、もう行かないと。アドレス帳はポストに入れておいてくれる？」

「エヴァン、だから言ってるじゃないの、わたしは知らないって」

テイラーは爪先だって背伸びをし、ウィンドウの奥にあるジェシーの身体を見ようとする。数秒そうやってからあきらめて、ジェシーの側のドアを自分であけた。立って観察しながら、顔にみるみる驚きの表情が広がっていく。

「まあ、まったくふつうじゃないの」

一瞬ジェシーはだまっていた。それから口をひらいた。「だろう。信仰療法のおかげだよ」

テイラーは首をかしげ、目にぎょっとした表情を浮かべる。「それはすばらしいというしかないわね」

「ああ。効果からいったら、悪魔崇拝に勝るものはないね」

長い、長い間《ま》。「えっ？」

「つまりだね、十分の一税を納めだしてから、感覚がもどってきたんだ」そこでジェシーは自分の腿をたたき、「イタッ」と声をあげる。

テイラーは思いっきり首をかしげたまま、まるでパンチを受けすぎたサンドバッグのようになっている。

「呪文を唱えると、よく犬が寄ってくるっていうけど、そんなのかまいやしない。あっ、言ってるそばからもう来たぞ」

ジェシーがテイラーの肩ごしに指をさす。あわててふりむいたものだから、テイラーはもう少しでジェシーの膝の上に飛びこみそうだった。

必死になってあたりに目を走らせる。「え、どこ――、見えないけど……」

わたしはため息をついた。「冗談を言ってるのよ」

テイラーはわたしの顔をまじまじと見てから、彼の顔を見、またわたしの顔を見てから、ふたたび駐車場全体に目を走らせた。

ジェシーが言う。「すまない、悪い冗談だった。ほんとうは無神論者なんだ」

わたしの人生は終わった。

テイラーはもう混乱の表情を隠さなかった。「おかしいわ。それじゃあどうして、まったく麻痺したように見えないの？」

わたしは話を打ち切らせる。「もう行かないと」そうして駆け足で、車の運転席側にまわった。

ジェシーが言う。「裁判所命令が出た。終局差止命令をくらったよ」

「もう、ふざけてばっかり」とテイラー。

わたしは運転席にぽんと飛び乗り、エンジンを始動させた。ギアをバックに入れて、ジェシーがドアを閉めるのも待たずに、バックで駐車場から出る。テイラーの顔にはうろたえた表情が浮かんでいた。

ジェシーはドアをぐいと引いて閉めた。わたしがギアを入れると、身を乗りだして、テイラーに向かって叫ぶ。「バイアグラだよ、それも大量の」

わたしはアクセルペダルをいっぱいに踏みこんだ。車は車体を弾ませて通りに出た。

「さあ、とことん叱ってくれ」

「まさか。一言一句、言ってやって当然のことよ」

ジェシーはわたしの顔色をうかがう。「だが、次の一族の集まりが心配になったろ。みんなに言われるぞ、あの娘《こ》は精力絶倫の悪魔崇拝者と結婚するのよって」

「ぜんぜん」わたしはアクセルを力いっぱい踏んだ。「だってもう二度とそんな集まりに出るつもりはないもの。代わりにあなたに行ってもらうから」

スチュー・パイルは、バン一台で配管業を営んでいる。車のなかは豚皮を揚げたスナックと濡れた金属のにおいがして、ダッシュボードにトップレスのフラダンス人形がはりついている。この日の遅い時間、彼は出張料金として通常の値段の二倍をふっかけていた。ちょうどわたしがテイラーとやりあっていたころ、パイルは山裾の田舎道に車を走らせ、すぐ来てほしいと電話で泣きついてきた女の家をさがしていた。住所は付箋に走り書きして、フラガールの下にはりつけてある。**ミス・ジョーンズ。トイレがあふれた――泡を食っている。**

けれども半マイルも奥へ入ったところから、道路沿いの家はなくなってきた。道はくねくねした上り坂になり、のびすぎた木々と乾燥した茂みのあいだを行きながら、パイルはサンドイッチをくちゃくちゃ噛んで、目的の家をさがした。しだいに道路からアスファルトは消え、土と砂利に変わる。そしてとうとう袋小路につきあたった。車をとめた。

イカレた女が、まちがった道を教えやがった。サンドイッチを置き、両手についたマヨネーズをシャツでふきとってから、携帯電話で客の家に電話をかける。

電話会社の録音音声が流れだした。「申し訳ありません、おかけになった電話番号は、現在つかわれておりません……」

どこまでぼけてやがんだ、あの女。

方向転換をしてギアを入れる。と、車が一台、すぐ目の前に出てきた。ゴールドの車体で、レンタカー会社のステッカーがダッシュボードについていた。運転手が手を振っている。道を訊きたいらしく、車から降りてくると、ボンネットの上に地図を広げた。その男は金持ちの観光客のようで、贅沢なカシミヤのジャケットを着ていた。たぶんポロの試合かなんかに行くのだろうとパイルは思う。どことなく親しみやすい感じもした。それで地図を見てやろうと、バンを降りた。

　それが彼の最後にした善行だった。

　パイルは身体が大きかったが、重量では相手にかなわなかった。そして車から同乗者が降りてくると、今度は人数でも負けた。ふたりの男からつかみかかられると、はねのけることができなかった。バンの後部に引きずられていき、乱暴にあけたドアから放りこまれ、床に転がった。そこはとりわけにおいが強い。汚水におおわれて濡れた金属。まわりには、工具や資材が勢ぞろいしていた。

　彼らはスネーク（配管工事で曲がった管の中の詰まった物を取り除く道具）を選んだ。

　金属のケーブルがうなりをあげてのびる。アルミニウム製のそれは、もとは清潔でぴかぴかだったが、今はちがった。パイルは足を蹴りだし、バンの後部に置いてあった箱から、座《ざ》金《がね》や配管部品を散らばした。ボルト、パイプ、工具が飛び、硬貨のように音をたてて落ちてくる。指をのばしてレンチをつかもうとするが、遠すぎた。それでただもう暴れ、わめいたが、その声を聞き届ける人間はまわりには誰もいなかった。彼らはパイルの頭をおさえつけ、口をむりやりあけさせた。

　そうしてきれいに掃除をした。

十九

その事件を知ったのは、翌朝、ジェシーの家でだった。朝の早い時間で、わたしは砂浜をランニングしていた。長い距離を、がんがんスピードを出して走ることで、吠えたい衝動を抑えていた。デッドラインまで、残るところあと十四時間。

イソシギたちが、打ち寄せる波を追いこして目の前をかすめ飛んでいく。岬をまわりこむと、海岸線が光に燃えあがった。金色の鉢と化した波止場のへりを緑の山々が縁どっている。こちらの呼吸音に合わせて波がバックビートを刻む。沖にはチャネル諸島が水平線に青く盛りあがっていた。二マイル走ったところで折りかえし、波のあいだを水しぶきをあげながら走っていく。熱で身体がうなっている。波打ち際を少し入った先でジェシーがクロールで泳いでいて、そのストロークがあまりに滑らかなので、のろのろとしか進んでいないように見える。わたしは手を振った。

家のほうに目を向けたら、スーツ姿の男たちがデッキに立っていた。

訂正。デッキに立っている男はふたり。三人目の男、FBI特別捜査官デール・ヴァン・ヒューゼンは、ジェシーの車椅子にすわっていた。

胸をいきなりしめつけられたような気がした。走るのをやめて歩き、ヴァン・ヒューゼンを仰向けに押し倒して横っ面を張ってやりたい衝動を抑える。そういうことをすると連邦捜査局にいい顔をされないと言われている。しかし彼がしていることは、失礼千万、浅ましいにもほどがあり、いやがらせ以外の何物でもなかった。顔に薄ら笑いを浮かべているところを見ると、本人もそのつもりでやっているらしい。

ヒューゼンは両手を車輪の上に置いた。「ずいぶんしゃれた乗り物じゃないか。超軽量フレームに特別あつらえのシート——ここまでするのに、どのくらい金がかかるんだ？」

「それはおもちゃじゃありません、ヴァン・ヒューゼン捜査官。どこにでも売っているわけじゃないの。降りてください」

ヒューゼンは肩ごしに他の男たちと話す。「どう思う、ローム？　フィオリ？　二千ドルってところか？」

ふたりとも身体をこわばらせて立ち、ネクタイを風にぱたぱたはためかせている。感心なことに、クレイトン・ロームは当惑の表情を浮かべていた。ヴァン・ヒューゼンは肩をすくめ、わざとのろのろ立ちあがった。家をじっと見て、アナグマのような鼻の根にしわをよせた。

「きみの恋人は、じつにりっぱな家を持ってる」

「お望みはなんですか、紳士の方々？」

ロームは両手をぐっと腰にあてて胸をはった。ゴールドのカフリンクスとベルトのバックルが光をはねかえし、猜疑心に満ちた目が、わたしの顔に静かに向けられる。「スチュー・パイルが昨日殺された」

ヴァン・ヒューゼンがあとを続ける。「やつらはパイルをおさえつけ、配管工がつかうスネークを彼の喉につっこんだ」

「きみは昨日の午後六時、どこにいたかね?」とローム。

胃が飛びはね、頭のなかが騒然となる。ヴァン・ヒューゼンがあえて複数形の人称をつかったのをわたしは聞きのがさなかった。**やつら**。わたしはイン・エヌ・アウトバーガーにいたと伝えた。その証拠をと思い、自分のエクスプローラーに行って、灰皿のなかからレシートを見つけてくる。

ロームがレシートを受けとった。「他にそれを立証することのできる人物は? ミスター・ブラックバーン以外で?」

「テイラー・ボッグズ」わたしはヴァン・ヒューゼンに目を向ける。「このあいだ彼女に会ったでしょ」

「見栄えのいい、ブロンドの女性で、目がものすごく深い青で、ほとんど――」ヴァン・ヒューゼンは自分の目の前で指をくねくね動かし、形容詞をさがす。

「スミレ色」代わりに言ってやった。

ヴァン・ヒューゼンはうなずいて、手帳を取りだした。わたしは彼女の電話番号を教える。

脚からいきなり力が抜けていった。最後にこんな見物《みもの》が控えていようとは――舞台は一転し、こちらはテイラーに恩義を受ける立場になった。わたしの運命は今、彼女ににぎられている。テイラーに、わたしのアリバイを立証してもらわなければならない。FBIを相手に。殺人事件の捜査において。テイラーは今、ゴシップ界の三重宝冠を授与された。

ロームが言う。「ミスター・ブラックバーンは正面にとめてあるアウディの他に、車を所有しているかね?」

「いいえ」

「で、きみは?」

「エクスプローラー一台だけ」わたしは彼の顔をじっと見る。「殺害現場のタイヤ跡とわたしたちの車を照合してみたけど、合わなかったってわけ?」

ロームは肩を動かした。ベルトで一組の手錠が光る。

ヴァン・ヒューゼンが言う。「安心するのはまだ早い。われわれが捜査対象から除外している車両は、あれひとつだけだ」そう言って、車椅子を指さす。

みなジェシーが関わっているとは思っていない。疑われているのはわたしだ。いったいFBIがこんなところで何を? この殺人事件は、サンタバーバラ警察の管轄であって、連邦犯罪ではないはず。ヴァン・ヒューゼンが何を捜査しているのか、まだわたしにははっきりわかっていなかった。

けれどもあらゆることが制御不能になっているのはたしかだった。クリス・ラムスールが死に、次はスチュー・パイルが殺された。ブランドは事故について知っている人間を無差別に殺しにかかっている。ふいに、ブランドにホテルの床につきとばされた記憶が生々しくよみがえってきた。コロンのにおい、大理石のような身体の重み、そしてあの言葉——今にわかる。今にクソみたいによくわかるさ。

指の先まで吐き気がこみあげてきた。「ジェシーが危ない。あなたたち、彼を守らないといけない」

ヴァン・ヒューゼンが言う。「話がしたい。彼はどこだ？」

頭上二万フィートの上空にワライカワセミが旋回している。彼は獲物をとらえることができる。

わたしはだまっていた。FBI捜査官のフィオリが海のほうをあごで差した。「あそこで泳いでるのがそうだ。彼女がさっき手を振ってた」

「わかってる」ヴァン・ヒューゼンはわたしに目を向ける。「おい、連れてこい」

ジェシーが泳いでもどってくるのを待った。それでも波打ち際まで歩いていって、頬がチクチクし、屈辱に顔が赤くなるのがわかった。彼はちょうどいい波に乗って、水からあがった。

砂の上にすわり、ゴーグルをはずす。「FBIだって？」

わたしは隣にしゃがんだ。「スチュー・パイルが昨日殺されたの」

ジェシーががくんと肩を落とす。「なんてこった」

わたしの顔をまじまじと見てから、男たちに目を移した。その目に緊張が走るのがわかる。せっかく水泳で上気していた顔がショックに色あせてしまった。

「やつらの望みを聞きに行こう」

ジェシーは砂浜を両手で漕ぐようにして進んでいった。腕で体重を支え、健常なほうの脚で前へ前へと進んでいく。ロームとフィオリは目をそむけ、バツが悪そうだったが、ヴァン・ヒューゼンはデッキのへりに立ち、イライラして口にしわをよせていた。わたしがその前を歩いていって、ジェシーのビーチタオルをつかむと、彼が言った。「きみはここにいなくていい。中へ入ってろ」

わたしは首をまわした。「日焼け止めのSPF指数をたしかめなさいよ。あんた、くそったれ指数40ってのを塗ってるんじゃない?」

ヴァン・ヒューゼンが舌をチッと鳴らした。「どうやらルールがわかっていないようだな? 今のは依頼じゃない」

「令状はお持ち?」

「関係ないと思うが」

「あるわよ。持ってないなら、あなたはここでは客。客らしくふるまいなさいよ」

ジェシーがデッキにたどりつき、へりに腰をおろした。わたしはタオルを放ってやる。

ヴァン・ヒューゼンがジェシーを見おろす位置に立った。「スチュー・パイルが自分の血液で溺死したよ。スネークを食道につっこまれてね」

ジェシーがヴァン・ヒューゼンの顔を見あげる。「ヴァン・ヒューゼン捜査官というのは、あんたか」

「最後にフランクリン・ブランドと話したのはいつだ？」

「やつがエヴァンの家で、俺の鼻水が垂れるほどぶちのめそうとしたとき」

ヴァン・ヒューゼンが上からにらみつける。「重大な事だ。まじめに答えろ」

「まじめだよ。いったいこれはなんなんだ？」

「つまりだ、あんたはスチュー・パイルみたいな終わり方をしたくないだろうと、こっちはそう思った。どんなにじゃくにさわる毎日だろうと、クソにまみれた金属ケーブルを喉にぶちこまれるよりはましなはずじゃないか。まあ、そんなに悪い生活をしてはいなさそうだがな」そう言って、あからさまに家へ目を向ける。「こいつをぜんぶ失うなんて、ぞっとするだろ」

ジェシーはヴァン・ヒューゼンの顔を横目でじろりと見た。「エヴァンから聞いたよ、あんたは公認会計士だって。専門は、金融犯罪か？」

「なんて頭が切れるんだ。いいぞ、その調子だ」

フィオリ捜査官が額をこすって言う。「よせよ、デール」

ヴァン・ヒューゼンは無視した。「ヒントをやる。ミッキー・ヤーゴの話をしよう」

家のなかで電話が鳴っている。三人の警官がそろって顔を向けた。ジェシーがわたしの顔をちらっと見る。留守番電話にメッセージが吹きこまれるのを彼らに聞かれたくない、目でそう訴えているのがわかる。なかに入ったところ、ちょうどアダムの声が流れてきた。

「こっちへ連絡してくれ、ヘフェ。問題発生だ。じつは――」

わたしは受話器を取った。「ジェシーは話せないの。どうかした?」

「三十分前、ローム警部補がうちへ立ちよった。FBIといっしょに」

「今こっちに来てるわ」

「スチュー・パイルが殺されて——まったくひどい話だ。ブランドが保釈されたら、とんでもないことになるって、俺はわかってた」

わたしは外に目をやった。ジェシーは椅子に腰を落ちつけていたが、ヴァン・ヒューゼンのほうはまだ彼の目の前にぬっと立って、頭のてっぺんから話しかけている。

アダムが言う。「まずいよ。ジェシーは唯一残った目撃者だというのに、警察はその危険を信じていない。しかも警察は、アイザックが被害者だってことを忘れてるらしい」声に怒りがにじんでいる。「FBIの捜査官、あの鼻をつきだして、人のにおいを嗅ぐみたいに歩いていたやつがいたじゃないか——ヴァン・ヒューゼンだ。そいつから、アイザックはギャングと関係してなかったかと訊かれた」

わたしは目をつぶった。「冗談じゃないわ」

「サンドヴァル、その名前だけで十分らしい。メキシコ系というだけで、アイザックをチンピラだと決めつけた」

「アダム、あいつは人を怒らせる名人なのよ。なんとかしてこっちをかっかさせようとしてるの。またやってきても、話をしないことね」

わたしは目をあけた。フィオリ捜査官がガラスの引き戸のところに立っていて、わたしをじっと見ていた。外ではヴァン・ヒューゼンが身をかがめ、ジェシーの顔に向かって話していた。波のシューシューいう音に消されて、何を話しているかはわからない。ヴァン・ヒューゼンは背筋をのばし、両手を広げ、何か質問をしているようだ。ジェシーは何も言わない。

わたしは電話に言う。「しっかりね、アダム。わたしはもう行かないと」

ヴァン・ヒューゼンが肩をすくめた。他のふたりにうなずいて、やってきたときと同じように家の脇をまわりこんで帰っていった。わたしは歩いてデッキへあがる。ジェシーはこちらを見ようとしない。きらめく太平洋の逆光のなかで、顔が打ちひしがれて見えた。

わたしはジェシーのほうへ足を向けた。「ヴァン・ヒューゼン、あなたに何を言ったの？」

答えるまでに数秒の間があった。「ブランドとiハイストのあいだで、何が起きているのか、俺が知っているにちがいないって」ジェシーは目をつぶり、首を横に振った。「ブランドがマコから横領する手助けを俺がしたと考えてるんだ。二十万ドルなんて金額が出てきた経緯もそこにあるってね」ジェシーはわたしの顔をじっと見る。「ドロを吐かないなら、おまえを餌にして連中を釣ってやるって言われたよ。こっちの資産を差しおさえるそうだ」

「なんですって？」

「ヴァン・ヒューゼンは俺が犯罪組織の一部を担っていると考えてる。そこを通じて得た資産は、なんでも差しおさえることができるとさ」

爪先がこむらがえりを起こしそうになる。「そんなふざけた話ないでしょ。マコがあなたと和解したことを理由に、あなたをすっからかんにできるって言うの？」

「まさに向こうはそう考えてる。実際できるんだ、強行しようと思えばね。家も、車も、銀行預金も。俺を滅ぼすことができる」

「ヴァン・ヒューゼンはあなたに何をさせようって言うの?」

「ブランドとiハイストを密告しろって。どうしてそんなことができる? くそっ。向こうは俺からすべて奪えるんだ、エヴ。そうさせないためにこの数年戦ってきたっていうのに。最後はやっぱり路上生活だ」

わたしたちは顔を見あわせたまま、ショックで動けない。背後で波が泡立つ音がする。

かつてフランクリン・ブランドは、あと一歩のところで、わたしからジェシーを奪うところだった。彼はそれを最後までやり遂げようとしているのだとわかって、ハンマーでたたかれたような気分になった。警察当局がそれを気にかけていないらしい現実を思うと、やつらをたたきのめしてやりたくなる。とにかくわたしだけでも何かしないといけない。ジェシーを守ってくれるよう、警察に腰をあげさせる手だてを見つけないと。助けが必要だ、どんな方面からでも。

わたしは家のなかに入って、ジャカルタ・リヴェラに電話をかけた。

「何がきっかけで、考え直したの?」ジャカルタが言う。

「情報が必要なの。あなたがそれを持っているようだから」

ジャカルタはステート・ストリートを闊歩していく。苔むしたタイルの屋根や、ほっそりしたラテのグラス、ピアスをした眉なんかを見ながら、買い物客や観光客の前を行き過ぎる。スパニッシュスタイルのスシ・バーの前を過ぎ、イカレたギター弾きが小銭欲しさにブルースを弾いている前を通りすぎる。ジャカルタのダイアモンドがきらりと光り、彼女の香水がふわりと漂う。

「わたしたちの情報かしら、それともあなたの？」

「両方とも。一番知りたいのは、なぜＦＢＩがジェシーを捜査しているかってこと。ブランドがどうなっているのか、それにｉハイストという一団についても」

ティムはわたしの横を歩きながら、店のウィンドウをじっと見ている。「難しい注文だ」

「あのね、こっちは先週、家に押し入られて暴行を受け、ジェシーも襲われてボコボコにされたの。フランクリン・ブランドはふたりの人間を殺した。それが野放しになって、復讐しようと待ちかまえている。そんななか、まだ生きている唯一の目撃者がジェシーだっていうのに、警察はわたしたちをゴミみたいに扱ってるし、ゆすりを商売にしているギャングは、彼に二十万ドル支払えと要求している。残る時間は――」腕時計で確認する。「あと数時間。そりゃあ、豪勢に注文したくもなるわよ。さあホイップクリームの上にチェリーをのせて、あなたたちスパイも、尻にエンジンをかけて頑張んなさいよ」

ふたりとも、わたしの顔をじっと見ている。

「ジェシーを泥沼から救いだすのに力を貸して。こちらは投機と思って、あなたたちの回想録を書くわ」

ティムの冷静な目が陽気に輝いた。「いつからスタートできる?」

「こちらの提示する一番の条件を満たしたらすぐ」

「と言うと?」

「あなたたちが本物だってことを証明して」

「僕らがスパイであることの証明? それはまた厄介な」

「CIAも英国機密情報部も、誰かがそこのスパイであるかどうかなんて、認めもしなければ、否定もしない。さあ、どうやって証明する?」わたしは言った。

ジャカルタが言う。「スパイ・ストアで買い物したレシートは?」

「おもしろくないわ」

ティムが言う。「パスポートは? いろんな名前で、さまざまな国のものを所有している」

わたしは首を横に振る。「それ相応のお金を出せば、誰だって偽造パスポートを入手できるでしょ」

「英領ホンジュラスのじゃないわよ」とジャカルタ。

わたしは彼女に鋭い目を向けた。ブランドの偽造パスポートのことを言っているのだ。

ティムが言う。「こいつはきわめて難しいな」いかついながら、どこか愛嬌のあるティムの顔に思案の表情が浮かぶ。「つきつめれば、その証明は敵を通じてしか得ることはできないんだ、エヴァン。敵対する者同士なら、互いのことをわかっている。敵のファイルにアクセスして、名前をさがすしかないな」

「そうね」ジャカルタが言う。「第三国の、チェスボードにのっている国へ行ってもいいわ。そういうところの諜報部なら、プレーヤーが誰か教えてくれる」

「とにかく敵だよ」ティムが断言する。「破綻した国へ行き、アクセスコードを渡す。つまりは金だな。それできみの求めているものが得られるはずだ」

わたしたちは歩いた。わたしのまわりの空気に、本物のにおいが漂ってきた。

「あなたたちが偽物でないと信じたとして、どんな話を語ってくれるの?」

ティムが言う。「陸軍の狙撃兵養成所、英国秘密情報部、豪華な車、青空市場で抜かれるナイフ」

「民間の諜報活動の話ね。報酬で動くの?」

「いいや」

「産業スパイ?」

「ぜんぜんちがう」

そう言うと、ティムはいきなり道をそれて服飾店へ向かった。ジャカルタとわたしもあとに続いた。大きなサボテンのまわりに、アース・トーンの衣類が積みあげられている。ティムはウエストに紐を通した茶色のパンツを選び、腰にあててみる。

ジャカルタが言う。「誰かに見られる前に、おろしなさい」

ティムは鋭い目でジャカルタを見る。ジャカルタがそばに近づいていって、たがいにぶつぶつ言っている。あきれた、スパイの夫婦げんかなんて、まったくいただけない。わたしはくるっと背を向けて、イグアナの刺繍がついたベージュのスカートを取りあげた。

スカートを手にしているわたしを、ジャカルタが見とがめる。「あーあ。そんなものよしなさいって」

「この色似合わない?」

「そういう服は犯罪モノね。ぶかっこうで、まとわりついて、でこぼこの枕みたいに見えることまちがいなし」ジャカルタはわたしを玄関のほうへ連れていく。「サンタバーバラは、ファッション不毛地帯ね」

「ちがうの、ここはカジュアルな土地なのよ」

「その伝でいくと、ぐちゃぐちゃのベッドもカジュアルと呼べる。わたしだったらそういうのは、ランチにだって着るつもりはないわ」そう言ってわたしを外に出す。「あなたにはファッションの再教育が必要ね。さあ、わたしのあとについてゆっくり繰りかえして。プラダ」

わたしはうしろをふりかえった。「ティムはどこ?」

「すぐ追いつくわ」

わたしは唇を噛んだ。「ふたりとも、たかが服のことで怪しい雲行きになっちゃって、そんなんでどうやって原稿を完成させるのよ?」

「怪しい雲行きなんかじゃない、大嵐よ」

サックス・フィフス・アベニューへ入っていくと、空気がフランス産シャブリのように爽やかな温度に冷えていた。ジャカルタはサングラスを頭の上にのせた。

「自分のことを話すわ。父はテキサス出身で、母はキューバの難民。わたしは言語学の学位と、極上の笑みを浮かべながら嘘をつく能力を持っている。キューバ人《クバーノ》のスペイン語アクセントは、南米のある特定の集団ではウケがいいの」

「なぜスパイに？」

「ＣＩＡの精神科医によると、わたしは子どものときに、原光景を目撃したの」

ジャカルタはベルトとスカーフが陳列してあるコーナーに歩いていった。シルクとレザーの上に指をすべらせていく。

「つまり、寝室のドアからママとパパを覗いたの。ちびスパイ、ジャカルタ・リヴェラってわけ」

「なぜやめたの？」

「ある日、気づいたらメデリン（コロンビア北西部の都市。麻薬カルテルの本拠地として有名）でのっぴきならない立場になっていた。ある情報提供者と恋愛関係にあって、その男に裏切られたの」

ジャカルタはわたしの肩にスカーフをかけ、うしろへさがって、似合うかどうか見ている。

「で、どうなったの？」

「殺したわ」

何も言えない。ただ相手の顔をまじまじと見た。

「彼は、麻薬の売人にわたしを売ろうとしたの。彼がやられるか、わたしがやられるか、そういう状況だった」

「簡単そうに言うのね」

「簡単じゃなかった。前後の見境をなくしたわ。幸運にもティムと出会った、そうでなかったら首をくっていた」ジャカルタはわたしの肩からスカーフをはずした。「あなた磨けば光るわよ。ごらんなさいな、この美しい骨格と引きしまった身体。ミラノに連れていくべきね」

そういって髪をさわってくる。わたしはその手を払った。

「で、回想録のタイトルは、『ヴェルサーチで乱暴を』とでもするつもり?」

彼女は片眉をつりあげた。「うまいじゃない」

ジャカルタはまた歩いていき、今度はパシュミナを見ている。壁にかかっているブルー、ゴールド、パープルの色が、ジャカルタの褐色の肌を鮮やかに引きたてている。

「冗談じゃないわよ」わたしは頭がガンガンしてきた。「ちょっと、待って。それであなたどうしたの? 彼を撃ったの?」

「ヘロインをまぶしたマリファナを与えて、ぐっすり眠ったところへ九ミリの弾丸をこめかみから貫通させた。彼は何も感じなかった。痛みもなければ、後悔もない」

喉にゴルフボールがはさまったような気分だった。「彼って誰?」

「知りたくないと思うわ」わたしの肩ごしに向こうを見やる。「それにほら、ティムが来たし」

彼は歩きながら指の関節をぼきぼき鳴らし、ジャカルタを見ている。「彼女に話したのか?」

「少し」

ティムがわたしの顔をちらっと見てきた。「不満げだな」

「そうとも言えるわ」

ティムはエスカレーターのほうをあごで差し、わたしは彼についてそっちへ向かった。ジャカルタはパシュミナのコーナーにいる。ティムはそれを見守っているものの、何を考えているのか、その表情からは読みとれなかった。

ティムが言う。「きみに少し話しておかなきゃいけないことがある」

「あら、少しどころか山ほどあるでしょ」

「自衛の方法はさまざまだ」

「でしょうね。でも殺人を正当防衛と呼べるのは、差しせまった危険にさらされたときだけよ。麻薬で麻痺させておいてから、頭に銃を向けるのはちがう」

「きみが頭に来ているのはどっちだい、彼女がやつを殺したこと? それとも寝たこと?」

「何よそれ?」

わたしたちは婦人服のフロアでエスカレーターを降りた。「証拠が欲しいって言ったね?」

ティムはそう言うと、スパンコールのぞっとするジャケットをラックからとってわたしによこし、店の奥を指さした。「あそこの鏡で合わせてみてごらん」

「ティム、マイケル・ジャクソンだって、これは派手すぎるって思ったわよ」

「頼むから」

穏和な顔であるものの、目が鋭かった。わたしは皮肉な言葉を呑みこんで、鏡のほうへ向かい、胸にジャケットをあててみた。スパンコールが目にまぶしい。鏡のなかに、ティムが男性用トイレに入っていくのが見えて、それをじっと観察する。

と、エスカレーターから女がひとり降りてきた。細身の強靭そうな身体の娘。フープ・イヤリングをつけて、ヒップホップ風に頭を赤いバンダナでぴっちり巻いている。彼女はティムについていく。そのすぐうしろに、ジャカルタがついていて、手にいっぱいアクセサリー類を持っている。

そこから先はめまぐるしかった。ティムが男性トイレに入る。バンダナの女がドアの外で待つ。ジャカルタがその背後から近づいていって女をなかに押し入れ、うしろ手にドアを閉める。

わたしはジャケットを脇に投げた。トイレのドアには鍵がかかっていた。ドアをたたきながら怒って言う。「あけなさいよ」すると錠がかちっとあいた。ジャカルタがドアのあいだから腕をつきだし、わたしをなかに引っぱり入れ、またドアをバタンと閉めて鍵をかける。

わたしが口をあけると、ジャカルタは指を一本立て、だまっているように合図を送ってきた。

男性用トイレは見事だった。カウンターの上には花が飾ってあり、スピーカーからは有線でショパンの曲が流れている。床はぴかぴかで、その上にバンダナの女がうつぶせに転がって両手両足を縛られていた。

ジャカルタは女の口に猿ぐつわを噛ましたスカーフと、手足を縛ったベルトを指さして言う。

「エルメス、グッチ。わたしのブランドを見くびらないで」

ティムの片足はバンダナ娘の背中を踏みつけていた。彼女の財布を調べている。女は床の上でもがき、ティムを蹴ろうとしている。

ジャカルタはそれを厳しい目でにらみつける。「おとなしくなさい。わたしのジミー・チュウのピンヒールで、説教されたくはないでしょ」

「いったい、何をしてるの?」とわたし。

ティムが答える。「彼女、通りで見つけてね。あのサボテンと紐パンツの店の近くで。ウィンドウに映る彼女の姿をじっと見ていたら、こっちと足並みをそろえているのがわかった」

身体が麻痺するような感覚があった。ようやくわかった。ジャカルタとティムは言い争いをしていたんじゃない――ティムは彼女を先に行かせて、後方からたしかめようとしたんだ。

「この人、あなたたちを尾行していたのね?」

ティムが顔をあげた。「いいや。彼女はきみをつけていたんだ」

顔がかっと熱くなるのがわかった。

ティムは女の免許証をさがしあてた。「チェリー・ロペス。知ってるかい?」

ジャカルタがバンダナを引っぱってはずした。短く刈った黒い髪と、首をはいあがるタトゥーが見えた。

「知ってるわ。彼女はiハイストよ。それに、わたしの財布と携帯を盗んでいった」

ロペスがはねあがり、ティムの靴から逃れようとする。ティムは両手をのばして、彼女の着ているデニムのジャケットをぐいと引っぱって肩を脱がせ、なかから黒い棒をもぎとった。それをかかげて見せる。

「電気ショックを起こす警棒だ。これをつかわれたほうは、おそろしく不快な目を見る」

ぞっとした。ギザギザの爪で皮膚を引っぱられたような気分だった。ティムは腰を落として女の背中に膝をつき、女の頬にそって警棒の先をこすりつける。

「さあいい子だ、話してくれ。きみはこれで何をしようとしてたんだ?」

女はもがき、猿ぐつわの下からうめき声をあげ、警棒をいやがっている。

「自己防衛は、自分を取りまく脅威に気づくところから始まる」ティムは警棒をロペスの耳の上で休ませる。「そして自分をほんとうに守るためには、肝っ玉がいる。攻撃してくる者を無力化するのに尻ごみしてはならない。同情は命取りになる」

ぞっとする爪の感触がまだ皮膚を引っぱっている。皮膚の下には怒りがわいている。

「もう十分よ」わたしは言った。

ティムの表情が板よりも硬くなった。「まだ始まってもいない」

女の口からスカーフをはずす。

女はティムに唾を吐いた。「どきなよ。気取ったオカマ野郎《poncy faggot》」

「おやおや、イギリスのテレビでしか聞かないような言葉だ」とティム。

「後悔するよ。あんたたちみんな」

わたしは唾の届かない位置でしゃがむ。「あなた、ケニー・ルデンスキーの家で見たわ」

女は首をねじってわたしを見た。ゴシック・メイクの目が、黒い髪に似合っている。「あの家のオーペア（家庭に住み込んで家事や子守を手伝う外国人女子留学生）だもん」

わたしはうなずいた。「なるほど。で、何のお守をしてるわけ？　彼が大事にしているデイル・アーンハートのヘルメットかしら？」

「おばさん、あんたいやみなら、いくらでも言えそうだね」

「なぜ、わたしの跡をつけていたの？」

女は唾を吐いた。それがつやつやの床の上で玉になった。「めちゃくちゃに痛めつけてやるよ」

ティムは女の手を自分の手にとって、親指をそらせた。女の顔がゆがみ、うめき声をもらしそうになる。彼女の口がひらくやいなや猿ぐつわがまたつっこまれた。

「彼女はわたしに危害を加えてない。傷つけないで」

ティムの顔にうんざりした表情がよぎる。「ジャックス、エヴァンに話をしてやってくれ」

ジャカルタがうなずいた。「いらっしゃい」

ジャカルタはわたしを戸口へ連れていった。泥棒がつかうような道具が錠にはさまっていた。ジャカルタがそれを回転させ、ふたりで外に出てエスカレーターに向かう。

「なぜ彼女があなたをつけていたか、ティムが理由を見つけるわ」

「彼女に何をするつもり？」

「あの娘が電気ショックを起こす警棒を持ってあなたをつけねらうのをやめさせる、それはまちがいないわね」

「彼の言う秘密の仕事って、これのこと？　人を乱暴に扱う？」

「お上品ぶるのは、やめなさい」

わたしたちはエスカレーターを走って降り、店内をずかずか抜けて外に出た。

ジャカルタが言う。「ティムはあなたへの脅威をふりはらう、それ以上のことはしない。だってもう仕事はやめたんだから」

「ジャックス、ちゃんと教えて。あなたがいつも言ってる彼の仕事ってなんなの？」

「契約により暗殺を請け負うの」

二十

家に向かって車を走らせながら、自分相手に任務報告をする。**任務は遂行されたか？** いいえ、予期せぬ困難が発生しました。**どんな？** 電気ショックの警棒を所持した、ハンドバッグのひったくり犯が現れました。さらに、仕事を請け負う見こみの相手は現金と引き換えに人を殺す稼業をしていたことが判明しました。**現金？** いや、おそらく小切手でしょう。**なぜジェシーがこのような窮地に追いこまれることになったか、その理由は見つけたのかね？** いいえ。**ノースの回想録を書くという契約にはサインをしたのかね？**「契約」という言葉は、今はつかいたくありません。

信号待ちでとまっているあいだ、こちらがひとりでわめきちらしているのを、隣の車に乗っているメキシコ系の男が聞いていた。彼は車高を低く改造した車のドアをロックした。

きみは自分の身を守る上で、一番大切なことを学ばなかったのか？ わかってます、警戒をとかないこと。これからどうするのだ？

わかりません。

家の前の縁石に向かってハンドルを切ると、庭門のところに男がひとり立っているのが見えた。計ったようなタイミング。大枚はたいて生命保険に入れと勧めに来たのだろう。わたしのほうへ歩みよってきた。

「エヴァン・ディレイニーですね? これをあなたに」

相手は一通の書類を渡してきた。カリフォルニア州上位裁判所と書いてあり、被告人のところにわたしの名前がある。マリ・バスケス・ダイアモンドがおどしを実行に移したのだ。彼女は、故意に精神的苦痛を与えたとして、わたしとジェシーとサンチェス・マルクスを告訴していた。

玄関のドアをあけると電話が鳴っていた。留守番電話にとらせることにする。告訴状をにらみながら、靴を蹴って脱いだところ、まずいことにスリッポン式のそれが、ロケット推進式手榴弾ほどのスピードで飛んでいった。ダイニング・テーブルの上に積んであった結婚式関連の仕事の山につっこんでいき、書類がなだれ落ちる。ジャカルタ・リヴェラの声が留守番電話から流れてくる。

「エヴァン、さっきの話は重要なの、最後までさせて。あなたが知っておかなきゃいけないことをティムがつかんだわ」

わたしは動かなかった。

「こちらの連絡先はわかってるわね」ジャカルタが言う。「お利口になって。電話してちょうだい」

頭の奥のほうで、サーフボードがひっくりかえる場面が見えた。遠くまでパドルしすぎて、気がつくと、大波が頭のてっぺんからざんぶと落ちてきた。

告訴状をまじまじと見る。**故意に精神的苦痛を与えた**。先を読む。「……被告ブラックバーンの指示により、被告ディレイニーは、ミセス・ダイアモンドに多大な心痛を与える意図のもとに、彼女をこの上ない侮辱にさらした。なかでも特筆すべきは、ミセス・ダイアモンドのパーティ客の面前で、あろうことか彼女を〝年寄り〟、〝安っぽい〟、〝傲慢なセレブ〟呼ばわりをし……」

彼女はハットトリックを決めた――卑劣、愚昧、ちゃらんぽらん。こういう女のためにばかげた訴訟を担当しようと考える人間の顔が見たい。最初のページを見てみる。

受話器を手に取り、それからまた、たたきつけるようにしてもどした。結婚式関連の書類の山から靴を掘りだして、一路玄関へ。向かう先はハーリー・ドーソンの法律事務所だ。

ハーリーが法律事務所のロビーに歩いてきた。紫がかった灰色のスーツを着て、シルバーの髪が午後の陽射しにつやつや輝き、全身丸ごとサテンのようだった。きらきらした目をわたしに向けて言う。

「あらあら、さっきまでガソリンを飲んでましたって顔」

わたしは告訴状をひらひらさせる。「この事務所はいつから、こういうくだらない告訴をするようになったの?」

「なんの話?」

わたしは三ページ目をめくって見せる。「『その行為が精神的苦痛を与えると知っていながら、ディレイニーはミセス・ダイアモンドの面前で、カルヴィン・ダイアモンドに法的書類を送達しようとし……』こんなの告訴なんてできないわよ。ばかげてる」

「まあまあ抑えて」ハーリーは受付の人間にちらっと目を走らせる。「その件、わたしは今初めて知ったわ」

「『上述の未遂に終わった法的書類送達は、すなわち――』」わたしは顔をあげる。「『すなわち』? 何よこれ、『十二夜』?」

「もう十分よ」

「冗談じゃない。わたしなんかまだ氷山の一角よ。今にジェシーがラヴォンヌ・マルクスといっしょにやってくるから」

「どんちゃん騒ぎが始まるなら、パーティ・ハットをとってこないと」ハーリーは言って、わたしの肩に手を置き、エレベーターのほうへ連れて行く。「コーヒーでも飲みましょう」

わたしは肩をくねらせて、彼女の手を振りはらった。「なんだって、みんなよってたかって、わたしを追いだそうとするわけ?」

「たぶん、あなたが人間空襲警報だから」

エレベーターがやってきて、それに乗りこむ。

「この事務所、いつからマリ・バスケス・ダイアモンドの代理をするようになったの?」

「あなたには関係ない話」ハーリーは階数表示が下りていくのをじっと見ている。

「誰が彼女をさしむけたの？　ケニー・ルデンスキー？」ハーリーが口をすぼめたのを見て、図星だとわかった。「いったいケニーとどういう関係なの？　彼は問題児でしょ、ハーリー。それも最悪の。あんなやつとはきっちり関係を切るべきね」

「だから、言ってるじゃないの――」

「ええ、ええ、彼は誤解されてるって言うんでしょ。ほんとうは優しい子なのって。まるで彼に首っ丈のティーン・エイジャーみたい」

ハーリーの顔に傷ついた表情が浮かぶ。エレベーターがひらいて、私たちは外に出た。ハーリーはこっちを見ようとしない。言いすぎてしまったようだ。

「わかった、今の発言は撤回する。だけど、この訴訟はどうなってるの？」

ハーリーはこわばった表情で両手をあげる。「たしかにこういう訴えをするべきじゃなかった。これを扱ったのは、新人の弁護士なのよ。どうしてこんなことになったのか、わたしは知らなかった、まさか……」声が尻すぼみになって、とぎれた。

「まさかこんなことになるなんて？　冗談はよしてよ。自分が雇ってる弁護士をもっとちゃんと監督しておくべきね」

「ちょっと、そうガミガミ言わないでくれない？　まるで肩にのせたサルがキーキー言ってるみたい。わたしがなんとかするから」

「ハーリー、何かあったの？」

相手はゲラゲラ笑いだした。耳障りな声だった。「どこから話そうかしら？」

「ケニーに関係があるの？」

「いいえ、ケニーじゃない。キャシーよ」顔から髪を払いのける。「別れることになったの」ため息をつく。「わたしの人生、まさに今、回転肉あぶり器の上でゆっくりまわってる。でも心配無用。この件はミセス・ダイアモンドとうまく解決するから。それにラヴォンヌ・マルクスとも話す。今夜はお互いプロフェッショナルとして向き合うわ。ジェロー（フルーツゼリーの素）の流し型をめぐって、きゃんきゃん怒鳴り合うなんてしない」

「なんのこと？」

「ブライダル・シャワー」言ってしまってから目をつぶった。「くそっ、これってサプライズなのよ」

「今そうじゃなくなった」

デッドラインまであと四時間になっても、わたしは何ひとつやりとげていなかった。それどころか、情けないことに自分がどんなに危険な状況にいるかをまったく知らなかった。わずかでさえもジェシーの力になれていなかった。結局、彼のオフィスに行って、ジャカルタとティムに会ったことと、チェリー・ロペスの件を話した。ジェシーが背にした窓には、青緑色の山々が陽射しを浴びて迫っていた。

「引退した暗殺者。そんなふざけた話があるかい？　向こうはきみをもてあそんでいるだけだよ、エヴ。一種の心理操作だ」

「じゃあ、本物じゃないって言うの?」

「ゴーストライターになれっていうところからして、まずおかしいだろうが。アメリカとイギリスの国家治安法に抵触して、自分たちが殺人を請け負っていたことを暴露する、そんな本をきみに書かせようなんて、本気で思うはずがない。思っているなら頭が変だ」

わたしはお尻のポケットに両手をつっこんだ。

「きみから何が欲しいにしても、それが気の利いた文章なんて代物でないのはたしかだね」

「だけど、遊びとも思えないのよね。単なる楽しみのためにこんなことはやらない」

「ああ、俺もそう思う。となると残る可能性はふたつ。ひとつは、彼らが今日の午後、きみへの攻撃を阻止したのはまやかしではなかったということ。そしてもうひとつ、これはやらせであり、彼らもチェリー・ロペスもみんなグルで、きみに大芝居を打ってみせた」

「ちょっと待って、余計にわけがわからなくなってきた」

「きみは、ふたりが彼女を取りおさえた瞬間を見ていない。そして男性用トイレを出たあとで、三人がどうなったかも知らない。ノースは彼女の縄をとき、試供品の香水石けんで手を洗って、きみのことをゲラゲラ笑っていたかもしれない」

「なんのためにそんなことを?」

「きみをビビらせて、自分たちは味方だと思わせる、ありえない話じゃないだろ? つまりはそれが、心理操作ってわけだ」ジェシーは黒い髪を手でとかす。窓を通して差しこむ陽射しの下で、顔が干からびて見える。「いずれにしても、悪いニュースにはちがいない。つまるところ、彼らは引退しちゃいない。まだ現役で仕事をしてるってことだ」

喉に糸玉がはさまったような感じがした。

「ジャカルタに折り返し電話をかけるのはやめろ。彼らとはきっぱり縁を絶つんだ。やつらはトラブル以外の何ものでもない」

わたしは窓の桟によりかかった。「ブライダル・シャワーには出ない。ヤーゴが何をするつもりなのか、それがわかるまではあなたのそばから離れない」

「ぜったいにだめだ。きみが行かなきゃ、そこでどんな惨劇が起こるのか、事の詳細を聞く楽しみがなくなる」

「ジェシー、わたし怖いのよ」

「彼女は単なるいとこだぞ、エヴ。さあ俺のあとについて言ってみろ。『キリストの力がおまえを負かす』」

「なんのことを言ってるかわかってるくせに」

「ああ。だからこそ、こっちは縮こまっていちゃいけない。さあ、家に帰って着替えておいで」ジェシーは鉛筆でわたしの膝を軽くたたいた。「驚く練習をしておけよ」

「相手はテイラーよ。こっちがどんなに心の準備をしておいたって、きっと驚くわよ」

実際は驚くどころの騒ぎではなかった。

二十一

ニッキィの家の玄関のドアはあいていて、なかから大音量で音楽が流れていた。アリシア・キーズの『ア・ウーマンズ・ワース』。なかに入っていくと、日の暮れに似合わない、ばかに明るい風船の装飾がしてあった。ゴールド・ポピーの花柄の赤いドレスを着てきたのは正解だった。キッチンから話し声が聞こえる。

カールがシーアを抱いて階段を小走りに降りてきた。「きれいだよ」そう言ってわたしの頰に軽くキスをする。「ご親戚のことは何も知らなかったけど、いやはや、きみは偉い」

「彼女また何か――」

カールはそのまま玄関へ向かった。「僕らはゴルフの打ちっ放しに行ってくる。だいじょうぶ、きみはちゃんと乗り切れるさ」シーアが父親の肩ごしに手を振ってくる。

「まあ、なんて美しいの」テイラーの声が襲いかかってきた。「ほらね、その気になれば、ちゃんとおしゃれできるってわかってたでしょ」

彼女が着ているドレスの色は、けばけばしいオレンジだった。わたしの手首をがっしりつかまえて、ダイニングルームに引っぱっていく。テーブルにおつまみが並べてあった。

「FBIから、ちょっとした訪問を受けたわよ」テイラーが言う。

胃がガクンとさがる。「連中に何を言ったの?」

「〈イン・エヌ・アウト〉で会ったって。あなたはチーズバーガーとフライド・ポテトを食べていて、恋人はじつにお茶目な男だった」

「なんでそんなことを訊くか、向こうは説明した?」

「フランクリン・ブランドっていう男と、その仲間が配管工を殺したって言ってた」ブルーベリーの目が興奮に破裂しそうになっている。「それって組織犯罪? それともゆすり?」

「ヴァン・ヒューゼン捜査官がそう言ったの?」

「多くは語らなかった。でも大きな事件だとは言っていた、そうでなかったらデールはわざわざ出てこないって」

デール。

「ほら、彼は資金洗浄《マネー・ロンダリング》を取り締まるユニットでしょ、だから」

テイラーのオレンジのドレスが目の前でぎらぎらする。ヴァン・ヒューゼンは資金洗浄について捜査しているのだ。

ニッキィが前菜の皿を持って入ってきた。「いらっしゃい、待ってたのよ」

テイラーが皿をのぞきこむ。「あら、ハラペーニョ・ポッパーは?」

「オーブンのなか」ニッキィは言って、わたしを抱きしめる。

「出してきてよ、みんな大好きなんだから。ほら、決めたとおりにやらないと」

くる」

「オーブン・ミトンはカウンターに置いてあるわ。わたしは今日の主役をみんなに紹介して

ニッキィはわたしに指をからめ、リビングのほうへ引っぱっていく。こちらが何か言おうとすると、「何もかも完璧。きっと楽しいひとときになるわよ」と言われてしまった。

まずは頭のなかを整理しようと深呼吸をしてから、テイラーが集めた種々雑多な顔ぶれに、にっこり笑って見せる。まるでわたしの机の上で名前が見つかった人物を誰でも片っ端から集めたような感じだった。ラヴォンヌ・マルクスがいれば、ハーリー・ドーソンもいる。どちらも相手に対し、大人の態度を貫いているようだ。それからアンバー・ギブス、通りの向こうのヘレン・ポッツ。ジェシーの母親、パッツィ・ブラックバーンもいる。彼女はアイスピンクのスーツを着て、アクセサリー代わりにスミノフのウォッカが入ったタンブラーをにぎっている。テイラーが部屋に飛びこんできて言う。「さあみんな、こっちへ集まって、これからゲームをするわよ」

見れば暖炉のそばに、一連のパールのようにつやめいて、ジャカルタ・リヴェラがいた。

テイラーはわたしの手にメモ帳とペンを押しつけ、ソファにすわらせる。

ジャガイモ女《ポテトヘッド》、あんたはやっぱり、マヌケだわ。人のブライダル・シャワーに殺し屋を呼ぶなんて。パッツィ・ブラックバーンはソファのわたしの隣にすわり、お腰をくねらせながら、角氷をグラスのなかでカラカラ鳴らしている。ジャカルタはわたしの向かいのソファにすわり、猫のようにくつろいでいる。黒いドレスの肩からゴールドのスカーフをふわりと

かけて、じつにエレガントだ。

とそこで、思わず目をこらした。あのスカーフはエルメス。チェリー・ロペスの猿ぐつわにつかったもの。

「喉が渇いた」とわたし。

「もうちょっと待って」テイラーが言う。「みなさんに、誰も知らない自分の秘密をひとつ、書いてもらいたいの。名前を隠して、それが誰だか当てるのよ」

わたしは腰を浮かしかける。「水を飲みたいだけ」

息を吸いたいだけ。外へ抜けられる窓に飛びこみたいだけ。特殊機動部隊《SWAT》チームに来てほしいだけ。

わたしの肩にテイラーの手が置かれる。「ニッキィ、エヴァンに水をグラス一杯」

ニッキィはテイラーに、電気も凍りそうな視線を投げてよこした。

パッツィ・ブラックバーンが言う。「わたしももう一杯お代わりを」

ジャカルタはメモ用紙にペンを走らせている。何を書いているのか、想像するだにぞっとする——頭部への銃撃一発でKGBの支部長をバラした。まあすごい、正解者に足の爪お手入れセットの景品を、とでもなるのか。わたしはテイラーの腕をかいくぐって、ダイニングルームへ向かった。

グラスで水を飲んでいるところへ、ニッキィがやってきた。「これぜんぶ、ふたりで食べちゃおうか」と言う。

「参ったわ」わたしは打ちあけた。

「まったくよ。パーティが終わったら、彼女、生ごみ処理機にかけてやる」

「ちがう、テイラーのことじゃないの、参ってるのは――」

ジャカルタが入ってきた。「誰を仲間はずれにするかの相談?」

飲んだ水をいきなりウッともどしそうになった。

ジャカルタはニッキィの背中に、姉のような感じで腕をまわす。「あの人、とことん神経にさわるのはたしかね。いいことを教えてあげる」

そう言って、ハラペーニョ・ポッパーをつまみあげる。青唐辛子にチーズを詰めて揚げたものだ。

「これをテイラーはもう半ダースも食べてるわ。今度『風と共に去りぬ』に出てくる召使いプリシーみたいにこきつかわれたら、彼女が五十歳になったらどうなってるか、想像すると気分がすっとするわよ」

ニッキィがにやりとする。

テイラーが頭をつきだしてきた。「いつまでもこんなところにいないで、もう始まるわよ」

ニッキィは出ていきがてらポッパーを皿に山盛りにし、テイラーにわたす。「はいどうぞ」

わたしは出ていく前に、ジャカルタに言う。「あなたは帰って」

ジャカルタの顔から愛想のいい表情がはがれ落ちた。「わたしに五分ちょうだい。生死を分かつことよ」

「ここはわたしの友人の家。そんなところまで乗りこんでくるって、どういう神経?」

「招かれたの」つかつかと近づいてくる。「あなたは危険にどっぷりつかっていながら、わたしの言うことを無視しようとしてる」

リビングからテイラーが呼ぶ。「ちょっと、みんな待ってるわよ」

ジャカルタがぐっと身を寄せてくる。「よく聞きなさい。比喩で言ってるんじゃないの。危険っていうのは、文字通り危険ってこと。しまいまで聞きなさい。恋人が危険な目に遭うのはいやでしょう。自分はいいにしても」

こめかみがずきずきしてきた。ニッキィの呼ぶ声がする。「エヴ、もっとポッパーを持ってきて」

わたしはジャカルタを見る。「わかったわ」

オレンジのバンシー(泣き叫ぶ女妖精)みたいなテイラーがまた現れ、わたしの腕をつかんで、急いでソファに連れていく。ジャカルタはぶらぶら歩いて自分の席へもどった。テイラーは手にメモを数枚持ち、声に出して読みあげる。

「まずはこれね。『わたしはFBIの捜査に力を貸している』」

水をうったような沈黙。

テイラーはメモを振ってみせる。「これはわたし。詳しいことを話すから待っててね。みんなきっと信じないと思うけど」

一時間後、わたしはダイニングルームのテーブルについて、まるでチクタク（イタリア製の小粒のミント菓子）のようにポッパーを口に入れ、ワインで流しこんでいた。ジャカルタと話をする時間は五分どころか、五秒もなかった。音楽はワイクリフ・ジョンに切り替わり、今テイラーはニッキィとステレオの支配権をめぐって戦っている。シャナイア・トゥエインをかけろというのだ。外では夕陽が地平線に向かって降りてきていた。

ハーリーがわたしのところへやってきた。「こういうパーティに出て、もう恋愛なんてすっぱりやめようと思わなかったら、正気じゃないわね」

キャシーとの関係が壊れて、苦しんでいるのはわかっていた。けれども今は他人の悪口につきあう気分にはなれない。またひとつポッパーを口に詰めこむ。

ハーリーが銀色の髪を指でとかす。「そうそう、どうして死人みたいな顔をしているのかようやくわかったわ。あなたも、ジェシーも両方とも。FBIですって？　最後にちゃんと眠ったのはいつ？」

「眠れないのはジェシーよ。轢き逃げ事件の夢にうなされてる。フラッシュバックね」

「フラッシュバック」ハーリーの顔色が変わった。「驚いた、そこまで打撃を受けているとは思いもしなかったわ」

ステレオではシャナイア・トゥエインが歌い、いきなりカントリー・ミュージックに切り替わった。曲は、『マン！　アイ・フィール・ライク・ア・ウーマン！』

テイラーが呼びかける。「さあみなさん、ショーの時間よ」

「なんのショーよ?」ハーリーが言う。

わたしたちはリビングに歩いていった。テイラーが、たくさんのランジェリーでふくれあがった衣装ラックを運んでくる。

「さあ、おすわりください。〈ザラ伯爵夫人のランジェリー〉の協賛により、今日ここに、『めくるめく繊細』のラインナップをみなさまにお届けいたします。紹介するわたしも、もう胸がドキドキ」

テイラーはパンフレットをみんなに配りだす。マリー・アントワネットの寝室みたいなところにヨーロッパの貴婦人がすわっている写真がのっている。「これはパーティの余興のひとつで、まもなく花嫁になる方のためのショーですが、欲しいと思ったら誰でも購入することが可能です」

みんなはその場に立ち尽くした。ラヴォンヌは、まるで毛球を丸呑みしたような顔をしている。ニッキィは口をがくんと大びらきにし、歯がこぼれ落ちてきそうだった。ジャカルタはワインのグラスをまわしていて、表情からは何を考えているのか読みとれない。

アンバー・ギブスが両手をぎゅっとにぎる。「どれもこれも、ものすごくエレガントね」

テイラーが言う。「まずはみなさんにひとつ質問。その答えによって、今夜お見せする下着が決まるのよ」テイラーは純情ぶった笑みを浮かべて、こう言った。「みんなは悪い子、それとも良い子?」

ジャカルタが口を切る。「訊くまでもないわ。みんな悪い子」

テイラーは、まずは抑えめにスタートした。パステル・カラーのブラとパンティのセットをラックから取りはずして、布地を指でいじくりながら、みんなに見せていく。「シルケッセ」と彼女が呼ぶ布地は、まさに奇跡のような素材だそうで、ザラ伯爵夫人のランジェリーにはすべてそれがつかわれているとのことだった。

「シルクの風合いを持つこの布地は、肌に吸いつくような滑らかさが特徴なの」

テイラーはそれから、レース、蝶結《ボウ》び、リボン、花のついたランジェリーを見せる。ブラは寄せてあげる構造になっていて、三十二ミリの銃弾でも貫通できない分厚いパッドがついていた。彼女はそれを「驚異のブラ」と呼び、「どんな人でも」胸に谷間ができると言って、わたしの顔を見た。パンティは、ヒップアップ効果、補整効果に優れ、ふたつの山をくっきり分け、きゅっと引きしめるものを紹介する。テディ、ボディスーツを見せたあとは、ブラックの下着、タンガへと、どんどん刺激が強くなっていく。

わたしはあたりを見まわした。みんながみんな、ホテル・カリフォルニアでチェックアウトの時間を尋ねたばかりの客のような顔（イーグルスの曲の一節。客は、チェックアウトは自由だがこのホテルからは永遠に逃れられないと教えられる）をしていた。例外はアンバーだけで、すっかり魅了され、宗教的とまで言えそうな、恍惚の表情を浮かべている。

「さあ、次は若い独身女性のためのとっておきのセレクション。あらあら、もう興奮しているのは誰かしら？」テイラーはガーターを指にかけてくるくるまわし、みんなに向かって、はじき飛ばした。「レザーが好きな人は？」「おもちゃが好きな人は？」

わたしは立ちあがった。「もう一杯持ってくる」

ハーリーが言う。「ボトルごと持ってきなさいな」

もどってくると、ショーはよどみなく続いていた。テイラーは手回しよく、アメリカの歴史におけるエロチック・ランジェリーの系譜について、とうとう語っている——ヘスター・プリンのビスチェにでかでかとついた緋文字のAについて話し、ポカホンタスのバックスキンのボディ・タンガには革ひもとフリンジがついていたと教える。そこでニッキィが口をはさむ。「お尻フロスに九十ドルも出す？ わたしはけっこうよ」テイラーがジャッキー・ケネディの、パールのGストリングと筒型の帽子に話を向けるころには、こちらは頭がくらくらしていた。そのあと彼女は、ヒーローズ・ラインにスムーズに移行していった——ニューヨークの消防士、アーミー・レンジャー、救急救命士、宇宙飛行士、ガール・スカウト。

「セクシーな勲功記章もさまざまに取りそろえているわよ」

ラヴォンヌはグリーンのベレーと、正装用の肩帯をまじまじと見て言った。「商標侵害に当たるわね」それを受けてハーリーが言う。「書類を提出するわ」

それが終わると、次はスポーツをテーマにしたランジェリーへ移っていく。クリケット投手。射手。フライフィッシングの釣り人をイメージしたランジェリーは、緑の防水ズボンにビニールの透明ブラがセットになっていて、これは「竿」で遊びたい女の子向けだと、テイラーがふざける。そうしてここまできてようやく「めくるめく繊細」の今シーズン最大の呼び物であるロデオ・コレクションへ到達する。ロデイオではなくロデオと発音（フォックス・テレビのドラマ『シンプルライフ—脱ゼイタク宣言—』のエピソード）。樽競走（馬に乗って樽の間を縫って走る）、ステア・レスリング（馬に乗ったカウボーイが逃げる若い牛に飛びつき、屈服させるまでの時間を競う）、荒馬乗り。そしてブル・ライダーとなったところで、わたしが言う。「ねえテイラー、ザラ伯爵夫人はどこの出身？」

「どうしてそんなことが知りたいの？」

わたしはもっとワインを飲むペースを落とすべきだった。「タルサ？ マスコーギー？ バートルズビル（いずれもオクラホマ州の油田地域）？」

テイラーは拍車と、フリースの裏地がついたフランク・ストラップを脇にはねのけた。

「彼女は、ルクセンブルクに住んでいるの。でも下着マーケットのことはよくわかってる」

気のせいか、それとも彼女が実際にわたしの焦点から出たり入ったりしているのだろうか？ テイラーの顔が二重になって、またもとにもどる。たぶんこれは素粒子波動で、今彼女はもうひとつの世界へ消えようとしているんだ。ちがう。テイラーは動いていない。動いているのはわたしだ。たちまち吐き気がこみあげてきた。

テイラーが言う。「誰か、試着してみたい人はいない？ 今夜みんなの購入金額の合計が二百ドルを超えれば、花嫁になるわたしたちの友人にランジェリーのギフトが出るわよ」

ハーリーの手がわたしの腕に置かれるのがわかった。「ちょっと、顔色が悪いわよ」

「たぶんハラペーニョ・ポッパーのせい」わたしはグラスを置いた。

「さあさあ早く、サイズはしっかり合ってないと困るでしょ」

アンバーが衣装ラックの前で下着を選んでいるのが見える。アンバーがふたりいる。パンティが鳥のように宙で舞っている。わたしはワインをじっとのぞきこむ。まだ飲んだのは数杯だけなのに、頭がぼんやりしていた。

ハーリーに声をかけられた。「新鮮な空気を吸ってらっしゃい」

「そうね」わたしは目を閉じたが、それはまちがいだった。頭が遠心分離器のように回転する。

もう一度目をあけたときに見えたのは、たぶん幻覚――アンバーがあのむっちりした身体にカウガールの扮装をして、部屋のまんなかに立っている。カウボーイハットに革ズボン《チャップス》、手には小さな焼きごてを持って。

「ああ、神様」それがわたしの覚えていた最後の場面だった。

二十二

口がコンクリートのようにからからに渇いていた。胃はプレッツェルのように硬く引きしぼられている。目をあけると、光が砂のように飛びこんできて、じゃりじゃりと不快だった。

ここはどこなのか。

わからない自分に悪態をつく。それだけで吐き気を催した。一分ほど待ってから、頭を枕からそろそろとあげていき、薄目であたりをうかがう。恐ろしい気がしたのも当然だ。つきあたりの壁は斜めに傾斜しており、ベッドの向こうには、ヒエログリフの描かれた柱がずらりと並んでいる。

慎重に寝返りを打つ。カーテンは閉まっていた。家具には金色のペンキが塗られ、エジプト風の装飾物があちこちに置かれている。意を決して上体を起こし、足をそっと床におろす。カーペットは金と赤と青の輪が組み合わさった大胆なデザインで、それを見ていると頭がぶーんと鳴りだした。目をそむけた。

テレビのてっぺんにはカード状の番組表がのっている。ここはホテルだ。いったいどこの？　だいたいどうやってここに来たのか？　立ちあがり、窓辺によろよろ歩いていって、カーテンをあけた。

くっきり晴れた空がナイフのように目に飛びこんできた。くすんだ黄褐色の地平線に、しわのよった茶色の山々。砂漠だ。わたしは砂漠が大嫌いだ。

傾斜した壁の向こうに大通りが走っていて、その先にたくさんのホテルや、スフィンクス、エッフェル塔が見える。

「嘘でしょ」

ラスヴェガスだった。

すぐ目の前でストリップ地区が真昼の暑さのなかに浮かんでいる。激しい悪寒と腸の痙攣が同時にやってきた。バスルームに走っていって吐く。

そのあとで顔に水をぱしゃぱしゃかけた。家から四百マイル離れた場所に自分はいる。旅をしてきた記憶もまったくないままに。酔っぱらうほど飲んだわけでもないのに恐ろしいほどの二日酔いで、鏡を見てみると、超前衛的な美容師のヘアモデルをしたような髪になっていた。着ているTシャツには「三秒で欲情」と文字が入っている。

部屋にもどると、椅子の背にわたしの赤いドレスがたたまれてかかっているのに気づいた。椅子の下には靴、座面にはハンドバッグが置いてある。心配になってバッグのなかをのぞいたが、財布に手をつけられた様子はなかった。

すべきことはひとつ――ここから逃げだすのだ。このTシャツを、首をもがずに脱げるのなら。

ドアの鍵が鳴って、その場に凍りつく。入ってきたのはジャカルタ・リヴェラだった。厚紙の箱にコーヒー、ジュース、ベーグルを入れて持っている。頭がガンガンしてきた。

「わたしに何をしたの?」

ジャカルタはオレンジ・ジュースを差しだしてきた。「これを飲んで。水分を補給しないとだめよ」

「誰がそんなもの。あなたが薬を盛ったんでしょ」

「わたしじゃないわ」

椅子からドレスをつかみ、着替えるために、いざバスルームへ向かう。ジャカルタがそれをひきとめ、アスピリンの瓶をわたしの手に押しつけてきた。

「あけてないから。いじれないよう、安全シール付きの密封包装になってるから確認して」

ジャカルタはさらに言う。「あと、そのドレスだけど、また着る気にはなれないんじゃないかしら」

広げてみた。しみがついていて、脂ぎったサルサソースのにおいがした。

ジャカルタが説明する。「バーストウでタコベルに入ったじゃない。午前二時半に。あなた、どうしても寄りたいって聞かなかった」

ドレスをベッドに投げて、アスピリンを飲みに行く。「ここにわたしを拘束するつもり?」

「ちょっと、わたしは何もしていないわよ。単につきあいで来ただけ。あなたもそうでしょ」

わたしはバスルームから出てきた。頭が痛くてたまらず、表情をつくることさえできなかった。それでも相手はわたしの顔から混乱を読みとった。

「何も覚えてないの?」

「説明して」わたしはベッドのぐしゃぐしゃになったカバー類の上に腰をおろした。「昨晩は、見せ物興行師はいなかったし、ビデオカメラもまわっていなかった、そうよね?」

「ハーリーが車で長旅をしようって言いだしたの」ジャカルタはコーヒーの蓋をはずして飲んだ。

「その場の思いつきで。真夜中に。ベガスへ」とわたし。

「彼女がそんなことをするわけがないとでも?」

「いいえ。実際、彼女らしいなと思う。衝動で動く人だから。恋人とけんかして、それで何か、ぱっと気晴らしをしたかった。いつものことよ」わたしは窓の外へ目をやった。つきさすような陽射しだった。「髪がぐんぐんのびる音が聞こえそう」

立ちあがり、相手の手からコーヒーを奪い、ぐっと一口飲む。

ジャカルタが茶目っ気のある目で見てくる。「えらい。誰も信用しないってわけね」

コーヒーは熱くて濃かった。「このホテルは?」

「ルクソール」

「ワインに薬が入っていた、そうよね?」

「おそらく。一番考えられるのは、誰かがあなたにロープを渡したってこと」

「自分で首をくくるようにって、そう言いたいの？」

「ロヒプノール」

頭がまたガンガンしだした。「デートレイプにつかうドラッグ？」

「そう。あなたの行動能力を奪おうと考えた人間がいた」

これはｉハイスト、そしてデッドラインを守れなかったことと関係があるにちがいない。目がずきずきしてきた。

「ジャックス、遊んでいる気分じゃないの。あなたがやったんならそう言って」

ジャカルタはもうひとつのコーヒーを手にとる。「大事なことを忘れないで。わたしはあなたを傷つけるためにここにいるんじゃない。守るためよ」

「なぜ？」

「昨夜あなたは、自分で自分の身を守れなかったから」

「ありがとう。でもそれなら、こうなるまえに守ってくれればよかったのに」

「それだけで済んでよかったって、あとできっと感謝するわ」

「こういうことになるから用心しろって、それを警告したかったの？　ほら、危険にどっぷりつかっていながら、無視をしようとしてるとかなんとか」

「いいえ、これはこちらにも寝耳に水」

わたしはまたコーヒーをぐいぐい飲み、考える。「ハーリーはどこ？」

「カジノ」ジャカルタは言って窓辺に歩いていき、灼熱の真昼を眺める。「わたしたちは無料招待。ハーリーは前にここに来たことがあるそうよ」

「コネがあるからよ。彼女の父親が――」

「道楽者だった。彼女から聞いたわ」

外では、陽射しを浴びたストリップ通りが脱色したように白々として、アスファルトの上の蜃気楼も暑気あたりを起こしているようだった。

ジャカルタが言う。「ハーリーは何かから逃げている。壊れた恋愛からじゃなくて」

「本人がそう言ったの？」

「わたしが何を言いたいか、わかってるはずでしょ。自分で認めなさいな」

明るい光の下、ジャカルタの表情は硬かった。目のまわりに疲れが見える。わたしは胃をえぐられたような気分になり、一瞬また吐き気がもどってきたかと思う。

「彼女がフランクリン・ブランドの悪事に足をつっこんでいるって言いたいの？」

「そうとしか考えられない」

ハーリーはマコという法人の弁護士《コンサルタント》だ。そもそもの最初から、この会社には近づくなとジェシーとわたしに警告してきていた。ハーリーは何が起きているかを知っている。

わたしはこめかみを強く押した。「ハーリーはしゃべらないわよ。〈弁護士・依頼者間の秘匿特権〉を持ちだして」痛みが電光のように走る。「だからって彼女の口をむりやり割らせろって意味じゃないから。わたしが言ったことは忘れて」

「落ちついてよ。わたしは彼女を拷問マシンに縛りつけようってわけじゃないのよ、エヴァン」

身体がぐらついて、ふるえてきそうだった。「ハーリーがわたしのワインにドラッグを入れたと思ってるの？」

「十分ありえることよ。彼女はあなたのグラスの近くにいた。でもそれを言うなら、みんなそうよね。で、あなたが最後にワインを注いだボトルはどこにあったの？　キッチン？　それって最初からあいていた？」

「ええ」

「キッチンにグラスを置きっぱなしにしなかった？」

「したわ。誰でも裏口から入って来られる。みんながランジェリーの豪華絢爛なショーに見入っているあいだに、薬を入れることができた」わたしはこめかみをこすった。「誰がやったにしろ、わたしの意識を失わせてどうしようっていうの？」

「あなたに何かひどいことをしてやろう、あるいは、あなたの家に押しいっているときに、邪魔されないように」

「でもハーリーは、わたしにひどいことをしたことなんかないわ」

「家のほうは、万事だいじょうぶ？」

わからなかった。バッグから携帯電話を取りだした。三件の着信履歴があり、ぜんぶジェシーからだった。かけてみたら留守番電話になっていた。

「もしハーリーが背後にいるとしたら、三人いっしょで遠出したりはしないんじゃない？」

わたしは言った。

「それこそまさに向こうの手口でしょ」

わたしはさらにコーヒーを飲んだ。どうやら自分には、相手の真意をくみとるための神経伝達物質が欠如しているらしい。「ジャックス、あなたたち、わたしをもてあそんでるんでしょ。ティムとふたりで、何かゆがんだゲームを楽しんでいる、そんな気がしてしょうがない。中身はなんだかわからないけど、ゴーストライティングを依頼するなんていうのは見せかけ。あなたのその愛他主義も見せかけ。だからわたしはまだあなたにドラッグを入れられたと思ってるわ」わたしはコーヒーカップを置いた。「とにかくもうここを出るから」

帰ろうとして身体の向きを変えたところで、付け加えることがあったのに気がついた……きれいなパンティが見つかったらすぐにね、と。

ジャカルタが言う。「その袋のなかをさがしてみたら。ブライダル・シャワーのお楽しみ袋よ」

大きな買い物袋で、赤紫色の「めくるめく繊細」のラベルがついていた。ピンク色の薄紙のなかを手さぐりし、なかからザラ伯爵夫人のタグがついたブラとパンティを見つけた。いわく言い難い素材でできていて、銀色の光沢がある。バスルームでそれを着け、自分のドレスを着た上から、しみを隠すために、「三秒で欲情」のTシャツを裏返しにして着る。「めくるめく繊細」は特殊な感覚を与えてくれた。要するにチクチクするのだ。バスルームを出るとバッグをつかみ、さてジャカルタはここでほんとうにわたしを帰すだろうかと考える。

　ジャカルタは窓辺によりかかっていた。「ちょっとすわって」

「そう来ると思った」

　わたしはドアのほうへ向かった。ひょっとしてかんぬきがかかっている？　それとも玄関ホールでティム・ノースが待っているとか？　ドアノブに手をかけたところでジャカルタが言った。

「なぜFBIがジェシーを追っているか、知ってるわよ」ベガスの強烈な陽射しを背にしてジャカルタは黒い影にしか見えない。「で、それがすべてマコに結びつくの」

　わたしは彼女のほうへ歩みより、腰をおろした。

　ジャカルタはベーグルとオレンジ・ジュースをよこしてきた。「まずは落ちつきなさい。頭も身体もつかいものにならないんじゃ困るのよ。どんどんまずいことになってきてるんだから」

　わたしは言われたとおりにした。

　ジャカルタが言う。「チェリー・ロペスはマコ・テクノロジーと、悪い関係で深くつながっているのよ」

「で、これがFBIとどう関係してくるの？」

「まあ、聞いて。ちゃんと話についてこられるかしら。自分がどんなひどい泥沼に踏みこんでいるかぜんぜんわかっていないわね」

ジャカルタは窓辺を行ったり来たりする。「まず背景から。ロペスは、あなたも見ている、ふたりの男といっしょに働いていた。ミッキー・ヤーゴとウィン・アトリー」

「知ってる。自分たちをiハイストと呼んでる連中」

「彼らはオンラインでの窃盗とゆすりに熱中していた。そういうものを防ぐのがマコの存在理由であるはずが、その逆が起きているの。次に歴史——ヤーゴはそもそもコカインの売人で、その商売をマコに広げたの」

「ミッキー・ヤーゴが会社にコカインを供給していたってこと?」

「彼はケニー・ルデンスキー個人にドラッグを売ってたの」

一気に脈拍がはねあがった。頭が痛み、コーヒーを飲んだ。

「最初は、売り買いをするだけのふつうの関係だった。ケニーが、自分の担当していた企画でへまをやるまではね。ケニーは、これじゃ社員に給料も払えないと気づいたわけ。そこでヤーゴと取り引きをした。大量のコカインをヤーゴから安く買って、それを売りさばくことで手っ取り早く現金を生み出し、給料支払いにまわそうとした」

「そんな——信じられない」

ジャカルタが片方の眉をつりあげた。「あなたはハイテク産業が今よりずっと野放しだったころをあまり知らないんでしょ?」

「なぜケニーはそんな危険なことに手を出そうとするわけ?」

「やけっぱち、モラルの欠如、自分はビジネスを切り盛りできる器じゃないとパパに見破られたくなかったから……」ジャカルタは手をひらひらと振る。「問題は、ヤーゴは彼を罠にかけたのに、ケニーのほうは相手を救世主だと思いこんだこと。今じゃふたりは、ぬきさしならない共生関係にある。マコが株式公開したとき、iハイストは新規株式公募にたっぷり金を注ぎこんだ。ヤーゴはマコの重要株主よ。もちろん幽霊会社の名前をつかっているんだけど」

「で、これによってケニーはどう助かるの？」

「ヤーゴがマコの株を購入して保持することで、株価と、株式時価総額を支える。その見返りとして、ケニーはiハイストにマコのセキュリティ・ソフトへ特別にアクセスできるようにしたの、もちろん内密にね」

わたしは少し考えた。「ケニーは連中に、マコのソースコードを売っていた、そうでしょ？」

「そのとおり」

「で、iハイストはそれを手に入れると、陰で不正にプログラミングし、保護されたデータ・ベースに侵入して個人情報を勝手に引きだし、人々を脅迫した」

「チェリー・ロペスが大好きなことのひとつよ。で、人々から徹底的にしぼりとったあとで、iハイストが彼らの銀行口座をからっぽにし、クレジットカードを限度額ぎりぎりまでつかう。被害者を壊滅させるための、最後の一蹴りってところね」

わたしはコーヒーを飲み、情報を整理しようとする。今聞いた話をぜんぶまとめて、ＦＢ

Ｉの資金洗浄ユニットがｉハイストを捜査していることと結び合わせようとした。

わたしは言う。「マコはセグエという名で、裏金を入れる口座を持っていた。ヤーゴがそれをつかって、犯罪で得た収益を洗浄した、そうじゃない？」

「そのようね」

「ケニー・ルデンスキーはヤーゴの資金洗浄に便宜を図っていたんだ」

「早く言えばそういうこと」

「冗談じゃない。ケニーのやつ、分け前をふところに入れてたってわけね。それをつかって帳簿をごまかしていた。マコではほかに誰が関わっていたの？　ケニー以外に？」

「わからない。チェリー・ロペスはそういう情報を持っていなかった」

ジャカルタの顔は無表情だった。ロペスが情報を持っていないって、彼女とティムは何をもってそう判断したのだろう。

「まだこっちは米国政府の人間につながりがあってね。財務省にいる男が、ウィン・アトリーについてざっと説明してくれたわ。ウィン・アトリーは国税局のプログラマーで、セキュリティをテストするために呼びこまれたの。システムに穴がないか調べるのが彼の仕事。それが、見つけた穴から自ら侵入し、何千という社会保障番号と、オンラインで提出された所得税申告を盗んで、脱税者を脅迫するのにつかったの」

「あなたのその友人が、そこまでつかんでいるなら、ウィン・アトリーは拘置所にいるはずじゃない？」

「起訴するには証拠が不十分」

「それじゃあ当局が証拠を入手するのに、わたしたちが力を貸せばいいんじゃない？　証拠はマコの帳簿にあるはずよ、それを見ればもつれた糸がほどける」

ジャカルタの猫のような目が困った表情を見せる。「わたしにそれをどうしろって言うの？　マコのコンピューターをハッキングしろって？　あなた、相手をまちがえてない？」

わたしは立ちあがり、窓に両手をついて今にも発火しそうな通りを眺めた。ガラスが手に熱い。

ジャカルタが言う。「それなら自分が、なんて考えないでね。あなたがマコのシステムに不法侵入するなんて、とんでもない。やりようがないでしょ」

わたしは答えなかった。

「エヴァン、セキュリティはマコの商売よ。まさかあなた、彼らが暗号化したものを自分で解読するとか、ルーターの設定をしなおして、あちらのネットへのアクセス許可を得ようってわけじゃないでしょ。向こうが張り巡らしたすべてのバリアと、パスワードで保護されたマルチレベルの関門を突破して、システムにアクセスするなんて、土台無理な話。社員を買収して必要な情報を手に入れるというのも無理。そんなお金はないでしょ」

「彼らに、ごくごく丁重に頼んだらどうかしら？」

「あなたみたいなずぶの素人がマコのコンピューター・システムに入るには、ひとつしか方法はない。彼らのオフィスの端末に物理的にアクセスする。誰かがセキュリティ・ルームのドアをあけたすきに入りこみ、キーボードの裏にパスワードをテープで貼りつけてあるのを見つけたら、超一流の暗号化ソフトウェアも、あなたが侵入してくるのをとめはしない。だけどね、そんな条件がそろうなんてことは、まずもってありえないのよ」

「あなたの手はわかってる。そう言って、だからやってみなさいと思いっきりけしかけてるんでしょ」

ジャカルタはコーヒーカップを置いた。「今から大事なことを言うわ。いいこと、iハイストは血も涙もない集団よ。ケニー・ルデンスキーと密接な関係にあり、彼らはあとに引く気はない。もし連中がジェシーに目をつけたのなら、その理由はおそらく、資金洗浄の新たな窓口を立ちあげるためよ」

「なぜ?」

「たぶん、現在の窓口は、みなもう崩壊寸前なんでしょう」

ジャカルタがわたしの目を見すえ、こちらが結論を言うのを待っている。また吐き気がこみあげてきた。

わたしは言った。「ハーリー」

二十三

エレベーターから降り、耳に携帯電話をあてて、もう一度ジェシーにかけてみる。やっぱりいない。わたしはカジノのなかへ入っていく。ぴかぴかする光とやかましい音に、たちまち胸がむかついてきた。真昼のカジノは物寂しく、空疎な胸のうちをさらしていた。クラップスのテーブルはがらんとしていて、清掃係が掃除機をかけるなか、ルーレットをやっている観光客にウェイトレスが無料のカクテルを押しつけている。

ハーリーは賭け金の下限が五十ドルのテーブルでブラックジャックをしていた。目の前にチップの山ができている。

わたしが近づいてくるのに気がついた。「生きてたのね。気分は良くなった?」

「ちょっと休憩にして」

「なによ、せっかく人が楽しんでるのに」

ディーラーがバストし、ハーリーのチップの山がさらに高くなる。彼女の目はらんらんと輝いていた。

「話があるの」

「わかった」ハーリーは五十ドルのチップを自分の隣のあいた席に置き、ディーラーにうなずいてみせる。「彼女も入れてやって」

頭がずきずきして熱くなる。ディーラーがじっと見ているのがわかって、腰をおろした。

ハーリーが言う。「どうしても来たかったのよ。それにあなたの友だちのジャックス、すてきじゃないの。今夜MGMグランドでやるショーのチケットを買っておいたから」

ディーラーはカード入れからカードをさっとすべらせた。最初に来たのは9のカード、次は8だった。

「ミッキー・ヤーゴのために、ずっとお金を動かしていたのね」ハーリーに言う。

ディーラーは二十三まで引いてしまい、わたしは五十ドル稼いだ。ハーリーはわたしの顔を見ていない。

「薬を盛られたの。やったのはあなた?」

またカードが配られた。わたしのほうは十六、十九とあがっていって、二十になった。そこでわざとバストして負けると、とうとうハーリーがわれに返り、立ちあがった。チップを集めだす。

「どうかしてるんじゃないの」ハーリーはチップをバッグに入れ、テーブルを離れて歩きだした。

わたしはあとについていき、噴水と金メッキした柱の列を過ぎて、まばゆい陽射しを反射するプールに出てきた。

「ハーリー、わたしの話を無視しないで」

彼女の目に硬い光が宿っている。「あなたねえ、何か悪い魔物にとりつかれてるんじゃないの。こっちのツキを台無しにしようというんなら、帰ってよ」

「ねえ、何がどうなってるの？」

「わたしがあなたに薬を盛ったって、面と向かって糾弾してるわけ？　病院に行ったほうがいいわね」

「マコで何が起きてるの？　誰が悪事に荷担しているの？」

「ぜんぶ黙殺してあげる。飲み過ぎるとこういうことになるんだって、いい教訓にするから。まったく、こっちは頭をすっきりさせに来てるっていうのに、連れてきた友人が逆上してるんじゃ始末に負えない」

「でも――」

「でもも、何もない。前に言ったはず、マコ・テクノロジーに関わり合うなって。そんなことをしても悲しい目を見るだけよ。さあ、もういいでしょ。五千ドル稼いだのよ。あのディーラー、わたしと相性がいいわ。彼女が非番になる前に、この調子でばんばん稼ぎたいの」

わたしはもうかんかんになり、ひとりホテルの部屋へもどることにする。ジャカルタの言うとおりだった。ハーリーは汚れている。そして、徐々に化けの皮がはがれてきていた。

上りのエスカレーターを半分まであがったところで、反対側の下りエスカレーターをチェリー・ロペスが降りてくるのが見えた。バンダナとゴールドのフープ・イヤリングをつけて、風船ガムをオレンジぐらいの大きさにふくらましている。一瞬視線がからみあい、すれちがった。それから相手がぐるっと向きを変え、下りエスカレーターを駆けあがった。わたしを追いかけるつもりだ。

こちらはこちらで上りエスカレーターを駆けあがった。長いエスカレーターの、太ったおばあちゃん連中やエルビスの熱狂的なファンたちのあいだを縫っていき、中二階をめざす。背後で怒鳴り声が聞こえ、ふりかえると、ロペスが上りと下りのエスカレーターを隔てる仕切りを飛びこえて、わたしのいる側の上りエスカレーターを駆けあがってくるのが見えた。

こちらは中二階までたどりつくと、あたりに目を走らせた。前方に警備員がいる。

彼のほうへ走っていく。「エスカレーターを駆けあがってくる女。下のカジノでわたしにすりを働こうとしたの」

警備員がさっと首をまわす。「どんな外見ですか?」

「黒い髪に赤いバンダナと大きなイヤリング。ヘビのようなタトゥーをしていた。あれは未成年ね」

「ここでお待ちください」警備員は言い、エスカレーターに向かっていった。

わたしは待った。ただしそれは、ロペスが飛びだしてきて、警備員の腕のなかへ入っていくまでのあいだだけだった。

タクシーはマッカラン空港をめざしてスピードをあげた。警戒線を張ったように生えそろうヤシの木がびゅんびゅん飛びすさっていき、視界がさざ波のように揺れる。空港に入ると、ロサンゼルス国際空港《LAX》経由でサンタバーバラまでのチケットを買った。荷物を預ける必要はなく「めくるめく繊細」の買い物袋を手に、身ひとつでセキュリティチェックへまっすぐ向かった。もう一度ジェシーに電話をかけてみようかと思ったが、携帯電話のバッテリーが切れていた。金属探知器をくぐり抜けていくと、警報が鳴った。

「鍵、ベルト、硬貨などが、ポケットに入っていませんか?」警備員が訊いた。

入っていないと言うと、もう一度金属探知器のなかを通らされた。機械がまた警報を鳴らす。

警備員はわたしを脇に引っぱっていき、スキャナーを取りだした。エックス線機器の係員が、わたしの買い物袋に眉をひそめた。

スキャナーが上下する。ブラとパンティを通過するとき、決まってキーキー音が鳴った。エックス線機器の係員は、わたしの買い物袋をあけ、飾りたてた薄紙の層をさぐって、独身女性のためのギフトを引っぱりだした。そこにそういう物が入っているであろうことを、わたしは知っておくべきだった。テイラーがパーティで客に配った記念品には、ボンデージ初心者用の手錠、なめておいしいボディペイントが含まれていた。

警備員は、ペニス型のグミキャンディ一袋をかかげてみせる。「これは朝食ですか?」

わたしのブラジャーの上で、スキャナーがけたたましい音をあげた。警備員が言う。「あなたの下着は、何でできてるんです？　起爆導線ですか？」

頭のなかがまた騒然となってきた。いったい今日という日はどこまでひどくなるんだろう？

警備員が、T-Rex（ティラノザウルス）のラベルがついた、巨大な張り形を渡してきた。「これはどうやってつかうものか、見せてくれませんか？」

飛行機は定時にLAXに到着し、そこからサンタバーバラに向かう飛行機に乗り換えるため、ひたすら歩く。ジェットエンジンの排気のにおいで、頭も身体もずきずき痛んだ。まるで線路の犬釘を眼窩に打ちこまれたみたいだった。自分の着ている服は見ないようにする。ラスベガスの空港で着替えを買い、今はロイヤルブルーのショートパンツと、それとおそろいのTシャツを着ていて、Tシャツには、「孫の遺産を勝ち取るぞ！」の文字がでかでかとついている。わたしはゲートに向かった。そこでローカル便のターミナルに行くバスに乗る。あとは海岸沿いに二十分も飛べば、サンタバーバラに到着だ。

出発便のモニターを見ているとき、それを感じた。ビーンという電気音が、男の存在を知らせた。ぐるっと振りかえると、ミッキー・ヤーゴが三フィート先に立っていた。ブラックのジーンズのポケットに両手をつっこみ、金色の巻き毛に陽射しを反射させ、鋭い表情の顔をこっちに向けていた。わたしの全身を電気がパチパチ通り抜ける。

ヤーゴはコンピューター・ケースのストラップを肩にひっかけて言う。「歩こう」

「飛行機に乗らないといけないの」わたしはゲートのほうへ進みかけた。

相手がわたしの腕をとった。「きみの乗る飛行機はあと一時間しないと来ない」手はひやりとし、声はざらざらして神経にさわった。

「空港のゲート係員に言うわよ。この人からいやがらせを受けているって。そうしたら警備員が呼ばれる」

「そうしたら、警備員にこう言う。この女は俺にすりを働こうとした」ヤーゴの表情は硬い。

「最近流行っているらしいからな」

チェリー・ロペスと話したにちがいない。

ヤーゴが言う。「俺の財布がきみの買い物袋に入ってる。それにコカイン十ドル分相当の入った包みも」

わたしは「めくるめく繊細」の袋をのぞきこんだ。薄紙の下に男物の財布と白い粉が詰まった小袋があった。目の前が真っ赤になった。ヤーゴの手に腕をつかまれ、ゲートから引きはなされていく。

どうしてわたしがここに来るってわかったんだろう？　搭乗券を発行された客しか、ターミナルのこのエリアには入れないはずだ。一種の見せびらかしだろうか？　俺はおまえを見つけることができるんだという、ひけらかし？　だとしたら、たしかにお見事。

ヤーゴは空港の曇りガラスのドアを抜け、受付にいる女性にメンバーカードをちらっと見せて、ビジネスクラスのラウンジへ入っていく。なかへ入ってみると、革と白っぽい木の内装が北欧のカクテルラウンジを思わせた。ヤーゴの足取りは急いでいない。わたしを窓辺のソファに連れていって、腰をおろした。

「ブラックバーンは俺を無視できると思ってる。だがそいつはまちがいだ」

わたしは彼の顔をまじまじと見た。ユーモア、生気、わたしに対する興味、そのいずれも、かけらさえ見られなかった。これはわたしを感心させようという場面ではない。ジェシーにメッセージを伝えるのが目的だ。

「やつはデッドラインを破った」

「どうしたいの？」

「やつに俺の言ったことをやってもらいたい」そう言って、コーヒーテーブルの上に置かれたナッツのボウルを指でいじくる。「やつは俺を無視するべきじゃない。俺を無視したカル・ダイアモンドは代償を払った」

わたしは何も言わず、ヤーゴの鋭く角張った顔をじっとにらむ。それを言うことで、こちらに何を伝えたいのか。カル・ダイアモンドを脅迫していたということのほかに？

「ダイアモンドは詐欺の事実を隠しとおそうとして、そのストレスから心臓発作を起こしたのね」

しまった。相手は片方の口角をくいっと持ちあげ、おしゃれな茶色のやぎひげが、それに合わせてくるんとしなる。あの薄笑いが語っている。ジェシーも何かを隠しているのだと。

恋人にも知ってもらいたいかい？　知ったあとでも彼女はそばにいると思うかい？

わたしは虚勢を張った。「思わせぶりな態度をとっても無駄よ。こっちはぜんぶ知ってるんだから」

ヤーゴがぐっと身を寄せてきた。黒いTシャツに昨夜吸ったマリファナのにおいがしみこんでいる。「いい度胸をしてる。だが嘘は下手だ。きみはなんにもわかっちゃいない」

はったりは最後までかますもの。「ブランドがマコから横領していたのは知ってるわ。それで迂闊にもiハイストの裏金をだましとったんでしょ」

「弁護士の言葉づかいってのはたいしたもんだ。迂闊にも、か。メモさせてくれ」

「それでケニー・ルデンスキーが尻ぬぐいをした。父親からも警察からもすべて隠した」

「ケニーは、ビビり屋のガキだ」ヤーゴがふんぞりかえり、脚を前にのばした。「フランクリン・ブランドにはもう金はない。だが、きみの男はブランドのおかげでマコから金を手に入れた。考えた結果、その金を俺がもらうべきだと判断した。要求はそれだ」

わたしは無言。

「ブラックバーンに話したよ。それをこっちによこさないんなら、代償を払えってね。やつはよこさなかった。だから別のものをいただこうってわけだ」

「何?」

「百万ドル」

わたしの目に浮かんだショックを向こうはぜったい見たはずだ。これぱかりは隠しようがなかった。

ヤーゴはラップトップ・コンピューターをケースから出し、何気ない感じで起動させる。

「だが、やつにそれだけの額を用意できるとは思えない。それで別の選択肢を与えることにした。こっちにちょっと便宜を図ってもらう。単なる頼み事だ。それが積もり積もって百万ドルに結晶する。そうなったら、それでよしとしようじゃないかと。俺は鷹揚な男なんでね」

ヤーゴはキーをたたいた。「コンピューターってのはほんといいよな。コカインの売買なんかよりよっぽどいい。人に物を売るってのは、骨が折れる。きみは販売の仕事をしたことがあるか？ くだらねえよ。汗水流して東奔西走。だがコンピューターは愉快だ。こっちはすわって、何ビットも情報が勝手にあちこちへ飛んでいくのを見てりゃあいいんだから。在庫も販売員もいらない。まさに夢の商売だ」

ヤーゴはラップトップに携帯電話をケーブルでつないだ。

「それで、もしジェシーがあなたの頼み事を断ったら？」

「別の形で支払いをすることになる」

「どうやって？」

「友人たち。きみもそうだ」

喉がからからになった。

ヤーゴが続ける。「きみのことはすべて知っている。どこに行こうと、瞬時のうちにわかる。さまざまな方法で接触ができるんだよ、実際にきみに一度も手をかけることなくね」

ヤーゴがキーをたたく。耳慣れた鋭い金属音がして、Eメールが送信されたのだとわかる。

「きみにだよ、かわい子ちゃん。きっと楽しんでもらえる」

ヤーゴは白い油性鉛筆をコンピューターのケースから引っぱりだし、テーブルの上板に文字を書きだした。「ブラックバーンにはこいつが必要になる。口座の名義、番号、銀行コード、伝達情報」

胃がぶるぶるふるえだした。彼は「セグエ」と書いた。そのあとに数組の番号を書く。

「同じ情報をやつから欲しい。やつの法律事務所がかかえる顧客の信託勘定の口座のね」

ジェシーにiハイストの金を洗浄させようというのだ。「彼は渡さないわ」

「いや、渡すよ」

ヤーゴはサイドテーブルに並んでいる卓上電話をひとつ取って、クレジットカードの番号を入力した。「電話代はこっち持ちだ。やつの家の電話番号は?」

わたしはだまっている。ヤーゴの表情が鋭くなった。

「二分でわかるんだよ。互いに時間を節約しようぜ、かわい子ちゃん」

わたしは折れ、番号を伝えた。ヤーゴはダイヤルし、電話をわたしによこした。

「俺の書いた情報を伝えてやれ」

ジェシーの留守番電話が応答した。わたしはセグエの口座情報を吹きこむ。電話を切ると、ヤーゴはテーブルに書いた数字をナプキンで消した。

「やつの持ち時間は二十四時間だ」

「もしこの情報をわたしがまっすぐ警察に持っていったら?」

「そんなことはしないさ」ヤーゴはコンピューターをケースにもどして立ちあがった。「さあ。きみがゲートに行く時間だ」

わたしはすわったままでいた。この男は相当なやり手だ。人をおもちゃにして楽しんでいる。今はこのわたしが彼のおもちゃであり、素直にゲートに行っていいものか信用できなかった。相手はたった今、その出所をたどっても自分には行き着かない情報を託した。警察がわたしをたたいても、彼に結びつく証拠は何も出てこない。この先にもきっと何か罠があるにちがいない。

「もし財布を取りもどしたかったら、自分で買い物袋のなかから取ってちょうだい。コカインはわたしがトイレに捨ててくるから」

「捨てる? そいつはきみへのプレゼントだぜ」

わたしは立ちあがらなかった。

「わかったよ」ヤーゴは袋のなかをさぐって財布を取りもどした。「三十秒やる」

ヤーゴは女性用トイレまでついてきて、わたしがなかに入っているあいだ、入り口のところに立っていた。洗面台には女がひとりいた。わたしは彼女が出ていくまで待つ。指が触れないよう、ティッシュペーパーをつかって小袋を持ちあげ、ゴミ箱のなかへ入れる。大量のペーパータオルを上からかぶせて、なかへ押しこんだ。

外に出るとヤーゴがドアの前に立っていた。「さあ、行こうぜ」

ヤーゴはわたしをゲートまで連れていった。なかへ入りかけてから、わたしはヤーゴに声をかけた。「このまま行かせるのね。こっちがこの情報をしかるべき筋に持っていかないって、どうして確信できるの?」

ヤーゴがにやっとした。恐ろしい笑みだった。黒板の端から端まで爪でひっかくのと同じ効果がある。

「なぜって、きみはまだわかってないからさ。やっぱり言っといてやったほうがいいな」ポケットに両手をつっこむ。「あの轢き逃げ事故。きみの恋人がブランドのケツを監獄に放りこむことを想像して、いつも勃起するほど興奮するアレ」

わたしの探知機が動きだす。「あれがどうしたの?」

「みんな逆のことを考えてる。そもそもの初めから、あのガキを主役にしているところに大きなまちがいがある」

スピーカーから自分の乗る便名が読みあげられた。わたしは動かなかった。ヤーゴはずっとにやにやしている。悲劇の将軍カスター、サン・オブ・ザ・モーニング・スター、殺し屋のゴースト。

「ブランドのほうじゃ、あのガキはどうでもよかった。株券詐欺のほうは、自分でしっかり手綱をにぎっていたからな。あの事故は、死んだガキには関係ない」

視界がびゅんびゅん飛んでいく。

「きみも、きみの恋人も、てんでわかってない。あれで死ぬことになっていたのは、サンドヴァルじゃなかったってことを」

嘘。胸がぎゅっと縮む。「なんなの？」

「言っただろ、お楽しみを台無しにしたくないって。もしきみが何もかもサッにしゃべったら、やつらはそれらをぜんぶつなぎあわせてみる。そうなるとあっというまに事態はもつれにもつれる」ヤーゴは体重を移動させる。「やつみたいな身体の人間にとって、監獄がどれだけきついか、知ってるか？」

わたしは驚きのあまり言葉もなかった。ヤーゴは満面の笑みになって言う。「飛行機に乗り遅れないようにしろよ」

ヤーゴはわたしが戸口を抜け、階段を降りてバスに向かうのを見守っている。バスに乗るとき、ターミナルのほうをふりかえると、ヤーゴが窓辺に立っていた。金色の巻き毛が陽射しを受けて派手に光っている。

わたしはゾンビのようにすわっていた。そのあいだバスは、ローカル便のターミナルをめざして、ガタガタと走っていき、ボーイング777型機の腹ぼての巨体の前を過ぎていった。自分の手に目を落とすと、細かくふるえているのがわかった。

お楽しみを台無しにしたくない？

ジェシー。ブランドはジェシーを狙った。最初からジェシーを殺したかったのだ。バスがローカル便のターミナルに入ってとまった。安っぽい建物は人で混み合っている。なかでテレビがついていて、みなその近くにすわって、自動販売機で買ったものを食べていた。

そのときアナウンスが入った。「サンタバーバラからお越しのディレイニー様、いらっしゃいましたら受付までお越しください」

そらきた。ヤーゴはわたしにサプライズを用意してあった、思ったとおりだ——飛行機に乗ろうが乗るまいが、事は同じだった。でも何？　わたしはトイレに行った。角の個室でハンドバッグの中身をぶちまけた。こめかみがずきずきしてきた。ナイフが入っている。

まず息を吸う。ここから出ないと。ただしヤーゴ、あるいはその仲間が、わたしがもどるのを見越して、メイン・ターミナルで見張っていることも勘定に入れないといけない。彼らに見られないようにして空港を出ないと。

それには扮装が必要だ。こういうときに、ダイアナ・ロスのカツラはどこに行った？　ヴェガスで買った鮮やかなブルーの服を脱いで、また赤いドレスに着替え、「三秒で欲情」のTシャツを上から着てしみを隠す。それから買い物袋のなかをさぐって、なめておいしいボディペイントを取りだす。手に吹きつけてみるとチョコレートだった。それを頭にスプレーして、よくもみこむと、キャラメル色の髪が、べたつく茶色になった。まったくばかげて見えるけれど、ここはLA。LAでは、ばかげたかっこうは一度こそふりかえられるものの、二度目はなく、あとはそのまま行かせてくれる。

ナイフをトイレットペーパーでくるみ、ゴミ箱に捨てた。サングラスをかけ、堂々と表に出ていってメイン・ターミナルにもどるバスに乗る。誰かが待っている、いやな予感がした。

バスがとまった。わたしの腱はピアノ線よりきつく張っている。階段をのぼり、ターミナルに入っていくと、そこの椅子にすわって、ベイビー・ルースのキャンディを食べているお仲間がいた。ウィン・アトリーだ。戸口を抜けてくる人々をじっと観察している。キャンディを嚙むと、あごがぶよんぶよん揺れて、ショウガ色のあごひげがくねくね動いた。わたしはまっすぐ前方を見つめ、他の乗客といっしょに彼の前を過ぎていった。

突然アトリーが立ちあがった。口が動いて何か言っている。イヤピースが耳に入っているから、電話で話しているのだろう。こちらは足を速めることも、彼のほうを見ることもしないようにする。

連中はわたしをハメるつもりだ、逮捕されるよう罠を仕掛けたのだ。ジェシーに圧力をかける、ただそれだけのために。

アトリーがジーンズのウエストバンドを引っぱって、あたりをきょろきょろ見まわしている。彼はわたしを見つける任務を負っているのだ。おたおたと受付に向かい、顔に動揺が浮かんでいる。わたしはターミナルの正面に向かった。

警備員がふたり、わたしの前を小走りで駆けていき、ゲートのほうへもどっていく。わたしはペースをあげた。監視カメラがある天井には目を向けないようにした。ベタベタした髪で、下品なシャツを着て、あわてふためいた表情の女。暇をもてあましている警備員なら、三度は目を向けるだろう。

そのとき警報音が鳴り、警備員らが走りだした。わたしは急ぐ。警報はセキュリティ違反を意味する。警報はウィン・アトリーがベイビー・ルースでわたしのいる方角を差したことを意味する。

そうとなれば、警備員は外でわたしを呼びとめ、ここに至るまでの足取りを追跡し、女性用トイレのゴミ箱をさぐって、小袋に入ったコカインとナイフを発見するだろう。ここから出なければならない、そうでないとまずいことになる。ターミナルのドア付近に警官がひとり立っていて、無線に向かって話し、人々にくまなく目を光らせていた。人群れにさっと目を走らせ、わたしのほうを見た。胃をぎゅっとつかまれた気分。

彼は人々に手を振って外へ誘導しだした。わたしは全速力で縁石に出て、タクシーを呼んだ。

二十四

アダムの家の前に、ジェシーの車がとまっていた。わたしはLAXで借りてきたムスタングを乗り入れてとめた。乾ききって、汚れきって、疲れきっていた。一瞬家をじっと見つめる。神経が錐もみ状態になっている。どうやって、このニュースを打ちあけようか。アダムの心にまたもや打撃を与えることなしに。

ノックに応えて出てきたアダムは、当惑の表情を隠せなかった。

「おいおい、どうなってるんだ？　ブライダル・シャワーでそんなふうにされたのかい？」

「そうじゃないの。自分でやったのよ。ハエが頭にとまる前に、なかに入れてくれる？」

アダムは入るよう手で示した。「気分も、その外見と同じぐらいひどい？」

「もっとひどい。ジェシーに話をしなくちゃいけないの」

「裏だ、外に出ている」

パティオにジェシーが陽射しを浴びてすわっていた。テーブルの上には、サルサソースとバーベキューにした魚、ワインが一本置いてあった。丘の向こうに青い海が盛りあがっていて、太陽が水平線を金色に染めている。

ジェシーが顔をあげた。「どうしちまったんだ」

「これについては、時系列に沿って説明するわ。ただし薬を盛られて意識を失ったことだけは先に言っておく。それよりも、まずはあなただけに話さないといけないことが」

ジェシーは松葉杖をつかっていた。苦労して立ちあがると、わたしのあとについてリビングにやってきた。わたしはジェシーのすぐ近くに立って、彼の胸に片手をあてた。

「轢き逃げはアイザックを狙ったんじゃなかった。ブランドはあなたを狙っていたの」

ジェシーの目がわたしの目をとらえた。彼には、わたしが本気で言っているのがわかっている。事実をよく吟味したあとでなければ、そんなことは言わないと知っている。ジェシーは胸を上下させ、その顔にある種の表情がじわじわ広がっていく。身体が痛むときの顔だ。

ジェシーは腕に体重をかける。「どうして？」

「わからない。ミッキー・ヤーゴがそう言ってた。あの事故はアイザックとはなんの関係もなかったって言い張ったの。神に誓って」

ジェシーは理解したようだが、納得はしていない。「だが、俺はフランクリン・ブランドとはなんのつながりもない」

「考えて。自分がしたこと、見たこと、やったこと。何かしらマコかブランドにつながることがあるんじゃないの。あの会社とほんのわずかでも関係していることが何かあるのよ」

ジェシーの青い目が曇った。まるで息ができないような感じだ。

「何？」わたしは彼の顔に触れた。

「いいや、なんでもない」

「わたしに話して。思いだそうと努力してよ。事故の前に、あなたに何か起きなかった？ アイザックといっしょに何かしたとか、仕事で何か……」

「何もない」

ジェシーの肩はこわばり、目は壁か、あるいは家具か、とにかくわたし以外の物を見ている。何を思いだしたか知らないが、わたしには言いたくないらしい。

「ジェシー。それが明るみに出ると、あなたは監獄行きだって、ヤーゴがほのめかしてた」

「だが、俺は監獄行きになるようなことは何もやっちゃいない。冗談じゃない、エヴァン、俺を信じないのか？」

わたしは冷静さを捨てなかった。「もちろん信じてるわよ。でもねジェシー、ミッキー・ヤーゴは今日わたしを罠にかけたの」

LAXで起きたことを話し、iハイストのために資金洗浄をしろというヤーゴの要求と、新たなデッドラインを伝えた。「百万ドル」と言ったときには、ジェシーの首に赤みがさした。すくみあがったようだった。

「協力しないなら代償を払えって。あなたの友人や、わたしで。今日はそのさわりをちょっと見せたというところよ」

「くそっ、なんてことを」

「だからもう逃げないで。わたしに何を隠しとおしてきたか知らないけど、どんなひどいことでもいいから話して」

「俺は――」言いかけた言葉を呑みこみ、かぶりを振った。

「もう一度言うわ。ヤーゴは、あなたの友人が代償を払うことになるって言ったの」

わたしはあからさまに窓の外に顔を向け、パティオのテーブルについているアダムを見やった。椅子に背をもたせかけ、ワイングラスのへりを指でなぞっている。

ジェシーはちょっとのあいだだまっていた、それから、「まずい。やつに知らせないと」と言った。

わたしはジェシーの肩に手をのせた。「いらいらさせないで。しまいに怒るわよ。あなたいったいどうなっちゃったの?」

ジェシーは無言でくるっと身体を回転させ、裏口へ向かって声をかけた。

「アダム」

「まさか。嘘だと言ってくれ」

アダムはテーブルにかがみこみ、指先をこめかみにあてたまま、死んだように動かなかった。ジェシーは彼の背に片手をあてている。

「なぜブランドがおまえを殺す必要がある、ジェシー?」

「わからない」

アダムはまるで他人を見るような目をジェシーに向けた。「わからないはずがない」

「ほんとうだ、心当たりがないんだ」

「ブランドはおまえを殺すよう仕組んだのに、うっかりまちがえてアイザックを殺してしまった。それでいて、まったく心当たりがないと言うのか?」

「とにかく今はわからない、だが――」

「あきれて物も言えないね」

アダムは立ちあがり、ジェシーの手から身をかわした。

アダムがわたしの顔を見る。「そのヤーゴっていう男、きみに理由を言わなかったのか? きみは教えてくれと言わなかったのか?」

「言ったけど断られた」

アダムは両手のひらの付け根で頭をおさえた。

そんな彼を見ていて、わたしは恐ろしくなった。今アダムの胸のなかでは、感情の磁極が逆転している。三年のあいだ胸にかかえていた同情はどこかへ吹っ飛び、そこに新たな怒りと混乱が入りこみ、顔をやつれさせている。陰鬱な表情でジェシーをじっと見ながら、唇を動かしてみるものの、言葉にならなかった。それでも目が語っていた。おまえのせいだ、と。

ジェシーが言う。「神に誓って言う――」

アダムが両手をあげた。「今は話をする気分じゃない。だまって帰ってくれないか」

ジェシーの目に陽射しがきらりと反射し、痛みと無力感を露わにした。

「わかった」

ジェシーは立ちあがり、のろのろ動いて家のなかに入っていく。わたしはアダムを見守った。なんでもいい、何か言ってほしかった。しかし彼は魔法にかかったかのように、ただ海をじっと見ているだけだった。

「ジェシーを傷つけたいと思っている人間がいるの。恐喝者、iハイストが、あなたやわたしを通じて、彼を苦しめようとしているの」

答えはなかった。怒りに胸がかっとなった。どんなに面食らっていようと、悲しみに打ちひしがれていようと、それをこんなふうにジェシーにぶつけるべきじゃない。

アダムは太陽をじっと見る。「きみはエントロピーのことを知ってるかい?」

何の脈絡もなく飛びだした話ではないだろう。アダムにおいては、考えることすべてに根拠があった。

「熱力学の第二法則でしょ」

「閉鎖系における混乱の尺度になる。つまり混沌はつねに増大するというわけだ」そう言うと、片手で目をおさえた。「頼む、帰ってくれ」

レンタカーに向かう途中、パティオのテーブルですさまじい物音がした。皿が砕け、ワインのボトルが割れる音だった。

自宅のフランス窓をおそるおそるあけてみる。ほっとしたことに、リビングルームが荒らされた痕跡はなく、すべて出てくるときのままだった。誰がわたしに薬を盛ったにせよ、こっちが朦朧としているあいだに盗みに入るつもりではなかった。清潔な衣類を二、三つかんで、ジェシーの家に向かう。彼をひとりにしておきたくなかった。

家に入っていくと、テレビがついていた。「きみは大当たりだよ。フォックス・ニュースが報じてる。乗客のひとりが、ナイフを持っている女を見たと通報してから、ターミナルは一斉避難となった。写真は撮られていないが、iハイストはFBIに、その女はきみだと確信させるよう手を打つだろう。連中にきみを見つけさせようと思ったら、そうする」

わたしはテレビ画面に目をみはった。「ずいぶんお金のかかる遊びをするものね」

「出費のことなんて頭にないさ。向こうは自分たちの力を見せたいだけだ」

陽射しがジェシーの顔を照らす。陰鬱な表情だった。わたしはそばに行って、抱きしめた。

「かわいそうに」

ジェシーはわたしをいつまでも離さなかった。わたしは彼の髪をなでた。金色の光が部屋に満ちてくる。夏の夕暮れにしては奇妙なほどに寒々しい感じがした。

それからやっとジェシーが背筋をのばした。「ひどいかっこうだ」

ずいぶん上品な言い方だった。かっこうだけでなく、においもひどいはずだった。

ジェシーの身体を離して言う。「シャワーを浴びさせて、話はそのあとで」

「ああ。俺はローム警部補に連絡をして、改訂版を話してやる。あの警部補、きっと俺に首っ丈になるぜ」

熱い湯を浴びて十分間、チョコレートも汗もハラペーニョ・ポッパーも、代謝して皮膚から発散するドラッグも、何もかもきれいさっぱり洗い流した。それでも心配だけは少しも流れていかなかった。服を着て、リビングにもどっていく。ジェシーはキッチン・テーブルの前にすわって、海をじっと眺めていた。海は平板で、錫のような光り方をしている。

「きみが入れた電話のメッセージを聞いたよ、セグエの情報」ジェシーは片方の脚をさすっている。まるでそこが痛むとでもいうように。「ラヴォンヌに話さないといけない。ヤーゴが、サンチェス・マルクスの顧客の信託勘定を通じて金を動かせと要求してきているってね——これは事務所に対する脅迫だ。おそらくラヴォンヌのほうで、これについてFBIと話をするだろう。なんだってこんな……」

FBI。一日じゅう、塩をかけられたナメクジのように動けなくなっていたわたしの頭がようやく起きあがった。そういえば、いとこのテイラーがブライダル・シャワーで言っていた。

「デール・ヴァン・ヒューゼンはFBIの資金洗浄ユニットにいるの」

「くそっ」ジェシーがわたしの顔を見る。「やつはずっとiハイストを釣りあげようと狙っていたんだ。そうして連中がマコを通じて金を動かしていたとにらんだ」

「それで、あなたとアイザックが以前から資金洗浄に関わっていたと推理した。だから、あなたの資産を差しおさえることができるって思ってるんだわ」

そこでふと、ヴァン・ヒューゼンが口にした、聞いたときにはばかげているとしか思えなかった言葉を思いだした。

「スマーフィング」

「それがどうしたって?」

ジェシーのコンピューターがテーブルの上で起動してあった。わたしは腰をおろし、グーグルにアクセスする。

「ヴァン・ヒューゼンがこの用語をつかったでしょ。わたしたちの好奇心をそそろうとしたのは見え見えよ」

「だが、そいつはプロバイダーを無力にするってことだった」

「それに、青いアニメのキャラクターでもある。たぶん他にも意味がある気がする」

わたしは検索窓に次のように打ちこんだ――スマーフィング＋資金洗浄。ふたつの事物のあいだにある、自分が見逃している関係を見つけようという場合に、わたしが知っている最も基本的な方法だ。検索エンジンに仕事をさせてみるのだ。ジェシーがうなるように息を吐くのがわかった。

一秒もかからずに結果がぱっと表示された。不安的中。

カナダ騎馬警察隊のサイトから――スマーフィングはおそらく最も広く行われている資金洗浄のメソッドといえよう。多数の人間を巻きこんで、それぞれに一万ドル未満の金額で現金を預金させたり、銀行為替手形を購入させたりする。

米国司法省のサイトから――金融犯罪取締執行ネットワークでは、スマーフィングを、大口の現金預金を小口の現金預金に分割することによってCTRの要求を回避する資金洗浄の一技術と定義している。

「CTR?」わたしは首をかしげた。

「現金取引報告。銀行は、顧客が一万ドル以上の現金を預ける場合に、毎回その報告をしなければならないんだ」

ジェシーがコンピューターに近づいて、別の検索結果をクリックした。

年間数百万ドル程度の資金を動かそうという人間にとって、「スマーフィング」は現金を洗浄するのに最も手軽な方法といえる。多数の人間に、金額も預け入れ先の銀行も任意で、一万ドル未満の預金をさせるのだ。「疑わしい取引の報告」を回避するための追加措置として、預金額の上限を五千ドル未満とする場合もある。

わたしはジェシーの顔を見る。「これらから推測できることは何?　ヴァン・ヒューゼンは、あなたがスマーフだって考えてるってこと?」

ジェシーはモニターをじっとにらんでいる。「おそらく」

それが茫然自失の体《てい》なのか、あるいはまったく動じていないのか、わたしには判断できない。ジェシーはぴくりとも動かなかった。

「おそらく?　おそらくFBIは、あなたが汚れた金をハッカー集団のために洗浄していると思っているってこと?」

「わからない」

「事故のあった直前の一か月。あのひと夏丸ごと。いったい何があったの?　考えて」

「エヴァン、俺は四六時中、考えてばかりいるよ」

「とにかく、あの夏を思いだした。

ジェシーは目を閉じた。「少し時間を置かないか？　身勝手なようですまない。ただ俺もすっかり混乱してるんだ」

そう言ってテーブルを押して立ちあがり、苦労してキッチンに水を飲みに行く。その様子を見ながら、わたしは考える。言っただろ、お楽しみを台無しにしたくない……。ブランドはもう少しでジェシーを殺すところだった。ひどい怪我をさせて道に置き去りにし、シンクでどうやってバランスをとるか、事前にそこまで考えなくては、もう二度と気軽に水さえ飲みに行けないようにした。そういったことのすべてをヤーゴは悪ふざけにして、おもしろがっている。

そうだ、忘れてた。ヤーゴはLAXからメッセージを送った。きみにだよ、かわいい子ちゃん。きっと楽しんでもらえる。コンピューターに向きなおり、自分のメールアカウントでログインした。

サイバー戦争が何ほどのもの？　いざ人の心を打ち砕くとなったら、言葉の力には太刀打ちできない。ヤーゴのメッセージをひらいた、そのとたん事態は崩壊した。

ジェシーは身持ちの悪い男だった。

写真が何枚も送られてきていた。スクロールして、一度に一枚ずつ見ていくようになっている。

だから警告した。もっとお行儀良くしなきゃいけないと。悪い男だ。

最初は、また例のアーカイブに保存されている写真かと思った。ニュース・プレス、スポーツ・イラストレイテッド、スイミング・ワールドといったサイトで見られるような。ジェシーの顔は若く、立ち姿勢で、上半身裸の肌は日に焼けている。下へスクロールしていくと、ヤシの木々と鮮やかなブルーのプールが背景にあるのがわかった。その下にもまだ写真は続き、わたしはスクロールを続ける。

シンクにいるジェシーがふりかえった。「やめろ」

写真がスクロールし、ジェシーの前に女が現れた。寝椅子に長々と寝そべっている。ジェシーはその女の肩に両手を置いている。女の手はジェシーの水着の上にあり、指がウエストバンドのへりにかかっていて、引きずりおろそうとしているのがわかる。

一瞬これもまた、細工した写真かと思う。独身最後の男の夜にという、あの偽造写真のように。けれどもジェシーがガタガタ音をたててわたしの横にすわり、手をキーボードにのばしてきた。

「エヴ、やめろ」

わたしは彼の手を払いのけた。

写真の女はカメラに背中を向けており、そしてよく見てみると、これは誰かの家の庭を望遠レンズで狙って撮影したもので、撮られているほうは、そのことがわかっていない。スクロールしていくと、女の脚が見え、そばかすの浮いた肩が見えた。顔は不鮮明。だが、この髪はまちがえようがない。どこまでもつややかな銀色。

ハーリーだった。

「頼む、エヴァン、やめてくれ」

皮膚が身体を締めつけ、視界が収縮する。手首に置かれた彼の手が、スクロールをやめさせようとしているのがわかる。次の写真はそれから数分後を写したもので、これでわたしは事態をすべて了解した。

「説明させてくれ」

「いいえ、これがすべて説明してくれてる、明白に」

「話すつもりだった。話しておかなきゃいけなかった」

わたしは立ちあがった。「何を話すっていうの？　ハーリーは両刀遣いだったって？　それもすこぶる経験豊富。運動選手並みに情熱にあふれ、とにかく激しいのなんのって」

よろよろと部屋をつっきってドアへ向かい、錫色に光る海を見る。まるで酔っぱらっているような気分だった。こみあげてくる怒りに、涙を落とすまいと必死にこらえる。

「いつよ？　どのくらい前のこと？」

「カレッジに通っているときだ」

それでわたしは了解した。いくつかのうわさとハーリー自身のほのめかし、あのケニー・ルデンスキーまでが、わたしの前で悪口をもらしたではないか——ハーリーは教え子と関係を持っていた。

　ジェシーは彼女の教え子だった。

　胸のうちで、わけのわからない嫉妬がむくむくとふくれあがってくる。理不尽だとわかってはいても、抑えつけることができなかった。これは自分が彼と出会う前のことだというのに、わたしはハーリーを殺したい気分になっていた。嘘つき――ずっと長いこと、自分は同性愛者だとわたしに言っておきながら、こんなにあからさまに、いい男と奔放なセックスをしていた。わたしのフィアンセと。

「遊びだった。まさかそれが今になってもどってきて、とりつかれるなんて思わなかった」

「いいからだまってて」

　わたしはコンピューターにもどっていった。もう一度写真を見るよう自分に強いると、日付がついているのがわかった。写真店が焼きつけたものではなく、撮影した人間が白の油性鉛筆で手書きしていた。

　それを見たとたん、顔に火がついた。「日付。この日付おかしいじゃない」

　カレッジより、もっとあと。ロー・スクールに入っている時代だ。

「どのぐらい続いたの？　写真はどこで撮られたの？　ＵＣＬＡ？　遊びって何よ？　ロサンゼルスに住んでたじゃない。たかが遊びのために百マイルも車を運転していく人間がどこにいるのよ？」

「エヴァン、もうやめてくれ」

　これまで一度も聞いたことのないものが、ジェシーの声に含まれていた。恐怖だ。

「どのぐらい続いたの?」

「エヴ、頼むからわかってくれ。俺が悪いのは承知してる、だが、どうしてもきみに言うことができなかった。そうしてだまっている時間が長くなればなるほど、知ればきみは動揺すると思えてきた。あらかじめ言っておくべきだった、それは十分承知している。すまない。ほんとうにすまない」

わたしは彼の顔を見ることができなかった。ひたすらコンピューターのモニターをにらみつけている。

「もう見ないでくれ。頼むから、削除してくれ」

「まだよ」まだ半分も見ていなかった。「ミッキー・ヤーゴがずっとバラしてやるとおどかしていたのは、これなの?」

「そうだ」

「他には? もうないと言ったほうが身のためよ。そうでなかったら、今すぐ、ここで白状することね」

わたしは思いきって彼の顔を見る。真っ青な顔はうなだれ、みじめったらしかった。

「エヴァン、ハーリーはきみの友人だ。今になって、しかも結婚式を間近に控えているというのに、こんなことが明るみに出る——どうしていいかわからなかった。パニックになっていたのかもしれない。俺は大ばか者だ、頼む、許してくれ」

わたしはもう少しでその言葉を信じるところだった。それでもスクロールを続けていくと、今度は写真ではない、別の物が映りだした。クレジットカードの請求書、ジェシーの口座から引き落としたものだ。ディナー代、プレゼント代。わたしたちが出会った夏の日付になっている。

「このときもまだ会っていたのね？　わたしたちを二股かけていた？」

「ちがう。彼女とは別れた。嘘じゃない。その夏に別れたんだ」

わたしのなかで、だんだんに状況が見えてきた。わかっていたはずだ、了解しておいて当然のことだった。最初にふたりで出かけたとき、彼はどこかのカレッジに通う恋人に捨てられたのかもしれないという印象を持った。それは正しいと同時にまちがってもいた。彼こそがカレッジに通う恋人だった。わたしたちが会ったとき、彼はハーリーと別れたばかりだったのだ。

「わたしとつきあったのは、失恋の反動？　わたしは残念賞だったの？」

「断じてちがう」

胸のなかで何かがガシャンと音をたてて砕けた。「まだ彼女と会ってるの？」

「会ってない」

ラップトップPCのモニターをたたきつけるようにして閉じ、立ちあがった。ジェシーの手は危ういところで挟まれずに済んだ。車のキーをつかみ、玄関へ向かう。

「待ってくれ」

待たなかった。松葉杖がテーブルにぶつかる音がして、彼が立ちあがったのがわかる。それでもわたしはとまらない。ここにきてはじめて、自分は恥ずべきことをしているという思いに背筋を焼かれた。彼はわたしに追いつけない。

「待て、頼む、エヴァン」

わたしは玄関のドアをあけた。

「ひどいよ、きみはいつだってこうだ」

さすがにふりむいた。「いつだって、何よ?」

「怒るとすぐ外へ飛びだしていく」

「家のなかでじっとしているのは身体によくないからよ、プレイボーイさん」

彼がわたしのほうへ歩いてきた。「何と言われようとかまわない、愛してる」

「聞きたくない」わたしは車に向かった。

車回しに立ってこっちをじっと見ている彼を残して、わたしはタイヤをスピンさせて走りさった。

二十五

「エヴァン、話をするチャンスを与えてくれ」

弱さを露呈した声。わたしは留守番電話に吹きこまれるジェシーのメッセージを無視した。彼と話すのは無理な気がしていた。

朝の四時半、窓の外の名前も知らない星を眺めながら、炭焼きにした心が硬くなって、痛みを訴えているのがわかる。筋の通らない話だった。つまりは嫉妬で、人を所有しようとする憎むべき感情だった。

わたしと出会う前、ジェシーには恋人がいた。恨むすじあいはない。それでも写真から目を離せなかった。ハーリーがジェシーを自分の身体の上に引きよせて……。

彼女はわたしに言おうとしていたのだ。近親相姦を平気でやってるような町。あの性的な比喩は、わたしへのメッセージだった。内輪でとっかえひっかえやっている、と。ジェシーが夢でうなされていると言ったとき、なぜハーリーが心配したか、今ではそれも納得できた。夢のなかで、自分の名を呼ぶんじゃないかと恐れたのだ。

カバーをはねのけて、勢いよくベッドから飛びだす。リビングルームでテレビをつけ、真っ暗闇のなかでソファに丸くなって、MTVを見る。イン・シンクを聴きながら追想にふける——これは悪い兆候だ。状況がはっきりわかったというのに、今になってそれが示す事実にわたしはおびえている。

ケニー・ルデンスキーの皮肉たっぷりのほのめかしは、この関係をさしていたのか？　どうして彼が知っている？　気持ち悪いほどに事情に通じているケニー。彼とハーリーはどれほど親密なのか？

そしてあの写真。あれは誰が撮ったのか？　なんのために？

ジェシーとハーリー。胃がぎゅっと縮み、わたしはチャンネルを変えた。エヴァン、あんた赤んぼうみたいよ。

写真。そうだ、あれが意味することはひとつ、脅迫だ。iハイストはハーリーを脅迫していた。そうして自分たちのために、金を洗わせていた。ハーリーが連中の、資金洗浄の窓口のひとつであることはまちがいない。

立ちあがり、ジェシーに電話をかける。

出ない。

太陽が昇って、夏の陽射しが玄関前の草をエメラルドに変え、ハイビスカスの花が爆発したように血まみれの口をひらいている。なんだか自分がぬけがらのように感じられる。ジェシーにもう一度電話をかけることはしなかった。前にかけたとき、留守番電話にメッセージを吹きこんだから、聞いているはずだ。もしそこにいるなら。

ハーリーになんぞ、もちろん電話しない。

丸一日働いたあと、車でサンタバーバラ・ハイスクールまで行き、そこのトラックでインターバル・トレーニングをする。二百―四百―六百と距離をあげていったあとで、次は逆に距離を短く、四百、二百と走るピラミッド式だ。まるで足にハンマーを繰りかえしたたきつけているようで、自分が浄化されていく気分になる。家に帰る途中、生花店によって、ニッキィに花束を買う。ブライダル・シャワーを催してくれたことへのお礼だ。ニッキィの玄関ドアをノックしようと手をあげたとき、ちょうどドアがひらいた。

「パーフェクトなタイミング」ニッキィが言う。腰に抱いたシーアが飛びはねている。

わたしは花束を渡し、感謝の言葉を述べた。

「いいえ、どういたしまして。もしわたしに永遠の若さが約束されても、二度と繰りかえしたくない経験だけど、あなたのお祝いができたのは満足よ。はい、じゃあ選手交代」

ニッキィはわたしに赤んぼうを渡してきた。彼女のあとについてキッチンへ向かう。

「十時にはもどれると思うの。ブラームスは盛大に音を鳴らすけど、長々とはやらないから」ニッキィがおむつバッグを渡してくる。「必要なものはぜんぶ入ってる。おむつ、お尻ふき、おやつ。武器の蓄えは万全よ」

わたしはその場で固まった。シーアが腕をぽんぽんたたいてくる。エヴァンと言えず、「エエン」と呼ぶ。ニッキィは何を言ってるんだろう?

「午後のお昼寝はしてないのよ。だから早くに眠ってくれると思う。ありがとうね、シッター を買って出てくれて。いい友だちだわ」

玄関広間からカールが声をかけてくる。「おい、行くぞ」ニッキィはわたしのあごの下にシーアをつっこむと、急いで玄関に向かった。

自宅に着くと、シーアをラグの上にすわらせた。わたしは頭をかいた。

午後七時——オルガン奏者／結婚式の音楽。ベビーシッターの約束を忘れているということは、他にも何か忘れてる？ 机のカレンダーを確認する。

思わずうめき声がもれる。七時を五分過ぎていた。

わたしの一部——彼のあそこを沈没しかかっている船のデッキに釘で打ちつけてやりたいと思っている部分——は、そんなものすっぽかせと言っている。けれども残りの部分は、まだそこまでする勇気がなかった。シーアを抱きあげ、車のキーをつかむ。とそこで、エクスプローラーにチャイルドシートがついていなかったことを思いだす。ヴィンセント家の裏のポーチに、折りたたみ式のベビーカーがあるのを見つけ、それにシーアを乗せて教会までがたがたと押していく。

シーアが顔をあげてわたしを見る。「マー」と言って、「ダー」で話が終わった。

身体をもじもじさせ、夕方の陽射しに目をぎゅっとつぶり、親指をしゃぶりはじめる。道はのぼり坂で、光がつやつやの緑に磨きあげた山をのぼっていく。着いたときには汗をかいていた。駐車場はからっぽで、教会の陰でヤナギが風に葉をそよがせている。あたりには誰もいなかった。オルガン奏者はあきらめて帰ってしまったのだろうか？

シーアに手をのばす。「おいで、ちびちゃん」

ベビーカーの隅に身体をつっこんで眠っている。抱きあげて、頭を肩にのせる。

南の鐘楼に聖歌隊席があり、そこに行くには、長い螺旋状の階段をあがっていかねばならない。シーアの身体を胸に押しつけ、早足でのぼっていった。足音がコンクリートに反響する。二階分の階段をあがったところで、聖歌隊席に通じる踊り場に出た。誰もいない。けれどもパイプオルガンの演奏席はあいていて、上にコーヒーのカップが置いてあった。電源も入っている——吹きあげられた空気がオルガンのパイプを通っていく音が聞こえた。

木の手すり越しに下をのぞく。教会の床は闇に沈んでいた。誰もいるようには見えないのに、靴のかかとが石をコッコッたたく音がする。

「ミス・グールド、下ですか？」声をかける。「わたしは上にいます」

足音がとまった。聖歌隊席の下にいるらしい人物の姿はわたしのところからは見えない。下でもみ合うような音と、靴音がする。靴は二組、音からするとそうだ。ざわざわ響く声は低音で、男の声だった。

心配で胸がちくちくした。何を恐れているのか自分でもわからないままに、手すりからあとずさり、聞き耳を立てる。シーアがもじもじしたが、すぐ落ちついて、柔らかな顔をわたしの胸に押しつけてきた。

オルガン奏者ではない。観光客か、あるいは教会がひっそりしている時間に祈りを捧げにきた教区の住民だろう。じっとしたまま耳を澄ますと、足音が階段をのぼってこっちへ向かってくるのがわかった。一瞬、自分は被害妄想になっているのかと思う。しかし、実際に人から狙われている身なら、被害妄想とは言わない。

家に帰ろう。

踊り場から降りようとしたとき、下から階段をあがってくる足音がした。ふたりの人間がひそひそと話す声もする。それから今度はまた別のきびきびした足音が聞こえてきて、女の声が朗らかに言う。「何かご用でしょうか?」

答えはない。

朗らかな声が言う。「わたしはここの、オルガン奏者です。残念ですが、聖歌隊席には一般の方は入れないんですよ」

それから、おそろしい音がした——獣が息絶える直前にあげる、うなり声。それからドサッという鈍い音と、何かがぶつかり合う音。まるで人が倒れて、腕一杯にかかえていた本を落としたような感じだった。わたしは階段から身を引いた。

眼下の薄闇で男の声がつぶやく。「人ちがいだ」

「くそっ」女の声。

「ばかだよ。自分でオルガン奏者だって言っただろうが。なんのために感電させた?」

「終わったことをガタガタ言わないの。ディレイニーは聖歌隊席にいるはずよ」

ウィン・アトリーとチェリー・ロペスだ。ふたりが駆け足で階段をのぼる足音が聞こえる。

こっちの心臓の鼓動と同じくらい速い。わたしをつかまえに来たんだ。ヤーゴの提示した二十四時間のデッドラインはすでに過ぎている、わたしに代償を支払わせようというんだろう……聖歌隊席をさっとふりかえる。そこに隠れられそうな場所はなかった。ただ低い手すりがあるばかりで、その先へ足を踏みだせば、真っ逆さまに床へ墜落する。わたしの腕のなかでは、ニッキィの小さな娘が眠っている。

「そいつを再充電するのに、どのくらい時間がかかる?」アトリーが息を切らして言った。

「もういつでも平気。ちょっとぉ、足が遅くなってるじゃないの」

わたしは必死であたりを見まわす。今何ができる?　このまま力任せに相手を振り切ることができるだろうか?　階段を駆けおりて、ふたりを追い抜く?　チェリー・ロペスの電気ショック棒を押し当てられ、シーアもやられてしまう?　そんなのだめだ。

降伏するしかない。彼らに懇願してシーアをベビーカーに乗せ、家まで連れ帰ってから、あとは自分を煮るなり焼くなりどうにでもしてもらう。

アトリーが言う。「そいつに何ボルトの電流が流せるって言った?」

「三十万」

「チワワも、ジャンピング・ビーン（なかにガの幼虫がいて動くタネ）みたいにはじけ飛ぶな。そいつを赤んぼうにつかうってのはどうだ?」そう言って、くすくす笑った。

シーアの身体を胸にぎゅっと押しつけながら、わたしは全身パニックに襲われる。下には降りられない、どこか別の逃げ道をさがさないと。どこ?　立っている場所は鐘楼のてっぺんではなく、まだ上に向かって、狭く急な階段が続いている。下から荒い息づかいが聞こえてくる。今にもふたりは角を曲がって、こちらの姿が見える高さまであがってくるだろう。もうほかに行く場所はない。

シーアを胸に押しつけ、急いで上へあがる。アーチの口からつりさがる鐘の前を過ぎた。階段が曲がり、沈む太陽に目を奪われる。目の高さに樹齢百年のヤシの木があり、アーチを抜けてくる風がうなってヒューヒューいっている。アーチには金網が張ってあったが、それでも無防備な感じは拭えなかった。

耳を澄ますと、下にふたりがいるのがわかった。わたしのちょうど真下をのぼってきている。この状態を維持するのだと、自分に言いきかせる。彼らと同じペースでのぼっていけば、こっちはつねにその真上にいるのだから、姿を見られはしない。向こうは下の聖歌隊席にわたしがいるものと思っている。だったら彼らが踊り場から聖歌隊席へ入っていった瞬間、階段を駆けおりてふたりを追いこし、そのまま逃げればいい。

また階段が曲がり、鐘楼のてっぺんに出た。小さな踊り場があって教会の屋根へ出るドアがついている。わたしはあとずさり、壁に背中をくっつける。

下からアトリーの声が聞こえてきた。「聖歌隊席に入って、確認してこい。俺は踊り場で待っている」

そんな、冗談じゃない……彼が踊り場に陣取っていたら、こちらは下へ降りられない。

事は数秒で済んだ。ロペスが聖歌隊席をのぞき、もどってきて言う。「あそこにはいなかった」

下へ降りるのよ、下へ。

「逃げられたんじゃないか?」とアトリー。

「ありえない。ベビーカーが一階のドアの外にあるんだから」

ぞっとする沈黙。彼らが上を見あげているのがわかった。

ここでつかまるわけにはいかない。こんな小さな踊り場で、しかも両腕は赤んぼうにぎゅっと巻きつけて、離すことができない。試しに屋根へ出るドアを押してみながら、前に自分が言った言葉を思いだす——誰も脱出するのに屋根にあがったりはしない。屋根は無し。くそっ、あのときどうしてテイラーに屋根をつかって逃げるテクニックを説明させなかったんだろう。今この場面をニッキィに見られたら、わたしは彼女に手足を一本残らずもぎとられる。しかし、もう逃げ場はどこにもなかった。

手がぶるぶるふるえた。外に出て、ドアをそっと閉める。

身体を風にあおられた。教会のとがった屋根に沿って吹きあげてくる風と鐘楼のあいだを抜ける風がいっしょになって、切りたつ壁の向こうへわたしを押しだそうとする。シーアが身体をもじもじさせ、まばたきをしながら、わたしのシャツを片手でつかむ。きっと彼女は、わたしの心臓が飛びはねているのをじかに感じているにちがいない。シーアをぎゅっと抱きしめ、髪をなでてやる。

ドラマチックな景色だった。芝生が下り坂になって薔薇園に続き、その向こうには赤いタイルの屋根が海に向かって連綿と続いている。さらにドラマチックなのは、薄っぺらな手すりの向こうの、落ちたら一秒で即死の落差。新聞の見出しが頭に浮かぶ——教会から身投げ——致命的アイロニーの犠牲となった女性（「マタイによる福音書」に「あなたが神の子なら、下に身を投げてみなさい……」という文言がある）。ここにはいられない。あと数秒でロペスとアトリーが階段のてっぺんまであがってくる、そうして火を見るより明らかな結論を出す——階段＋ドア＝彼女は屋根の上にいる。

あたりを見まわす。十字架と石像が正面の塁壁に沿って並んでおり、狭い階段が屋根のてっぺんを越えて鐘楼の向こう側に降りている。

冗談じゃない。この風のなか、今また、もじもじしだしたシーアを抱いて、あの階段を越えるなんて無理。

方向転換し、屋根の端から端へ目を走らせる。教会の壁の、屋根が傾斜してあがる直前に小さなドアがついている。その奥に電気設備のキャビネットでもあるのだろうか。わたしはそれを押してみた。

ドアの向こうは真っ暗だった。なかへ身を乗りだすと、何もない空間と照明のスイッチがあった。身をかがめてなかに入り、ドアを閉めてからスイッチをパチンと入れた。

キャビネットではなかった。教会の天井で、屋根を支える梁の上に出られるようになっていた。長く窮屈な空間が、教会の奥の壁まで優に七十メートルほど続いている。風通しの悪い、ぞっとするところだった。息を詰めて、耳を澄ます。

ロペスとアトリーが息を切らして、鐘楼の屋根の上に出てきたのがわかる。ドアの外で声が聞こえた。

「やつはどこだ？」アトリーが言う。

「屋根の反対側じゃないの」とロペス。「あの階段の先だよ」

「冗談じゃねえ、また階段かよ。おまえが見にいけ」

「あんたは、重たいだけのクソ袋だね、ウィン」

「だまれ、俺の体重のことをとやかく言うな。こいつは遺伝なんだ」

「だよね」彼女の声が遠くなった。「サラミたっぷり遺伝子」

「エネルギー倹約遺伝子だよ。この貧乏性のまぬけめ。俺がおまえぐらいせかせか動いてたら、体重は十二ポンドになってるぜ」

わたしは壁に身を寄せて縮こまり、シーアの髪をなでる。自分の腕がふるえているのがわかる。赤んぼうがこんなに重いって、誰が知ってただろう？　シーアのもじもじはとまらず、丸めた紙みたいに顔をくしゃくしゃにしている。わたしは身体を前後に揺らしてやった。泣かないでね、おねがいちびちゃん。空気が熱く、ほこりっぽい。光のなかで、ほこりの微粉がはしゃぎまわっている。教会のつきあたりの壁にぼんやり見える通風窓、そこから光が差しこんでいるのだ。

屋根のてっぺんを越えてこちらへもどってくる駆け足の靴音が聞こえる。「あっちにもいなかった。くそっ、ぜったいこのあたりにいるはずだよ」

「ひょっとして、手すりの向こうへ落ちたんじゃねえか」

一瞬ふたりがだまった。あたりを見まわしているにちがいない。頭皮で髪が逆立った。アトリーが言う。「どうだい、アインシュタイン博士、やつはどこへ行ける？　階段を降りるしかないだろうが」

鐘楼へ続くドアがひらいた。「早く来い。逃げられるぞ」

「ちがうね、ウィン。考えてみなよ。こっちはすれちがっちゃいない。まだ上にいるはずだよ」

「自分がまちがっているって、ぜったい認めないつもりか、チェリー？　いいから来いよ、ここで逃がしたらミッキーが激怒するぜ。あのヴェガスのあとだ、おまえここでまたしくじったら、もう終わりだぜ」

「ヴェガスのあと。あの大失敗。なんだっていつもあたしたちばっか、危険を冒さなきゃならないのさ？」

「なぜって、彼はサディストの変態だからさ。ベッドでどれだけ女をいじめようと、人に危ない仕事をさせようと、俺はかまやしない。とにかく金がもらえるんならそれでいい」

静かになった。それからロペスが言った。「最後はつぶれるよ。あたしにはわかってる」

「ミッキーがな」

「あたしたちみんなだよ。ＦＢＩが出てきてるんだ、冗談じゃない。セグエのことだって、今にさぐりだす」

「あと数日の辛抱だ、それですべて終わる。ブラックバーンに言うことを聞かせりゃ、あとはすいだ。カンクン（メキシコの保養地）が待ってるぜ」

「ビーチでいい目を見ようって言うの？　エネルギー倹約遺伝子の男がメキシコの女にもてるかね？」

「行くぞ。ディレイニーなんぞ、クソ食らえ。物理学者の件を片づけようぜ」

物理学者……あのふたりは、アダムに何かしようとたくらんでいるのだ。シーアがわたしの胸に頭を押しつけ、また目を閉じる。小さな脚から緊張がほぐれるのがわかった。

「それもそうね、じゃあ行こう」ロペスが言った。

安心が温かい波のようにわたしを包んだ。壁に背をもたせかける。あとはここにじっとして、ふたりがいなくなるのを待てばいい。

そのとき、わたしの携帯電話が鳴った。

「聞いたか？」とアトリー。

電話はわたしのお尻のポケットに入っていて、シーアをおろさなければ取ることができなかった。やるべきことはひとつ。足音を忍ばせて走り、教会の天井を渡っていくのだ。太い木の梁の上に厚板が斜交《はすか》いに敷いてあり、その上をバランスをとりながら走って教会の向こう側をめざす。梁の下は漆喰だ。シャンデリアを支えてはいるものの、わたしが誤って厚板を踏みはずし、その漆喰の上に勢いよく倒れたら、持ちこたえられないだろう。

電話は鳴りつづけている。シーアが目を覚まし、泣きだした。わたしは走る。背後で小さなドアがひらいた。

「やつだ」アトリーが言っている。

つきあたりの壁についた金網張りの通風窓。あの先に何が続いているのだろう——階段か、低い屋根か、それとも何もないのか？　わからない。

ロペスが叫ぶ。「どいて。どいて、ウィン。あたしを先に行かせて」

「ならお前が最初にどけ」

わたしはちらっとふりかえった。ふたりいっぺんに狭い戸口にはさまって、通りぬけようともがいている。わたしは進みつづけた。電話はいっこうに鳴りやまない。シーアも泣きさけんでいる。わたしは彼女をうつぶせにし、フットボールのように脇にかかえた。

うしろから鋭い駆け足が追ってくる。チェリー・ロペスはもうがむしゃらに走っていた。

ようやく窓にたどりついた。腰をおろし、金網を蹴破る。金網は、付属礼拝堂のタイルの屋根にガラガラと落ちていった。ここから下の屋根までの距離は、およそ四フィート。急な屋根でタイルは苔むしていた。今夜を生きながらえるのは、もう無理だとわたしにはわかっていた。チェリー・ロペスに殺されなかったとしても、ニッキィとカールに殺されるだろう。

意を決して窓から外へ飛びだし、タイルの上を慎重に歩きながら、屋根のへりまで行く。そこからは、ジャンプするには距離がありすぎた。が、角のところに控え壁《バットレス》がついていて、頑丈な日干し煉瓦でできたそれが、教会の壁を支えながら地面に続いている。公園にある滑り台よりも、はるかに急な傾斜だが、飛びおりるよりはましだ。わたしは屋根のへりに腰をおろし、へりの向こうに両脚をふりおろした。

シーアの身体を胸にぎゅっと押しつける。「しっかりつかまっていてよ、ちびちゃん」背をうしろに倒し、靴底を控え壁に押しつけ、わたしは滑りだした。両脚が跳ねあがり、キーキー音がする。加速してくると、ジーンズに摩擦熱を感じ、シャツが背中で丸まるのがわかる。むきだしになった肌が漆喰にこすられる。

芝生がものすごいスピードで迫ってくる――

腕で草をパンチするかっこうで地面につっこみ、スカイダイビングの着地さながらにぐしゃりとつぶれそうになるところを、シーアを守るためにごろんと横に転がった。よろよろと立ちあがる。ここはどこ？　小さな庭のようだった。周囲を取りまく高い壁と古いアーチ道。人気のない奥まった場所だった。シーアが泣き叫び、両手を小さな拳にして、わたしのシャツをつかむ。

上ではロペスが通風窓からはい出て、礼拝堂の屋根に降りた。タイルを踏みならす靴音が聞こえる。うしろを向くと、ひらいたドアがひとつあった。走ってくぐると、なかは教会の聖具室になっていた。ロペスが外の地面に着地する音が聞こえる。わたしは聖具室のなかをつっきって別のドアから出た。気がつくと祭壇に立って、がらんとした教会の端から端まで目を走らせていた。ロペスの悪態をつく声が聞こえて、すぐうしろから追いかけてきているのがわかった。

追っ手は彼女だけ。ウィン・アトリーのほうは鐘楼の階段をどすんどすんと時間をかけて降りているにちがいない。きっと教会の正面のドア付近でわたしを待ちかまえるつもりだ。会衆席の列をつっきり、横手のドアから外へ飛びだした。目の前に広がる墓地へ全速力でつっこんでいき、十八世紀の日付のついた、すり減った墓標の前を過ぎていく。ふりかえると、ドアの上には、「死を思え」のしゃれこうべの装飾がついていた。

シーアが金切り声でわめく。門へと走っていき、それを押しあけて、通りへ出る階段を駆けおりていく。

電話がふたたび鳴りだした。シーアが両手両足でピストン運動を始めた。教会の玄関先にある階段をまわりこみ、アトリーがいないかどうか注意を配る。前方の建物群のはずれに、教会事務所へ通じる階段があり、そこをのぼっていく人々の姿があった。視界の隅に大きな黒い人影が映る。鐘楼の隣にあるアーチ道の陰を、息を切らして走ってくる男。アトリーだ。

わたしは大声で助けを呼び、さらにもう一度、もっと大きな声で叫んだ。

女がひとりふりむいて、こっちに気づいた。わたしは彼女のほうへ走っていき、他の人たちと合流する。アトリーはペースを落とし、まわれ右をして、反対方向へ向かった。ふたりはわたしをあきらめ、散っていった。これからアダムを破滅させに行くのだ。

警官がシーアとわたしを家まで送ってくれた。わたしはパトカーから苦労してベビーカーをおろし、お礼を言った。シーアは別れぎわに警官たちに手を振った。通りの向こうで、ヘレン・ポッツがブラインドのすきまからこっちをのぞいている。

わたしは彼女の家の玄関につかつかと進んでいき、ドアをノックした。出てきたヘレンはカーディガンの首もとをぎゅっとつかんでいた。

「カールとニッキィが帰ってくるまで、シーアを見ていてくれないかしら？　わたしといっしょだと安全じゃないの」

ヘレンはためらわなかった。両手をさしだして言う。「もちろんよ。こっちへいらっしゃい、かわいい赤ちゃん」

歩道を小走りで家にもどろうとしたところ、ヘレンに呼びとめられた。「エヴァン。これって、通りの先にとめてあったゴールドの車と関係があるの？」

わたしの足がその場に凍りついた。

「今はないけど、今週ずっとそこにとまっていたの。運転席に男の人がすわっていることもあって、それで見てるのよ、あなたの家をじいっと」

わたしはふるえを感じた。「戸締まりをしっかりしてね、ヘレン」

ブランドにちがいなかった。

アダムの電話はずっと話し中で、頭が変になりそうだった。わたしは車を運転して、彼の家に向かった。

アダムのトラックが車回しにとめてあり、太陽の陽射しがフロントガラスに照りつけていた。風が玄関前のツツジの茂みをそよがせている。ノックをしてみたが、答えはなかった。

ドアの向こうでテレビの音が流れている。

もう一度ノックをする。「アダム?」

窓をのぞきこむと、リビングでテレビがついているのがわかった。スポーツ番組らしい。ドアに鍵はかかっていなかった。わたしはドアをあけた。

「エヴァンよ。いるんでしょ?」

廊下を横切ってリビングに入る。

「アダム、だいじょうぶ?」

今のは、わたしがこれまで口にした、もっともばかげた十の質問に加えよう。アダムはテレビの近くの足のせ台の上にすわり、ビデオを観ていた。ESPNのスポーツキャスターがぺちゃくちゃしゃべっていて、その背景にプールがあった。

足のせ台の隣には厚紙の箱が置いてある。なかにはたくさんのビデオテープ、CD、その他寄せ集めの品がごちゃごちゃと入っていた。箱のラベルに「アイザック」と記されている。

「ジェシーの使いで来たのかい? こっちが口をきかないから」アダムはかぶりを振る。「やつとは話せない」

その言葉はわたしの胸をえぐった。かんしゃく玉のお姫様は、二十四時間前に彼の部屋から飛びだしている。わたし自身もジェシーと話をすることを拒否したのだ。

「警告に来たの。iハイストは、あなたを傷つけるつもりよ」

アダムがテレビから顔をあげた。「ジェシーがそう言えって?」

「ちがう。アダム、連中はわたしたちを追ってるの。ジェシーに圧力をかけるのに、わたしたちをつかおうって魂胆よ」

「圧力をかけるって、どんなふうに?」

「それは彼に訊いたほうがいい」

アダムの目に憂鬱がにじんだ。「やっぱりきみはやつの使者だ」

テレビに文字が表示された――男子自由形リレー。4×100メートル。テキサス、スタンフォード、オーバーン、UCSB……NCAAの全国大会だった。カメラはデッキを歩いてくるチームの面々をパンする。若い男たちはみな緊張した面持ちだ。観客がにぎやかな歓声をあげ、横断幕を揺らし、席で足を踏みならしている。

アダムは画面に見入っていた。

「ねえ。ドアと窓に鍵をかけて、油断なく気を配らなきゃだめよ。向こうは、あなたに何か大変なことを仕掛けてくる気よ」

「目的はこっちをビビらせること、そうだろう?」

わたしは両手を振りあげた。「自分でやるわ」リビングを歩きまわって、窓の掛け金をかけていく。「お願いだから、皮肉で済ませないで。危険な相手なんだから」

アダムが声をあげて笑う。陽気さのかけらもないぞっとする笑い声だった。「僕がそれをわかってないとでも思ってるのか?　やつらは弟を殺した。それでビビらないやつがいたら教えてほしい」

テレビでは、トップに泳ぐ選手たちがスターティング・ブロックにあがった。肩をまわし、ゴーグルの位置を調整し、緊張をほぐそうとしている。画面に名前がぱっと表示される。UCサンタバーバラ——マッダ、サンドヴァル、サンドヴァル、ブラックバーン。

わたしはガラスの引き戸に鍵をかける。「家にいるときも、車を運転しているときも、キャンパスにいるときも用心してよ」

「心配しなくていい。自分の身は自分で守れる。水中銃も、散弾入りのパワーヘッドもある、ホオジロザメだって撃退できるさ」

戸締まりを完了し、立ったままアダムをまじまじと見つめる。向こうもこっちが深刻に思い詰めているのがわかったのか、やがて顔をあげた。目に苦悩の光が宿っている。

「筋が通らないのはわかってる。どうしてジェシーを責められる？　だがそうはわかっていても、責めずにはいられない自分がいる。頭のなかで怒ってわめく声をどうやったらとめられる？　教えてくれ。祈ればいいのか、叫べばいいのか、やつを殴ってやればいいのか。重力の井戸からはいあがって、理性的な行動をとるには、いったいどうすればいい？」

テレビでスタートのブザーが鳴った。選手たちがスターティング・ブロックから一斉に飛びだした。わたしはビデオを消そうとした。

アダムが画面をじっと見て言う。「だめだ」

第一泳者は水面を切るようにして各レーンを進んでいき、プールを二往復する。彼らがゴールすると二番手の選手がジャンプし、一番手の選手を飛び越えて着水する、そのなかにアイザックがいる。うしろのほうだが、猛烈な勢いで先頭集団を追い、腕を水車のようにまわし、水をまっ白に蹴たてている。

アイザックは一番手の選手がつけた位置を保持し、抜かれもしなければ、抜かしもしない。画面にアダムが映った。スターティング・ブロックにあがり、興奮をみなぎらせて待つ。アイザックが全力で壁をタッチした瞬間、アダムが飛んだ。先頭集団から一身長差まで追いついた。観客の歓声が壁をふるわす。アダムは猛攻撃を開始した。繰りだすストロークのひとつひとつで着実に距離を縮めていったあと、ターンをして最後のラップを泳ぐ。

その前方には、アンカーが待っていた。次で勝負が決まるとわかっている。ジェシーがスターティング・ブロックにあがって立つ。石像のようだった。ゴーグルが光を反射し、腕はゆったりおろされている。静かながら、体内にエネルギーが充ち満ちているのがわかる。気がつくと、わたしはテレビに向かって歩いていた。ただジェシーを見たい一心で。

ゴールする先頭集団に半身差でついてきたアダムが、頭をさげてつっこんでくる。ジェシーは腰を落とし、背を丸めて跳躍した。ヒョウが獲物に飛びかかっていくようだった。観衆が割れるような歓声をあげ、それに負けぬようアナウンサーが叫ぶ――テキサス、スタンフォード、UCSB。水面をつき破ってジェシーが出てきたときには、先頭集団との差はわずか二フィートまで縮まっていた。

アダムは足のせ台の上で、ジェシーのストロークのリズムに合わせて、行け！　行け！　と身体を前後に揺らして応援する。アダムがどれだけジェシーを愛しているか、それがわかってわたしの胸は圧倒される。

いよいよ最後のラップ。プールの向こう側で、みなが一斉にフリップ・ターンをする。水中カメラがその様子をとらえ、ジェシーが完璧なタイミングでターンをしたのがわかる。壁を足で蹴って飛びだし、さらに一フィート、先頭集団との差を縮めた。

「いいぞ、行け」アダムの口から小さく声がもれる。

わたしの心臓が走りだす。アナウンサーは息を切らして言う。スタンフォード、テキサス、いやご覧ください、UCSBのブラックバーン、USナショナルチームで泳いだ経験豊かな選手。彼もまた負けてはいません。わたしの喉がつまってくる。

競技場が大歓声にわきかえる。ジェシーは水を切り、腕をまわし、全力を傾注している。それでこそ彼だ。わたしは誇らしさに胸がはちきれそうになる。熾烈な先頭争いをするテキサスとスタンフォード、彼らのうしろにジェシーがじりじりと迫る。あとわずか。壁はもう目の前だ。

三人の選手が横一直線に並んだ。勝負を決する最後の戦いに、割れるような歓声がどっと起こり、三人そろってバンと壁にタッチした。水が波だって、壁にひたひたと打ち寄せる。あまりの接戦で勝敗の予測がつかなかった。

ESPNがアナウンスし、ジェシーも状況を理解する。

今カメラはジェシー・ブラックバーンをアップで撮っている。ゴーグルをはずし、スコアボードを見あげる彼は、荒い呼吸をしながら目を細め、祈るような気持ちで待っている。そして結果が出る。ネオンがぱっとつき、ジェシーは拳を宙につきあげた。

リビングでは、アダムが画面に映るジェシーの顔を食い入るように見ていた。わたしは興奮に身体がぞくぞくし、意識して呼吸しなければならなかった。テレビでは、ジェシーが背を隆起させてプールからあがり、そこへチームメイトがどっと押しよせる。アダムはジェシーの両肩をつかみ、うれしさに何やら興奮してしゃべりまくっている。その背中にアイザックが飛びついていって笑い声と歓声をあげている。

目を落とすと、アダムの肩がひくひく上下に動いていた。すすり泣きがもれると同時に、両手のなかにぱっと顔をうずめた。わたしは膝をつき、アダムを抱きしめる。彼はわたしの腕のなかで、小さくなった。

「何もかも消えてしまった」アダムが言う。

わたしは喉をつかまれたような気分になり、目に涙がちくちく盛りあがってきた。

「どうして、アイザックは死ななきゃいけなかったんだ?」

それからアダムはなりふりかまわず涙を流した。彼の身体をゆすってやりながら、わたしには言ってあげられる言葉がなかった。

二十六

カー・ラジオでブルーグラスの曲が泣き叫んでいる。わたしは自宅に車を寄せた。車から降りる動作ひとつとるにしても、自分を奮いたたせないといけない。恐怖に密封されて全身が死腔になったように、ただ寒く、うつろだった。通りの端から端まで目を走らせる。物影にブランドのゴールドのレンタカーがとまっていやしないかと気が気ではない。あたりは暗いばかりだった。

エクスプローラーをロックしたとき、携帯電話が鳴った。ディスプレーがジェシーからだと教える。

「話せるか?」

わたしは庭門のほうへ歩いていった。「家にいるけど」

「十分でそっちに着く」とジェシー。

門をあけた。青草とスタージャスミンが香る。「メッセージを入れておいたけど?」

「なんの?」

不安が胸をちくちく刺す。「昨夜電話したの。遅い時間に」

「電話なんか鳴らなかった」ジェシーが言う。「エヴ?」

彼女がうちの玄関前にすわっていた。青い薄闇のなかで膝をかかえている。

「ハーリーが来てる。このタイミングで、あなたが来るのはどうかと思うけど」

「もう向かってる」

わたしは電話を切った。ハーリーが立ちあがり、カプリパンツからほこりを払いおとす。

「賞賛に値するわ」わたしは言ってやる。「度胸がいいとしか言いようがない、ここに姿を現せるんだから」

「度胸がいいんじゃない。あさはかなだけよ。あなたにバレることはないと思ってたんだから」

「で、長いあいだ隠れていたのに、今になってわたしと対決したいってわけ?」

「いいえ。わたしも昔は巨乳だったでしょって言いに来たの」

わたしは目をみはった。「やめて。悪い冗談で水に流せることじゃない」

黄昏のなか、ハーリーの鋭い目が光った。しかし切りかえしてはこなかった。首をそらせてゲラゲラ笑う。

「あなたってほんとすてき。さあ、なかに入れて。平身低頭で謝るから」

胃がくくれて一重結びになった。「五分だけにして。ジェシーが来るの、三人でおしゃべりする気はないから」鍵をあけてドアを押さえ、ハリーを入れる。

ハーリーが言う。「写真はキャシーを脅迫するためのものだったのよ。あの連中はそれでこっちをたたきつぶすつもりだった。彼女のコマーシャル契約を台無しにするとおどそうとしたの」

「あの連中って、iハイストのことでしょ。それについて、あなたに話がある」

ハーリーは髪を指でとかした。「ジェシー、鞭打たれた犬みたいになってるわよ」

胃が固結びになった。彼に会ったんだ。

ハーリーが言う。「とことん憐れだったわ。あのリハビリ以来ね」

彼の気持ちを代弁しにきたのなら余計なお世話。しかし、わたしの怒りに火がついたのはそのことではなかった。「リハビリ。そのころもまだ会っていたとは知らなかった――」

「あっ。彼言ってなかったのね」そう言って目を落とす。「それはそうよね。注意が足りなかった」

答える言葉が見つからない。わたしの柔らかな心臓に誰かがガソリンをたらし、火炎噴射器で火をつけたような気分だった。

「そうよ、わたしはサイテーの人間だった」

ハーリーはわたしの反応を誤解して受けとったようだが、こっちは嫉妬に身を焼かれて口がきけなかった。わたしたちがいっしょに過ごすようになったのが、ちょうどリハビリが始まったころだった。しかし、まだそのときもふたりは会っていた……。

「彼が怪我をする以前から、ふたりの関係はもう下火になってたの。それにわたしのほうは、ちょうどキャシーとつきあいはじめて――ちょっとやだ、そんな目で見ないでくれる? 彼は半身麻痺になった。たしかに自分勝手な話だけど、わたしはそれを乗りこえられなかった」

わたしは目をぎゅっとつぶった。

「エヴァン」ハーリーがわたしの腕をつかむ。「あなたは立派。わたしはひどいことをした。だけどそのときにはもう、以前とは事情がちがっていたし、自分の気持ちに嘘をつくことはできなかったの」

わたしは目をあけた。「声を落としたほうがいい。彼がまもなく着くころだから」

「聞かれたってかまわない。すでにわたしたちのあいだでは片がついてるの。かんしゃく玉みたいにはじけてるあなたとはちがって」

まるで変圧器みたいに、頭のなかでブーンという音が鳴っていた。彼女に訊きたかったi ハイストやマコのこと、そういったことの一切が、その音にかき消されてしまった。

ハーリーはわたしの肩に両手を置く。「わたしたちの関係は火遊びだった。ただそれだけ。一時の激情で、スカイダイビングやヘロインをやるのといっしょよ」

「それがあなたの言う、平身低頭の謝罪？」

「わたしが言ってるのは、身体だけの関係で、恋愛ではなかったということ。落ちつき《ゲット・ア・》なさいよ《グリップ》」

プールサイドの寝椅子に横たわるハーリーが彼の背中に爪を立て……見てなさい、《ゲット・ア・》こうするの《グリップ》よとわたしに言っている。ええ、それはもうわかった。

外の通りで、車のドアが閉まる音がした。

「来たわ」ハーリーに教える。

相手はわたしの顔をじっと見ている。気合いの入った勝負顔。「あなたはもっと強い人だと思ってた」

「わたしは錆びた釘。だけど最後の藁の一本がラクダの背を折るって話は知ってるでしょ?」

門の掛け金をはずす音がした。この家で彼女が彼といっしょにいるところを見たら、自分がどうなるかわからなかった。

「さようなら、ハーリー」

ハーリーは肩を落とした。目のなかの強い光がぼやける。

「あなたを大切に思ってる。それはわかって」

ハーリーは出ていった。ドアはあけっぱなしだった。サンダルで敷石を踏む彼女の足音が聞こえる。足音がとまった。ハーリーが何かぼそぼそ言い、それに答えるジェシーの声が聞こえる。

見ちゃいけない。見るな。

情けない、まるで思春期に逆戻りだ。いやそれどころか、身体だけ大人の二歳児と変わりない。キッチンに歩いていってグラスに氷を満たした。そこへグレンフィディックのモルト・ウィスキーを注ぐ。カクテル・タンブラーにくっつける哺乳瓶の乳首はないから、そのまま口をつけて飲む。

ドアをたたく音がした。二回たたくのが、ふたりのあいだの約束だ。

「エヴ？」ジェシーが戸口にいて、不安そうな顔をしていた。「ハーリーに言われた。きみが俺をナイフで刺そうと待ちかまえているって」

わたしはリビングに入っていき、ソファにのってあごの下に膝を入れた。「入っていいわよ」

ジェシーはソファの反対の端に近づいてきて、その手前でぴたりととまった。「メッセージって？」

ウィスキーを飲み、大人の態度を取りもどそうと努める。何かそれらしいことを言わないと。「最初から正直に話してほしかったって、それだけよ」

「同感だ。俺がどれだけそうしたかったか、きみには想像もつかない」ジェシーはわたしの顔やしぐさから、心のうちを読みとろうとする。事態は少しも好転していないと、誰が見てもわかることだ。

「火遊び。そんなことであなたを恨むわけにはいかない」

嘘つき。お尻に火がつきそうなぐらい怒ってるくせに。

「だけど、あなたはまだ、わたしにすべてを話してない。ハーリーとの関係について。それに……轢き逃げ事故のあとのことも」

「え？」

「もしまだ話していないことがあるなら、今あなたの口から聞きたいの。彼女からでも、i

ハイストからでもなく」

「わかった」ジェシーは思いきってソファに移った。「ハーリーはきみに何を言った?」

「あなたがリハビリ施設にいるときに別れたって」

「彼女がそう言ったのか?」

「ひどい話よね」

「ああそうだ」なぜかジェシーはいらついた顔をしている。「向こうはほんとうにそう言ったのか?」

「もういいじゃない。あなたがかわいそうって、そう思うだけ」

「かわいそう……」ジェシーの声には疑問符がついていた。

「彼女らしいわ。自分の気持ちに正直に行動した、それをわたしがとやかく言えないでしょ?」

「わけがわからない」

「だから、彼女が言ったのよ——」わたしはふっと目をそらした。これを言うのは死ぬほどいやだった。「あなたが半身麻痺になったから、別れを切りだしたって」

奇妙な表情が彼の顔に広がっていく。「待て。彼女のほうから別れを切りだしただって?」

「ひどいわよね——」

「くそっ、かわいそうとか、ひどいとか言うな」

わたしは口をぴしゃりと閉じた。どちらもしゃべらなかった。彼がこう言った、彼女がこう言った……。会話のテクニック本にある悪い例。不快な別れ話を詳細に再現するのは、ジングルベルを歌う途中でゲップをするのと同じくらい御法度だ。これ以上深みにはまりたくなかった。

「ジェシー、どっちが別れを切りだしたかなんてどうでもいいの。だけど、この前の晩、いつまで続いたのかと訊いたとき、あなたからこの話は出なかった」

「リハビリ施設でも会っていたと、ハーリーが言ったのか?」

「そう」

「まるで傷ついているような言い方だな」

「実際傷ついてる」

ジェシーの青い目が冷ややかになった。「きみがほんとうに頭にきてるのは、なんだ? 何をひどいと思い、何に傷ついている? ハーリーが俺に会いにリハビリ施設にやってきた。それの何がいやなんだ?」

「いつから反対尋問になったのかしら?」

「きみが正直になれと言う。だからそうしてる。なぜきみがそんなに怒っているのか教えてくれ」

ジェシーのほうがわたしの前で身を縮めているはずだった。それなのに彼は今、わたしの潜在意識を引きずりだして、証人席に立たせようとしている。冷え冷えとした目。わたしの脳の奥深くで、働きアリたちが危険を察知し、あわてて四方に散っていく。

「何が言いたいの?」

「リハビリ施設のことは、何もかも自分だけのものにしておきたい、そうしておけば、俺とデートを続けたたったひとりの立派な女性として、きみは特別な地位に祭りあげられる、そう思ってるんじゃないか?」

「ちがう、断じてそんなことはない」

「無私のエヴァンは、俺の怪我に耐え、障害を負った男といっしょにいるところを人に見られることにも喜んで耐えた。そんなことができたのは自分だけだって、きみはそう思いたい、ところがここに来て、ハーリーが自分もリハビリ施設で俺と会っていたと言いだした」

全身がドアと同じくらいこわばった。「ジェシー、ひょっとして彼女と──」

「ほら、そうだ。やっぱり問題はそこにあったんだ。俺の事故後の童貞を奪ったのが彼女だと思ってる。これまでずっと、それは自分だと信じてきたのに」

ジェシーはわたしの顔をまじまじと見てきた。氷のような目だった。「きみをがっかりさせるつもりはなかった。ガール・スカウトの得点をかせげるチャンスをふいにしちまったな。障害者とセックスすると何点もらえるんだ、一万か?」

「誤解してる」

「親愛なる日記さん、今日わたしはジェシーの力になりました──」

「やめて」

ジェシーは車椅子を引きよせて飛び乗った。「きみはいつだって、かわいそうに、かわいそうにだ。ひょっとして、同情からするセックスに興奮するタイプかい?」

たとえ彼が拳で殴りかかってきても、これ以上の打撃を与えることはできなかったろう。

「下劣よ」

「こっちは破裂だ」

ジェシーはペダルを踏んで車椅子を回転させ、ドアに向かった。わたしは追いかけ、彼の肩に手を置く。

「ばかなことを考えないで」

ジェシーはわたしの手を乱暴にふりきった。「俺は一大プロジェクトじゃないんだ、エヴァン。きみが一生を捧げる仕事になんぞならない」

「どうしてそんなことが言えるの、そんなことを思うこと自体信じられない」

ジェシーがとまり、わたしの顔を見あげた。怒りや痛みを通りこした表情。ただあきれかえり、完全に終わったという顔だった。

「自分の顔を一度鏡で見てみるといい。ようく見て、そこに見えるものがなんだか、よく考えろ」

わたしは何も言わなかった。

「そうするまでは――」ジェシーは途中まで言って、首を横に振った。「いや、待つ必要はない。きみとはもうやっていけない。すべてを白紙にもどそう」

彼は去った。

二十七

二日のあいだ、まったく音沙汰はなかった。ドレスショップから電話をもらって、ようやく実感がわいてきた。

「ミス・ディレイニー、試着の日にいらっしゃいませんでしたね。お式にドレスをお召しになりたいのであれば、来ていただかないと」

「あっ、はい」わたしはしどろもどろになった。「それがその、ひょっとしたら……いえ、ただちょっと予定が立たなくて――」

すべてを白紙にもどそう。

結婚式はなくなる、ということだ。

ジェシーは傷ついていた。わたしには触れる権利さえない部分を、ぼろぼろになるまでたたいてしまった。

きみは俺を信じているか？　何度同じことを訊かれただろう？　俺はきみを信じていると、彼のほうはあらたまって言う必要はなかった。それはもう既知の事実だった。しかし、もうそうではなくなった。わたしは彼の信頼を無駄づかいした。最もひどいやり方で彼を傷つけてしまった。わたしはあなたなんか尊敬していないと、そう思わせてしまったのだ。

事故のあと、わたしは彼にふつうに対した。へつらいもしなければ、恩着せがましい態度もとらない、何事においても特別扱いをしなかった。ほんとうだ、彼がそう言っていたのだから。ところがここにきて、自分はみじめで弱い立場なのだと、ジェシーに感じさせてしまった。わたしにとって、彼は同情の対象であり、そういうふたりの関係を喜んでいると思わせてしまった。

考えたら胃がひっくりかえった。わたしはほんとうにそんなことを思っているのか——彼といっしょにいるから立派？　冗談じゃない。そんなこと思うわけがない。

マントルピースの上に置いてある写真を見た。陽射しを浴びて、いたずらっぽい笑みをうかべるジェシーの顔。ああ、どれだけ愛してることか。失うわけにはいかない。彼の信頼を取りもどさなければ。泣きついてでも、はいつくばってでも。根が楽天的であるだけに、きっとそれができるとわたしには思えた。そして、事はこれ以上悪くはならないと、これもまた楽天的に考えていた。

裁判所へ歩いていきながら、目はレポート用紙から離さなかった。爽やかな天気で陽射しがまぶしい。低いところにある庭園が通りに沿って緑の葉をふるわせ、時計台にぎっしり詰めかけた観光客が景色にうっとり見入っていた。これから仕事で打ち合わせがあるというのに、頭のなかはビー玉が詰まっているような感じで、考えようとしても悪態しか出てこなかった。気もそぞろで通りを渡る。

信号のところでアイドリングをしている車には注意を払わなかった。が、歩道にあがると、その車が縁石にすりよってきた。運転手がクラクションを鳴らす。わたしは顔をあげた。白のジャガーXJ8。英国のにおいがぷんぷんしそうなほど真新しく、ジャグアーと発音しないと怒られそうだ。マリ・バスケス・ダイアモンドが降りてきた。

「ちょっと」彼女が言う。「逃げないでよ」

マリはわたしにつっかかってくるタイミングをまちがえた。

「冗談じゃない。通りを歩く人間が立ちどまって、自分にひれふさないからって腹をたてる。NASAに自分のエゴのサイズ、知らせてある？　GPSシステムにそいつを組み入れて、ジェット旅客機が避けて通れるようにしないと、危なくってしょうがない」

相手は、たった今何本もの針を呑みこんだような顔をしていた。骨張ったブロンズ色の脚がピンヒールの上でふらついている。まるでカクテルのかき混ぜ棒みたいな女。

「あなたのしたことは名誉棄損《ライベル》よ」

「お高くとまるのはよしなさい、インコじゃあるまいし」

「まただわ。それも訴訟に加えてやる」そう言ってバッグを肩にかけた。バッグにはチワワの写真がついている。

「不法行為法について、いくつか勘ちがいしているようね」わたしは言った。「第一に、口頭による名誉棄損《スランダー》と文書誹謗《ライベル》をごっちゃにしてる。第二に、プリマドンナの気分をへこませたってだけで、訴因にはならない。第三に、あんたのケツがじゃま」

わたしは彼女の前を通りこした。

「ケニー・ルデンスキーに、わたしが身持ちの悪い女だって言ったんでしょ」

わたしはふりかえり、怪訝な表情《かお》を返した。「見当ちがいもいいところ」

「わたしのセックス・ライフについて、しつこく問いただした。わたしが誰とでも寝て、カルと結婚したのはお金のためだって、そうほのめかしたんでしょ」

「いいえ、わたしはそんなことはしない。したのはケニー」

彼女の口がぽかんとあいた。「あなたがそうし向けたんでしょ。記者だもの。知ってるのよ」

「フランクリン・ブランドはどこ？　あんたのところにいるんでしょ？　警察が知りたがってるわよ」

マリがのけぞった。「嘘つき」

「あんた、轢き逃げのあった夜に彼といっしょだったでしょ。彼がジェシーとアイザックを轢いた車に乗っていた。警察に連絡して彼を密告したのはあんたでしょ」

マリの顔がしかめっ面になった。「あなたがカルに写真を送ったのね？　うちの門のところに封筒を置いてった。あなた、わたしの結婚を台無しにしたのよ」

おやおや。「なんの写真？　あんたがフランクリン・ブランドといっしょに写ってるやつ？」

「ほらほら。やっぱりあなただった。こっちはちゃんと知ってたのよ」

「轢き逃げのあった夜に、あんたとブランドがいっしょにいた写真？」

「焼き増しとか、それに近いことをしたら、あなたの全財産を身ぐるみはいでやるわよ」

そこでぱっと頭にひらめくものがあり、間髪を容れずにぶつけてみる。「どうしてブランドを警察に密告したの？　彼がそのまま逃げきるってのが許せなかった？　前に一度経験してるものね。あんたの妹が死に、運転手は逃げた」

マリの腕に鳥肌が立つのがわかった。身体もふるえているのが、肩のバッグの揺れでわかる。チワワがバッグのなかからひょいと頭を出し、わたしに向かってキャンキャン吠える。歯をぜんぶむきだして、目が逆上している。と、チワワの吠え声に、ジャガーのなかから別の吠え声が加わった。マリの肩ごしにちらりと見ると、後部座席に二頭のドーベルマンがいて、窓に向かってあごを嚙みならしていた。

「妹さんのことは残念だった。だけど、アダム・サンドヴァルのことも考えてやってよね。同じ状況で弟を亡くしたんだから」

「ケニーは除外して」

わたしは頭のなかであとずさった。いったいそれとこれとがどうつながるのか。

「ケニーはこの件とはなんの関係もない。彼の名前をむりやりこれにこじつけようとしたって、何の助けにもならないわよ」

「わたしは何も――」

「ケニーを爆弾がわりに投げつけるなんて、卑怯と言うしかないわ。まったく胸が悪くなる」

何を言っているのか、さっぱりわからなくなってきた。犬たちはまだ吠えつづけている。

彼女の顔をさらによく観察すると、その目に偽りのない痛みがあった。

「ミセス・ダイアモンド、もしわたしが度を越してしまったなら、謝るわ。事故のことと、あなたの妹さんのこと、ケニーがわたしに話してくれたの。それで――」

「ケニーは十六歳だった。ただ怖かったのよ。あれを、この事件と比べるなんて、正気じゃないわ」

あれ。思わぬ事実が浮かびあがった。

「ケニーは、妹さんと車に乗っていたの?」わたしが言うと、彼女の口もとにしわがよった。

向こうはわたしがすでに知っているものと思っていた。「ケニーが車を運転していた?」

「ケニーは脳震盪を起こしたの。ショック状態だったのよ。助けを呼びにいった」

彼はイヴェットを置き去りにして死ぬに任せた。

「だからあなたはひっこんでいて。わたしにもケニーにも余計なちょっかいを出さないで。もしこの件とのからみで彼の名前がまた出てくるようだったら、あなたを破滅させてやるから」

チワワがいきなりショルダーバッグをひっかいて飛びだし、こっちへ向かってきた。わたしはぱっと身を引く。チワワが歩道に落ちた。

「シーザー！」マリが息を呑み、腰をかがめてつかまえる。「なんてことするのよ。この雌犬《ビッチ》！」

わたしは歩みさった。雌犬《ビッチ》、雌犬《ビッチ》と彼女が叫んでいる相手は犬ではないだろう。

サンチェス・マルクスへ行ってみたが、ジェシーはいなかった。ラヴォンヌが教えてくれる。「家に帰したわ。FBIの連中が威張り散らしてるし、ここの玄関でジェシーが連邦捜査官と口論してるなんてのは、事務所にとってもよくないでしょ」

わたしは目をこすった。

「彼、びりびりしてたわよ。行って話してきなさいな」

ジェシーの家に着くと、ステレオがガンガン鳴っていた。ヘンドリックスの曲が不吉を知らせる。長く息を吸ってから、玄関のドアをノックして待つ。やがて「どうぞ」という声がした。ジェシーはソファの上に寝そべってテレビを観ていた。片手にリモコンをにぎり、もういっぽうの手には、午後一時だというのに瓶ビールをにぎっている。見ているのはNASCAR。

「自宅謹慎だ」ジェシーが言う。

「ラヴォンヌから聞いたわ」わたしはリビングに入っていった。「またヴァン・ヒューゼン？」

ジェシーがコーヒーテーブルの上の紙を指さす。手にとると、FBIのレターヘッドがついた用箋に、山ほどの専門用語が記載されていた。合衆国条例第一八編第九八一章のもと、資金洗浄の行為によって取得した事実を追跡できる財産は、物的財産、人的財産の別なく、合衆国に没収されるものとする。

「ヴァン・ヒューゼンが俺に圧力をかけてきた」

ジェシーはリモコンをかざしてボリュームをあげる。レース用改造車《ストック・カー》の甲高くうなるエンジン音が『パープルヘイズ』とクラッシュする。

「そのこと、話したい？」

「いいや。午後の半休が台無しになる」そう言ってビール瓶からぐいっと一呑みする。「それに、今はなんの提案もいらない。メーターが振り切れてる。クソの受け入れ量はもう最大レベルまで達してる」

帰れと言わない代わりに、いてくれとも言わない。そのよそよそしさに、これまで感じたことのないほどの寒気を感じる。あまりにも激しい熱にやられ、どちらの心も底が溶けて、機能しなくなっているのはわかっていた。けれどもドアから出ていって、この状態をそのままにしておくことはできない。

「ジェシー、わたしたちの関係をこんなふうに破綻させたくないの。わたしは自分が知っている誰よりもあなたを尊敬している。ハーリーと何があったかなんて気にしない」

「事故のあと、彼女と続いていたわけじゃない。事実はちがう」

わたしのなかの悪ガキが、やったあぁーと叫び、くるりととんぼがえりをした。が、彼の目が深刻なのがわかったとたん、胃がさがった。

「事実はどうなの？」

ジェシーは何か重たいものの目方を量るように、天井をじっとにらむ。それからようやく口をひらいた。「ほんとうはこんなことをするつもりはない。信頼を裏切るなんて冗談じゃない。だがハーリーはきみをラスヴェガスに連れていった」

信頼？　ジェシーとハーリーのあいだには深く深刻な問題があって、それをハーリーのために守ってきたということ？　たしかに悩みを打ちあけるならジェシーは適任で、信頼できる相手だった。

「彼女と別れたのは、向こうがある種の依存症だったから。病的にギャンブルがやめられない」

ぼやけていた視界が、いきなりピントを合わせたように感じられた。

「驚いていないようだな」

「そうね」

ハーリーの父親が大金で遊ぶ勝負師で、彼女はしょっちゅうヴェガスやデルマー競馬場に……。

「どうしてわかったの？」

「ロー・スクールに通っているとき、よく電話をかけてきた。ＬＡにいるから、そっちへ寄るって。仕事なんかじゃぜんぜんなく、いつもハリウッドパークで数日を遊んで過ごすんだ。

しばらくしてわかったよ。これはもう手に負えないって」

「それで、iハイストが彼女に爪を食いこませた。その事実を嗅ぎあてたってことね」

「聞いてくれ、こんなことをばらすつもりはなかった。彼女が専門家の助けを求めることを条件に、こっちは口を閉ざすことにしたんだ。向こうは賭博常習者更生会《GA》に入った。それを俺に言うためにリハビリ施設にやってきた。これからは、ちゃんとするってね」

「ところが彼女はやめられなかった」わたしは言う。「iハイストはそれをおどしにつかって、自分たちのために金を洗わせた」

　寒気が恐怖に変わって首筋をはいのぼってくる。「だけど、それじゃあどうして連中は、あなたに資金洗浄をしろと言ってきたのかしら。もう彼女がいるでしょうに?」

「ハーリーはつぶれかかっている、それが理由だ。そろそろ使いものにならなくなるってわかってるんだろう」

　ハーリーはブランドとの接点だ。どういう形でかはわからないが、すべてはそこに結びついている。金、マコの弁護士という仕事、iハイスト……。

「彼女はやっぱりお荷物だと、連中が結論を出すのも時間の問題だ。ケニーとiハイストがな。で、そうなったとき連中は――」

「彼女を生かしておく意味を何も見いだせない」ハーリーは危険のさなかにいる。

「彼女に何度も連絡をつけようとしてみたが、オフィスにはいないんだ」

　わたしは息を吸った。「さがしてみるわ」

ステレオはヘンドリックスの別の曲を流していた。『見張り塔からずっと』ジェシーのお気に入りだ。ふたりのあいだの空気に、不安が凝固していくのが感じられる。

「ジェシー、今はそれどころじゃないというのもわかる、だけど、わたしたちのことについて話したいの」

彼は目をそむけた。「ハーリーがリハビリ施設のことできみに嘘をつき、きみはそれを信じた。そいつが俺は……」

彼が言いたいのはつまり、どうして俺を信じず、彼女の言うことを信じたんだ? きみは俺をそんなに信用できないのか? それに気づいたとたん、胸が悪くなった。

「事故のあと、俺のそばにいたのはきみだけだと、どうしてそれがそんなに大事なんだ?」

ジェシーはわたしを直視した。「たしかに、きみはそばにいた。あれを境にきみ以外は誰もいなくなった」まるで自分を叱責する顔になる。「俺の頭からどうしても離れない……きみは障害者とくっついていることで、自分が偉く思えるのか? 事態がこうなって、きみはうれしいのか?」

「冗談じゃないわ。ジェシー、そんなふうに考えないで」眉間がずきずきして、涙が盛りあがってきた。

ジェシーは両手を左右に広げてみせる。目に嵐のような怒りと混乱が見てとれた。

「もう帰ったほうがいい。今ここで俺がまた何か言えば、取りかえしのつかないことになる」

三時間後、わたしはハーリーを見つけた。秘書を説得して彼女の居場所を聞きだしたところ、サンタ・イネスへ打ち合わせに行っているという。山を越えて北へ向かい、長々と続くコールド・スプリングズ・ブリッジを渡り、森、ワイナリー、アラブ馬の牧場を過ぎて金色にうねる丘の斜面を通過すると、そこへたどりつく。崩壊していく人生の途上にあるハーリーがサンタ・イネスの谷で向かう場所といったら、チュマシュ・インディアン・カジノしかない。ハーリーはビデオ・ポーカーをしていた。スツールにちょこんと腰掛け、一ドル銀貨の詰まったバケツを膝の上に置いて、マシンに大量に銀貨を投入している。彼女と向きあうとまわりこんだとき、ビデオモニターに表示されたカードが見えた。

3のカードが三枚。負けの手だ。ハーリーがわたしにちらりと目を向けた。

「外に出て」わたしは言った。

「これからが稼ぎどき」相手はまたマシンに銀貨を投入する。「ここでやめて、他人にわたしの儲けをさらっていかれるなんて冗談じゃない」顔をしかめ、マシンをひっぱたく。「出せっつーのよ、このろくでなし」

けれどもマシンはいうことをきかなかった。ハーリーはさらに銀貨を入れる。

わたしはその膝からバケツを取りあげた。「行くわよ」

「ちょっと」ハーリーがスツールを回転させて降り、わたしのあとについて外に出てきた。

「冗談じゃない、返しなさいよ」

外は暑かったが陽射しは穏やかで、休暇を過ごすには最適だった。カジノの駐車場にはぴかぴかの観光バスが何台もとまっている。ハーリーの髪が青空の下で白く見えた。

「いつからiハイストのためにお金を洗うようになったの?」

「何を言ってるんだか、わけがわからない」

「あなたが胴元に借りがあることを連中が嗅ぎつけて、それからどうなったの? 警官や取り立て屋がやってくる前に、債権者に支払ってやるからと言われたの?」

ハーリーはバケツのなかをじっと見る。夏の光を浴びて銀貨がまぶしく輝いていた。

「なるほど」髪を手でとかして言う。「つまり、ジェシー・ブラックバーンは約束を守る方法を知らなかったってわけだ」

「ここで問題なのは、ジェシーじゃない」

「ここに問題なんて何もない。わたしはだいじょうぶ。ただ緊張をほぐしてるだけ」

「GAは? 緊張をほぐすにはスロットマシンをやるといいって、彼らが勧めてるの?」

「ぜんぜんわかってない」

「それなら教えて。わかるように説明して」

「わたしの人生はいやなことばっかりでね。自分をとりもどす一日が必要なの」

わたしはバケツの銀貨を揺すってみせる。「これだけつかっても、まだとりもどせない」

ハーリーが鼻を鳴らした。「そんなもんギャンブルなんて言わないのよ。箱入りキャンディか、一日の終わりにたしなむグラス一杯のワインでしかない。娯楽よ。リラックスの手だて」

「高価なキャンディだこと」

「わかってないのね。教会の富くじを買って、それがギャンブルだなんて思ってる。わたしがやっているのはまったく別物。分析的思考を要する専門的なものなの。驚いてチビらないでよね、ケンタッキー・ダービーでウォー・エンブレムが勝ったとき、五千ドル儲けたわ。賭け率二十倍の大穴よ。ゴラン・イワニセビッチがウィンブルドンで勝ったときは、百二十五倍。テニス賭博のおかげで、二十五万ドルも懐に入った」

「なんだって、まあ。ハーリー」

わたしがショックを受けているのを、彼女は感嘆ととらえた。「嘘じゃないわよ」

勝った額がそれだけなら、負けた額はどのくらいになるだろう？

「借金はどのぐらいあるの？」

意地悪い光が、ハーリーの顔を容赦なく照らす。紙のようにかさかさした肌は、そばかすとしみだらけだった。

「万事自分で手綱を取っているからだいじょうぶ」

「そうじゃないでしょ、ハーリー。ギャンブルを続けるために、ｉハイストとどれだけ深く関わってるの？」

「自分でカバーできるの。一度勝てば、それですべてチャラになる。いやな父親だったけど、わたしに大事なことを教えてくれた。おまえは世にもめずらしい、勝ち逃げのできる人間だって」

「百万？　それとも二百万？」

彼女の口があいて、それからまた閉じた。バケツをじっとにらんでいる。まるでなかに入っている銀貨がアンフェタミンでもあるかのようだ。

「ハーリー、あなた、iハイストからピンはねしてるの？」

答えない。

「セグエをつかってる？」

「どうしてそんなことを知ってるの？」わたしの腕をつかんできた。「どこまで知ってるの？」

「マコのことは知ってる」

「冗談じゃない、誰にもそんなこと言っちゃだめよ。マコ――連中に殺されるわよ。ああ、くそっ、わたしも殺される」

「マコの誰――ケニー？」

「ほかに誰がいる？　彼が最初からからんでいたのよ。うちの事務所にマコのセキュリティ・ソフトを買わせた。それで仲間をうちのシステムに侵入させ、事務所の財務についてすべてつかんだ。わたしを破滅させる道を見つけた。彼がわたしの首にかかった輪綱をにぎってるのよ」

「警察に行くべきよ」

ハーリーがゲラゲラ笑った。「それで、起訴される？　法曹資格を剝奪されて、監獄に入る？　死んだほうがましよ」拳で唇を隠して、苦い笑いをもらす。「もうひとつ方法があった」

「何？」

「連中がわたしを苦しめようとしてるのは知ってるでしょ。あなたとジェシーも。みんなもう終わりよ。だったら連中の手間を省いてやったほうがいい」

「何を言ってるの？」

「とっとと終わらせる。車を走らせてコールド・スプリングズの橋から飛び降りる。これで一件落着。もう何も心配せず、わたしの肩の荷はすべておりる。あなたもね」

ハーリーはわたしに背を向け、自分の身体を抱きしめた。わたしが背中に手を置くと、身をくねらせてふりはらった。カジノのほうへちらっと目を向けると、バスが一台玄関の近くにとまっていて、建物の看板の一部を隠していた。ＣＡＳＩの文字。それを見たとたん、ひらめいた。そうだ《ウェル》、わかりきった《ダー》ことだった。

顔がかっと熱くなった。あの娘《こ》ならだいじょうぶ、どうせ何もわからないから。いつからハーリーにそう思われていたんだろう？

「これがほんとうのキャシー、そうなんでしょ？」

キャシーはハーリーの恋人。たしかにギャンブルは彼女の恋人だ。ハーリーが心からあがめ、いつでもそばにいてくれる相手……その相手とハーリーはけっして別れることができない、なぜなら：iハイストにつかわれているから。現金をカジノに持っていかせ、自分たちのために洗わせる」

「ハーリー、あなたには助けが必要よ」

「ジェシーも考えてくれた。G A。でもだめだった。髪を青く染めて、社会保障小切手を失った女たちが集まって、ビンゴ・ゲームをしながら、はらはらして両手をもみ合わせてる。わたしとは世界がちがう」

「自分で手綱なんかとってないじゃない」

わたしが言うと、ハーリーは声をあげて笑った。大きな声で投げやりだった。滑降のスキーヤーが猛スピードで曲がり角につっこんでいく光景が、頭に浮かぶ。

「なるほど」彼女が言う。まだ笑いつづけている。「あなたってサイコー」身体をふたつ折りにし、両膝に手をのせ、まるでわたしが有史以来最もおもしろい冗談を言ったかのようだった。

わたしはまた彼女の背中に手をのせた。ハーリーは背筋をのばし、それをふりはらった。彼女の目は硬質の光を放ち、一ドル銀貨のようだった。

「人の人生に首をつっこむのはやめたほうがいい」

わたしの手からバケツをつかみとる。コインが飛んで、アスファルトの上で弾んで音をたてた。最後に見たとき、ハーリーは膝をついて一枚一枚銀貨を拾っていた。

家に車を走らせながら、心はむなしかった。ハーリーが自滅していくのをわたしはとめられない。自分がなんの力にもなれなかったと思うのはつらかったが、それよりも彼女がわたしのさしだす手をはねつけたことに、すっかり心がくじけていた。角を曲がって自宅のある通りに出る。携帯電話が鳴った。

「エヴァン？」テイラーだった。「ちょっと寄っていい？　あなたが注文したランジェリーを置いていこうと思って」

今夜はテイラーを受け入れる余裕はない。たとえほんのわずかでも。「今日は一晩じゅういないの」

「家にまったく帰らない？　それほんとう？」

「ほんとうよ」

「スペア・キーをつかっていい？　雨樋のなかにいれてある、そうよね？」

彼女はわたしの家の隅から隅までのぞきまわったのか？「テイラー——」

電話のバッテリーが切れて、いきなり通信がとぎれた。まあいいだろう。どうせあとで彼女とは一戦を交えることになる。

アダム・サンドヴァルが乗っているトヨタのピックアップトラックが反対方向からやってきて、こちらの車とすれちがった。わたしはクラクションを鳴らした。彼がUターンしてきて、うしろでとまった。わたしが車から降りると、アダムが怒った足取りで近づいてきた。手に紙をつかんでいる。表情が荒れていた。

「何かあったの?」

アダムは紙をつきだした。かすれ声で言う。

「ネットに接続しているときに、やつらがこんなものを送ってきた。削除しようとしたら、勝手に印刷が始まった」

わたしは受けとって、それを見た。たちまち目眩に襲われる。

アイザックの死体解剖写真だった。アダムはわたしの車にぐったりもたれる。

「ふざけたことを。アダム、こんなもの、あなたの目にぜったい触れさせちゃいけないのに」

アダムが事故のあと、アイザックの死体の身元確認をしているのは知っていた。自分の弟にどんな残酷なことがなされたか、彼は自分の目で見ていた。けれども遺体整復師がもとどおりにしてくれたことで、慰めも得ていたはずだった。埋葬の際には彼が着る物を選んでやったし、葬儀の前夜には、アイザックの棺の横で一晩じゅう眠らずに過ごし、祈りを捧げた。アイザックが尊厳を損なうことなく安らかに眠るよう、アダムは手を尽くしたのだ。すべて神聖ななかで幕を閉じたはずだった。

それが今くつがえされた。アイザックの死体は鋼鉄の解剖台にのせられ、胸部はY字に切りひらかれ、頭部は半分なかった。これは究極の暴力であり、アダムを完全に打ちのめす写真だった。アイザックの思い出が冒瀆されたのだ。

「やつらはこれを公開する気らしい」

わたしはかぶりを振った。「まさか」

「ネット上で。性倒錯者のゆがんだ楽しみのために——」アダムはがくんと首を落とし、自分をコントロールしようと必死だ。「死体姦症者のサイト。冗談じゃない、じつの弟だぞ。それをやつらはフリークやモンスターを興奮させるために提供しようって言う。ああ、聖母マリア《マードレ・デ・ディオス》よ——」

あとは言葉にならず、悲嘆に暮れた。頭皮を指でかきむしっている。

「これはブランドのからかいか？ ぞっとするゲームか？」

「iハイストよ。あのミッキー・ヤーゴっていう男のしわざ。それにこれはゲームなんかじゃない」

「なぜやつはこんなことをする？」

なぜって、彼はサディストの変態だから……

「作戦よ。やつらはこの写真をつかってジェシーを怒らせようっていうのよ」

アダムがぎくっとしてあとずさった。「やつらはジェシー・ブラックバーンの気分を損ねるために、アイザックの想い出を冒瀆しているのか？ 度を越してる」

「聞いて。連中はあなたをキレさせて、ジェシーのところへ行かせ、それで——」

アダムが片手をさしだした。「写真を返してくれ」

「だめ」わたしは首を横に振った。

「ジェシーに見せてやりたい。アイザックに何が起きているか知らせてやりたい。連中がおまえとけんかしているせいで、こんなものまで登場したと」

もし今アダムがジェシーと向きあったら、爆発の被害はメガトン級に広がるだろう。

「よして」

「ジェシーと話をしてくれって、ずっと懇願していたのはきみじゃないか。それがどうして今になって、自分があいだに立ってとめるんだ？」

「そうじゃない。ミッキー・ヤーゴはあなたを利用しているの。正気を失うほどに怒らせようっていうのよ。ここであなたが見境をなくしてジェシーに食ってかかっていったら、それこそ相手の思うつぼよ」

「なるほどね。ジェシーはどこにいる？」

「わからない」

「電話してみる。きみの携帯電話を貸してくれないか？」

これでかければ、ジェシーの電話のディスプレーには、**エヴァン**の名前が表示される。

「彼は出ないわ」

「どうして？」

頭皮がきゅっと縮まった。「今のところ、わたしたちのあいだもまずい状況になってるの」

アダムの眉毛が忙しく動いた。「くそっ、そうか。知らなかったよ」

わたしは車の彼の隣によりかかり、山をじっと眺めた。山は太陽を浴びて輝いていた。そろそろ六時になる。レストランやバーは、ハッピーアワーだ。

「僕にできることは、何かないか?」

自分が粉々になってしまうほどの重圧にさらされていながら、まだそこに、それはあった――アダム生来の礼儀作法と相手への思いやり。わたしは彼の腕に手をのせて、かぶりを振った。

アダムが写真に手をのばし、わたしはそのまま持っていかせた。

「これは、僕のほうでなんとかする」

「どうするの?」

アダムは写真を折って、尻のポケットにつっこんだ。「徹底的にやってやる」

タイヤの下で砂利を跳ねあげながら、アダムの車は走りさった。

敵の包囲網が狭まってきている。

iハイストはどうやって死体解剖の写真を入手したのか。検屍官の保存ファイルを持ち逃げしたか、事務員から買ったか、あるいはセキュリティを破ってオンラインで見つけたか。

三度目にトライした病院のIT部門への電話で、事が判明した。

「サンドヴァル、アイザック。死亡日はいつですか?」女が言った。

わたしはそれを教える。自分はアダム・サンドヴァルの弁護士だとあらかじめ断っておいた。

「死体解剖写真が、そちらのコンピューター・データベースに保存されているかどうか、知りたいんです」

彼女がキーをたたく音が聞こえる。「はい。こちらにあります」

「あともうひとつ教えてください。マコのセキュリティ・ソフトをつかってらっしゃると思いますが、その商品名は?」

「少々お待ちください」電話が静かになった。「ハンマーヘッドのヴァージョン6です」

わたしは相手に礼を言って電話を切った。それからケニー・ルデンスキーをさがしに行った。

二十八

その日、わたしがマコ・テクノロジーの玄関をくぐりぬけたときには、社の人間はほぼ全員退社していた。大きな駐車場にも車はぽつぽつとしかとまっていない。壁に貼ってある白黒の写真が暗がりに浮かびあがるなか、清掃人がカートを押しながらロビーを歩きまわっているばかりで、受付には誰もいなかった。

が、すぐにアンバー・ギブスが女性用トイレからあわただしく出てきた。

にっこり笑って、「ランジェリーはどう?」と訊く。

「ちくちくする。あなたは?」

「女王様の気分」

鼻歌を歌いながら受付デスクをまわりこみ、以前とうってかわって、きびきび、しっかりしているように見える。ザラ伯爵夫人には、わたしにはわからないパワーがあるのかもしれない。

「ケニー・ルデンスキーをさがしてるの」

「さあ、まだオフィスにいるかどうか」

「電話してみてくれない?」

アンバーの顔がぴくっとひきつった。「ちょっと忙しくて」

「お願い」

「でも、ルデンスキーのパパのほうが書類を持ってこいって――」

「アンバー」

「――出る前に持ってこいって言われてるの」

「じゃあ、わたしがなかをさがして、いっしょに歩いてもどってくる」

アンバーは困った顔になる。「それなら」

彼女が書類のフォルダーをつかみ、キーパッドに暗証番号を打ちこんでセキュリティ・ドアのロックを解除し、ふたりで廊下を歩いていった。警備員が自動販売機のところに立って、硬貨を入れている。こちらに向かってあごを動かし、あいさつしてきた。

ケニーのオフィスの手前にある秘書の机はあいていた。ケニーもいないとしたら、どれだけラッキーだろう? わたしは立ちどまり、アンバーはそのまま廊下をすたすた歩いていった。

ノックをしドアを開けた。照明は消えている。なかに入って、ドアをうしろ手に閉める。オフィスのなかは、アフターシェーブローションとテニスボールのにおいがした。コンピューターのモニターは真っ暗だった。わたしは机の前に腰をおろす。

よし、次はどうする? 引き出しをひらいてみる。鉛筆、輪ゴム、ラムがひと瓶。収穫は無し。ドアの外で鍵がじゃらじゃらいう音がして飛びあがる。ドアの取っ手が回転した。警備員だった。

「ここで何をしてるんです？」

脈がこめかみをたたく。はったりよ、ディレイニー。

「紙切れがないかさがしてるの。ケニーにメモを残しておこうと思って」

そう言って机のなかをガサガサやる。そら見ろ、メモ帳があった。机の上のペン・ホルダーから鉛筆を一本とりあげる。警備員はこっちをじっと観察していて、立ちさろうとしない。くそっ。

彼の背後の廊下に、アンバーがあわててもどってきた。警備員がふりかえる。アンバーににっこり笑顔を向けられ、警備員は背筋をのばした。ズボンのベルトをぐいっと持ちあげる。その肩ごしにアンバーがこちらをちらっと見てきた。「あら、ジュニアはいないの？」

「今メモを書いていたところ」嘘の上塗り。

「そっか」彼女は警備員に向きなおった。「レン、わたしの車からちょっと物をおろしたいんだけど、手伝ってくれる？」

警備員が言う。「喜んで」

ふたりは歩いて行き、ドアをあけっぱなしにしていった。声がだんだんに遠ざかる。レンの鍵がじゃらじゃら鳴る音で、ふたりが廊下を進んでいくのがわかる。

彼がもどってくるまでにどれだけの時間があるだろう? 机なんてどうでもいい。なんであろうと、わたしが欲しい物はケニーのコンピューターのなかにあるはずだった。キーボードをたたくと、画面がぱっと明るくなった。

パスワードを入力してください。くそっ。カーソルが点滅して「アハハ」の文字が飛びはねる。

わたしはそれをじっと見ながら、ケニーはばかではないが、傲慢だと思う。キーボードを持ちあげて裏側を見る。そこにパスワードが貼りつけてあれば万々歳だ。何もなかった。ケニーのファイルにアクセスするには、どうしたってパスワードを推測しなければならない。ありがたいことに、サイバー・セキュリティについて書いた経験から、パスワードの推測は成功確率が高いことを知っていた。字数はふつう六文字から八文字で、たいていの人間は、子どもやペットの名前、趣味といった、人から推測されやすいパスワードを選ぶ。そうでないと覚えていられないからだ。

ただしマコともなれば、ログインに回数制限をつけているはず。おそらく三回失敗したら終わりだろう。どうやってその範囲で推測する? せめてパスワードの規定文字数だけでもわかれば、なんとかなりそうなのだが。

しかしケニーは、そういった情報をそのへんに置きっぱなしにしてはいなかった。彼はじつに抜け目がないのだ。

しかしアンバーはそうじゃない。

時間はある？　走らないと無理だろう。

ここにじっとすわっていないで、さあ行動するのよ。

わたしはダッシュして外に出た。紙切れをセキュリティ・ドアのあいだにはさんで鍵が閉まらないようにしておいてから、受付デスクへ急ぐ。玄関ドアの外をうかがうと、駐車場で警備員がアンバーといちゃついているのが見えた。あのふたりには、解雇されるかもしれないという不安は、これっぽっちもないのだろうか。

アンバーのキーボードを持ちあげ、モニターの下、机の下、椅子の下、あちこちに手をすべらせてみるものの、何も見つからなかった。もう一度外を確認する。アンバーは車に乗りこむところだった。

次の瞬間、ミスター・フロッグが目にとまった。彼女のモニターの横に立てかけてあるぬいぐるみだ。勝った。カエルの小さなお尻に付箋がくっついていた。**Dazzl★ng**　大急ぎでケニーのコンピューターにもどっていく。

こっちのコンピューターも八文字のはずだ。そしておそらく、アルファベットの文字以外に、少なくとも数字がひとつ、あるいは記号がひとつ必要なのだろう。

考えろ。ケニーについて。彼の好きなものは？　自分自身。コカイン。汚れた金、セックス、車。

わたしはキーボードに指を置いて、**McQueen1**と打った。

パスワードが不正です。

じゃあ、これは……と、彼の車についていた飾りナンバー・プレートの文字がよみがえってきた。指を折りながら文字数を数える。キーを打った。

パスワードが不正です。ポルシェだ、彼はポルシェを愛している……

Carrera★

2KPSECUR

画面がぱっと変わった。成功だ。

と、また新たに入力を促すメッセージが出てきて、これがジャカルタの言っていたマルチレベルの関門であると気づく。最初のパスワードは非特権的アクセスを許可してもらうもの。もうひとつパスワードを入れると、特権的アクセスが許可される。

入力を促すメッセージはまだそこで待っていて、カーソルが点滅していた。

よし、ケニー。あんたの思いあがりに一票。まさかここまで誰かが侵入してくるわけがないと高をくくっている。あとの手続きは自分が楽なように設定してあるにちがいない。画面はわたしがパスワードを入力するのを待っている。

わたしはキーをひとつ押した——リターン。

入った。メッセージが画面に現れ、九十秒のタイムアウトでキーボードは十分間の非特権アクセスモードになると教える。つまり次のキーを打つまでに九十秒の間があくと自動的に非特権モードに切り替わり、それから十分待たないと、ふたたびこの画面にもどってこられないということだ。

検索窓にセグエと入力する。三つのフォルダーが表示された。最初のフォルダーには書類がぎっしり詰まっていた──手紙、メモ、往復書簡──そして表計算シート。大急ぎでそれをひらき、廊下でレンの鍵束の音がしないか聞き耳をたてる。

書類に目を走らせた。会社書類──グランド・ケイマンのものだ。会社の重役の名がずらりと並んでいる──ケネス・ルデンスキー、マリセラ・バスケス・デ・ダイアモンド、ミハイル・ヤーゴ……。

それから財務書類を見つけた。何十万ドルというお金がこの会社を出たり入ったりしていた──マコへ、マコからさまざまな事業体へ。コンピューター技術者の名前、ベンチャー・キャピタルの名前、それらにひとつずつアクセスしていけば、きっとセグエの書類に並んでいたのと同じ重役の名前があるはずだ。

わたしは息を吸った。セグエはたしかに幽霊会社だった。マコに付随しているダミー会社。iハイストのための裏金の隠し場所。これをFBIが追っている。ジェシーに必要なのはこれだった。

iハイストはケニー・ルデンスキーに深々と爪を食いこませていた。両者は現在パートナー関係、あるいは寄生虫と宿主の関係にあるのだ。ケニーは自分の意思でその関係を結んでいるのか、それとも強要されているのか？

この証拠を警察に持っていかないと。それも今夜のうちに。ケニーがこのコンピューターに触れたが最後、誰かがファイルを見たと気づく。そして気づいたなら、確実にファイルを消す。あるいは「誰か」を消す。

しかしこっちはミニ・ディスクも持っていないし、CDに焼く手だてもない。マコのプリンターのそばに立って、会社の機密書類を印刷してページをそろえ、ホチキスどめしている、そんなところを警備員に見られるのはよろしくないだろう。

しかしわたしにはEメール・アドレスがあり、FBIにもそれがあった。バッグのなかをさぐってデール・ヴァン・ヒューゼンの名刺をさがしてみる。家に置いてきてしまったらしい。となると第二の手段だ。

インターネット・メールに万歳三唱。この際警戒は脇に置き、ネット上にある自分のアカウントにアクセスする。あとでケニーのコンピューターからブラウザーの閲覧履歴を消去するつもりだったが、それでも廊下の奥のエンジニアリング部門に一ダースもいる技術オタクを誰かひとり呼んでくれば、モニターにピーナッツバターでてかてかと名前を書き残したのと変わりなく、あっけなくわたしの身元を割りだすだろう。かまいやしない。エヴァン・ディレイニーだって、教えてやる。

自分のアカウント画面が表示されると、「メール作成」のアイコンをクリックして、セグエのファイルを添付する。

廊下でまたじゃらじゃらと鍵の音がした。レンは口笛まで吹いている。彼とアンバーをそこまで気分よくさせたのは、「めくるめく織細」のランジェリーか？

鍵の音がやんだ。まずい。Eメールを送信する時間がなかった。

机の下。ケニーのクルミ材でできたエグゼクティブモデルの机は、正面から見ると開口部のない立方体で、わたしは椅子を降りてその奥にさっと隠れた。

そしてすぐ、失敗を目の当たりにした。大きな戦車のような机は、床にお尻をつけていなかった。かぎ爪状の脚がついていて床から六インチほど浮いている。戸口に立っている人間には、カーペットの上にあるわたしのお尻が見えてしまう。

この体勢だと、大きく見える?

机の下方にあるくぼみのへりに両足を、反対側の壁に背中を押しつける。上体をずりずりすべらせて、なんとか床から浮きあがった。ドアがひらく音がした。自分の呼吸が木材にこだまする。照明がぱっとついた。足音が近づいてくる。いったい何をしようっていうんだろう? 腿がぷるぷるふるえだした。

行ってよ。行きなさいよ。早く。

キーボードを離れてからどのぐらいの時間がたっただろう? 九十秒過ぎたら、コンピューターはまた非特権アクセスモードに逆もどりして……レンがすぐここから出ていかないと、システムから十分間閉めだされる。Eメールの添付ファイルはまだ送信していない。

上で物音がした。レンがわたしの上に立って、電話のボタンを押している。

「ハリーか? レンだ。裏口から女がひとり出ていかなかったか? 三十ぐらいの、明るい茶色の髪の女……いや、来客バッジもつけずに入ってきて、ジュニアのオフィスをさぐっていたもんだから。もうここにはいない」

机をまわりこむなと、わたしは念じる。

「じゃあ、裏の商品積み卸し所で」彼はドアを閉めないで出ていった。

わたしは床に降りた。急いで机から出ると、モニターがまだ生きていた。しゃがんだ姿勢のままでキーボードに手をのばし、送信ボタンを押した。

これ以上ここにはいられない。今送ったファイルで、ヴァン・ヒューゼン捜査官が動きだしてくれることを祈るばかりだ。

ブラウザーを閉じて、さあダッシュと思ったところで、モニターに新たなウィンドウが立ちあがった。**Mistryss Cam** と表示されている。ウェブカメラの映像だった。粒子の粗い白黒の映像が、机ひとつと、そのうしろの窓に広がる風景を映しだしている。窓は一枚ガラスの大きな見晴らし窓で、その向こうにスペイン式の中庭と車回しが見えた。

ケニー・ルデンスキーの自宅の書斎。そこから見た景色だ。なぜこれが、勝手に立ちあがったのだろう?

モニターに文字が表示された――玄関ドア。

画面をじっと見る。ケニーの見晴らし窓の向こうに、誰かが玄関先に立っているのが見える。トヨタのピックアップトラックが車回しにとまっていて、夕陽を浴びてまぶしく光っていた。

アダム、そこにいちゃいけない。

鍵束の音がまたもどってきた。

わたしはドアに突進した。今するべきことはただひとつ。警備員より先に外へ出ることだ。廊下をひとっ飛びにつっきって、ふりかえりもしなかった。

レンの声がする。「おい。おい待て――」

わたしは走りつづけ、セキュリティ・ドアを抜けてロビーに出た。背後で鍵束がウィンドベルのようにけたたましく鳴っている。急いで外に飛びだし、自分の車に向かう。タイヤを鳴らして駐車場を出ていきながら、バックミラーを確認する。レンがわたしの車のナンバー・プレートを見てメモを取っていた。

くそっ、勝手にすればいい。ここまで来たらどうにでもなれ。

とにかくケニーの家に行かないと。彼がiハイストと同衾しているところへアダムが対決しにいけば、痛い目に遭う。それも徹底的に。猛スピードでゴレタを抜け、高速道路に乗って、ケニーの隣人のエレガントな邸が建ち並ぶ山の麓へ向かう。二十分後、わたしの両手はハンドルを固くにぎりしめていた。ジグザグの山岳道路をまわりこんでブレーキを踏む。

Mistryss は日没の光のなかで金色に輝き、背後に山がせりあがっていた。

アダムのトラックはない。

スピードを落とし、車回しに入りかけた。だが **Mistryss Cam** のシステムがケニーに来訪者を知らせることを思いだす。オフィスのモニターのほかに、どこへ映像を映す？　たぶん別のところにラップトップ・コンピューターを持っていて、そこにも映るようにしてあるのでは？　わたしがここに来たことを彼に知られたくなかった。しばらく道でアイドリングする。ふと見ると、ガレージのドアがあいていた。ポルシェはない。

ここまで来たらどうにでもなれ。噴水とオーケストラ付きで、水中バレエを踊ってやる。

エクスプローラーをUターンさせて下り坂を進む。やがて道路の待避所と、谷間をのぼる小道を見つけた。それをあがっていけば、ケニーの家の裏手に出られる。車をとめて、小走りでケニーの家へ向かう。しばらくは谷の斜面をあがるずいぶん急な坂が続き、背の高い草をつかみながら、斜めにあがっていった。てっぺんについたときは、息をはあはあ切らしていた。丘のへり近くに生える木の陰にしゃがみ、ケニーの庭をのぞく。

家のなかに動きはなく、ただキッチンの照明がついている。小走りで芝生をつっきっていき、プールを過ぎてキッチンのドアへ向かう。ドアに鍵はかかっていなかった。

ケニーの普段の安全対策から考えると、ちょっとした用事で出かけているだけか、あるいは何か緊急事態でも起きたか、そのどちらかだろう。でなければ、鍵もかけずに出かけるわけがない。もしちょっとした用事で出かけたなら、すぐにもどってくる。

キッチンのなかへそろそろと入っていき、カウンターの上からふきんをつかむ。そのまま廊下をずっと進んでいくと、まもなくケニーの書斎が見つかった。ふきんをウェブカメラにかける。ブラインドをおろしてすわり、ケニーのコンピューターと向きあう。

検索。**セグエ**。

ふたつひっかかってきた。ひとつめをクリックすると、コンピューターがインターネットにつながり、そこからオークション・サイトに飛んだ。背筋を虫がはいあがっていくような感覚に襲われる。

ふつうのオークション・サイトではなかった。インターネット上の、ぞっとする一角で、死の記念品ばかりを扱っている。入札金額と、残り時間が表示され……合法のサイトであることを示すマークがたくさんついている。オークションにかけられているのは、有名人の死の記念品ばかりだ。プールで溺死しているところを発見された映画俳優。カーブでスピードを出しすぎたフットボール選手。雹《ひょう》を伴う嵐で墜落事故を起こした飛行機に乗っていたリズム&ブルースの歌手。死の展覧会だ。

このサイトには入札追跡というコーナーがあって、ケニーの入札履歴が残っていた。それを見ていくと、胃がぎゅっと縮まった。

ヤスミン／事故現場に落ちていた所持品……四万七千五百ドル
ボビー・クリーグ／フェラーリのブレーキ・ディスク……二万九千六百五十ドル
アラスカ航空／各種寄せ集め……七万四千九百ドル

有名人の記念品なんていう晴れやかなものじゃない。これは暗い死の遺物だ。歌手やクォーターバックの命を奪った残酷な事故現場に残された品々、海岸から五十マイル離れたムグー岬沖で発見された、アラスカ航空に乗っていた乗客と乗務員の遺物。

ケニーは食屍鬼だ。

四方の壁がふるえるような気がした。周囲の空気が、首にふきかける冷たい息のように感じられる。イヴェット・バスケスの墓碑の横に膝をつき、石に刻まれた彼女の名前を指でたどっていたケニーを思いだした。ジェシーを見るときのあの目つき。車椅子をじっと見つめていたときの手の動き。障害者とヤルと興奮するんだろうと、わたしに言ったときの自信たっぷりの口調。墓地でわたしの身体をつかんできたときの、あの手つきを思いだしたら、皮膚が縮みあがってきそうだった。頭がガンガンしてきた。

しかし、これがiハイストとどうつながるのか？ セグエを検索したら、オークションのサイトにつながった。セグエは幽霊会社で、iハイストの金をハイテク市場に流すのが目的の……いわば洗浄施設だ。その金の一部はまた、セグエから出ていって、ゲテモノのオンライン・オークションに投入されている。

iハイストは、ケニーが事故の遺物を買う資金を援助することで、彼の働きの埋め合わせをしているのか？ 膝がふるえだしそうになる。それを条件に彼を縛りつけているのかもしれない。あるいはケニー自ら喜んでそうしているのか？ やる気満々で手を組んだ可能性もある。

オークションのサイトを出る。そうしてまた検索にもどった。必ず何かひっかかってくると最初からわかっていた名前を入力する。ジェシー・ブラックバーン。

モニターが検索結果を晴れやかに表示した。口の中がからからになった。

ジェシーの人生が目の前のモニターに広がっている——彼の財務記録、住宅ローンの残高、信用調査書、轢き逃げ事故のときの医療記録、ERのカルテ、リハビリ施設の入館記録、さらには心理学鑑定まであった。患者は二十四歳の男性、T－10対麻痺……生き残った者が犠牲者に対して抱く自責の念と適応の問題……臨床的抑鬱の可能性、皮肉をはじめとする対処メカニズム……。

今後何年にもわたって、彼を操り、彼から強奪するのに十分な情報だった。

よし、ここまで来たらとことん行ってやれ。新たに検索をする。エヴァン・ディレイニー。まるで自分がひびの入った陶器のようにもろくなった感じがした。わたしの財務記録が出てきた。クレジットカードの買い物履歴、自宅のコンピューターからアクセスしたウェブサイトの閲覧履歴。ひとつひとつクリックしていきながら、吐き気がこみあげてきた。DCamという名前のついたアイコンがある。ディレイニー・カメラ？　「見る」のボタンを押した。

モニターに身を乗りだすと、口があんぐりとあいた。

分割表示の映像にわたしの家のなかが映っている。中継中だ。カメラのひとつはリビングを映している。もうひとつは、わずかにゆがんだ映像で、わたしのベッドを見おろしている。寝室の煙探知器のなかに光ファイバーカメラが隠されているのだ。三つ目はバスルームの戸棚の上。胸に怒りと了解がじわじわと広がっていく。ケニーはわたしを観察するためにこれを仕掛けたのだ。シャワーを浴びているとき、ベッドにいるとき。

彼のいやらしい目つきを思いだす。企業国家アメリカがビッグ・ブラザーなんだよ。わたしが心底興奮するところを見てみたいと言っていた。どうやってこんなものを設置した？

いつ？

モニターにおおいかぶさるようにして画面を凝視し、奥歯をぎゅっと噛む。「ちょっと、嘘でしょ」

寝室のカメラが、祖母からもらったパッチワークキルトに焦点を合わせた。動いている。それどころか、もぞもぞとうごめいている。それも律動的に。モニターに顔を寄せると、音が聞こえた。マーヴィン・ゲイが滑らかな声で『レッツ・ゲット・イット・オン』を歌っている。わたしはキルトの盛りあがりを見て息を呑む。マーヴィン・ゲイ、ジェシーのアルバムだ。頭がガンガンしてきた。彼のはずがない。そんなことはしない。目を細めて画面を見る。お願い、あれはハーリーじゃないって――

キルトがふるえて、誰かが小さく笑う声がした。毛布がうしろに跳ねとぶ。女が起きあがってしゃがんだ。背を弓なりにそらせ、揺れる乳房がカメラに写る。小さな光ケーブルカメラの前で乳房はゆがんでいた。

女が叫ぶ。「さあ、いよいよ。あたしを振りおとしてごらんなさい」

わたしは女に向かって言う。「テイラー、このあばずれ女」

「あたしは荒馬乗り。グレートでビッグな種馬ちゃん、さあ勝負」

テイラーはバンダナを首に巻き、腰に六連発拳銃を二丁つけていた。身につけているのはそれだけ。ビリー・ザ・キッドの扮装だ。ロデオのカウボーイがやるように片腕を宙につきあげ、最初の八秒を乗り切ろうと頑張る。

「ほら、腰を振ってよ、ビッグ・マン。テイラーは、もうたまんな〜い！」

うなり声。螺旋運動をする乳房。その仰天する光景から目を離し、彼女の下に釘付けにされている男のほうを見る。男はロープで縛られ、ベッドの支柱にくくりつけられていた。妙に聞こえるかもしれないが、それを見たとたん、いきなり安心した。ジェシーであるはずがない。彼はぜったいボンデージはやらせないし、腕を縛らせもしない。それにエド・ユージーンでもない、えっ、まさか、この光景からどうして目を離せよう。

「ああ。ああ――」テイラーが歓喜の声をあげながら跳ねあがる。鞍頭《くらがしら》、いやそれに見立てたものの上で……。

男は苦しそうにあえいでいる。「そうら、振りおとされるなよ、カウガール。拍車を入れてみろ。デールはワル〜いお馬さんだぞ」

あごがぱかんとあいた。FBIの特別捜査官デール・ヴァン・ヒューゼン。ズボンの折り目がだめになるのを嫌って、膝も曲げようとしない男が。

テイラーが上体を起こし、ふたたび上下に弾みだした。「レッド・ローバー、レッド・ローバー、ワル〜いワル〜いお馬さん、テイラーをイカせて――」

レッド・ローバー――デール――ヴァン・ヒューゼン捜査官――が、彼女の下で跳ねた。

そうして……

いななないた。

わたしは口に手をあてた。それから目をおおった。それからコンピューターのマウスをつかんで、モニター画面にカーソルをぐるぐる走らせ、クリックして消そうとする……え？　ちょっと、これどうやったらとまるの？

「そうよ、ベイビー。それでいいのよ。あたしに六連発拳銃を抜かせないで」

それから聞き覚えのある音がした。呼び鈴。うちの玄関の呼び鈴だ。

画面では、テイラーがびくっとして背筋を立てた。「シーッ」

けれどもデールのほうは……行為に没頭している。

「そら――最後にちゃんとキメてくれ」苦しそうにあえいでいる。「テイラー、やめないでくれ――」

テイラーがデールの口を片手でぴしゃりとふさいだ。呼び鈴がまた鳴った。一瞬ののち、今度はドアをドンドンたたく音がした。

男の声がかすかに聞こえる。「テイラー？　あけてくれ」

キルトがずるっと横滑りし、テイラーがヴァン・ヒューゼンから飛びのいた。まるで馬から振りおとされて尻餅をついたかのようだった。

デールが言う。「どうした？」

テイラーは寝室のなかを走りまわり、自分の衣類を拾いあつめている。「エド・ユージーンが来たの」

「きみの旦那？」

玄関ドアをたたく音はまだ続いていた。「テイラー、そこにいるのはわかってるんだ」

ヴァン・ヒューゼンが訊く。「彼、ここで何をするつもりだ?」

「あなたを殺すつもり。わたしがこの場をうまく逃げ切れなかったら」テイラーはホルスターをはずして、部屋の隅へ投げた。

玄関のドアがガタガタいっている。「おい、さっさと出てこないか」

ヴァン・ヒューゼンは起きあがろうとするものの、縛られていて動けない。「ほどいてくれ」

「静かに」テイラーは自分のシャツを着ると、腰をくねらせてパンティとスカートをはいた。

「おい、放してくれ」

「静かにしてられないの? 彼、あなたを見つけたら爆発するわよ」

ヴァン・ヒューゼンが言う。「まずい、きみのホルスターに入っている俺の銃。とってくれ、弾が入ってるんだ――」

テイラーはつくづくうんざりした様子で息を吐き、ベッドに膝をついた。

エド・ユージーンが吠える。「テイラー!」

テイラーはダッシュして部屋を飛びだし、出ていきざまに寝室のドアをバタンとしめた。

エド・ユージーンが彼女に怒鳴っている声が聞こえる。彼がヴァン・ヒューゼンを殺す前に、わたしがそこへたどりつかないと。FBI捜査官の目に絶望の光が浮かんでいるのが見える。

テイラーはベッドに彼を縛りつけたまま出ていった。彼の口に馬銜《はみ》をつっこんで。

と、エンジン音がして、わたしの注意がケニーの家にもどった。ブラインドのすきまからのぞくと、車回しにマリ・ダイアモンドの白いジャガーがとまっていた。彼女とケニー、それに犬たちが車から降りてきた。

アダムは鍵を手に自宅の玄関に歩いていきながら、必死に考えていた。ケニー・ルデンスキーは家にいなかった――あのろくでなし、どこへ行ったんだ？ 家のなかで電話が鳴っている。鍵を錠にさしてあけ、なかに入った。留守番電話が応答する。

女の声が流れてきた。「ドクター・サンドヴァル、あたしたち一度も話したことないけど、あんたトラック一杯ほどのクソを浴びてるよね。教えてやろうと思ってさ、実際は超とんでもないことになってるよ、だから――」

アダムは電話をつかんだ。「誰だ？」

「誰でもいいよ。あたしはこのゲームから降りたって、そう言いたかっただけ」

「きみは――」名前、あの女の名前。「チェリー・ロペス？」

「だから、どうでもいいんだって。死体解剖の写真はいくらなんでもやりすぎ。あたしは関係ないから」

「きみはブランドといっしょに動いてる、そうだな？ 知ってるぞ」

「もうちがう。やつにペテンにかけられてからはね。それであんたに電話してるんだよ。やつは自分に向かってくるやつには、なんだってやる。ほとんどビョーキのろくでなし」

「やつはどこにいる？ 居場所を教えてくれ」

「あんた、挑戦しようっての？　嘘でしょう」いやな感じの笑い声を響かせる。「そんなことして、何の得がある？」

何の得？　アイザックを殺した犯人を見つける。それはアダムにとって何よりも価値があることだった。

電話をにぎる手に力が入る。「きみの欲しいものを言ってくれ。俺は何をすればいいか教えてくれ」


玄関のドアがあいたとき、わたしはケニーのキッチンにいた。

「――収拾がつかなくなってきた。もう疲れきったわ」マリの声が中庭を渡ってリビングのほうへ流れていく。

ケニーが言う。「もうじき終わる。酒でも飲むか？」

わたしはキッチンのドアから飛びだし、芝生を駆けてプールの横を通りすぎる。険しい岩間のへりでジャンプし、斜面をすべりおりる心づもりをする。木々や巨岩が幽霊のように見え、黄昏のなかで動いているような気がする。

そして、そのうちのひとつがしゃべりだした。「岩に気をつけろ。このへんは不安定だ」

電気がバリバリいって、全身を貫いた気がした。ぐしゃっとつぶれて着地し、よろめきながら膝だちになる。あわてて立ちあがり、悪態をついた。そうしなければ悲鳴を抑えることができなかった。

木陰にティム・ノースが半分影になって立っていた。小さな暗視双眼鏡を持っている。冗談じゃない、わたしはいつも誰かに監視されていなきゃいけないの？　このおかしな夕方について、もしすわってじっくり考える時間があれば、自分の耳たぶをひきちぎっていただろう。しかし今わたしは、嫉妬深い夫が、デール・ヴァン・ヒューゼンをパッチワークキルトの見本にするのをやめさせなければならなかった。

「ここで、何をしてるの？」

「ショーを見物している」とティム。

「わたしは行かないと」言いながら、まだ皮膚がちくちく痛んだ。

ティムが木によりかかる。「自己防衛について、きみに教えたことを覚えてるかい？」

自己防衛は、自分を取りまく脅威に気づくところから始まる……。「それがどうしたの？」

ティムが家の方角を指さした。「ドーベルマンが一頭、きみの後方に。たぶんにおいをかぎつけて出てきたんだろう」

見ると、いた。庭を横切って走ってくる、毛皮と歯と、隆起してつやつやした筋肉。わたしはティムを追いこして駆けだした。足をすべらせ、よろめきながら斜面をくだっていく。うなり声が聞こえる。ぜいぜいいう息づかいも――いやそれは自分だった。ちぎれそうなほど腕を振り、斜面に足をつきさすようにして走っていく。小石や土を巻きあげながら、必死にバランスを取って。

ティムはどこ？　何の声も音もしない――犬がいきなり彼の喉を食いちぎったのだろう

か？

　わたしはとまらなかった。犬の吠え声が今ではさらに大きくなっていた。ぶざまながら必死に丘をくだり、踏み分け道に出た。わたしのうしろで、犬は地面を強く蹴って進んでくる。よだれを垂らし、歯をむきだし、すぐそばまで近づいているのがわかる。前方にエクスプローラーが見えてきて、足をいっそう速めた。犬がわたしの脚めがけて飛びかかってきた。ジーンズに咬みつかれ、転んで土の地面に両手をついた。熱い息とよだれと、湿った感触が脚に伝わってくる。なんとか振りはらわねば。ジーンズに包まれた脚を犬の口のなかでぐいと動かした。

　それから、自由になるほうの脚の膝を一度曲げてから勢いよく蹴りあげた。そのキックで犬の口に入っていた脚がはずれ、こっちはあわててエクスプローラーへ向かう。が、またもや犬の歯が咬みついてきて、今度は足首をおさえられた。わたしはその脚を引く。犬が引っぱり返し、靴が脱げる。車のボンネットをよじのぼり、両手で金属板にとりついたが、足がすべった。

　ボンネットからふたつ、脚が振りおろされたかと思ったら、わたしに向かって手がのびてきた。

「ほら、つかまって」ジャカルタが言う。

　彼女はわたしをボンネットの上の自分の隣に引っぱりあげた。ふたりで上から犬を見おろす。犬はわたしの靴をくわえて前後に振りまわしている。

「あらあら、大事な靴をとられちゃったわね」

わたしのジーンズはよだれで濡れていた。あいた穴に指をつっこんでみると、驚いたことにその奥にある皮膚は無傷だった。

犬が靴を口から落とし、バンパーをふんふん嗅ぎまわる。

わたしは言う。「あと五秒でここに飛びあがってくるわね。どうしたらいい?」

「それを二秒にしましょう」ジャカルタは指を二本口のなかにつっこんで口笛を吹く。

犬がうしろ肢で立ちあがり、ボンネットに飛びかかってきた。こっちはおそろしくなって、あわてて両脚をあげる。ジャカルタは小さな缶をかかげ、犬の顔にスプレーした。犬は甲高い鳴き声をあげ、車から転げおちた。

「唐辛子スプレー」ジャカルタが言う。

ふたりともボンネットから飛びおりて、車に乗りこんだ。犬は地面にいて、土に顔をこすりつけて哀れっぽい声で鳴いている。わたしは車を発進させ、踏み分け道を急いでバックさせた。車体をはずませて道路に飛びだし、一回転させてから、とめた。

ジャカルタの顔を見る。「降りて」

「どういたしまして」と彼女。

「ありがとう。だから降りて」

ジャカルタはドアをあけた。「ティムが上にいて、あなたが見ていたものを見つけようとしているの」

「うれしいわ。電話してちょうだい。ランチをごいっしょしましょう」

わたしは彼女を道路脇に残し、猛スピードで自宅に向かった。わたしが着いたとき、まだデール・ヴァン・ヒューゼンが生きていることを願うばかりだった。

敷石の上を走って自宅のコテージに向かう。リビングの灯りは消えていて、玄関のドアは閉まっていた。サイレンも点滅光もなく、芝生に隣人たちが詰めかけている様子もない。となれば、少なくとも発砲はなかったということだ。

玄関のドアをあけ、そこでとまって耳を澄ます。家のなかは静かだった。リビングには人が揉み合った形跡はない。マントルピースに歩いていって花瓶をとりあげる。正面に盗撮カメラがくっついていた。それをソファに投げ、寝室のドアに向かう。ドアの向こうから、ドシン、ドシンと音が聞こえる。まさか、エド・ユージーンがなかでヴァン・ヒューゼンを殴って、殺そうとしている？　わたしはドアをあけた。

なかにいるのはFBI捜査官ひとりで、ベッドの四本の支柱に両手両足を縛られて大の字になっていた。縛られたロープからなんとか逃れようと、のこぎりを引くように身体を前後に動かしているものの、ザラ伯爵夫人に完全に負けていた。ベッドがわずかに壁を離れただけだ。

わたしを見るなり、ぴたりと動かなくなった。目をぎゅっとすぼめ、安心と恐怖を同時に感じているようだ。わたしはベッドシーツをつかんで彼の身体をすっぽりおおった。相手は馬銜をつっこまれた口をもぐもぐ動かして何か言い、枕の上で頭を前後に動かしている。わたしは自分の唇に指を一本あてた。

煙探知器の下に椅子を持ってきて、その上にあがってカバーをはずす。なかに小さな光ファイバーのケーブルがあった。それをぐいと引っぱり、天井から二股のプラグを抜いた。ヴァン・ヒューゼンはベッドの上に横たわったまま凍りつき、目をみはっている。その胸が大きく上下しだした。わたしは椅子から飛びおりてキッチンに行き、庭ばさみを一丁持ってくる。寝室にもどっていって、ケーブルを切った。

三つ目の隠しカメラはバスルームの棚の上にあった。壁からそれを引っぱりだして、切断した。ケニーの手下は、わたしがラスヴェガスに行っているあいだに仕掛けたのだろうか？　寝室にもどっていき、ヴァン・ヒューゼンの口から馬銜をはずした。

「テイラーはどうしたの？　エド・ユージーンに髪をつかまれて引きずられていった？」

「ふたりで言い争っていて、それからいっしょに帰った」ヴァン・ヒューゼンはロープにつながれた身体を動かす。「ほどいてくれ」

「エドはここには来なかったの？　ドアもあけなかったの？」

「そうだ。ロープをほどいてくれ、早く」

「いったい彼女、どうやってこの場を切りぬけたの？」

「旦那に言ったんだ。きみがわたしとバスタブに入ってるって。さあ、ほどいてくれ」

わたしは声をあげて笑いそうになった。テイラーは思っていたより頭がいい。

「自分が寝室にいたことを、どう釈明したの？」

「キルトを持っていった。ここに来たのは、きみが知らないうちにそれを取りもどすためだって、旦那にそう言った」

わたしは首を振った。「うまいぐあいに銃弾を免れたわね。下手すると六発ぶちこまれるところだったかもしれないのに」

ヴァン・ヒューゼンは小型哺乳類のようにひくひくと呼吸した。わたしは灯りをつけ、椅子をベッド脇に持ってきて腰をおろす。手を動かして、はさみの刃をひらいたり閉じたりをくりかえす。

「さて、お話を」

わたしが言うと、ヴァン・ヒューゼンがバタバタ暴れた。「ほどいてくれ、これじゃあ人質事件だ」

わたしはため息をついた。「わかった。じゃあ人質救出チームを呼びましょう。その先の展開が見えるわ。隊員がヘリコプターから懸垂下降してきて窓を蹴破り、本部に無線連絡をする。『クワンチコ基地、問題発生です。デールはワル〜いお馬さんでした』」

ヴァン・ヒューゼンが目をつぶり、しかめっ面をした。

「今日明らかになったことをおさらいしましょう」わたしは光ファイバーのケーブルを取りあげ、先っぽをチョキンと切った。「わたしの家に監視カメラが設置されていることがわかった。そして、ある連邦捜査官が、カルガリー・スタンピードのロデオを再演するために、わたしのベッドをつかった。その捜査官はわたしを尋問し、わたしの恋人が自分の捜査している刑事問題に関わっているとにおわせた。その捜査官は制服を脱ぎ、銃を自分の管理できない場所に置いて、他人につかわせた」

「そんな脅しを――」

わたしはベッドに身を乗りだして、くすくす笑った。相手は唇をふるわせた。

「その上」そこでまたケーブルの先をチョキン。「蓋をあけてみれば、監視カメラはその捜査官のロデオ演技を、彼が現在捜査中のもうひとりの容疑者のコンピューター・システムに転送しているとわかった」

「冗談じゃない、誰だ？　誰がカメラを設置したんだ？」

わたしは彼の顔にぐっと近づいた。「ジェシーをおどすのはやめなさい」

「だが、彼は捜査の重要人物だ」

「あらゆる申し立てにおいて、彼は無実よ」

「そう単純に事は――」

「あんたどうかしてるんじゃないの？　わたしのベッドで人妻と性交したっていうのに、すまないの一言もない」わたしはベッドの彼の横に手を置き、はさみの先を腋の下に向けた。

「わたしの家を逢い引きの場所にするなんて、どういうつもり？」

「彼女のうちじゃ旦那に見つかるからって、テイラーに言われた」

「モーテルで、という考えは、頭に浮かばなかった？」

「わたしは当局の仕事に携わっている。モーテルの請求書を経費報告として提出するわけにはいかない……」

わたしは息を吐き、がっくりとうなだれた。「手をひきなさい。ジェシーの財産を差しおさえるなんておどしはやめることね。これからは、彼をつけねらう悪党どもからジェシーを守るのよ」

ヴァン・ヒューゼンは天井をじっとにらんでいる。鼻孔をふくらませているところを見ると、負けを認めたくないらしい。おそらく、この家を出ると同時にわたしをやりこめる方策を考え出そうとしている。

わたしはせっつく。「デール？」

「わかった。ブラックバーンは放免だ」

「完全に縁を切ると言ってちょうだい」

「わかった」

「ほんとうに完全に切れてよね。もう二度と失礼なふるまいをしないし、ここを出たとたん、わたしを裏切るようなこともしない」

「なぜわたしがそんなことをすると思うんだね？」

「なぜって、あんたは権力に酔ってる、いじめっ子だからよ。でも今度はそうはいかない。なぜって、あんたはわたしに借りがあるだけじゃない。わたしを必要としているからよ」

「今夜を境にその関係も終わりだ。もう二度ときみには会いたくない」

「だめよ。iハイストに不利な証拠をあんたに教えてあげられる。わたしはそれをマコと結びつけることができる」

ヴァン・ヒューゼンが今度はわたしの顔をじっと見てきた。鋭い目だった。「どうやって?」

「ジェシーに嫌がらせをしないって、約束しなさい。そうしたら教えるわ」

相手はまばたきをした。「ああ、わかった。約束する」

「肝心なことを言っておくわね、デール。わたしはコンピューターのモニターであなたたちを見ていたの。その画像を保存して、何人かの人にEメールで送っておいた。メール・アドレスの終わりが **navy.mil** とか、**cia.gov** とかの人たち……」

「そんなことはしてないだろう」

していなかった。でもヴァン・ヒューゼンにはそれを言わなかった。

「それに、忘れないでね。夜だろうと昼だろうと、こっちはそれを他の人たちにも送ることができるの。エド・ユージーン・ボッグズなんて名前をタイプするだけで、簡単にね」

わたしは憎々しげな笑みをいつまでも浮かべて、相手が悔しそうに唇を噛むのを観察した。

「どうどう《イーピー・カイヤイ》、デール」

わたしは彼を自由にしてやった。

二十九

ヴァン・ヒューゼンが上着の袖口からシャツのカフスを出し、ネクタイをまっすぐに直しながら、あわてて出て行くのをよそに、わたしはぐったり疲れてソファにすわりこんでいた。待機。投げたブーメランの数を勘定してみる。自分にはねかえってくるものを、いくつ投げただろう？

手始めが、マコのコンピューター・システムへの侵入。ケニーの家への急襲。彼の秘密を知ってしまった。それにマリ・ダイアモンドも忘れてはならない。彼女はわたしを破滅させると誓った。それからマリのドーベルマン。今頃わたしの靴を口にくわえてサンタバーバラの通りをとことこ走り、靴の持ち主をつかまえようとしているだろう。シンデレラとは逆の結末をわたしにくれようというのだ。ジャカルタとティムは？　ふたりがどこに結びつくのかわからない、わかっているのは、どんな割れ目からもはいでてくるということだ。

そしてわたしは、まちがった方向を見ていた。

留守番電話のライトが点滅して、メッセージがあることを伝えている。アダムから二回かかってきていた。

「エヴァン、頼む、緊急なんだ。じつは――とにかく電話をくれ。携帯電話にもかけてみる」

携帯電話のほうはまたバッテリー切れになっていたが、充電器につないだら伝言を確認できた。伝言を聞いて、警戒の弦がビーンと強く弾かれた。

「エヴァン、緊急時でなかったら、こんなことはぜったい頼まない。金をいくらか借りなきゃいけない。頼む、頼むからこの伝言を聞いたら、すぐ電話をくれ」

いったい何が起きたっていうんだろう？　わたしは折り返し電話をかけてみた。けれども家にかけても、オフィスにかけても出なかった。物理学の研究所にかけてみたところ、彼の同僚がつかまった。

「アダムに何が起きているのか、教えてくれたらありがたい。さっきここにいて金を貸してほしいと頼まれた」

わたしは電話を切った。心臓の音が聞こえ、こみかみがドクドクいっている。

ジェシーに電話をかける。彼の声の冷たさに身を切られるような思いがしたものの、ひるむことなくイバラのなかをかきわけて進む。

「ここ数時間のうちに、アダムを見なかった？」

「いや。何かあったのか？」

「iハイストが彼にちょっかいを出しはじめたようよ」

死体解剖写真のことと、電話の伝言のことを話した。

「くそっ。やつの家に今から行く」

「そこで落ちあいましょう」

アダムの家に着いたときには、あたりは暗くなっていた。彼のトラックは車回しには置いてなかった。玄関のドアをノックしても出てこないし、家には鍵がかかっていた。パティオのほうへ歩いてまわり、そちらのドアもノックしてみる。カーテンがあいていて、からっぽのリビングが見えた。窓から窓へまわっていき、爪先立ちになって、いろいろな部屋をのぞいてみる。車のドアがバタンと閉まる音がしたので、正面へ向かった。ジェシーが車回しを歩いてくる。街灯りに、厳しい表情が浮かびあがる。

「家には鍵がかかってる。いる気配はないわ」

「キッチンの窓の脇にあるプランター、その下に予備の鍵が置いてあるはずだ」

わたしは鍵を見つけて、玄関のドアをあけた。ふたりでなかに入り、アダムの名前を呼んでみる。いなかった。わたしは家の隅から隅へ目を走らせた。キッチンのカウンターの上に飲みかけのスープがボウルに入れて置いてある。電話の受話器ははずれていない。

留守番電話のライトが点滅して、伝言があることを知らせていた。再生ボタンを押す。

〈ドクター・サンドヴァル、あたしたち一度も話したことないけど、あんたトラック一杯ほどのクソを浴びてるよね。教えてやろうと思ってさ、実際は超とんでもないことになってるよ、だから――〉

〈誰だ？〉

腕の毛が逆立ってきた。チェリー・ロペスだった。耳を澄まし、それから「ジェシー」と呼んだ。彼はキッチンに入ってきて、ロペスの声を聞いた。

〈あんた、挑戦しようっての？ 嘘でしょう。そんなことして、何の得がある？〉

長い間があって、それから、動く氷層の上でも歩いているようなアダムの声が流れてきた。

〈きみの欲しいものを言ってくれ。俺は何をすればいいか教えてくれ。金が欲しいのか？〉

〈五千〉

〈ドルで？〉

〈現金でね〉

アダムは電話のなかに荒い息を吐いた。〈僕の銀行は明日九時半にあく〉

〈明日にはここにいない〉

また重苦しい間。〈千なら、今夜のうちになんとかなる〉

わたしはその場にへたりこんでしまいそうだった。ジェシーの手は、ハーフフィンガーの手袋をしたまま固く結ばれている。

アダムの声がまた流れてきた。〈どこへ行けばいい？〉

〈ダウンタウン、電車の駅の近くにこういう場所がある〉ロペスは、町の危ない一角を名指しした。

〈時間は？〉アダムが訊く。

〈二時間後。じゃあ十一時三十分ということで〉

ジェシーはさっとドアのほうを向いた。わたしもすぐあとについて玄関に向かった。時間は十一時二十五分になっていた。

「あの住所、何かで聞いたことがある」ジェシーはそこで足をとめた。「なんてこった」彼は玄関ホールの戸棚を凝視していた。戸棚はひらいていて、なかにスポーツ用品が整頓してずらりと並んでいる。スキューバのボンベとフィンがあり、テニスラケットの隣がからっぽになっていた。

「何がなくなってるの？　野球のバットを持っていったのかしら？」

「ちがう。やつは水中銃を持っていった」

クリフ・ドライブの丘の斜面を猛スピードでくだっていく。ジェシーはアウディのスピードを時速七十マイルまであげた。

「千ドル。iハイストにとっちゃ、小銭だ。なんだってロペスは、そんな金をアダムからもぎ取ろうっていうんだ？」

自分の脚がふるえだしたのがわかった。「罠よ」

道がカーブし、車が横滑りしてタイヤが哀れっぽい音をたてた。

「アダムを罠にかけた」

「すでに崖っぷちに立っている彼の背中を押して、つき落とそうっていうのよ。ブランドをつかまえることができると、アダムにそう思いこませて」

ダウンタウンでアダムを待っているものは――鞭打ち、それよりもっとひどいこと？　あるいは同じように武装をしているブランドとの対決？　わたしは携帯電話と、デール・ヴァン・ヒューゼンの名刺を取りだし、番号を打ちはじめた。

「誰にかけてるんだ？」

「FBI」

「ふざけるな」

「アダムにはたよりになる助けが必要よ」

「ヴァン・ヒューゼン――頭がどうかしたか？　やめろ」

ジェシーが電話に手をのばしてきた。わたしはそれをふりはらおうとする。ヘッドライトがすぐ目の前の斜面をさっと走り抜けた。わたしはダッシュボードに両手を、床に両足を押しつけてふんばった。ジェシーはぐいとハンドルを切った。車は横道に出てしまい、もう一度正道にもどしてから、また走りつづけた。猛スピードで。

「スピードを落として」

「電話を切れ」

「スピードを落としなさいって言ってるのよ。アダムには本物のバックアップが必要なの」

「もし俺たちが着いたとき、アダムが水中銃でブランドを撃っていたらどうする？　きみはFBIにアダムを逮捕させたいのか？」

丘のふもとに出ると、タイヤをキーキー鳴らしながらカーブを曲がり、カスティリョに出てビーチをめざす。

「今夜何が起こったか、知らなかったわね。あなたはもうヴァン・ヒューゼンから解放されたの。で、彼はわたしに借りがある。仕事も、おそらく生殖器も、わたしのおかげで助かったわけだから」

ジェシーは信じられないという表情《かお》をよこす。「なんだそれは——」

「あとで話す。いとこのテイラーと、ボンデージのおもちゃと、隠しカメラが関係してるの」

ジェシーは道路をじっと見ながら、口を半開きにしている。「ディレイニー。俺はきみに驚かされないでは、一日も生きていけないのか?」

カブリリョの赤信号をつっきり、浜に沿って猛スピードで進んでいく。波止場の水の上に、スターンズ・ワーフの灯りがちらちら光っていた。流れさる街灯りのなかでジェシーの顔は青ざめている。

「連中がハメようとしているのがブランドで、アダムを犯人に仕立てようとしているんだったらどうする? そんなことになるまえにアダムを救いだすんだ。阻止する。向こうへ着いたら状況をよく見極めよう」

「すでに手遅れだったら?」

エンジンがうなった。車は轟音をたてつっ走っていく。

「くそっ。わかった、かけろ」

わたしはダイヤルした。ジェシーは鉄道の駅近くの工業地区へ車を乗り入れた。スピードを落とす。「さあ、いよいよだ。行くぞ」

通りは暗かった。通りのはずれにひとつだけ街灯がともっている。前に建つ倉庫のような建物に灯りはついていなかった。まるでもう廃屋になっているような感じだ。ビーチから二ブロックしか離れていないというのに、都会の荒廃地区のまっただなかにいるような気がする。まわりに建っているのも、みな同じような倉庫で、すべて鍵がかかっていて、金網塀の奥にあった。アダムのピックアップトラックは例の住所の前にとまっている。通りにとまっている車はそれだけだ。

ジェシーは車を惰力で進めたあと、とまった。わたしはヴァン・ヒューゼンに電話をする。ここはどうしたって連邦警察にボディ・ガードを頼みたいところだ。しかし電話は話し中。リダイヤルを押してもう一度トライしたものの、やはり話し中だった。

「アダムはなんだって、自分ひとりで出かけようと思ったのかしら?」

「他に誰もいないと思ったからだろう」

「だけどこんなところにひとりで来るなんて」

ジェシーは建物を見やった。窓には薄っぺらなガラスが入り、大きな矩形の壁は、落書きをごまかすために漆喰を塗りつけてある。

「アイザックがここで働いていた」

わたしは彼の視線をたどった。建物の上にいくつかの社名を書いた看板があった。ガーネット・ホーナー・メディカル。サウス・コースト・ストレージ。マコ・テクノロジー。

「だから聞き覚えがあったんだ。アイザックの会社、ファイアドッグはここにオフィスを構えていた。賃料の安いスペースに、六人のスタッフと事業の始動に必要な最小限の物を置いていた」ジェシーはエンジンを切り、ドアをあけた。「マコがまだここをつかっているとは思わなかった。たぶん倉庫にしているんだろう」

わたしたちは車を降りた。遠くで貨物列車がガタガタ音をたてて通っていくのが聞こえる。ジェシーのあとについて歩道を歩きながら、建物を見あげる。暗がりのなかにぞっとするたたずまいを見せるそれは、陰気な三階建てだった。ヴァン・ヒューゼンの電話はまだ話し中だ。

「ローム警部補にかけてみるわ」

「ああ、それがいい」

わたしは警察署にダイヤルする。ジェシーはドアの前までたどりつき、ドアを引っぱってあけた。なかは真っ暗だ。ジェシーは前方に身を乗りだし、なかをうかがおうとする。わたしがその肩をつかむ。

「入らないで。警察が来るまで待つのよ」

「アダムがなかにいるんだ」

「どれだけの人数の敵といっしょに？　ジェシー、武装もしないで、がむしゃらにつっこんで行くことはできないわ」

上のほうで、何かがぶつかるような音と、木が裂ける音がした。ジェシーはわたしを振りはらって、ドアの奥へ進んだ。どんな運命が待っているか知らないが、行くしかない。わたしも彼のあとに走っていった。

なかに入ってみると、建物の半分は倉庫で、残り半分はロフト・スペースになっていた。ロフト部分を事務所にしたり、家族経営の小さな製造業を営んだりできる。なかは暗く、街灯が鋭い影を落としていた。スイッチがずらりと並んだ場所を見つけて、片っ端から押してみたが、電気はつかなかった。

「電気が通っていない」言いながら、それが何を意味するかわかっていた──エレベーターはつかえない。

ジェシーは金属製の階段へ向かった。その階段が一連の連絡用通路とロフトに通じている。ロフトには、建物のなかにもうひとつ建物をつくったように、事務所らしきものがあり、その窓が洞窟のような一階を見おろしていた。ジェシーは階段の裾まで行って手すりをつかみ、上を見あげた。まるで車椅子から立ちあがって、階段を自力でのぼろうとするかのようだった。そんなことができるわけがなかった。

ジェシーが言う。「かまいやしない、尻であがってやる。きみが車椅子を持ってきてくれ」

わたしはまだ警察署に電話をかけていた。「わたしを先に行かせて、様子を見てくるわ」

ジェシーはジーンズをぐっと引きあげた。「もし俺のリーバイスが落っこちたら、そいつもいっしょに持ってきてくれ」ジェシーは勢いをつけて階段に乗りうつり、尻をついてのぼりはじめた。「さあ、行くぞ」

電話の呼び出し音に耳を傾けながら、車椅子を引っぱってジェシーのうしろから階段をのぼる。うるさい音をたてながら、歩みは遅く、不快な音に歯が浮いた。建物のなかは迷路のようで、暗い上に、あちこち曲がりくねっており、隠れ場所が山ほどありそうだ。わたしたちの真上で事務所の窓が街灯りを反射してきらりと光った。

ようやくロームにつながった。「どうしたのかね、ミズ・ディレイニー?」

頭がおかしいとか、臆病者だとか思われずに、どうやってこれを言おうか?

「ダウンタウンにいて、暴行未遂をとめようとしているの。パトカーを一台、こっちへ寄こしてくれませんか?」

ジェシーは懸命に階段をのぼっている。

「暴行未遂。もう少し詳しく言えないかね?」

何かきらきらしたものがヒューッと飛んできて、わたしの耳をかすめて宙を飛んでいった。それはジェシーの頭上をすべるように飛び、音をたてて壁に当たった。一瞬ジェシーもわたしも、ばかみたいに口をあけてそれを見つめた。アダムの漁獲用の銛《もり》だった。

電話の向こうでロームが言う。「ミズ・ディレイニー?」

わたしはくるっと身体を回転させた。下にチェリー・ロペスがいた。影のなかから現れ、階段をのぼりだした。手のなかで水中銃がギラリと光る。新たな銛をつがえている。

わたしは階段をうしろ向きにのぼってジェシーのほうへ向かった。このままではジェシーは無防備な標的だ。ロペスは階段上でとまり、ゴムバンドを力いっぱい引っぱって発射の用意をする。

ロペスはわたしの顔をじっと見てきた。「ふん、いやみババア。これであんたの口を永遠に封じられる、そうだろ?」

すさまじい音が空気をつんざいた——真上でガラスの割れる音。上の事務所の窓が勢いよく割れ、そこから小山が飛んできた。いや小山ではなく、手足をバタバタ動かす人間。ウィン・アトリーがこっちに向かって落下してくる。

ジェシーが首を回し、まぶしい泡のように飛び散るガラスをさえぎろうと腕をあげる。アトリーは巨岩のように落ちてくる。ジェシーをどかそうと、そっちへ突進した瞬間、アトリーの身体が階段にぶつかる鈍い音が聞こえた。

ぜいぜい息をしながら、歯を嚙みしめて階段の下をふりかえった。階段の裾近くに小山のように盛りあがったアトリーの身体があった。チェリー・ロペスが下敷きになっている。彼女の脚は痙攣していた。まるで身体をのたくるタトゥーのケーブルで感電死したように見える。わたしは立ちあがり、階段を数段降りていく。足の下で、ガラスが割れた。アトリーに目をやる。わたしの胃がひっくり返って、胆汁が喉をあがってきた。

アトリーは死んでいる。血が頭から流れて、階段の金属格子を抜けて、その下の床にぽたぽた落ちていた。ものすごい血の量、これはひょっとして銛の上に落ちたのでは？　ばかでかい彼の身体の下で、ロペスは痙攣をやめた。まるで落ちてきたセメントブロックにつぶされたような感じだ。

自分の腕と脚が紐になってしまったように力が入らない。ジェシーのほうを向いた。「だいじょうぶ？」

ジェシーは粉々に割れた窓を見あげる。「アダム、聞こえるか？」

頭上のどこかから、アダムが呼びかえしてきた。「ここだ——」

わたしは車椅子を壁にがんと押しつけておいて、階段を駆けあがった。胸のなかで心臓が大編成のジャズバンドに変身し、大演奏を始める。

ジェシーは階段を尻でのぼりながら声をかける。「今行くからな」

「来るな」アダムが言う。

階段のてっぺんに来た。アダムの声は窓ガラスの割れた事務所から聞こえていた。わたしは壁に体を押しつけ、戸口のほうへじりじりと向かっていく。

なかからアダムの声がする。「ジェシー、やめろ。ここを出ていくんだ」

「ふんばれよ」ジェシーが言う。

わたしは壁を背にしてしゃがんだ。もしそこにアダムといっしょに誰かいた場合、彼らは自分の目の高さに人が現れると思うだろうから、できるだけ姿勢を低くする。角から身を乗りだして、なかをのぞいてみる。

事務所の建物はワンフロアすべてを占めていて、ほこりと木のにおいがした。窓からかすかに入りこむ光が、つかわれなくなったオフィス備品や、隅に積んで置かれた机や椅子に落ちている。アダムの姿は見えず、ウィン・アトリーを窓から放り投げられそうな人物の姿もなかった。わたしのうしろでは、ジェシーが苦労して階段をあがっていた。

暗い事務所のなかで、何かこするような音がした。目がふたたび焦点を合わせた。アダムが床にしどけなく腰をおろして、背を机に凭せかけている。尋常な様子じゃなかった。

どうする？　なかに入っていって、誰だか知らないがアトリーを窓からつき落とした人物に自分もやられるか？　わたしは戸口からあとずさった。ジェシーは懸命にあがってきていて、あと六、七段で最上段にたどりつく。彼がここまで来たら、待ってなどいない、戸口でぐずぐずなんかしていない、何しろなかにはアダムがいるのだ。ぜったい迷わない。たとえアダムに、くたばれ《ゴー・トウ・ヘル》と悪態をつかれようとも。たとえその部屋が実際に地獄《ヘル》だったとしても。ジェシーはアダムをそこにひとりで置いてはおかない。

ミッション・キャニオンの斜面で、ジェシーはアイザックに手が届かなかった。今度はアダムのもとへ行く、死んでもそうする。

わたしは壁に背を押しつけた。「アダム、そこはあなたひとり？」

「それが——」

「アダム、連中はどこ？」

「わからない。誰の姿も見えないんだ」

次の瞬間、わたしの神経細胞がバチバチッと音をたてた。戸口からなかへ飛びこみ、両手両膝をついて、彼のほうへすべっていった。

アダムが片手をあげた。「だめだ、もどれ」

「ちょっと、何」

アダムは古い木の机に背を凭せかけていた。肩を水中銃で撃たれている。銛の後部が鎖骨の下に飛びだしていた。机の前にぶらさがるような格好になっているところを見ると、銛は肩を貫通し、アダムの身体を机に釘付けにしているにちがいない。シャツは血で暗い色に染まっている。薄明かりのなかで、その部分だけてらてら光っていた。あわてて彼の脇に寄るものの、触れるのが怖かった。

アダムの目に苦悩の涙がちらちら光る。「出ていけ。これは罠だ」

一番恐れていたことが当たった。連中はジェシーをハメようとしている。アダムは彼をここにおびき寄せるための餌だった。

手足がぶるぶるふるえてきた。「向こうは何人？」

「おそらくふたりか、三人」アダムの頭がごろんと動く。「戸口から入ったところで、やつらに武器を奪われた。ばかだ、俺はまったくばかだ……」

「アトリーには何があったの？　あなたがあの窓から彼をつき落としたの？」訊いてみたが、答えはない。「アダム、しっかりして」

また頭を机にくっつけた。わたしはアダムの両手を自分の手に取り、おびえていると思われないよう、力をこめてにぎった。苦悩の涙が、アダムの頬にこぼれる。

もう声も消え入りそうだった。「やつらはそのへんにいる」

踊り場から物音が聞こえた。ジェシーが階段をあがりきったらしい。ふりかえると、ジェシーは戸口にいて、アダムにじっと目を向けていた。強い衝撃を受けているその表情《かお》を、わたしはおそろしくて見ていられなかった。

アダムはわたしの手をにぎり、咳をした。顔が蒼白になっている。銛はおそらく静脈を貫いたにちがいない。西部劇に出てくるヒーローは銃で撃たれても、だいじょうぶ肩に一発食らっただけさと、うそぶくが、あんなのは大嘘だ。肩の傷はすみやかに死を呼ぶ。

ジェシーが苦労して戸口を抜けてくる音がする。「アダム……」ジェシーの声が言う。

わたしはアダムの湿った、力ない手をにぎっている。頭では知っているものの、実際に見たことはない、死の影が頭上をよぎる。

ジェシーが床をはってこっちへやってきた。肩ではあはあ息をしている。「悪かった、アダム、ほんとうにすまなかった」

「帰れ」アダムが言う。

ジェシーがアダムの脇にたどりついた。銛をじっと見て、それからわたしの顔を見る。

「警察と救急隊が来るまで、待たないと」わたしは言った。

「だめだ。アダムをここから出す」

「どうやって？　鈷は動かせないのよ」強い口調できっぱりと言い、アダムが出血多量で死亡するのを、この鈷がとどめていることを相手にわからせる。

「だが、机からはずすことはできるだろう」ジェシーが言い、片手をアダムの肩口でうろうろさせる。「車椅子を取ってきてくれ、それにアダムを乗せる」

ミスター・コモンセンス。いつでも冷静に物事を見る皮肉屋の彼は、極悪非道の大量殺人がテレビ画面に映しだされても、世の中そんなものさとうそぶいている。それが今、必死に救いを求めて、声をしぼりだしている。

「この建物から、アダムを出すんだ」

わたしたちの背後の床がミシミシいった。ふたりそろってふりかえる。ミッキー・ヤーゴがふらりとロフトに入ってきた。手に拳銃をにぎって。

三十

わたしが立ちあがると、ヤーゴが拳銃を振ってみせた。

「だめだ、そこにいろ。的が固まってくれてるほうがありがたい」

ヤーゴはぶらぶらとこっちへ歩いてくる。乏しい光の下で金髪の巻き毛が灰色に見える。顔は手斧のようだ。

ヤーゴがジェシーに近づいてきた。「おい、おまえさん、超がつくトンマだな」

ジェシーはヤーゴとアダムのあいだに立ちはだかろうとする。

ヤーゴが言う。「俺に言われたとおりにするだけでよかった、いたって簡単な話だ。それをいやだと言ってはねつけた。まったく残酷なやつだ、見ろ、こんなことになっちまって」

「アダムを病院に連れていく必要がある」ジェシーが言う。

ヤーゴが前へぐっと進み出て、アダムの脛を足でつっつく。「ふざけんじゃねえよ」

「ここから彼を出したら、あんたの言うとおり、俺がなんでもやる」

「遅《おせ》えんだよ、アミーゴ」

「言いたいことはわかった。俺はあんたのために金を動かすよ」

「ふん。おまえは自分がどれだけマヌケだったか、まだわかってないようだな。もう少し思い知らせてやらないとな」

ヤーゴがわたしに目を向けた。手のひらをシャツにこすりつけ、まるで汗を拭くかのようだった。

ジェシーが言う。「彼女に触れてみろ、俺がおまえを殺す」

ヤーゴが鼻を鳴らした。「おまえ、まだ話をしてない、そうだろう？　彼女は知らない……待てよ、ひょっとして、おまえ自身も知らないんじゃないか？」

ヤーゴはにやりとする。女のように唇をつきだして見せ、裏声を出す。「ああ、かわいいあなた、わたしはとっても悪い女だった、ギャンブルがどうしてもやめられないの……しくしく……何もかも、ほんとうにごめんなさい。ジェシー、助けてくれてありがとう……」

ヤーゴは言って、ゲラゲラ笑いだした。ジェシーはたじろぎながら、それでもアダムの前を離れないようふんばる。

ヤーゴが言う。「どうすれば女を守り、救うことができるか、自分はちゃんとわかってる、おまえ本気でそんなこと思ってんのか？」ヤーゴはわたしを目で誘う。「ほら、こっちへ来いよ」

「警察がこっちへ向かってるの」

「へえ」ヤーゴは拳銃を振って見せる。「やつらは、高速の銃弾より早く、ここに到着できるのかい？」

閃光が見えた。ドア枠の向こうの暗がりで、誰かが灯りのスイッチをパチンと入れたようだった。続いて破裂音がし、ヤーゴの身体が前へはじかれ、トウモロコシの袋みたいに床にどさっと倒れた。黒々としたものがヤーゴの頭の下に広がる。

ジェシーは目を大きく見ひらいて、ヤーゴをまじまじと見ている。「くそっ」

わたしはふるえた。またあの感覚がやってくる。宙の切れ目から何かが現れ、わたしたちに向かってくる、黒い存在がわたしをおさえつけようとする。

「うわっ」わたしが言う。「嘘――」

ロフトに彼らがいた。影のあいだをすべるようにしてなかに入ってきたのを見て、なぜなんの前触れもなく、ウィン・アトリーが窓をつきやぶり、血を流したのかを了解した。彼は撃たれたのだ。ジャカルタとティムがこっちへ近づいてきた。ジャカルタがにぎっている拳銃の先には消音装置がねじこまれており、ティムは照準器搭載ライフルを持っている。ティムのライフルが、たった今、ミッキー・ヤーゴの脳みそを床にぶちまけたのだ。

ふたりはわたしたちに襲いかかってくる。今この場で。ジェシーが恐れていたことは、まさに恐れて当然だったのだ。初めから終わりまで、すべてこのふたりが糸を引いていた。それなのにわたしはジェシーの警告を無視した。次はわたしたちが処分される番だ。

胆汁が喉にせりあがってくる。こみあげてくる吐き気を抑えようと、両手で口をおおった。ジェシーの顔をじっと見る。彼もわたしを見かえしてきた。もうすべてを理解したというように、その顔からは混乱が消えていた。

「俺の言ったとおりだったろう?」

指のあいだから、わたしは言う。「ごめんなさい」

ジャカルタはヤーゴに近づいていった。彼の手から拳銃を蹴り落とし、よく見てみようと立ちどまった。わたしだったらそうはしない。ヤーゴの顔は銃の射出口になっているとわかっているからだ。ジャカルタはティムにうなずき、自分の喉を親指で切るしぐさをする。ティムがわたしたちのほうへ近づいてきた。ライフルを脇にぎゅっと押しつけ、人差し指は、引き金からはずしている。手袋をはめていた。

ジェシーにアダムから離れるよう、しぐさで示す。「そこをどくんだ」

「それには俺を殺さないとだめだ」ジェシーが言う。

雑種犬のようなティムの顔に驚きの表情が浮かんだが、歩みのペースは落とさなかった。

「こんなことやめて、ティム」わたしは言う。

「頼むからどいてくれ。傷の具合を見たいんだ」

「えっ?」

ジャカルタの手がのびてきて、わたしをどかすのがわかった。バレリーナのような腕は鋼鉄のケーブルよりも強かった。ティムはアダムの隣に膝をつき、ライフルをおろして、肩をのぞきこんだ。

アダムの手首を自分の手で包む。「おい、だいじょうぶか?」

アダムは汗をかいていた。「さっきよりいい」

ジャカルタは男たちからわたしを引きはなした。わたしは呆然とし、ほっとし、ばつが悪かった。ジャカルタは拳銃を脇で構えている。黒い手袋がスタイリッシュだった。

「わたしたちが殺しに来たと思ったの?　あなたみたいに疑い深い人間には会ったことない」

「わたしは――」

「だまって聞きなさい。この建物は安全」

「つまり、みんな死んだってことね」

「そう」

わたしは両手で顔をこすった。「ジェシーの車をつけてきたの?　ここでこんなことが起きてるって、どうしてわかったの?」

「それはまた別のときに。今問題なのは、ここから出ていくことよ」

ジャカルタはティムにちらっと目をやる。ティムはジェシーと話している。

「この場所から証拠をすべて処分するのは無理。だから死体は置いていく」

妙なことに、気がつくとわたしはうなずいていた。まるでこういう面倒には毎週のように遭っていると言わんばかりに。

「あなたとジェシーをここから連れだすことはできるけど、多少なりともまともなチームが現場検証をすれば、あなたたちがここにいた痕跡を見つけるわね」

ジャカルタは言って、またティムのほうをちらりと見る。今度はティムのほうも見かえしてきた。自分の手首を指で軽くたたき、首を横に振った。

ジャカルタは表情を変えなかったが、声を落として言った。「ティムが、脈が見つからないと言ってる。すぐにアダムを病院に運ばないと片腕を失うことになる。もしそこまで持てばの話だけど」

わたしはアダムを凝視した。歯を食いしばり、意識を失うまいと頑張っている。ティムがジェシーに話しかけ、ジェシーはアダムの無事なほうの肩の下に苦労して入り、身体を持ちあげている。そうやって怪我をしているほうの肩に体重がかからないように配慮しているのだ。

「警察と救急隊がまもなくここに来るはずよ」

わたしが言うと、ジャカルタの顔がこわばった。「呼んだの？　どのくらい前に」

「たぶん五分ほど前」

「ティム。行くわよ」

ティムが言う。「よし」

ジャカルタはわたしの腕に手をのせた。「わたしが行くというときは、完全に姿を消すってこと」

「警察はわたしとジェシーを尋問するわ」

「そうね」

「完全にだまっているなんてできないと思う」

「わかってる。あなたは嘘をつくのがうまいとはとても言えない。自分が見たことを警察にどう話す?」

「暗闇のなかに閃光が走った。ヤーゴが倒れた。銃弾が発砲されたと思うけど、誰が撃ったのかは見ていない」

ジャカルタがうなずく。「上等よ。ただし一晩拘置所に入ることは覚悟しておいたほうがいい」

遠くでサイレンの音がしている。

「これ以上いられない」とティム。

わたしがアダムのほうへもどりかけると、ジャカルタがとめた。

「聞いて、iハイストは死んだ、でもこれで終わりじゃない。ただしわたしたちはもうこれ以上、あなたたちを守れないの」

「わけがわからない」

「iハイストはあなたとジェシーを生かしておきたかった。連中はあなたたちを操って、金を手に入れ、利用することができると考えていたからよ。でも彼らは死んだ。あとに残った人間が考えているのは、あなたたちの口を封じること。それも完全にね」

胸のなかでビッグ・バンドが新たな曲を演奏しだした。「残った人間って、誰のことを言ってるの? フランクリン・ブランド? 彼はここにいたんじゃなかったの?」

「いいえ。彼はここにいなかった」

ティムがわたしの顔を見て、それからジェシーの顔を見た。「もしここから出たいなら、今を逃したらチャンスはない」

ジェシーが言う。「アダムをここから出せる?」

「いいや」

「じゃあ、俺は行かない」

サイレンがさらに近づいてきた。ジャカルタは窓辺に行って通りをのぞく。

「サンタバーバラ警察のパトカーが二台。わたしたちは行くわよ」

ジェシーは床で苦労してアダムを支えている。外でサイレンが泣きさけぶような音を出している。青や赤の万華鏡のような光が窓を越えて入ってきた。ジャカルタとティムはドアに向かった。

「ありがとう」わたしは礼を言った。

そのあとはもう、ふたりとも完全に姿を消した。

表でドアをドンドンたたく音と、はりあげる声が聞こえる。警官たちがしゃべっている。

アダムは苦しそうに、とぎれとぎれに呼吸していた。ジェシーが話しかける。

「そうだ。呼吸しろ、ふんばるんだ。あともうちょっとだ、今助けがくるからな」

アダムが頭を動かしてジェシーの顔を見る。唇が動くものの、声にならない。

ジェシーが顔を寄せる。「アダム、聞こえないよ」

アダムがもう一度頑張る。「そろそろ終わりだ」

ジェシーが息を吞む。「だめだ。冗談じゃない、しっかりしろ」

「無理だ。あとはおまえに、アンカーに託した」

「だめだ。目をあけろ。あけるんだ」

「おまえのせいじゃない」アダムがジェシーの顔を見る。「すごく、寒い」

ジェシーはじっと耳を傾け、アダムの顔を注視する。ふたりの顔は一インチも離れていない。

ジェシーが言う。「エヴ、警官を連れてこい。救急隊をここに。早く」

わたしは踊り場へ駆けだした。階段の一番下で懐中電灯が光っているのが見えた。警官たちが建物の正面のドアから入ってきた。拳銃を抜いている。

「息をしてない」ジェシーが言う。「アダム。くそっ、しっかりしろ」

「上よ」わたしは下に叫んだ。「急いで」

ジェシーが言っている。「息をしろ、アダム。ほら、息をするんだ」

わたしは両腕をあげた。「救急隊が必要なの。友人が息をしていないのよ」

ジェシーが言う。「こっちへ来てくれ!」

それから、当然起こるべきことが起こった。懐中電灯の光と、銃口がわたしのほうへさっと向いた。声が叫ぶ。「顔を床につけろ。両手を頭のうしろに置け」わたしはすぐに言われたとおりにした。

下のフロアで警官が四方八方に散った。一階は遮蔽物の何もないむきだしの床で、危険がないことを確認するまでは、上へはあがって来ない。救急隊を呼び入れることもしないだろう。

ジェシーが叫ぶ。「アダムが息をしてない。手伝ってくれ」

わたしはふりかえった。ジェシーはアダムの頭を支え、無理を承知で彼に心肺機能蘇生を試みようと必死だった。アダムの身体を水平に横たえることはできず、気道の確保もできないから、心臓マッサージでこの場を切り抜けることはできない。

わたしは階段の下へ叫んだ。「急いで」

警官たちが階段をあがっていき、ウィン・アトリーの死体の前でとまった。息があるかどうかたしかめている。ひとりが言うのが聞こえた。「うっ、男の下にもうひとりいるぞ」懐中電灯の光が、階段をジグザグにのぼってくる。ロフトでジェシーがアダムの胸を押している音が聞こえる。三度押して、次は無音。そこでアダムの口に息を吹きこんでいるのだ。

頭上で足音がしたと思うと、「動くな」と鋭い声が響き、両手首をつかまれてうしろにひっぱられた。手首で手錠がカチャリと締まる。ロフトの建物に向かった警官のひとりが、戸口の手前で驚いて声をあげる――「なんと」。ミッキー・ヤーゴの死体の向こうに、アダムの顔を両手ではさんでいるジェシーを認めたのだ。

「彼から離れて、床に伏せろ」

「手伝ってくれ」ジェシーが言う。

「床だ、床に顔を伏せろ。早く」

ジェシーは胸への圧迫を続ける。「代わってくれ」

「今すぐ伏せろ」

わたしの頭のなかでぶーんという音はそのときから始まった。警官が部屋を二歩で横切ってジェシーの襟をつかみ、彼を引きずってアダムから離した。別の女性警官が無線に向かって矢継ぎ早に言葉を繰りだし、医療支援を要請している。ジェシーが顔を下にして床を引きずられていくのがわたしのところから見えた。女性警官はアダムの横に膝をついた。アダムはぐったりうなだれて血に染まり、目を大きく見ひらいている。

さらに多くの足が階段を駆けあがっていき、ローム警部補が「落ちつけ」とわたしに言うのがわかった。それから急いでロフトの建物に入っていく。

女性警官がふたたび無線に向かい、ボルトカッターを持ってくるようにと、緊迫した声で言っている。ジェシーは心肺機能蘇生をやめるなと言いつづけている。そんななか、ロームはひとりうろうろしながら、何やら意味ありげな視線を警官たちに送っていた。やっに息を送ってくれ、さあ早く、と言いつづけているジェシーにロームが近づいていく。わたしの頭のなかのぶーんという音はここでさらに大きくなった。ロームが片膝をつき、ジェシーの背中に手を置いて話しかける。その言葉をわたしは聞かなかった、聞くことを拒んだ。

「嘘だ」ジェシーが言った。

ロームは警官を呼び、この男の手錠をはずしてやれと指示を出す。

「やめるな」ジェシーが訴える。

手錠がはずされ、ジェシーはアダムのもとへはってもどっていく。アダムの手をつかみ、名前を呼ぶ。ロームがジェシーの隣に膝をつく。

「もうだめだ、亡くなってるよ」

三十一

太陽が顔を出し、午後の靄《もや》に赤い光がしみだしている。わたしの目は、スチールウールでごしごしこすったあとのようだった。もう何も感じないほどにへとへとに疲れ、警察署の取調室にすわっている。ローム警部補がやってきて、それじゃあ郡拘置所まで車でひとっ走りするかと、そう言いに来るのを待っていた。丸一日尋問は行われたが、なんであろうと彼の望んでいた答えは得られなかった。

ドアノブがまわった。顔をあげるなり気持ちが萎える。

デール・ヴァン・ヒューゼンが戸口に立っていた。オリガミのようにぴしっとキマっていて、スーツも固くプレスされている。顔に浮かべた表情は解読不可能。

「行くぞ」ヴァン・ヒューゼンが言う。

わたしは立ちあがり、彼のあとについて警察署を出た。ロームにも会わず、誰と話すわけでもなく、受付デスクの男が投げてきた通りいっぺんの視線を受けとめただけだった。わたしたちは遅い午後のなかへ出ていった。

ヴァン・ヒューゼンが腰に両手をあてる。「きみはもう行っていい」

一瞬わたしはいぶかしげな目で相手を見る。「どうして——」

「わたしはきみが思っているほどに役立たずじゃないんだよ、ミズ・ディレイニー」歯のあいだから息を吸う。「この事件は今後、連邦警察扱いになると、それだけ言っておけば十分だろう。昨夜の倉庫で見つかった死体、あれについて訴訟手続が発生するはずだから、証人として呼ばれることを覚悟しておいたほうがいい。だがきみ自身は、刑事告発をされる恐れはない」

信じていいのか、わたしは相手を品定めしようとする。卒倒しそうな気分だった。「それを聞いて安心したわ」

ヴァン・ヒューゼンはスーツの上着のボタンをとめる。「これでおあいこだ。今後、わたしたちのあいだに貸し借りは何もない」

「ジェシーの件は？」

「わたしからは連絡をしない」ネクタイのしわをのばす。「彼にとって都合のいいことに、わたしの追っていた人物はみな死んだ」

「アダム・サンドヴァルも死んだわ」

ヴァン・ヒューゼンの手が一瞬とまり、それからネクタイをなでる。「ああ。それについては残念だった」

相手の目に風変わりな光が揺れた。誠意か、あるいは悔恨か。いずれにしても、少なすぎるし、遅すぎた。

ヴァン・ヒューゼンが首をねじってうしろを見やる。ジェシーが出てくるところだった。

「あとはふたりで」それだけ言って、ヴァン・ヒューゼンは警察署にもどっていった。

ジェシーは疲労困憊の様子だった。髪はべたついて束になり、顔は青ざめ、目はくぼんでいた。シャツが血にまみれている。いきなり抱きついていきたいところを思いとどまった。相手がどう反応するかわからない。ジェシーは足をとめ、赤い太陽に顔を向け、どこか遠くを見つめている。

何か言いたそうだが、今何か言ったら声がひっくりかえる、そうならないタイミングを待っている――下手な言葉を発したとたん爆弾のスイッチが押され、何もかもが粉々に吹き飛ぶとでもいうようだった。

「もどって、車をとってこないといけない」ジェシーが言った。

あの倉庫にもう一度もどるなんて、彼にできるわけがない。「わたしがとってくるわ」

「いい、俺がつかうんだ。やることが山ほどある」

「何もしなくていいのよ、ジェシー」

「アダムの司祭に連絡をしないといけない。それに親戚にも。いとこがニュー・メキシコにいる」ジェシーは目をつぶった。「伝えなくちゃならない。彼が死んだと」

最後の言葉を言うときには、肩を落とし、指で目をおさえた。わたしは彼の首に腕をまわし、両手で頭をそっと抱いた。ジェシーはわたしに体重を預け、ふるえだした。けれどもふいに身を引いた。わたしと諍い中であることを思いだしたか、自分たちがいるのが警察本部の前であることに気づいたのか。そうじゃない、彼は屈したくないのだ、事はまだ終わっていなかった。

「行こう」ジェシーが言った。

彼は通りを渡り、裁判所前の歩道を行く。大きな建物が陽射しを浴びてほんのり珊瑚色に染まっていた。

「ヤーゴが昨夜、撃たれる直前に言ったこと。その意味がわかったよ」そう言って前方をまっすぐ見つめる。「きみに話していない、俺自身もわかっていないと、やつがそう言ったときは何かと思った。だが今ならわかる」

わたしは彼と足並みをそろえながら、それが何なのか、相手の言葉を待つ。

「ハーリーのことだ」

「彼女のギャンブル癖?」

「あの夏、事故に遭う前、ハーリーの状況はどんどん悪化していた。ベガスに入り浸り、胴元への借金がかさんだ。ところがある日彼女のオフィスに寄ると、大金に囲まれていた」

「どのぐらい?」

「何千と。俺はオフィスのなかへ歩いていき、彼女が現金を封筒に小分けしていくところをおさえた。事務所の顧客の信託口座から横領し、それで借金の支払いにまわすのだと、そう思ったんだ」

しかしそうではなかった。今ではわたしにもわかる。彼女がしていたのはそういうことではなかった。「あなたはどうしたの?」

「彼女と対決した。事務所のトップのところへ行って、事実を話すってね」

「それでどうなったの?」

「彼女は泣き崩れた。哀れな姿だった。あれだけ強い女が、俺の足もとにひれ伏して、両腕で俺の脚にすがりついて泣いた」ジェシーは首を振る。「俺は言ってやった。トップにはだまってるから、金を返し、GAに行けってね。その夜だ。俺は彼女を車に乗せてそのミーティングに連れていった」

「それで?」

「彼女は俺にしがみついて礼を言った。必ずやめるからって」

「それで?」

ジェシーはわたしの顔を見た。「この先の話は、きみもわかっている、そうだろ?」

「お金のほうはどうなったの?」

「彼女の代わりに、俺が銀行に持っていった」

「金額は?」

「九千五百ドル」

ジェシーがはっとした。たがいに顔を見あわせる。

「あなたはスマーフィングをした」

仕組み取引だった。財務省に報告する義務が発生しない、一万ドルの上限を超えない額。

わたしは髪を手でとかす。「ああ、ジェシー」

「俺は彼女を助けているのだと思っていた。彼女の顧客が食い物にされるのも防げると」

ジェシーが視線をさまよわす。その目はきっと遠くではなく、過去をのぞきこんでいるのだろう。

「ハーリーがリハビリ施設にやってきたのは、更生プログラムに参加するという報告のためだった。週に三日、夜のミーティングに通うと言い、必ず立ち直るからと誇らしげだった。思いきって背中を押してもらってよかったと俺に感謝していたよ。それをヤーゴはからかってたんだ。ああやって真似をしていたところを見ると、きっとやつは彼女が俺に話したことをすべて知っていたんだろう。ハーリーは俺をぺてんにかけたんだよ、エヴ。あれは俺に警察につきだされないための芝居だった。彼女はけっしてギャンブルをやめなかった。ずっとヤーゴのために金を洗っていたんだ」

「それ、警察に話した？」

「ああ」

「ブランドが、彼女に爪を食いこませるよう、ヤーゴを手引きしたのかしら？」

「そんなことは警察が調べればいいことだ」

ジェシーの声はにべもなかった。もう言葉をオブラートで包むようなことはしない。わたしの気持ちに配慮することも考えない。彼にとってはどうでもいいのだ。

太陽が家々の屋根をめざして降りてきて、西の空を赤く染める。「ジェシー、アダムがあなたに言ったこと──アンカーに託したっていうのは」

アンカーはチーム最後のメンバーであり、勝利をもたらすものとたよりにされる。

ジェシーは自分の両手をじっと見る。「ブランドを仕留めるのは俺だって、そういうことだ」

ジェシーは、「見つける」とは言わなかった。「警察につきだす」とも言わなかった。

「自分が何をやらなきゃいけないか、わかってる」

ジェシーは本気だった。それに気づいたとたん、わたしの心臓は凍りついた。

三十二

電話が鳴っているのが聞こえる。ベッドカバーの上で顔を伏せたまま、いつのまにか眠っていた。よろけながら立ちあがり、ナイトスタンドに置いてあった水のグラスをひっくりかえしてから電話機をつかんだ。窓からさしこむ光の加減で、夕方の時分であることがわかる。シャワーを浴びた髪がまだ濡れているから、そう長い時間うとうとしていたわけではなさそうだ。ジャスミンの官能的なにおいがあたりに漂い、外でハイビスカスの花がひらいて強烈な赤を見せていた。

アンバー・ギブスの声を聞いて目が覚めた。「エヴァン、大変だったわね」

「ええ」わたしは手のひらの付け根で目を押した。

「撃ち合いをしているところに、あなたが居合わせたってほんと?」

「アンバー、どうして知ってるの?」

「こっちは大変なことになってるのよ」

「大変って、何が?」

「ジュニアが正気をなくしてる。オフィスのなかをめちゃくちゃにして、みんなを怒鳴りちらしてるの。ワシントンDCにいるパパに連絡をしなくちゃならなくなって、それからミセス・ダイアモンドがこっちへやってきて、彼をなだめたの」

わたしはもうすっかり目が覚めていた。「アンバー、ゆっくり話して。なぜケニーがそんなに動揺しているの？　倉庫で撃ち合いがあったことを知ったから？」

「ちがう、あなたの恋人よ」

喉にいきなり林檎をつっこまれたような気分だった。「ジェシーがどうしたの？」

「ここに車で乗りこんできて、ジュニアに会わせろって言ってきたの。まるで打ち上げ花火のように爆発した」

またか。「まだそこにいるの？　わたしが行って、とりなす必要がある？」

「いいえ、ジュニアはミセス・ダイアモンドと車に乗りこんで、大急ぎで走りさった。そのあとをジェシーがすぐ追いかけていったの」

相手はまだ話しつづけていたが、こっちはもう聞いていなかった。電話を切り、ジェシーに連絡をつける。家の電話も、携帯電話も、オフィスの電話も出なかった。微風が窓から入りこんで渦を巻く。また前夜と同じ感覚がやってくる。死の影。**あとに残った人間が考えているのは、あなたたちの口を封じること。それも完全にね。**

車のキーをつかんで、エクスプローラーに飛びのると、アクセルを思いっきり踏んでジェシーの家に向かった。ジェシーの自宅の車回しに、彼の車はなかった。なかに入って名前を呼んでみたが、答えはなかった。リビングに立ってあたりを見まわし、ジェシーがどこへ向かったか教えてくれそうな手がかりをさがす。砕ける白波が、赤い夕陽の落ちる砂浜で側転をしている。職業別電話帳がキッチンのカウンターにひらいて置いてあった。どこのページをひらいたのだろう。銃器類。

彼が銃を持ちこむはずがない。今夜いきなり、認可された業者から手に入れるなんて不可能だ。

いや、とぼけちゃいけない。ジェシーは機略に長けて冷酷、しかも……しかも射撃の名手だ。

今夜誰かが殺される、あるいは監獄行きになる。ジェシーをそんな目に遭わせるわけにはいかない。考えるんだと、わたしは自分に言う。彼はどこへ行った？　考えられるのはひとつしかない。

わたしはデール・ヴァン・ヒューゼンに電話をした。「これからケニー・ルデンスキーの家に行くわ」

「二十分でそこへ着く。外で落ちあおう」

エクスプローラーに乗り、山のふもとめざしてフルスピードでぶっ飛ばす。

ケニーの家にとまっている車は、見たところマリ・ダイアモンドの白いジャガーだけだった。ポルシェもアウディもない。沈んでいく太陽が山々を強烈な青に変え、岩を金色の筋にする。まるでデジャブのような感覚を覚えた。アダムをさがしにここまでのぼってきてから、わずか二十四時間しかたっていないのはほんとうだろうか？

玄関のドアをたたく。誰も出てこない。セキュリティ・カメラをのぞきこんで言う。「ケニー、あけなさいよ」

彼らはここにいるはずだった。わたしは玄関を離れ、ケニーの書斎の窓があるほうへ歩いていく。ブラインドがあがっていて、コンピューターがついているのが見えた。モニターにはビデオカメラの映像——何かが動いているのがわかった。もっとよく見ようと、窓辺をふちどる茂みのなかへ踏みこんでいく。そのときだった、足が犬を踏みつけた。

ドーベルマンの一頭が、茂みのなかに横たわっていた。わたしは飛びあがって走る用意をしたが、犬のほうは動かなかった。茂みをかきわけ、しゃがんで見ると、犬は死んでいた。頭がつぶれている。何か硬く重たいもので殴ったあと、人目につかないこの花壇に引きずってきたんだ。喉がぎゅっと締めつけられる。おそるおそる毛皮に触れてみた。温かい。頭の血はまだ固まっていない。ついさっき殺されたばかりなのだ。

マリはけっしてこんなことはしない。恐ろしくなってあたりをまた見まわした。何も物音は聞こえず、外にはこれといって目につくものもない。書斎の窓から、もう一度ケニーのコンピューター画面をのぞく——モニターに映っているビデオ映像は **Mistryss Cam** のシステムが映しだしたものだった。驚いた。マリが映っている。家のなかのどこかで、閉まったドアをガンガンたたいている。ビデオから音は聞こえず、マリの口が必死に動いているのを見て何を言っているのか読み取る。「助けて」だ。

ヴァン・ヒューゼンはどうしたのか？　もう待っていられない。

玄関のドアには鍵がかかっていた。家をまわりこんでパティオに出る。消え残る光を浴びて芝生がエメラルドに変わっている。パティオのドアも鍵がかかっていた。それでもようやくバスルームの窓があいているのを見つけた。飛びあがって窓の下枠をつかみ、引きあげた身体を窓からなかへすべりこませる。バスルームのドアをあけ、警報装置が鳴らないか、足音が聞こえないか、何か変わったことはないか、慎重に気を配りながら、こそこそとドアの外へ出ていく。頭のなかでティム・ノースの声が聞こえる。**自己防衛は、自分を取りまく脅威に気づくところから始まる。**

よし、了解。自分を取りまく脅威――ここは変わり者の家で、家主はわたしを殺そうとしている。わたしは廊下を忍び足で進んでいきながら、自分の靴が木をこする音に耳を澄ます。

マリはこの家のどこかに監禁されている。どこだ？　リビングをのぞいてみる。何もかも、あるべきところにきちんとあった――スタインウェイのピアノはぴかぴかに輝いているし、ガラスケースに入った記念品は極美品の状態を維持している。キッチンに入ってみる――大きな冷蔵庫からブーンという音がしているものの、静かで清潔だった。

家のずっと奥から、叫び声が聞こえてきた。カウンターの上からフライパンをとりあげる。そこでまたティムの声がわたしに教える……**同情は命取りになる。**

フライパンをもどして、マグネット式のラックから肉切り大包丁を取りだす。ラックのなかにある一番大きなもので、太い柄がついていて、ぎらぎら光る刃は大きな獣一頭を解体できるほど十分な鋭さと重量があった。

音のするほうへ足を向け、廊下を進んでケニーの書斎の前を過ぎる。包丁は脚にぴたりとくっつけておく。また物音がして、泣き声が聞こえた。今度はうしろだ。わたしはふりかえった。廊下の先にあるドア、ケニーのワインセラーに続くドアの向こうだ。

ひっかくような音と哀れっぽい泣き声。爪で木をひっかいているらしい。包丁をかまえ、ドアをあける。それと同時に、引っかく音をたてていたのは人間の爪ではないことがわかった。かぎ爪の音。わたしはドアをぴしゃりと閉めた。

ドアはマリのチワワの顔にあたった。犬が金切り声をあげ、わたしはもう一度ドアをあける。チワワはあわてて立ちあがり、まん丸な目を飛びださんばかりにしている。わたしはぎょっとして飛びのいた。

相手はわたしをにらみつけ、チワワ・ターミネーターに変貌するかと思いきや、くるりと尻を向け、戸口の奥へ進んでいく。わたしは包丁をかかげて、ドアを全開にする。

マリの気配はなかった。そこから階段が降りて地下室へと続いている。階段の一番下にもう一枚ドアがあって、その奥から叫び声がしていた。

それはまぎれもなく、助けを呼ぶ人間の声で、手で木をたたく音もした。

わたしは呼びかける。「そこにいるの?」

木をたたく音が激しくなった。叫び声も大きくなった。チワワはふらつきながら階段を降りていき、爪の音をカチカチたてている。下までたどりつくと、前肢でドアを引っかき、くんくん鳴いた。

木のドアが、今はもうすさまじい勢いでたたかれている。「ドアをあけて。ドアをあけて」

「マリ?」

「ここから出して。ドアをあけて」

ヴァン・ヒューゼンが来るまで待つべきだろうか? 廊下を確認してみると、誰もいなかった。わたしは階段を駆けおりた。一番下にあるドアには錠がついていたが、なかに鍵がさしてあった。それをまわす。

ドアが勢いよくあき、マリ・ダイアモンドが転がりでてきた。目がビリヤードの玉みたいになっている。赤い爪がわたしの胸を打ちすえる。ドタドタとわたしを追いこして、両手両足をついて階段をのぼりはじめた。のぼりながら、うんうんうなり、叫んでいる。

わたしはよろめいてうしろへさがり、尻をぶつけながら、彼女の脚をつかむ。

「待って。誰があなたを閉じこめたの?」

マリは脚をのこぎりのように前後に動かす。「彼よ、行かせて——」

「ジェシーはどこ? ここにいるの?」

「ばかじゃないの——手を放して! あのなか。ケニーがシャベルを持ってった、それで何をするか、わかるでしょ? どいて。わたしを出して」

マリの目が包丁にとまった。

「うわっ、このばか女、完全にキレてる」

マリはわたしの胸をおしゃれできゃしゃなピンヒールで蹴った。わたしは痛みにあえぎ、身を引いた拍子に背中をぶつけた。マリはすばやく階段をあがっていき、廊下へ出た。

わたしもそのあとに続いてあがっていくことにする。誰かがマリを監禁した。おそらくケニーだろう。次は自分がそうなってはたまらない。段を三つあがったところで、犬が反対方向に行くのに気づいた。ワインセラーのほうへ向かっていく。そのとき、においがした。ほんのかすかなにおいで、空気の底をうっすら流れている感じ。けれども何かがにおっていることはまちがいなかった。ワインの香りではない。腐肉のにおいだ。

チワワはセラーのなかへ消え、吠えたりうなったりしている。わたしの直感と嫌悪感、それに自己防衛の本能は、マリに続いてさっさと階段をあがり、そのまま前進せよと言っている。けれども、ひとつ心にひっかかっていることがあった。ジェシーはどこかとわたしが訊いたあと、マリがべらべらしゃべっているなかに「あのなか」という言葉があった。

手に包丁をにぎりなおす。そして階段を降りていった。

戸口からなかへ踏みこんだとたん、空気がひんやり感じられた。においは、わたしの意識下でずっと続いている。まるで悪夢と同じように。靴がコンクリートの床をこする。錠から鍵を引きぬき、ポケットに入れる。

ワインセラーはべつに変わったところはなかった。その奥にもう一枚ドアがある。そちらへそうっと近づいていってなかをのぞく。その瞬間、心臓が喉をせりあがってきそうになった。

ドアの向こうは記念館になっていた。ケニーが一番大事にしている貴重な記念品のコレクションがすべてそこに集めてあった。皮膚がぞわぞわしてきた。

陳列ケースはリビングに置いてあるものと同じように、大切に並べられていた。いやそちらよりもさらに注意が行き届いているようだ。ここはケニーの心臓に当たる場所なのだろう。汚れて、虫に食われ、悪臭を放つ心臓。

この手のものは、ケニーのコンピューターで見ていた。通常は表に出てこない事故の遺品がオークションにかけられていた。けれども写真で見るのと、こうしてじかに見るのとでは、ぜんぜんちがった。ガラスを隔てているというのに、こちらへ迫ってきそうだった。これは、不意に襲った死をまつる聖堂であり、汚水だめであり、記念館だった。

息を詰めながら陳列品のあいだをめぐっていく。壁にはフラットスクリーンのディスプレーが設置され、有名な飛行機事故の映像が再生されている。スー・シティへ墜ちていくユナイテッド航空のDC-10。炎を噴きだしながら、ル・ブールジェへ必死に向かい、悲劇の運命と戦っているコンコルド。そして航空ショーの惨劇――ラムシュタイン、パリ、リヴィフ。わたしはなおも歩きつづける。奇妙なことだが、ここは優れた博物館と同じように、見物する者の理解が深まるよう、陳列にも工夫や配慮がなされていた。

秘密のオークションでケニーが手にした成果は、みな同じことを叫んでいる――死を思え。

ケニーは、邪悪な死の置きみやげを慈しむように大切に扱い、ここに陳列した。毎日のように起きる致命的な事故が生みだした……小品——おそらくケニーはそう呼んでいることだろう——もあれば、なかには有名な事故から生まれた逸品もあった。グレース王妃とラベルに書かれているもの。バディー・ホリーと書かれているものもある。

いっしょに墓地を訪れたとき、イヴェット・バスケスの墓標を見守るケニーを見て、わたしはすべてを理解したと思っていた。スピードや死にとりつかれるのは、イヴェットが自動車事故で死んだことがきっかけだったと。だが、彼が彼女を思いだすよすがとなるのは、あの墓標ではなかった。

それはここにあった。すぐ前方にケースがあり、黒いベルベットのクッションの上にほんとうの記念品が置かれている。単なるねじくれた金属片のようだが、茶色いしみが縞になってついており、それが誰の血であるか、わたしにはわかった。彼女の血だ。ケースについたラベルを読む。

イヴェット・バスケス。

これはケニーにとって、恋人の死を具現するものであり、ひしゃげた恋人の身体の代用物として置かれている。ここからケニーの蒐集がはじまった。スリルを求めてやまないケニー。ここには彼のあらゆる恐怖と情欲が隠されていた。そして彼が隠した最大の秘密は、イヴェットの死に場所となった車から、部品を盗んでいたという事実。

マリがドアをガンガンたたいて、出してくれと言っていたのもうなずける。ここにあるのはケニーの精神世界——死だった。

わたしが嗅ぎつけたのは死のにおいだったのだ。しかしそれは、陳列ケースからにおってくるのではなかった。犬がキャンキャン鳴いている。わたしはそちらへ向かい、ある一角で足をとめた。

チワワは、何か梱包された物の前に立ってウーウーうなり、突進していってはまたもどりを繰りかえし、小さな身体の毛を逆立てている。それはずいぶん慎重に梱包されていた——毛布で包んだ上から、さらにビニールのゴミ袋をかぶせ、ダクトテープできっちりとめられている。死体だ。

息をとめて棒立ちになり、犬がわっと近づいていってはまたさっと離れていくのを見守る。あれは誰？　わたしはどうしたらいいのだろう？　犬と同じように、すっかり動揺していた。

チワワがまた突進していった。ゴミ袋を咬みちぎり、その下の毛布を引き裂きにかかる。わたしは一歩あとずさる。だが、犬をとめはしない。それが誰であるのか知りたかった。ヴァン・ヒューゼンに連絡しようと電話をとりだしたが、電波が受信できなかった。

ただもう恐ろしい気持ちで、犬が毛布をはがしていくのを見守る。チワワがその中身に歯を立てた。首を激しく振り、頭を前後に動かしている。そしてとうとう離れた。毛布から灰色の蠟のような手がつきだした。指に、コンピューター・チップほどの大きさのダイヤのピンキーリングがはまっている。

フランクリン・ブランドだった。

わたしはあとずさった。犬は前に飛びだしていき、死体の上で転がった。ブランドが、死んで、ここにいる。死んだばかりという感じでもなかった。そういえばマリはなんと言っていたか——ケニーがシャベルを持ってった？ 彼がブランドを殺したんだ。あとずさり、その拍子に背後にあった陳列ケースにぶつかり、それが台座の上で揺れる。ふりかえって手でおさえた。小さなプレキシガラス製の箱で、これといった飾りもなく、陳列品の最後に並べて置いてあった。ライトも説明書きもついていない。そんなものは不要だった。

箱のなかには自転車のギアの歯車がひとつと、変速機が入っていた。それに、自転車用の傷んだ靴が一足。メキシカン・シルバーの十字架がひとつ。ラベルがついていて、**ミッション・キャニオン**と書かれていた。これは轢き逃げ事故の記念品だ。

一瞬わたしは箱にとりつき、目をみはった。どうしてここにこんなものが？ ケニーが警察から買い取った、あるいはゴミの山から拾ってきた？ なぜ？

頭がガンガン鳴りだす。膝から力が抜ける。自転車の部品ならゴミの山から拾ってくることもできるだろう。しかしジェシーの靴やアイザックの十字架は無理だ。それらは救急隊が到着する前に、事故現場から消えたのだから。ジェシーは正しかった——殺人者が立って上から自分を見おろしているという夢は、もどってきた記憶だった。彼は自分の手仕事の成果を集めにきたのだ。あらためて記念館のなかを見まわして気づいた。ここには、ふたつの陳列箱が最高位のものとして飾ってあり、そのふたつがあらゆる展示品の支柱といえた。そこに収まっているふたつの遺物の入手先は、いずれもサンタバーバラの死亡事故現場――つまりは、イヴェット・バスケスの事故と、あの轢き逃げ事故があった現場だ。

どちらの現場にもケニーが居合わせた。ケニーが責めを負う事故。ケニーがハンドルをにぎっていた事故だ。

歯のあいだから息を吸う。フランクリン・ブランドはずっと真実を言っていたのだ。彼は車を運転していなかった。彼がジェシーとアイザックを轢いたのではなかった。

ケニーだ。そして彼は記念品を持ち帰っていた。

ケニーはブランドもまた、あらたな展示品にするつもりだろうか？　考えただけで吐き気がこみあげた。ドアのほうへよろめきながら向かう。ワインセラーを抜けて階段を駆けあがり、廊下に出てから新鮮な空気をむせながら吸いこんだ。

ヴァン・ヒューゼン、ヴァン・ヒューゼンはどこ？　わたしは玄関ホールを走りぬけ、中庭に出た。玄関のドアは大きくひらいていた。外が暗くなりはじめ、東の空に星が出てきた。大急ぎで外へ出ていく。マリのジャガーが消えていた。

しかしケニーの車がもどってきていた。彼のポルシェが、わたしのエクスプローラーの陰にとめてある。ケニーはわたしの車のボンネットをあげて、エンジンのワイヤをもぎとっていた。

わたしはポーチで足をとめる。手にはまだ包丁を持っていた。

ケニーは手をハンカチで拭き、したたかな目でわたしを見た。汗をかいていて、シャツはほこりだらけだった。またもや『大脱走』か。だが、彼がしていたのはトンネル掘りではなさそうだ。墓掘りだ。わたしは包丁をにぎりなおした。手に汗をかいていた。

「FBIがこっちへ向かってるわ」

ケニーはにやにや笑いを浮かべ、包丁をあごで差す。「きみさあ、やるなら本気で振りあげないと、俺に奪われるぜ。その両腕を切り落として、顔に刃を埋めてやる」

わたしは自分に言いきかせる。動くな、あとずさるな、相手を焚きつけてはならない。携帯電話をひっぱりだす。よし、こうなったら911だ。

しかし電話は電波を発信しなかった。

ケニーがわたしのほうへ歩いてくる。「こんな渓谷のはずれじゃ電波は通じない。残念だな、ギジェット、きみは終わった」

ポーチに立ちながら、大腿四頭筋がぶるぶるふるえた。夕靄のなかから一台の車が車回しにすーっと入ってきた。安心がクリーグ灯（映画撮影用の強力なアーク灯）のようにわたしを照らした。ヴァン・ヒューゼンがハンドルをにぎっている。

ケニーはわたしにせせら笑いをよこした。ヴァン・ヒューゼンが車から降りてくる。ケニーが声をかける。

「彼女は武器を持ってる。気をつけろ」

ヴァン・ヒューゼンはケニーからわたしに目を移し、包丁を見た。

「デール、彼の言うことに耳を傾けないで。彼がフランクリン・ブランドを殺したの」

ケニーはデールのほうへ近づいていく。「彼女、正気の沙汰じゃないぞ。包丁を持って、家から俺を追いだした。このばか女、完全にキレちまってるぜ」

ヴァン・ヒューゼンは片手をあげた。「動くな。ふたりともだ」

ケニーは足をとめない。「こいつは最初からずっと俺につきまとってる。ブラックバーンといっしょにな。ほんとうにしつこい。まるで悪性のヘルペスみたいだ」

ヴァン・ヒューゼンはジャケットの下のホルスターに手をのばす。「動くなと言ったはずだ」

ケニーはわたしの車の横で足をとめた。

ヴァン・ヒューゼンはわたしたちの顔を交互に見る。まだ銃は抜いていなかった。

「両手を車のフロントグリルに置け、ルデンスキー。エヴァン、包丁を下に置いて、こっちに来るんだ」

「デール、彼は嘘をついてるのよ」

「言われたとおりにしろ」

ケニーはわたしのエクスプローラーのグリルに両手をつき、体重をかけて身を乗りだし、ひらいたボンネットの下にあるエンジンをのぞきこむ。まるで整備士のように。ヴァン・ヒューゼンはずっとわたしをにらんでいる。

車回しに包丁を置いた。安心が一気にしぼんだ。

「地下に死体があるわ」

「こりゃ驚いた」ケニーが言う。「彼女は俺の家に押し入り、キッチンから包丁をとってきて俺を追いかけた、そんなやつの言うたわ言を信じるつもりかい?」

「フランクリン・ブランドは死んで、ゴミ袋とダクトテープで梱包されているのよ」

ケニーが首を横に振った。「ありゃ死体じゃない。マネキンだよ。行って見てくるといい」

「嘘よ。デール。においを嗅げば死体だってわかるわ」

ケニーは高笑いをした。「スポーツの記念品を蒐集してるんだよ、ばかめ。新しいドライビング・スーツを買ったんで、それを着せようってんだ」

ケニーが身体をまわしかけ、わたしに何か手振りをしようとした。ヴァン・ヒューゼンが銃を抜いた。

「両手を車につけろ」ケニーのほうへ近づいていく。

ケニーはわざと深く呼吸をしてみせ、完全に冷静だというポーズをとる。さっきよりも穏やかな口調で言う。「彼女は、俺に罪をなすりつけたくて必死なんだ。正気を失ってるんだよ」

ヴァン・ヒューゼンはわたしをちらっと見た。頭を必死に働かせながら、すっかり混乱しているようで、いくら考えてもわからないようだった。

銃をわたしに向けた。「そのままそこでじっとして、頭のうしろで両手を組むんだ」

足もとでいきなり地面が落下したような気分だった。

チワワが玄関ドアからとことこ走ってきて、ヴァン・ヒューゼンにさっと近づいていった。

こっちを見ろというようにウーウーうなる。噛みしめた歯のあいだで、ダイヤの指輪を光らせているのはフランクリン・ブランドの指だった。

三十三

ヴァン・ヒューゼンは小さな犬と、それが口にくわえた記念品にあぜんとしている。

「そいつはまさか……」

シーザーがうしろ肢で立ちあがり、ヴァン・ヒューゼンの脛に前肢をのせる。ヴァン・ヒューゼンは飛びのき、わたしの車のほうへ寄った。

そこへケニーが向かっていった。

ヴァン・ヒューゼンが顔をあげたところへケニーが体当たりして横っ面にビンタを食らわした。ヴァン・ヒューゼンは、ひらいたエンジンブロックへ横ざまに倒れこんだ。驚いて悲鳴をあげ、バランスをとりもどそうとまごついている。そこへケニーが手をのばしてエクスプローラーのボンネットを彼の上に力いっぱいおろす。

「やめて！」

一度、二度、ケニーはヴァン・ヒューゼンの頭と上体にボンネットをたたきつけた。ヴァン・ヒューゼンはよろめき、なんとか背を起こそうと、車に向かって腕をつきだして身体を支える。頭を自由にしたところで、ケニーがもう一度ボンネットをたたきつけた。骨の砕ける音と、金属のぶつかる音がして、ボンネットのラッチが閉まった。ヴァン・ヒューゼンが金切り声をあげ、足をすべらす。犬がそのまわりをぴょんぴょん駆けまわる。ケニーが力まかせにたたきつけたボンネットはヴァン・ヒューゼンの片手を閉じこめていた。銃を持っているほうの手を。もうどうすることもできない。腕は折れ、拳銃はエンジンブロックのなかへ消えた。

ケニーは肩を上下させていた。ヴァン・ヒューゼンがもがいているのを観察し、それからわたしのほうを向いた。包丁は、地面の上の、ちょうどふたりの中間にあった。互いに顔を見あわせ、同時にそちらへ突進していく。

地面できらきら光る刃がとても頼もしくみえる。わたしはそれに手をのばした。迷わず走ってきたケニーの足がそれを蹴り、こちらの手の届かないところへ包丁がすべった。ケニーが拾いあげる。包丁をかかげて、わたしのほうへもどってきた。

ヴァン・ヒューゼンは車から離れられないまま、真っ青な顔で立ち、痛みに意識が薄れそうになるのと戦っている。ケニーはふたりのまんなかに立っている。わたしがヴァン・ヒューゼンのところまで行くのは無理だし、車に乗りこんでラッチをはずし、ボンネットをあげてやることもできない。ケニーは一歩さがると、わたしたちの顔に交互に目をやり、どっちを先に片づけようか、考えているようだった。

ヴァン・ヒューゼンは自由になるほうの手をジャケットに入れて携帯電話を取りだした。そうしてわたしの顔をじっと見る。痛みのせいで顔には筋が刻まれていた。

「逃げろ」ヴァン・ヒューゼンが言う。

わたしの足は動かない。彼をここに残してどうして逃げられるだろう？　けれども相手は表情で、言葉の真意を伝えてきた。別に犠牲になろうというのではない。自分はすでにつかまった獲物だ。猟犬が追うキツネは、きみのほうだと。ヴァン・ヒューゼンに時間を稼いでやるには、ここからケニーを移動させるしかない。それには彼に、わたしを追いかけさせるしかない。

通りに向かって全速力で駆けだした。

八十ヤードほど進んだところでふりかえった。デール・ヴァン・ヒューゼンが知らないことを、わたしは知っている――携帯電話はここでは通じない。彼には助けを呼ぶことができないのだ。それができるのはわたしだけ。この山をおおう電波のブラックホールから抜けだして、助けを呼ぶ。わたしはケニーをヴァン・ヒューゼンから引きはなすと同時に、警官がここに到着するまで自分の身に寄せつけてもいけない。ケニーに自分の跡を追わせながら、しかも包丁の刃を顔に埋められないよう、しかるべき距離を置く。もし完全に逃げ切ってしまえば、ケニーはヴァン・ヒューゼンにとどめを刺しにもどることになる。走らなくてはならないが、速すぎてもだめなのだ。こちらは普段から鍛えている。ランニングの神様、どうかケニーが運動不足でありますように。うしろをふりかえって確認すると、相手は五十ヤードほどうしろから追いかけてきていた。

ポルシェに乗って。

近所に人はいないのか。あるいは走っている車でもいい。地面を力いっぱい蹴って坂道をくだっていくものの、私道もなければ、車一台すら見あたらなかった。聞こえるのはドイツ製エンジンの音だけ。道路からはずれなければならない。

腕を懸命に振って、全力疾走する。ポルシェがギアをシフトする音が聞こえる。道路をはずれると丈の高い草の生える斜面になっていた。それをずっとくだった先に、スズカケノキが一列に並んで生えており、クリークの河床におおいかぶさっているように見えた。木々の向こうにはアボカドの果樹園があって、それはずっと向こうの谷まで、斜面をはいあがるように続いている。

ジャンプ。山の斜面を斜めに駆けおり、隠れ場所になりそうなスズカケノキの樹林をめざす。陰のなかに切りこんでいき、木の幹の陰にさっと入る。上の道路では、轟音をたてて走っていたポルシェがスピードを落とし、のろのろと走っている。携帯電話を取りだした。発信圏内。９１１を押す。

アクセス拒否。

ディスプレーの表示を見て、口があんぐりとあく。リダイヤルする。アクセス拒否。

ありえない。この電話はいつどこでも、たとえ料金を払っていなくても、緊急電話番号につながると保証していた。ひょっとして電波がものすごく弱くて……いや、もうそんなことはどうでもいい。もう一度ケニーの注意をこちらにひきつけないといけない。

心を落ちつけ、耳を澄ます。前方の木立のあいだからクリークの青い水影が見え、河床の石の上を水がごぼごぼ流れていく音が聞こえる。背後ではケニーがポルシェのエンジンを吹かしている音がした。木の幹の脇から顔を出して、斜面の上をのぞく。降りてきた薄闇のなか、上の道路でアイドリングをしている車が見えた。

ケニーにこちらの姿が見えるよう、ひらけた場所へ走りでる。ポルシェのギアをローに入れる音。クリークは道路と平行に流れており、わたしは下流に向かって走っていきながら市街をめざす。フットヒル・ロードの大通りが山の麓に通っている。ポルシェはわたしとスピードを合わせている。

もう一度電話をかけてみる。アクセス拒否。

あたりの草木が鬱蒼としてきた。しかも今あいだを駆けぬけた木はウルシだ。顔をあげる。ケニーはウィンドウをおろしていて、こちらをじっと見ている。

樹木限界線の内側にもう一度もどっていく。それから911に四度目の電話をする。くそっ。濃くなる闇のなか、岩やリス穴を避けて走りながら、別の番号にかける。見ないでも、スピードダイヤルを指で押すだけでかかる唯一の番号に。

ジェシー。

彼のスピードダイヤルを押して、走りつづける。カチッという音と雑音、それから呼び出し音が鳴りだした。

上の道路ではポルシェがアクセルを踏み、先へ進んでいった。エンジンを吹かす音が聞こえて、車はカーブをまわって、次第に視界から消えていく。

電話はまだ呼び出し音を鳴らしている。方向を転じて木々の陰に入った。

ジェシー、出て。

ケニーがこれから何をするのかわかっていた——わたしより先まで行って車をとめ、草のなかを歩いて斜面をくだり、わたしの行く手をさえぎる《カット・ミー・オフ》のだ。わたしは文字通り、包丁でぶった切られる《カット・ミー・オフ》。

ようやく耳にジェシーの声が聞こえてきた。「どうした?」

「警察に電話して。ケニーの家に来るように。FBIがダウンして死にそうだから、とっとと来いって言ってやって」

「は? おい、エヴ——」

「早くっ」

沈黙——彼の頭を衝撃がバリバリ音をたてて通過するのが目に見える。ジェシーが言う。

「かけなおす」

もう一度木の陰からのぞいてみる。ケニーはどこ? 足をとめ、耳を澄ます。もうエンジン音は聞こえなかった。汗がしたたり落ちて目に入る。そよ風が木の葉をふるわせ、寒気がわたしをあざ笑う。

電話が甲高い音を鳴らした。「はい、わたし」

「警察がそっちへ向かった。怪我は?」

「してない」

「安全か？」

「安全じゃない」

「これからそっちへ行く」

ジェシー、わたしの恋人、わたしの悲しみ、わたしの勇気。「ケニーの家の前の斜面をくだったところにいるわ。それと――」わたしはあたりを見まわした。「ケニーの姿が見えない」

「俺は車のなかだ、電話を切るな」

古い木の樹皮に身体を押しつけた。そよ風に葉っぱがそよいでいる。

「あなた、銃は手に入れた？」

沈黙。「いいや」

「くそっ」

陽射しはほとんど消えて、西の空が青く光るばかりになった。小動物が素早く走りまわり、水がクリークをぴちゃぴちゃ流れている。ケニーが近づいている気配がないかと耳を澄ます。

彼は今下流にいた。このまま先へ進んでそっちへ向かうわけにはいかない。

ジェシーが言う。「だいじょうぶか？　警察の来る方向へ向かえ」

「わかった」

もう一度耳を澄ます。風が人の話し声を道路から運んできた気がする。パチンコで当てたように、神経がチーン、ジャラジャラと音を鳴らす。木の下の陰から離れないようにして、上流へと向かう。

電話に向かって言う。「ブランドは死んだわ。ケニーが殺したの」

雑音だけで、答えはない。

「死体を見たのよ」わたしは走る。「ブランドは轢き逃げ事故の運転手じゃなかった。ケニーだったの」

電話の向こうは驚愕の沈黙。わたしは自分の荒い呼吸音を聞きながら、喉につかえるものを呑みこんで、勢いよく迫ってくるキョウチクトウを押しのける。

ジェシーが言う。「いったい、どうしてそれを――」

「ケニーは事故現場から物を盗んだの。アイザックの十字架」

「くそっ」

「それで――」

背後で鋭い音がした。さっとふりかえる。下流の影のなかからケニーがすべりだした。わたしを見ている。

「まずい」わたしは猛スピードで駆けていく。「すぐそこに彼が」

「電話を切るなよ」

切らなかった。ただし電話は耳から離し、両腕を大きく振って上流へ向かって走る。ケニーの家をめざして全力疾走だ。だがケニーは今車に乗っていない。となると道路にもどってもだいじょうぶだ。まもなく警察がやってくる。ケニーが肉切り包丁を持ってわたしを追いかける、その場面を警察に見せてやるのも悪くない。

斜めに土手をのぼって道路に向かう。電話でジェシーが叫んでいる。「エヴァン、エヴァン」

わたしは上へあがっていく。車が坂道をのぼって近づいてくる音が聞こえた。

ジェシーに、ケニーに、暗くなっていく空に、わたしは言う。「警察よ」

けれども言ってすぐ、そうでないことがわかった。サイレンの音も光もなく、エンジンの音からして、走ってくる車に緊迫した様子はない。車がカーブを曲がって視界に入った。メルセデスが、ゆっくりと流してくる。ウィンドウはあいていて、運転手は懐中電灯の光を斜面の隅々まで当てている。車が通りすぎるとき、光のビームがさっとわたしの頭上を払った。

車がブレーキをかけた。ビームがまたさっともどってきた。スポットライトを浴びて、わたしの脚はゴムのようにぐにゃぐにゃになった。

運転手が叫ぶ。「ケニー。いたわ」

ケニーには協力者がいた。ハーリーだった。

この場から逃げなければ。しかし前へ逃げて道路に出るわけにはいかず、うしろへ逃げればケニーがいる。斜面をまっすぐくだって、クリークをめざす。力いっぱい足を踏みしめ、丈の高い草のあいだを駆けおりていく。スズカケノキの木立へつっこんでいき、小川の砂土手に出る。川のせせらぎが聞こえた。苔の生えた岩の上を軽やかに飛びこえ、水のなかに入った。靴に水がしみこみ、脛に水しぶきをはねあげながら小川を渡る。

ジェシーが叫んでいる。「ディレイニー、話を続けろ」

わたしは電話を耳にあてた。「ケニーには協力者がいる。こっちは走ってるの」

「マリか?」

「ちがう、ハーリー」

木々がとぎれ、いきなり丈の高い草になった。前方には、アボカドの果樹園が斜面をおおうようにして広がっており、山の頂上まであがって、その向こうへ降りている。わたしはうしろをふりかえった。スズカケノキがそよ風にふるえていた。ケニーが水音をたてながらクリークを渡ってくる。

わたしは果樹園へつっこんでいく。木々は十分に生長して、つやつやの青葉を茂らせた枝が地面近くまで垂れていた。うしろをちらっとふりかえった。ケニーがやって来る。手に包丁をぶらさげて歩いてくる。あわてている様子はなく、冷静で迷いがないように見えた。

わたしは走りながら電話に話す。「丘を越えて、次の渓谷に入るから。もしそこに道路があれば、町へ向かう」

丘もこのあたりになると、道路はまばらになる。どれも曲がりくねりながら渓谷をあがって頂上に向かい、最後は踏み分け道の起点となって消えるか、袋小路につきあたる。丘のてっぺんにたどりつくと、そのまま頂上に広がる果樹園のなかを走り抜けていく。しばらくすると道はふたたび下り坂になる。自分がどこにいるのか、さっぱりわからなかった。

前方では果樹園のはずれに空が広がり、月が輝いている。果樹園を出ると、その先に一本の道路が見えた。

「通りがあったわ。これをくだって、フットヒル・ロードへ向かう」

丘が急角度で降下して、アスファルトの道路へ続いている。傾斜に対して斜めの角度になるよう身体を向け、斜面へ近づいていく。そこから一気に駆けおりるつもりだった。

ハーリーの車がすぐ前の道でアイドリングしていた。先回りしたんだ。

折り返してここに来ればいいなんて、どうしてハーリーはわかったんだろう？　わたしが向かっている方角をケニーが携帯電話で知らせたのだろうか？　足をとめ、一本の木のそばにしゃがむ。

「エヴ、続きを話せ」

携帯電話を腿に押しつけて、しゃがみ姿勢のまま木々のあいだを進む。あの車のうしろにまわることができれば、彼女に見られずに道路を渡ることができる。土手の土を足で蹴たてながら、ダッシュして道路を横切り、反対側の茂みにさっと身を隠した。

あたりを見まわすと、そこも新たなV字の溝になっていた。目の前に盛りあがる斜面はリブオークの木でおおわれている。小道を見つけて、それを駆けあがる。うまくいった。

「彼らを出し抜いたみたい。この丘を越えてフットヒル・ロードで落ちあいましょう」

ジェシーが言う。「あの晩、車を運転していたのはケニーだって、それはたしかなんだな」

「そう」

「ブランドのBMWを運転していた」

「まちがいないわ。アイザックの十字架を地下室につくった記念館に保存していた」

ジェシーがだまった。わたしは踏み分け道を縫うようにしてあがっていく。

「あの悪夢。出てくる男はケニーだったわけだ」

「そうね」

「やつは俺たちを轢いたあと、死んだかどうかたしかめに来たんだ。坂道を降りていき……」そこで間があった。「夢のなかで、俺はいつもあおむけになって、太陽をじっと見ていた。やつがひっくりかえしたんだ」

「あなたが死んでると思ったのよ」

「あるいは恋人がスチュー・パイルの配管工事トラックが近づいてくる音を聞いて――」

そこでぴんと来た。「マリはその夜ブランドといっしょだった」

「もしブランドがその車に乗っていないんなら、彼女も乗っていない」

「あの匿名電話。ケニーとハーリーがブランドをハメたのよ」

足もとをよく見て、くぼみや岩を乗りこえながら踏み分け道をあがっていく。

道路ではハーリーの声が夕闇のなかに響きわたっている。「ケニー、踏み分け道をあがっていく彼女を見つけたわ」

わたしを見つけた？　どうやって？　ふりかえって道路を見る。ハーリーの車がUターンを始めた。どうしてわたしがここにいるとわかったんだろう？　車が勢いよく回転し、ハーリーの懐中電灯がわたしの立っている側の道路を照らし、そのまま茂みの上をなでていき、最後にこの踏み分け道でとまった。

「ケニー！」ハーリーが言う。

わたしはまた駆けだし、踏み分け道をあがっていく。「ジェシー、彼女、わたしを追跡してる」

「追跡って、どうやって？」

どうやってるんだろう？　わたしは考えた。つかうとしたら、ひとつしかない――この携帯電話だ。

「くそっ、やられたわ」

わたしの電話には位置測定システムがついている。それで警察や救急隊に自分のいる位置を知らせるのだ。あるいは、緊急無線受信機を持っている誰にでも。

「わたしの電話が彼らを導いていたのよ」

「えっ？」

「彼らはわたしの電話が位置を示す信号を発するように仕組んだの。しょっちゅうバッテリー切れになるわけだ。四六時中こちらの居場所を送信していたんだから」

おそらく911にアクセスできないようにしたのも彼らだ――それから、また別の考えが両耳のあいだで炸裂した。「向こうは携帯電話の傍受機を持っているかもしれない」わたしたちが今話していることを聞いているのだ。

車の轟音が聞こえる。ハーリーはぐずぐずしていない、わたしがもうここにじっと立っていないとわかったのだ。

「電話を捨てないといけない」わたしは言う。

尾根のてっぺんに向かって走りつづける。今ではもう息がぜいぜいいっていた。

「ケニーの家から一マイルほどのところに出ると思う」

するとジェシーの声が変わった。「わかった。どこへ行けばいいかわかってるな」

わからなかった。

「ひとつしかない」

その口調の重苦しさから、了解した。彼の言うとおりだ。

「そこへ行く」わたしは言った。

「俺もだ」ジェシーの声が敵意をむきだしにした。「ルデンスキー、聞いてるか？　時間切れだ。終わったな、このゲス野郎。人間のクズも一巻の終わりだ。このクソっ食らいの、変態野郎――」

電話を茂みのなかへ放り投げ、わたしは駆けだした。ミッション・キャニオンをめざして。

三十四

丈高い草のあいだを抜けて、その道路に向かう斜面を駆けおりた。前方に生えるユーカリの木が月の下で銀色に光っている。眼下には、ミッション・キャニオンが山のふもとからあふれでたように広がり、街灯りがちらちら光っている。これが事故現場だ。

道路を駆け足で横切り、断崖を極力慎重に降りていって、路肩のへりに身を伏せる。ここなら人目につかない。草が身体をこすってくる。

さあ、ブラックバーン、どでかいエンジンをトップギアに入れて、カーブをぐいぐい曲がって来い。

ジェシーがあれから警察に連絡していないのはわかっていた。彼の携帯電話が傍受されている可能性もあり、ミッション・キャニオンに来るよう警察に言えば、ケニーにわたしの居場所を教えることになる。相手に有利な滑り出しを与えてしまう。

その上ジェシーは、ケニーを殺したがっている。

ここから抜けだすのだ、今夜をジェシーの人生の感嘆符にしてはならない。監獄へ一直線になるような事態だけは、なんとしても避けたかった。

遠くでエンジンが低い単調な音を響かせている。わたしは頭をあげた。ヘッドライトが下のカーブを、弧を描いてまわってくる。さあさあ、ジェシー。最後の一区。われらに勝利をもたらせ。

彼ではなかった。ヘッドライトの形からすると、あれはメルセデス。わたしは斜面を斜めにあとずさった。車はスピードを落とし、のろのろ進みながら懐中電灯の光で斜面を舐めるように照らしている。白い光が、路肩、木の幹と順番に脱色していき、頭上を通っていったが、わたしの身はとらえそこねた。息を詰める。光はいつまでも同じところでぐずぐずしている。

それからようやく動いた。車は斜面をゆるゆるとのぼっていく。

ハーリーはわたしがここにいるのを知らない。乾いた草の上に頭を置く。こめかみがずきずきした。車は行ってしまったが、四百メートルものぼると袋小路だ。またもどってくる。それでも、あと数分はだいじょうぶだろう。

ケニーがこの暗がりのどこかにいる。

急斜面の草のなかに身を伏せて考える――ここがアイザックの死んだ場所。けれどもわたしにはその実感がなく、アイザックの痛みもわからなければ、ここに彼の魂が居残っているとも思えなかった。ひたすら自分の身を案じるばかりだ。弟の復讐を誓ったアダムの、星のようにまぶしい怒りは、ジェシー・ブラックバーンが体現する、それだけで十分だと、そう思うつもりは毛頭ないのだが。

轢き逃げ事故の事を考える。この数年、わたしたちはフランクリン・ブランドをずっと憎んできた。彼が起こしたのではない犯罪で。ケニーがブランドの車を運転していたとは思わなかった――ブランドのキーを盗み、マコの駐車場から勝手に乗りだしたんだろう。あるいはブランドの家か、マリの家から。そんなからくりはどうでもいい。ほんとうに考える必要があるのは――なぜブランドは高飛びしたのか？ どうしてケニーを警察につきださなかったのか？ なぜ罪をかぶることに同意したのか？

なぜなら、ケニーに弱みをにぎられていたから。

ブランドはマコの金をつかいこんでいた。ケニーがそれを嗅ぎつけたのだ――ブランドがセグエの口座をつかって、iハイストのためにとっておくべき金を略奪したことを知ったにちがいない。事故のあと、ケニーはブランドをどう説得したのだろう。故殺の罪をかぶっておいたほうが、重窃盗や証券詐欺で起訴されて、おまけにiハイストなんていうハイエナ集団に跡を追われるよりましじゃないか？

自動車による故殺。それが起訴内容だった。だからブランドは合衆国を去って、あれだけの時間姿を消していた。出訴期限法では、故殺の出訴期限は三年だ。

事故のあと三年と三週間たってからブランドはサンタバーバラにもどってきた。これで晴れて自由の身、もうその罪では起訴されないと思って。しかし彼はその法律を十分に理解していなかった。この場合、出訴期限法はあてはまらない。なぜなら、彼を逮捕するよう令状が出ており、告訴手続きがされていたからだ。彼は法律に関して助言を得るべきだったのだ。

いやそれを言うなら、法律に関して正しい助言を得るべきだった、というのが正しい。人を欺く方法を弁護士《コンサルタント》から教えてもらうべきではなかったのだ。そう思ったとたん、まるで岩くずれのように、わたしの上にさまざまな事柄がばらばらと落ちてきた。そうだ。ハーリーが彼をまちがった方向に導いたのだ。

渓谷をあがってくる車の音が聞こえた。エンジンが甲高い音を鳴らし、おそらくメーターの針はレッドゾーンに入っているだろう。わたしは斜面のへりまであわててあがっていった。アウディが道路に沿ってカーブしてくるのが見えた。安心が頭の上に降りそそぐ。斜面のてっぺんまでよじのぼり、手を大きく振った。

道路の反対側にケニーが立っていた。わたしを見ると、突進してきた。

ケニーがぶつかってきた瞬間、わたしは金切り声をあげた。包丁の刃が見えて、皮膚も骨も筋肉もぶるぶるふるえた。しかし相手は包丁ではなく、自分の胸をぶつけてきて、わたしにがばっと抱きついた。そうして断崖から落とそうとする。

道路から闇のなかへつき落とすつもりだ。そうして自分のハッキングをもみ消そうというのだ。消されてはならない、ここにしっかりとどまっていなければ。もがきながら、足を地面に必死にふんばるものの、相手は負けずにわたしを路肩のほうへ押していく。同情は命取りになる。わたしは親指を立てて拳をにぎり、腕を大きく動かした。親指が彼の目にあたり、爪が食いこんだ。

ケニーはわめき声をあげて自分の顔をつかんだ。わたしは走る。

ケニーがまた突進してくる。今度は尻にタックルをしてきた。わたしは倒れ、道路に肘とあごがあたって音をたてる。ケニーが背中に乗ってきた。包丁がアスファルトをこする音がした。相手が息を切らし、汗をかいているのを感じる。彼の下でわたしは身をよじる。喉から音が漏れだした。うなり声と金切り声。

ジェシーの車がタイヤを鳴らしてカーブを曲がってきた。ヘッドライトの白い光に目がくらむ。わたしが叫び、ケニーはこちらにつかみかかろうとする。わたしたちはセンターラインでうつぶせになっていた。

ジェシーがブレーキを強く踏み、タイヤがキーキー鳴る。車輪が回転し、車がスリップする。

わたしは金切り声をあげて頭をよけ、身をぎゅっと縮めるものの逃げ場はなかった。頭のなかで必死に計算する。あのばかでかいエンジンが、あれだけのスピードを出していたら

——

そしてタイヤがだまった。

そっとうかがってみる。車は道路に斜めにとまっていた。わたしたちのいるところから五フィートほど下で、後部が断崖のほうへ向いており、エンジンから水がちょろちょろ流れ、タイヤからゴムの焦げるにおいがしている。

ケニーはわたしの上に乗っている。汗をかいて身体がほてり、吐く息も吸う息も喉にひっ

かかっている。

「ディン・ドン。ヘルペスがやってきた」わたしは言った。

車のなかからジェシーが叫ぶ。「ルデンスキー、もう終わりだ。手斧を捨てて、彼女から離れろ」

「こいつを殺してやる」ケニーが言う。

「俺が見ている前でか。いくらおまえだって、そこまでばかじゃないだろう」

「とめられるとでも?」ケニーはふてくされて立ちあがり、シャツをわしづかみにしてわたしをひっぱりあげた。「おまえと、パラリンピックのチームでか?」

「ふたり殺すことはできない」ジェシーが言う。「それにおまえが殺したいのは俺のほうだ」

ケニーはわたしを乱暴に車のほうへひっぱっていき、ボンネットに押しつけて体重をかけてきた。金属が熱く、胸が痛い。もがいて足を蹴りあげた。

ケニーはわたしともみあいながら、ジェシーに怒鳴る。「車から出やがれ」

「俺は轢き逃げ事故の最後の目撃者だぜ。彼女を放せ」

「こいつの指がなくなっても、好きかい?　鼻がなくなったらどんなふうに見えるだろうな?」

ジェシーの声に力がこもる。「放せ、俺が出る」

わたしは戦った。「だめ、ジェシー、出ないで」

車が彼の唯一の武器だった。そこから出たら、おしまいだ。

ケニーが言う。「エンジンを切れ」

ジェシーは言われたとおりにする。フロントガラスを通して見える顔は鉄骨のようだった。

「ルデンスキー、おまえが事故現場から記念品をかっぱらってるのを知ってるぞ。おまえの記念館、くだらんおもちゃの隠し場所もな。そこで何をするんだ、屍姦野郎？　地下に降りていって、マスをかくのかい？」

「だまれ」

「死んだドライバーや焼けた死体のことを考えて、あそこをぴしゃぴしゃやるのかい？　どうした、もう興奮したか。考えただけでカタくなるんだろ」

ケニーの声が大きくなる。「だまれ。やってやる、こいつを殺してやる」

「興奮しまくって、自分が今どこにいるかもわかってない、そうだろう？」

ケニーはわたしをボンネットに押しつける。こちらはなんとかして自由になろうとする。

ジェシーが言う。「ここだよ。ここでおまえがアイザックを殺した」

ケニーがひるみ、息を吸うのがわかった。

「記念品集めは、もうおしまいだ。エヴァンを放せ」

そのとき、遠くから音が聞こえた。メルセデスがもどってきたらしい。ケニーは足を引きずって歩く。「車から出ろ！」

「ひとつ条件がある」

「条件は無しだ」

「ほんとうのことを教えてくれ。おまえがブランドの車から降りて、坂をくだって俺たちを確認したとき、アイザックはもう死んでいたのか？」

ケニーがゲラゲラ笑う。「なんだ、そんなことか？　気持ちの整理をしたいって？」

「俺が彼に何かしてやれることはなかったか、それを知っておく必要がある」

ケニーの笑い声はほとんどヒステリックになっている。「これはまいった、たいしたボーイ・スカウトだ」

「教えろ」

「よし、おまえを幸せにしてやろう。あの男は死んでた。頭の片側が完全にたたきつぶされていた。まったく何もない、えぐれちまってたよ。ピカソの油絵みたいだった」

ジェシーは何も言わなかった。フロントガラス越しに見える彼の目は暗かった。ハンドルをぎゅっとにぎったままケニーを凝視し、その顔に今にもひびが入りそうだった。

「さあ、降りろ」ケニーが言う。

ジェシーは両手をハンドルからおろした。肩をがくんと落としている。

「だめよ」わたしは言い、暴れてケニーを蹴りあげるが、役に立たなかった。「ジェシー、この男を信じちゃだめ」

ジェシーはダッシュボードに手をのばした。イグニションから車のキーを取るのだろう。

カチッという音が聞こえた。

ハンズフリーの携帯電話を台からはずして耳にあてる。

「スピーカーフォンはもうオフにする」ジェシーが電話に向かって言う。「ぜんぶしっかり聞いたかい？」

「おまえ、何をしてるんだ？」ケニーが言う。「降りろよ」

ジェシーが電話をさしだした。「おまえにだよ」

ケニーがふたたびゲラゲラ笑いだした。「おい、かっこばかりの弁護士さんよ。警察はこういうもんを証拠としてつかえないんだよ。相手の承諾なしに録音したものは裁判ではクズ同然だ」

「相手は警察じゃない。おまえの父親だよ」

ケニーの強気が崩れ落ちるのには五秒とかからなかったはずだったが、本人は一年かけてようやくそれに気づいたような顔をしていた。股間から指先までガタガタふるえだし、包丁がボンネットの上でタップダンスを踊った。口からまともな言葉は出てこず、ただもうがなりたてるだけだった。

ケニーはジェシーに向かっていった。考える間もなかった。逆上した獣のように、わたしを肘でつきとばし、アウディのフロントガラスに包丁をたたきつけた。一打、二打、渾身の力に包丁が鳴り、ガラスにひびが入る。

安全ガラスは、蜘蛛の巣状にひびが広がるものの、割れることはなく、わたしはうしろへよろめき、ジェシーはエンジンを吹かせた。坂の上からメルセデスがこちらへくだってくる音が聞こえる。今だ。わたしが逃げられる最後のチャンス。アウディに乗りこむのだ。しかし、ジェシーがエンジンをかけるや否や、ケニーがフロントガラスをあきらめて、助手席のドアの取っ手につかみかかった。ドアはロックされていた。

「おまえはもう終わりだ、ブラックバーン、このくそったれが」

ケニーは包丁を助手席のウィンドウにたたきつけ、ガラスが氷の壁のように崩れた。

メルセデスは坂をくだってくる。曲がり角でエンジンがブーンと音をたて、あとは惰力でこちらへ進んでくる。ブレーキをかけて、六十ヤードほど残してとまった。それ以上進まずにアイドリングしているのは、何がどうなっているのか状況を見極めようとしているのだろう。ヘッドライトが光った。遠くまで明るく照らせるハイビームが、ケニーを舞台の中央に浮かびあがらせる――金切り声で卑猥な言葉を叫びながら、ウィンドウ・フレームに残っているガラスを、肉切り包丁でめった切りにしているケニー。

流れる曲は――『わたしの心はパパのもの』

ジェシーは運手席のドアを押しあけ、叫ぶ。「エヴ、乗れ」

ケニーが枠からすっかりガラスを取りさり、なかに手をのばして手探りし、ロックを解除しようとする。ジェシーはそれを阻止しようと、ギアをバックに入れた。わたしは車の前部へまわりこみながら、動いている車の運転手の膝の上にどうやって飛びこめばいいのか考える。しかもジェシーは運転していて、ケニーは――。

ケニーは助手席のウィンドウに頭をつっこんだ。

そこでメルセデスが加速するうなりが聞こえた。ハーリーがアクセルを力いっぱい踏んだのだ。ヘッドライトの光がぶわっと大きくなった。まさか彼女はわたしを轢きはしないだろうと思った瞬間、メルセデスが横を過ぎていき、アウディにぶつかっていった。

金属とガラスの大合唱。メルセデスはアウディの真横にT字型につっこんでいき、助手席のドアを斜めにゆがませた。車は二台ともとまり、それからメルセデスがバックをした。

ケニーはショウジョウバエのようにドアにぺしゃりとつぶされているだろうと思った。が、彼はそこにいなかった。メルセデスは二十メートルほどバックした。ヘッドライトのひとつがはずれて、ボンネットは曲がり、フロントグリルはつぶれている。フェンダーが甲高い音をたてていた。

ケニーはジェシーの車のなかにいた。両脚が見える——ハーリーが激突してくる寸前にウィンドウから飛びこんだのだろう。アウディのエンジンはダメになり、ジェシーがイグニションを動かしている音が聞こえた。なんとかもう一度スタートさせようとしている。

メルセデスはバックをやめた。今度はふつうにギアを入れてアクセルを踏み、またアウディに向かっていく。

わたしが叫ぶ。「やめて——」

ケニーがあわてて上体を起こし、窓の外に目を向けた。迫り来るメルセデスに向かって両手をあげて逃れようとしている。

ハーリーはケニーを殺そうとしている。

メルセデスがまたアウディに激突した。二台の車は坂道をさらに下降し、道路の反対側のへりへ動いていく。わたしはそっちへ走った。ハーリーはジェシーの車を崖からつき落とそうとしている。

車が二台ともとまった。メルセデスのクラクションがやかましく鳴る。エンジンがだめになったようだ。ジェシーはまだアウディを発進させようとがんばっている。

ケニーが金切り声をあげた。「雌犬《ビッチ》、このキレた、うざい女め」

メルセデスではハーリーが意識を失って、ハンドルの上に上体をぐったり伏せていた。まだ残っているヘッドライトの弱々しい光で、ケニーがアウディのドアを揺さぶってあけようとしているのが見えた。激突した衝撃であかなくなってしまったらしい。

わたしは道路のまんなかに立っていた。手に力が入らず、頭がガンガンしていた。アウディの後部が断崖のへりからはみでている。石や土塊《つちくれ》が、うしろ車軸の下からぼろぼろとこぼれ、断崖の底へ落ちていくのがわかる。ケニーがドアの取っ手をガタガタやるたびに、車は小刻みにふるえて、さらにたくさんの土砂を吐きだしている。

わたしはアウディに向かって歩いていきながら、途中でぴたりと足をとめた。まるで息がかかっただけでも車を崖からつき落としてしまいそうな気がした。フロントガラスの奥を凝視する。ケニーはなかで、やたらめったらもがいていたが、ジェシーはまったく静かにすわり、両手をハンドルに置いていた。額に傷をつくっているものの、意識は一点に集中しているようだった。

「おろせ」ケニーが言う。

「じっとしてろ、でないと殴る」

「おろせ」

ジェシーがわたしに声をかける。「どうなってる?」

ケニーは助手席の窓からはいでようとし、両腕をつきだした。まだ手に肉切り包丁をにぎっている。頭と肩を外へ出そうとする。体重が移動したせいで、車がバランスを崩し、シーソーのように前後に揺れだした。車の前部が地面から浮きあがった。

わたしは走っていって、ボンネットに飛びつき、体重をかけた。ゆっくりゆっくり、車のバランスがわたしのほうへもどってくるものの、傾きはわずか数インチしかもとにもどらなかった。

ケニーをにらむ。「動かないで。動くなって言ってんのよ」

けれども相手はじっとしていられなかった。また窓から外へ出ようとし、ふたたび車が揺れて、シーソー運動を始める。わたしの足が地面から離れそうになる。

ケニーが身体をひっこめ、車がかしいでとまった。わたしのほうはかろうじて爪先が地面についている。

「手を貸せ」ケニーの声はチワワさながらに甲高くなっている。

ジェシーの側のドアはまだあいていて、彼がきわめて慎重に外をうかがっているのがわかる。

ケニーが言う。「この忌々しい車から出しやがれ」

ジェシーはわたしと目を合わせた。おびえている様子はなかった。しかめっ面のような顔。この世で最後に見た彼の顔がそれだった、なんてことにはしたくなかった。

「なんとかなりそう?」わたしは訊いた。

「いや」とジェシー。

ケニーが言う。「よし、わかった。取り引きをしよう。俺は車のなかにおとなしくもどる。それで、ギジェットがこっちへ来て俺を助けだすっていうなら、包丁は捨てる。そうでなかったら、こいつをブラックバーンにつかってやる」

「こんなやつの言うことを聞かなくていい」

「俺を助けるか、こいつの首にこれを振りおろすかだ。一撃で即死だぜ」

「エヴ、きみのすべきことはほかにある」

「いや、これしかない。こいつは俺を助ける。ほかに手はないんだ」

ジェシーの目がわたしを刺すように見すえる。肩に渡したシートベルトを固く締めなおし、両手でハンドルをぎゅっとにぎった。

「三つ数える」とケニー。

わたしは心の探知器を働かせ、ジェシーが自分に何を伝えようとしているのか探る。もしケニーの言うとおりにしたら、ジェシーかわたしか、どっちかが死ぬ。ケニーは武器を捨てるわけがない。必ずつかう。

「ひとつ」ケニーがカウントする。「俺を助ければ、骨折り損にはならないぜ。ふたりでブラックバーンを外に出してやろう」

「嘘だよ」ジェシーが言う。

「わかってる」わたしはジェシーの顔をじっと見る。

ケニーがまたカウントする。「ふたつ。このばか女、それしか道はないんだよ」

ジェシーはわたしの答えを待っている。

彼の視線を受けとめて、言う。「わたしを信用する?」

「命に代えても」とジェシー。

「みっつ」

わたしはうしろへ飛んで、ボンネットから離れた。

アウディはガクンと揺れ、前輪が宙に持ちあがった。ケニーは声をひきつらせ、むなしい咆哮をあげる。車は一瞬ためらったあと、うしろへすべって崖を落ちていった。あとはただ騒々しい音がして、何も見えなくなった。

三十五

もうもうとあがる土ぼこり。懐中電灯の光をあててみても、目の前の静寂が白く浮かびあがるだけで、山のふもとは見渡せない。ぺしゃんこになった草のあとをたどって急斜面を駆けおりる。

懐中電灯はハーリーのものだ。メルセデスの床に落ちていたのを取ってきた。車の床にはそればかりでなく、携帯電話の傍受機や位置測定システムのモニターが落ちていた。ハーリーはまだ意識がもどっていなかった。

途中、車より先に、草のなかに横たわるケニーに出くわした。ひと目見ただけで、車が身体の上を転がっていったのがわかる。

生きていた。懐中電灯の光を顔にあてる。鼻から血が流れ、ひらいたあごの上下がずれていたが、目はこちらを見かえしてきた。片手をあげる。助けてくれという手ではなく、もう一度わたしを引き裂いてやろうというかぎ爪。

彼はそのままにしておく。でこぼこの地面を走っていき、車にたどりついた。車は腹を見せてひっくりかえり、片側のルーフはつぶれて、空に向いた車輪がまだまわっていた。

「ジェシー？」

わたしは地面に両手両足をつき、壊れたウィンドウの奥を懐中電灯で照らす。最初に目に入ったのは血で、光を受けて強烈な赤を見せていた。それがジェシーの顔をおおっている。

「ジェシー、聞こえる？」

ジェシーはシートベルトからぶらさがっていて、つぶれたルーフと頭のあいだには、一インチほどのすきましかなかった。

まばたきをして、顔をしかめる。「ケニーはどこだ？」

「崖の上のほう。成功したわ」ウィンドウの奥にふるえる手をのばす。「怪我してる」

「切っただけだ。やつは死んだか？」

声がふるえる。自分の何もかもがふるえていた。「生きてる、でもどこへも行けない」

「出るのを手伝ってくれ」

懐中電灯で車のなかを照らす。見れば、車の内部は崩壊し、ステアリング・コラムにジェシーの身体は挟まっていた。

「救急隊が来るのを待ったほうがいい」思わず涙声になる。

ジェシーは片方の腕を頭の下のルーフにつっぱって、身体を支える。「俺がシートベルトのバックルをはずしたら、窓からひっぱりだしてくれ」

頑固者とは言い争えない。「先にガラスをぜんぶとらせて」まだウィンドウにしつこくくっついているガラスの破片を懐中電灯でたたいて落とす。「用意はいい？」

ジェシーは手をのばしてバックルを押し、ルーフにどすんと頭から落ちた。

「よし」窓から片方の腕をつきだしてきた。

わたしはそれをつかみ、足を車の車台にふんばってひっぱりだす。頭と肩が窓枠を通り抜けたところで、ジェシーがもう一方の腕をねじって外に出し、そちらの腕でも加勢する。息をはあはあさせながら、わたしはひっぱり、彼は前に身を押しだし、最後はするっと滑り出て自由になった。

ジェシーはわたしの胴に腕をまわし、髪に両手をさし入れると、わたしを抱いたまま草の上に仰向けに転がった。

「もう二度とここに来ちゃいけないと、念押ししてくれ」

わたしは彼の胸に顔をくっつけた。わたしと同じようにジェシーの心臓も強く鼓動していた。その心休まる音に耳を澄ましながら、もう二度と彼を放したくないと思う。

ジェシーが息を吸い、身体を動かした。「ケニーを見たい」

「なぜ?」

ジェシーは肘をついて上体を起こし、草の上にすわった。「まだ用が済んでいない」

「だめよ」

ジェシーはわたしの顔を見る。「殺すつもりはない」ジェシーは車のほうへ斜めに進んでいった。それからごろんと横向きになり、車のなかに手を入れて松葉杖の一本をひっぱりだした。

上の道路で車がとまる音がした。顔をあげるとヘッドライトが見えた。

「ほんとうだ。やつに触れるつもりはない」そう言って片方の腕をつきだしてきた。「押しあげてくれ」

わたしは隣にしゃがんだ。ジェシーが片方の腕を肩にまわしてくると、わたしは彼を立たせてやった。ジェシーがわたしの肩と松葉杖によりかかり、ふたりでじりじりと上にあがっていく。道路から人の話し声がする。

ケニーはさっきと同じ位置にいた。上から見おろせるところまで、ふたりで少しずつ近づいていく。わたしは懐中電灯をケニーに向けた。身体のあちこちがねじくれ、膨れあがっている。それでもせせら笑うことはなんとかできた。

「信じられないな。ブラックバーンが立ってるなんて」ケニーは首をまわして唾を吐いた。血の色をしたしずくがあごにしたたり落ちる。「おまえの勝ちだ」

　ジェシーはケニーの顔を見る。「いいや、勝ってない。だがおまえは負けだ、ルデンスキー」

「あのばか女のせいだ。金をそのへんに置いといて、おまえに見られた時点で、取りかえしのつかないへまを犯した。女を信用しちゃいけない」

上から男の声が呼ぶ。「誰か下にいるかい?」

「こっちよ。救急車を呼んでちょうだい」

ケニーが言う。「救急車なんぞいらん。俺に必要なのは――この町を出ることだ。金はある。自家用飛行場へ運んでいってくれ。そうしたら――」こほこほ咳きこむ。

「数百万ドル。百万単位で礼をするぜ」

　ジェシーは首を横に振った。「エヴ、行くぞ」

「七桁だぜ。金持ちになれるぜ。おい、どうかしちまったか？　リッチになりたくないのかよ？」

　ジェシーは上からケニーをにらみつけた。「おまえは裁判にかけられる。それから監獄に入る」

「俺の父親がそんなことはさせない」

　上で声が言う。「誰かメルセデスのキーを持ってないか？　道路から移動させないといけない」

　わたしはその声に呼びかけた。「運転手には手を触れないで。彼女たぶん、頭か首を痛めているから」

「運転手って？」

　ジェシーとわたしは崖の上を見あげた。

　ケニーがヒステリックな笑い声をあげる。「女を信用しちゃいけない」

「腰をおろしたほうが良さそうだ」ジェシーが言った。

　わたしは彼の手にさわった。ひんやりして湿っている。「しっかり」と言ったものの、五歩進んだところで、ジェシーは気を失った。

波が割れて、浜で砕ける白波がまぶしく光っている。わたしはジェシーの家の脇をまわりこんでデッキにあがった。ジェシーは陽射しの下にすわり、海を見ていた。

「きらきらしてる」わたしは声をかけた。

ジェシーはあたりを見まわし、目のまわりの黒いあざをさわって肩をすくめた。傷を縫った跡が、額から頭皮にかけて続き、あざのほうは頭から爪先まで、そこらじゅうについている。それらをのぞけば、あとは問題なし。シートベルトとエアバッグと守護天使のおかげ、たぶん太陽黒点の影響もあるかもしれない。

デッキチェアをひっぱってきて、彼の隣にすわる。「ハーリーが見つかったって」

わたしが言うと、ジェシーが身を乗りだし、膝の上で指を組んだ。「どこで？」

「コールド・スプリングズ」喉につっかかりができた感じがした。「そこの橋」

「飛びおりたのか？」

わたしはうなずきながら、橋の下に口をあける恐ろしい地溝を想像するまいとしたが、だめだった。

「くそっ」ジェシーは目をつぶる。「ばかなことを」

わたしは波のうねりに耳を澄まし、カモメが水の上をすいすい飛んでいくのを眺めた。

「ローム警部補が立ちよった。それでこれを渡されたの」わたしはポケットからコピーを取りだし、彼に渡した。「オリジナルは——」また喉につっかかる。「彼女の身体に」

ジェシーはそれをひらいて読みだした。

「ごめんなさい」という言葉では、わたしの後悔は語りつくせない。自分の人生を焚き火にして、たいせつな人々の人生を焼きつくした。わたしが手を触れると、何もかも灰になっていく。

ジョージ、物事をきちんと整理させようとわたしを呼んでくれたのに、その信頼を台無しにしてしまった。ごめんなさい。

エヴァン、友だちであるあなたを、わたしはオオカミの餌にしてしまった。ごめんなさい。

ジェシー、真に誠実だったあなたを、わたしは恐怖心に負けて、破滅させようとした。ごめんなさい。

サンドヴァルの家族には――何を言ったらいいのかわからない。

ジェシーは顔をあげた。空色の目が水平線の向こうにある過去を見つめている。それからまた、コピーに目をもどした。

わたしはこれから述べる陳述が、憲法上の権利とカリフォルニア州の証拠法によって正しく扱われることを認識し――

ジェシーはページをめくった。「途中で終わってる」

「ロームが、その先の二ページを機密扱いにしてるの。ケニーの裁判のときに、検察官が必要になるだろうって」

「で、きみはそのままおとなしく引きさがったのか？」

「もちろん、見せてもらったわよ」彼の顔に、さすがという表情がよぎるのがわかった。

「自白してあった」

「こっちが考えていたとおりだったか？」

「ええ。ハーリーとケニーはiハイストのために資金洗浄をしていた。ハーリーは彼らのお金をカジノに持っていき、ケニーはマコの会社に投資させた。その見返りにヤーゴはハーリーに何パーセントかピンはねさせ、ギャンブルが続けられるようにしてやった。ケニーには秘密の記念館をつくる手助けをしてやった」

ジェシーはまた自殺の遺書に目を落とした。「ケニーが俺とアイザックを轢いたとき、自分も同じ車に乗っていたことを認めたのか？」

「ええ」

ジェシーは鼻梁をつまんだ。「彼女はなぜそんなことをしたか、理由を書いていたか？」

「自分が現金をいじっているところを、あなたに見られたからって。ヤーゴのお金だったのよ。ケニーにそれを話したら、じゃああなたを消そうと言われた」

「俺は、ああすることで彼女が助かると思っていた。それなのに……」

「ジェシー、あなたがやましく思うことなんて、何もないのよ」

「わかってる、だが――」

「いいえ。あなたは一切人に恥じることはないの。正しいことを進んで行った。これこそ、受《F》け入れるしかな《F》い忌々しい現《L》実よ」

ジェシーは息を吐いた。「なぜブランドに罪をかぶせた?」

「彼以上にいいカモはいなかった。事故の罪をかぶらないなら、ケニーは彼を連邦警察に引き渡すことも、セグエの口座をつかって金をだましとったことを話してiハイストに始末させることもできた。だからブランドは罪をかぶることに同意した。高飛びして、出訴期限が切れたらもどってくれば、無罪放免になると思っていた。それでハーリーが匿名電話をかけて、彼に罪をかぶせたのよ」わたしは波をじっと見た。「だけど、ブランドはもどってきてケニーとハーリーの両方をおどした。そこからますます事がこじれてきた」

「クリス・ラムスールの件は?」

「警察は、彼を殺した罪でケニーを告訴するって。それにスチュー・パイル殺しとブランド殺しでも。ブランドのゴールドのレンタカーがケニーのガレージから見つかったの。彼はずっとそれを運転して、あたかもまだブランドが生きているように見せかけた。わたしの家の前の通りにその車をとめたのもケニーだって、警察はそうにらんでる」

ジェシーはまたハーリーの遺書にちらっと目を向けた。「なぜ彼女は、土壇場になって、ケニーを攻撃したんだろう?」

「それはわたしにもわからない。ケニーはヤーゴが彼女に爪を立てる手助けをし、以来ヤーゴはずっと彼女に圧力をかけることになった。もう我慢の限界に達していて、潮時だと思って背中の重荷をおろした。これでもう永久に楽になれると思ったんじゃないかしら。とにかくケニーが憎らしかった、たぶんそうよ」

ケニーは集中治療室にいた。回復までには、愉快とはいえない時間を過ごすことになるのを覚悟しなければならない。そしておそらく残りの人生も、ずっとそれが続く。

ジェシーはプッシュ・リムに両手をのせた。腕が細かくふるえているのは、長時間にわたって、そこに過剰な重みがかかったしるしだ。「それなら、これですべて片がついたというわけだ」

片がついた? わたしはジェシーの顔を見た。彼の友人がいかにしてこの世を去ったか、彼の身体がどれだけ無惨な仕打ちを受けたかが頭に浮かぶ。ジェシーは人生をずたずたに引き裂かれた。けっして修復できないまでに。

「そう。終わったわね」

ジェシーの指に、自分の指をおずおずと重ねる。ジェシーがわたしの手を見る。

「そしてきみはここにいる。いつもと変わらず」ジェシーは指をからめてきた。「さて俺たちはこれからどうする?」

サーカス団にでも加わる? ハリウッドで曲芸を披露する? 頼むから、もっと簡単な問題を出して——二番の解答者の方に問題です、プルトニウム爆弾があなたの目の前で臨界超過質量になりました。さてどうやって処理しますか？

「わたしを愛してる？」

「無条件で。きみは僕を愛してるかい？」

ジェシーの片手を両手で包む。「ジェシー、わたしの恋人、スパーリング・パートナー、右肩の天使、左肩の悪魔。わたしが生きるために吸う空気。ええ、わたしはあなたを愛している」

わたしの視線をジェシーがしっかりとらえる。その青い目に、わたしはめろめろになる。

「俺たちは相性がいいと思うか？」

ジェシーはいたって真面目。今度はこちらが意地を張る番だ。

「まあ、相手の生存に責任を持つということでは、どっちもたいしたものよね。それは『イエス』の項目に書き入れましょう」

「俺たちはやり直すべきかい？」

「最初から？」わたしはため息をつく。「いいでしょう。ただし、トラックの荷台で逢い引きするのは無し」

「結婚式は？」

「そんなものはまだ先の話、そうでしょ？」なんとか彼から目を離さずに言えた。

「そうだな」

わたしはまるで木の実を割るような感じでジェシーの手をぎゅっとにぎっていた。それに気づいて力を緩めた。海のほうを見やる。

　ジェシーが言う。「いいのかい？」

　考えたら、きっと悲しい気持ちになると思った。ところが実際は、肩から山がひとつ降りたみたいな気分だった。「これでさっぱりしたわ」

「俺もだ」ジェシーが息を吐いた。「招待状は？」

「ポストに入れる時間も無かった」

「ドレスは？」

「式を先延ばししても、ちゃんと着られるからだいじょうぶ……あと十年くらいは」

「楽天的だ」

「よくそう言われる」

「ハワイ行きの航空券は？」

「もしキャンセルしたら、首を絞めてやる」

　もうどのくらい長いこと見ていなかったろう、ここで初めてジェシーが笑顔を見せた。

「注文した五百個のカナッペはどうするんだ？」

「わっ、しまった」髪をかきむしる。「ぜんぶテイラーにくれてやるわ」

「寂しかったよ」

　ジェシーがわたしの顔を両手ではさむ。わたしは顔を近づけてキスをした。

ジェシーの家を出たあと、車でゴレタへ向かった。そこへ立ち寄らずには、事は完全には終わらない。最後に残った疑問に答えを見つけ、わが身の安全を守るためにも、きちんとしておかねばならなかった。

マコ・テクノロジーの前には警備員が配置されていた。当然だろう。メディアは腐肉にたかるハエのように、ケニーの逮捕された事件に集まっていた。報道陣が歩道にかたまり、レポーターもいて、テレビ・ニュースのバンがディッシュ・アンテナをのばしている。わたしが玄関に近づいていくと、警備員がひとり、じゃらじゃら鍵を鳴らして近づいてきた。アンバーの恋人、レンだ。

わたしの前で腕を組む。「ご用の向きをお聞かせ願いたい」

「ジョージ・ルデンスキーと話したいの。そうそう、ジュニアはほんとうに肉切り包丁を持ってわたしを追いまわしたの。だからとっととわたしをなかに入れたほうがいいわよ。むごたらしい事実の詳細があそこにいるレポーターたちに伝わる前に」

彼はわたしをなかに入れた。受付デスクに近づいていくと、アンバーが手を振ってきた。

「パパに電話して」とわたし。

アンバーは電話をかけた。巻き毛が乱れて、マスカラがかたまっている。わたしに笑いかけたとき、目が甲虫のように、きょときょと動いた。それで確信した。推理はどんぴしゃだ。

「あの夜、あなたがうちに電話してきたでしょ――」

わたしが切りだすと、アンバーの唇が小さくふるえだした。

「ジュニアにそうしろって言われた、そうね？」

「そんなつもりはなかったの。つまり、まさか……」

「外にとめてあるの、いい車じゃないの、アンバー」わたしは駐車場をあごで差した。「この前ここに来たときに見せてもらったわ。自転車から車に乗り替える、最高よね」

今度は口全体をぶるぶるふるわせている。

わたしはデスクに身を乗りだし、顔を近づけた。「ケニーがくれた、そうでしょ？　それで支払ったってわけだ」

目をぱちぱち。電話が鳴っても、アンバーは取らなかった。

「それがどんなにいい取り引きだったか、わかるわ。わたしのお酒に薬を少々入れる、それで新車を買ってもらえるんだものね」

ジョージの秘書がロビーに現れ、わたしの名前を呼んだ。アンバーのすすり泣きを無視して、秘書のあとについて廊下を進む。秘書がオフィスのドアをノックした。「どうぞ」とジョージが言うと、秘書はさっと消えた。わたしはなかに入る。

ジョージ・ルデンスキーはM－1戦車ぐらいの大きさがある机を前にすわっていた。白い髪はごわごわで、スーツにはステーキナイフのような折り目がついていたが、それを着ている本人は、陰気にしょげている。

「悪いわね、また乗りこんできちゃって。御前上演はこれで最後にするって、約束する。もう二度とあなたを煩わせないわ」

「あなたがティム・ノースとジャカルタ・リヴェラを呼びよせたって知ってるのよ」

ジョージはぼさぼさの眉の下から、わたしの顔をじっとうかがう。何を考えているかわからない目つきだ。

「言いたいことを言うがいい」

「iハイストがマコにどうからんでいるのか、彼らに真相を探るよう頼んだのよね。会社のなかで、何やらまずいことが起きているのを知っていて、それを根絶やしにしたかった」

ジョージは机の上に万年筆を並べだした。すべて平行に、きっちり縦に並べていく。まるでミサイル発射台だ。

「調査はこっそりやりたかった。そりゃそうよね。マコが壊滅する前に、ギャングと会社のつながりを断ちきらないといけない。ソースコードを犯罪組織に売っていたなんてことがもしFBIに知れたら、マコの人間は監獄行き。資金洗浄のこともばれたら、マコの財産は差しおさえられる。いずれにしても、会社はもう終わりよ。だけどジョージ——殺し屋集団を呼びよせるってのはどういうわけ？　いったい何を考えてるの？」

ジョージは万年筆の先をわたしに向けた。「きみは自分が何を言っているのかわかっていない。箱のなかだけ見て、その外に目がいかない」

「箱って何？　アダム・サンドヴァルの死体が入っている箱？」

言いながら、胸をつねられたような痛みを感じた。わたしは意地でもまばたきをしない。ジョージが目をそらした。

「ジョージ、人選は良かったわ。ジャックスとティムはあなたのために汚いものを掃除してくれた。iハイストは消えた。永遠にね。ただし道にまだひとつこぶが残っている。iハイストと共謀していたのが自分の息子だってことをあなたは知らなかった。あなたはもう完全に終わった。マコも、ケニーも。もうにっちもさっちもいかない」

「わたしからきみに言うことは何もない」

「だけど、お金を出しただけの価値はあったわねと言われれば、もっと詳しく知りたいんじゃない？　あのふたり、マジで頭が切れるの。彼らのために、こっちがあれこれスパイまがいのことをさせられたんだから。しかもすこぶる魅力的ときてる。暗殺を商売にしている連中、わたしはそうたくさん知らないけど、彼らはなかでもピカ一よ」

「すべて勝手な憶測だ」

「ジャックスはわたしの目をひらいてくれた。いろんな形でね。ほら、見て」

彼の机に歩いていって、そのへりに片足をのせた。わたしのブーツはバッタもんで、ジャックスのジミー・チュウのように、やたらと値の張るものじゃない。それでもピンヒールは、同じくらいシャープだ。

「このヒールはね、あなたの目玉をくりぬくこともできるの。カッコイイでしょ？」

ジョージの顔が真っ赤になり、髪の生え際の奥まで赤みが広がった。「もう帰ってくれ」

わたしは足を机からおろした。「あとふたつ残ってる。ひとつ、彼らのほんとうのボスは誰だか、あなた知ってる？」

ここで初めて、相手の冷静な態度にほころびが見えた。不意打ちを食らったのだ。

「わたしが考えたところでは、外部から人——セキュリティ・コンサルタントとでもいうのかしら?——を雇いいれようと決めたあなたは、ワシントンの知人と連絡をとった。会社のロビーにかかっている写真、あのなかにいる老人の誰か。国家安全保障局、国防諜報局、それともCIA? どれか当たった? それで彼らに、あなたが必要としている一連のスキルを持った人物を推薦してもらった」

ジョージの肺を、空気がヒューヒュー音をたてながら出たり入ったりしているのが聞こえそうだ。

「それで、ティムとジャックスがあなたに連絡してきた。おそらく匿名で。あなたは彼らに銀行口座——たぶんチューリッヒの口座ね——を通じて支払いをするよう手はずを整え、向こうは出所をたどれないようにして中間報告を送ることになった。それでわたしが訊きたいのは、彼らはあなたの下で働いていたのか、それともCIA《ラングレー》のボスの下で働いていたのかってこと。それとも両方かしら?」

ジョージの顔の赤みは、今では首まで降りてきて、襟の下まで到達していた。

「問題はそこよ、ジョージ。あなたが箱の外についてどう考えたいのか知らないけど、そういうことをしようっていうんなら、こっちだって自分の背中に目を配っておかないといけない。なぜなら、わたしはあなたが知られたくないことを知っているから」

「わたしを恐れているなら、なぜわざわざそんなことを説明する?」

「そっちのからくりはちゃんとつかんでるんだって、知っておいてもらいたいから。それともうひとつ――ジャックスがわたしの背中を見守ってくれているの。彼女から名刺をもらったわ。それはつまり、誰だか知らないけど、彼女のボスもまた、わたしを見守ってくれていたということ。今だってそうよ。今後わたしの身に、ちょっとでもまずいことが起きたら、犬にたかるノミのように、あのふたりがあなたにたかる。ついでに教えておくと、ジャックスが銃を撃つ場面、あれはねえ、見ないほうがいいわよ。とにかくあとが大変なのよ」

わたしはドアのほうへ向かった。

「幸運を祈るわ、ジョージ。もし弁護士が必要になったら、わたしがいい人を知っているから」そこでわたしは自分の額をぴしゃりとたたく。「待って、わたしったら、いったい何を考えてるのかしら? 彼は雇えないわよ。あの人、あなたの訴訟を起こすので大忙しなの。体力が尽きるまでとことん戦うって」

外に出ると、アンバーの顔を見ずに受付デスクの前を通りすぎた。アンバーは椅子からガタガタ立ちあがり、デスクをまわって出てきた。肩をすぼめ、両手をひらいて、受難劇でもやっているような調子で、わたしの同情を誘おうとする。

「お願い、説明させて。あなたを傷つけるようなことはないって、彼がそう言ったのよ。まさかあんなことになるなんて考えもしなくて――」

「考えなさいよ、アンバー。毎日しっかり考える。それがいつかは習慣になっていくの」

「彼は――」

「彼は、わたしの意識を失わせたかった。そうすれば家のなかに忍び込んで盗撮カメラを設置し、わたしの居所を追跡できるよう、携帯電話に細工ができるから。彼は隠しカメラをつかって、わたしをずっと監視していた。シャワーのなかでもよ、アンバー」

アンバーは片手で口をおおった。

「マコを辞めなさい。こんなところはさっさと出ていったほうがいい」

アンバーは泣いている。

「今すぐよ。もうここにはいられない、自分の不滅の魂のために辞めてやるって言ってやるの」

わたしは彼女を追いこして歩いていく。

「でも、もうそうしたから。わたしを憎まないで。すでに辞表は出してあるの」

「偉いじゃない。いいところへ推薦してもらえるよう、幸運を祈ってるわ」

「もういいの。別の仕事についたから。あなたのいとこのテイラー。彼女の下でザラ伯爵夫人のランジェリーを売るの」

その夜のニュース番組をよくよく見れば、玄関からわたしが大笑いしながら出てくるのが映っているはずだ。まるで失神しかねないほど、わたしはゲラゲラ大声で笑っていた。

三十六

アダムの葬儀のミサには、同僚や大学院生、それにかつて同じ水泳チームにいた体格のいい仲間たちが集まり、陽光のみちあふれた小さな教会をぎっしり埋めた。ジェシーが第一朗読者となり、「智恵の書」の一節を読みあげる――しかし義人の魂は神のみ手にあり、世の迫害もその魂に触れることは許されぬ。もしアダムが見ていたら、その光景に驚いたことだろう。あのジェシー・ブラックバーンがカトリックの教会で、両手に聖句集をひらいて立っている。

「彼らの世を去りゆくことは不幸と思われ、我らから去ったことは滅びとされた。しかし義人は平安のなかにある」ジェシーの声はしっかりしていて、最後まで持ちそうだった。ところがその先で感極まった――「彼に信頼する者は真理を悟り、忠真な者たちは彼の愛のなかにとどまるだろう。恵みと憐れみは選ばれた者にあるからだ」

ジェシーには耐えられない――アダム、信仰、悲劇。手がページの上の言葉に触れ、わたしたちのほうへ顔をあげる。目に涙を浮かべ、死者に対する頌徳《しょうとく》の言葉を述べた。

そのあと、わたしたちはアダムの叔父さんといとこたちといっしょに船をチャーターし、彼の灰を撒きに海へ出た。水平線上に見える陸地は低く、太平洋は全方位にわたって青く盛りあがっていた。アダムの灰は海を漂い、花に囲まれながら、光をまとってきらきら沈んでいった。わたしはアダムのことを思いだす。万物の驚異に熱中し、光の速度では時間は経過しないと興味深い解釈をしていた。彼は光とともにある、そうあってほしいとわたしは願った。永遠の輝きをまとって、年をとらないままに、ずっと生きつづけてほしかった。

次の週末は、雷の音で目が覚めた。サンタバーバラの朝にはめずらしい、風変わりな雷だった。そよ風がカーテンを持ちあげ、棚の書類が吹きあげられた。雨のにおいを感じて目をあけると、外に黒い雲が集まっていた。稲妻が空を白く染め、大きな雨粒が落ちてきた。わたしは起きあがって窓を閉めた。

ジェシーはキルトを頭までひっぱりあげていた。「条例が可決されたと思ってたがな。土曜日には雨は降らせないって」

キルトはもどってきた。もうずっとわたしのものだ。テイラーと争うことはなかった。それどころか、わたしが彼女の家の前の歩道を歩いてきたのを見て、テイラーのほうが玄関に出てきて、わたしにそれを渡してくれた。何も言わずに。

リビングに行って、さらに窓を閉めてまわり、びしょ濡れになる前にと、玄関の階段から朝刊をとってくる。

新聞の横に包みが置いてあった。マニラ紙のクッション封筒で、数インチもの厚さがあった。わたし宛だった。それを家のなかに持ちこみ、キッチンのカウンターの上に置き、凝視する。数分後、破ってあけた。なかに入っていたのは、新聞や雑誌の切り抜き、報告書、手書きの日記、覚え書き。二十年前の日付から始まるそれらは、ある物語を語っていた——暗黒の世界で繰り広げられた、ジャカルタとティムの冒険物語。手にしているだけで、チクチク痛い感じがした。

メモが一枚入っていた。

最後まで読んでから、ギャラの代金を知らせてちょうだい。さあ腰をあげて、きっと今すぐにでも書きたくなるはずよ。

外で雷が鳴り、雲がばらばらにちぎれた。

わたしはジェシーに声をかける。「ブラックバーン、ちょっといらっしゃいな。雨の日に、ちょうどいい課題があるの」

訳者あとがき

ことの発端は、あの男が帰ってきたこと。三年前、わたしの恋人を半身不随にし、彼の友人の命を奪った男……。ふたりを轢《ひ》き逃げし、国外へ高飛びしていた男が、なぜ今になってサンタバーバラにもどってきたのか。

本作は、二〇〇九年のアメリカ探偵作家クラブ賞（通称エドガー賞）に輝いた『チャイナ・レイク』に始まるエヴァン・ディレイニー・シリーズの第二弾である。前作でカルト教団との血みどろの戦いを生き抜いた主人公エヴァンと恋人のジェシー。今回はジェシーの過去がストーリーの柱になる。水泳選手としても活躍してきた彼が車椅子での生活を余儀なくされる、その運命の事件にスポットが当たるとともに、その余波でエヴァンさえも知らなかった彼の秘められた過去が明るみに出る。

あれは轢き逃げ事故ではなく、計画的な殺人だったのか？　エヴァンはここで、事件の真の黒幕だけでなく、もうひとつ、見えない敵と戦うことになる。それは自身の心に巣食う嫉妬心だ。まだ自分と出会う前のジェシーの、過去の恋愛が許せない。理不尽だとわかっていながら、その気持ちをどうすることもできない。前作でともに力を合わせて危機を乗りこえ、結末では結婚式の話に花を咲かせていたエヴァンとジェシーが、思いもよらぬ壁にぶつかる。あれほど固いきずなで結ばれていたはずのふたりが、いったいどうして……。予想もしない展開にあぜんとするしかないだろう。

一作目を読んでいなくても十分に楽しめるのはもちろんのこと、この二作目で著者の筆はいよいよ冴えわたり、スリルもサスペンスもロマンスも倍加した。新たにユニークな脇役が何人も加わり、なんでもない会話や仕草のひとつひとつに、各人の個性が豊かに表れ、そんな彼らとのやりとりを通じて、主人公の魅力がいっそうくっきり浮かびあがってくるのである。すでに五作目まで発表されているこのシリーズ、長く続いている一因は、著者の人物造形のうまさにあることはまちがいない。

主人公のエヴァン・ディレイニーは弁護士資格を持ついっぽう、SF小説を書いて作家デビューし、現在二作目の作品にとりかかっているという設定。しかしそれだけでは食べていけないので、フリーランスで法律関係の仕事も引き受け、雑誌に記事を寄せたりもしている。恋人はいるものの結婚はしておらず、子どもを産む予定もない。新進作家といえば聞こえはいいが、仕事もこの先どうなるかわからない、要するに先行き不安な三十路の女であり、同世代の女性なら、この漠然とした不安感を、わかる、わかると、うなずく人も少なくないだろう。

が、それが悲壮感につながっているかと思えば、大間違いなのがエヴァン・ディレイニーの世界。なにしろこの主人公は、美人のうちに入る容貌に恵まれながらも、ショートの髪にも、男勝りの服装にも、しゃれっけは感じさせず、とんでもない大口をたたき、知識人にあるまじき悪態をつき、よせばいいのに後先考えずに無鉄砲な行動に走り、命がいくつあっても足りないほど無茶なことをする。べつに刑事でも、探偵でも、バウンティ・ハンターでもないのに。

クールでタフなヒロインというのはめずらしくないが、本作のとびっきりタフなヒロインは、クールどころか、熱すぎる。一歩間違えば暑苦しいと言われかねないほどに、熱く語り、熱く行動し、正義を熱く追い求める。当然ながら、しくじることもしょっちゅうだ。

それがたたって、これまでどれだけの辛酸をなめてきたことか。おそらくこれから先もきっと楽には生きられないだろう。言わば自分からトラブルを引き寄せてしまうタイプなのである。明るい陽光降り注ぐカリフォルニアの空の下で、なにゆえそんな人生になってしまうのか。答えは簡単だ。彼女は、正義に背を向けては一秒たりとも生きていけないから。彼女は、自分の命と引き換えにしても愛する者を守らずにはいられないから。

前作では甥っ子のルークを、本作では恋人ジェシーを守るために、エヴァンは爆走する。しかも彼女は、どれだけ打ちのめされても雄々しく立ちあがる。自分がずるいことをした、口ばっかりで何もできなかったと思えば、拷問のようなランニングを自らに課し、燃えよ大腿四頭筋、流れる汗とともに罪も流れよとばかりに贖罪を乞う……とまあ、肩の力を抜いて、要領よく生きようという時代には、異質なヒロインではある。が、これは見方を変えれば、現代のゆるいムードに活を入れてくれる、新しいタイプのヒロインとは言えまいか？その伝でいけば、デビュー七年目にしてスティーヴン・キングに見いだされ、「マイケル・コナリーと肩を並べるほどの力があり、ジャネット・イヴァノヴィッチなど足もとにも及ばない」と激賞されてから、とんとん拍子にエドガー賞を受賞したメグ・ガーディナーがこれまで見過ごされてきたのは、デビュー当時は先を行きすぎていたせいかもしれないと思えてくる。今ようやく時代が彼女に追いついた、まさに旬の作家だと、そう言っては言いすぎだろうか。

メグ・ガーディナーは一九五七年、オクラホマ生まれ。やはりエヴァンと同じように弁護士資格を持ち、作家として活躍している。現在はイギリスのロンドン近郊に暮らしているが、もともとは本シリーズの舞台でもあるカリフォルニア州サンタバーバラで育ち、ロサンゼルスで弁護士業務に就いていた。著者の分身とも思えるヒロインを描くからこそ、エヴァンが生き生きとした姿でわたしたちをとらえるのだろう。

もうひとつ著者の等身大の作品づくりが印象的なのは、服や小道具などの妙に楽しいちょっとしたディテール。たとえば本作に登場する〝ゴーゴー・ブーツ〟や〝モッズ特捜隊〟といったファッションやテレビドラマに、懐かしさを覚えた読者も多かったのではないだろうか。これらは六〇年代や七〇年代のカリフォルニアはハリウッドに代表されるアメリカン・エンターテインメント・カルチャー黄金期のもの。おそらく著者自身が子ども時代と青春時代を過ごした、その時代の記憶が随所に投影されていると思われ、サスペンスには似つかわしくない甘酸っぱい郷愁が、息苦しいほどに緊迫した世界にほっとできる和みのポケットをつくり、作品世界に一種独特の輝きを生んでいる。それもまた、この作品の味わいぶかいところだ。

なお、この著者には、法精神科医ジョー・ベケットを主人公とする別シリーズがある。主に死者の心を読むことで事件の真相を探りだすヒロインには、冷静で人間的な深みがあり、エヴァン・ディレイニーとはまたひと味違った魅力を放つ。それでも行動の原則に人間愛と正義を置き、守らねばならないものを全身全霊で守ろうとする心意気はエヴァンと通じるものがあり、やはり著者の人物造形の巧みさにうならされる。

こちらのジョー・ベケット・シリーズも、エヴァン・ディレイニー・シリーズと並行して、集英社文庫から順次刊行される予定なので、ぜひ合わせてお楽しみいただきたい。

作中の「智恵の書」については、講談社文芸文庫、関根正雄編『旧約聖書外伝（下）』を使わせていただいた。

二〇一〇年三月

杉田七重

集英社文庫

裏切《うらぎ》りの峡谷《きょうこく》

2010年5月25日　第1刷　　定価はカバーに表示してあります。

著　者　メグ・ガーディナー
訳　者　杉田七重《すぎたななえ》
発行者　加藤　潤
発行所　株式会社　集英社
東京都千代田区一ツ橋2-5-10　〒101-8050
電話　03-3230-6094（編集）
03-3230-6393（販売）
03-3230-6080（読者係）
印　刷　中央精版印刷株式会社　株式会社美松堂
製　本　中央精版印刷株式会社

フォーマットデザイン　アリヤマデザインストア　　マークデザイン　居山浩二

ISBN978-4-08-760603-4 C0197